TODD CALGI GALLICANO

Magic Guardians

Krieg der Meere

Todd Calgi Gallicano

MAGIC GUARDIANS

Krieg der Meere

Aus den Akten des
Instituts für Magische Wesen

Aus dem Englischen
von Ulla Höfker

cbj

Dieses Buch ist auch als E-Book erhältlich.

MIX
Papier aus verantwortungsvollen Quellen
FSC® C014496

Verlagsgruppe Random House FSC® N001967

1. Auflage 2019

Die Originalausgabe erschien 2018 unter dem Titel
»The Selkie of San Francisco – A Sam London Adventure«
bei Delacorte Press, einem Imprint von Random House Children's Books,
Teil von Penguin Random House LLC, New York
This translation published by arrangement with Random House
Children's Books, a division of Penguin Random House LLC

Aus dem Englischen von Ulla Höfker
© Innenillustrationen 2018 by Kevin Keele
Umschlaggestaltung: semper smile, München
Umschlagmotiv: © Shutterstock
(gustavoquiroga, Arif Supriyadi, Alted Studio)
ml • Herstellung: uk
Satz: KompetenzCenter, Mönchengladbach
Druck: GGP Media GmbH, Pößneck
ISBN 978-3-570-17669-6
Printed in Germany

www.cbj-verlag.de

Für Mongo und den Kleinen

ANMERKUNG DES AUTORS

Der nachfolgende Bericht basiert auf einer Fallakte aus dem Institut für Magische Wesen (IMW). Im Bestreben, die Öffentlichkeit über diese bislang unbekannte Behörde zu informieren, ließen meine Quellen mir Kopien aus den IMW-Archiven zukommen. Meinen Informationen entsprechend ist »Krieg der Meere« der zweite Fall des Instituts, an dem Sam London beteiligt war.

Die IMW-Fallakten beinhalten Zeugenbefragungen, Ermittlungsvermerke, Recherchematerial sowie Berichte, die fallübergreifende Informationen zu den Ereignissen bieten. Da dieses Informationsmaterial oft trocken und faktenüberladen war, habe ich mir eine spannendere Interpretation der Akteninhalte erlaubt. Sämtliche Details wurden in meine Schilderung übernommen, doch ich habe sie so ausgeschmückt, dass der Leser Spaß daran hat. Ich habe im Text außerdem mehrfach auf das Quellenmaterial hingewiesen und eine Liste von Abkürzungen, Codes und Ausdrücken angefügt, um die Entschlüsselung des vom IWM angewandten Codierungssystems zu erleichtern.

Da diese Akten als geheim eingestuft wurden, habe ich Datumsangaben geschwärzt und einige Namen verändert, um die Identität von Zeugen und Personen, die noch immer im Institut beschäftigt sind, zu schützen.

T.C.G.

PROLOG

Lynnae, die vom Baikalsee in Russland stammte, hatte nie eine Aufführung von *Schwanensee* gesehen, und doch fühlte sie sich auf seltsame Art und Weise hingezogen zu dem klassischen Ballett. Zu der Musik, die Pjotr Iljitsch Tschaikowski im späten 19. Jahrhundert geschrieben hatte. Sie besaß sogar ein kleines Plakat, das die berühmte Londoner Inszenierung von 1964 bewarb und auf dem das legendäre Tanzpaar Rudolf Nurejew und Margot Fonteyn de Arias zu sehen war. Sie hatte das verknitterte, altmodische Plakat am Ufer der verborgenen Bucht gefunden, in der sie hier, am ältesten See der Welt, wohnte. Lynnae nahm an, dass ein ballettliebhabender Urlauber es zurückgelassen hatte.

In ihrer Fantasie lebte sie die Geschichte von *Schwanensee* oft aus – besonders den Teil, in dem die Protagonistin die Liebe ihres Lebens findet. Das war ihre absolute Lieblingsstelle. Lynnae hatte die Geschichte als Kind einmal gehört, und obwohl sie nie erfahren hatte, wie sie endete, ging sie davon aus, dass das Mädchen und ihr Prinz bis an ihr Lebensende glücklich waren. Leider würde Lynnae niemals selbst eine solche Liebe erleben, da ihr der Kontakt zu

Menschen und auch allen anderen Lebewesen untersagt war.

Lynnae war eine Schwanenmaid, ein Mädchen in der Gestalt eines Schwans. Und als solches musste sie ihr Leben abgeschieden von der Welt jenseits des Sees verbringen.

Aus diesem Grund war es ein ziemlicher Schock für sie, als die Nachricht die Runde machte, dass ein Fremder angekommen sei, um mit dem Rat der Maiden – den mütterlichen Beschützerinnen der Schwanenmädchen – zu sprechen. Sofort malte sich Lynnae aus, wie dieser Fremde sie nur einmal anschauen und sich dann unsterblich in sie verlieben würde, genau wie in *Schwanensee*. Diese Möglichkeit war einfach zu verlockend, um sie zu ignorieren, und so schlichen Lynnae und zwei andere neugierige Schwanenmädchen zum Versammlungsort des Rats, um einen Blick auf den unerwarteten Gast zu werfen.

»Glaubt ihr, es ist ein Menschenmann?«, fragte Lynnae. Ihre beiden Begleiterinnen schnappten nach Luft, als wäre ein solcher Gedanke unvorstellbar. Lynnae musste selbst zugeben, dass es sehr unwahrscheinlich war. Der Rat hatte die Bucht gut abgeschirmt und ließ die Grenzlinie von der furchteinflößenden Baba Yaga bewachen, einer Waldbewohnerin mit übernatürlichen Kräften und einem unstillbaren Appetit auf die Seelen von Eindringlingen. Sie hatte die strikte Anweisung, keine Menschen hereinzulassen – vor allem keine männlichen Menschen.

Als Lynnae und ihre Schwestern den Versammlungsort erreichten, versteckten sie sich hinter ein paar dichten Sträuchern voll blauer Beeren. Zwischen den Zweigen hindurch erspähten sie nicht nur einen, sondern gleich zwei Fremde auf der Lichtung. Der größere war ein grässliches, riesenhaftes Wesen mit grüner Haut und einem Geweih, das wie krumme Ranken aus seinem Kopf wuchs. Neben ihm stand eine Frau in einer weiten weißen Robe und mit langem, pechschwarzem Haar. Sie war atemberaubend schön, hatte aber einen sehr grimmigen Gesichtsausdruck.

Lynnae beobachtete, wie neun Schwäne aufs Ufer zuschwammen. Die Wasservögel mit ihren langen, eleganten Hälsen hatten orangefarbene Schnäbel und ein schneeweißes Gefieder. Als die majestätischen Tiere sich näherten, verwandelten sie sich alle gleichzeitig. Im Gegensatz zu Lynnae und den anderen Schwanenmädchen, die für ihre Arbeit am Seeufer menschliche Gestalt annahmen, behielten die Mitglieder des Rats immer gewisse Aspekte ihrer Schwanengestalt bei, so zum Beispiel die Flügel, die sie hinter ihrem Körper falteten. Außerdem hatten sie anstelle von Haaren Federn auf dem Kopf und orangefarbene Augen mit schwarzen Pupillen. Auch ihr Körper war mit Federn bedeckt, alles bis auf die Arme, das Gesicht und den Hals. Die Haut dort war hauchzart und schimmerte sanft, wenn die Wasseroberfläche wie in dieser Nacht das Mondlicht reflektierte.

Uravasi, Caer, Melusine, Manto, Sibyl, Undine, Palatina, Melior und Faye wirkten gelassen und strahlend wie immer. Für Lynnae war es, als hätte sie neun Mütter. Obwohl alle in ihrer Persönlichkeit einzigartig waren, kümmerte sich jede von ihnen liebevoll um Lynnae und die anderen Schwanenmädchen. Jetzt stellten sich die neun ein paar Schritte vom

Ufer entfernt im hüfthohen Wasser auf. Die immer neugierige Uravasi sprach als Erste.

»Welch unerwarteter Besuch, Cernunnos«, begann sie in ihrer zarten, engelsgleichen Stimme.

»*Lord* Cernunnos«, korrigierte die griesgrämige Frau sie. Die neun Maiden wechselten irritierte Blicke. Dann meldete sich die höfliche Melusine in sachlichem Ton zu Wort.

»Der Rat der Maiden erkennt solche Titel nicht an. Falls diese Anerkennung der Grund eures Besuchs ist, könnt ihr wieder gehen.« Damit zogen die Maiden sich ins Wasser zurück.

»Phylassos hat euch betrogen!«, bellte das gehörnte Wesen plötzlich. Seine tiefe Stimme hallte in der Bucht wider. Die Maiden blieben stehen. Sibyl, die Klügste unter ihnen, blickte die beiden Fremden kritisch an.

»Es gibt Gerüchte, die behaupten, dass du es warst, der den Greif zusammen mit dem Kynokephalus Chase betrogen hat«, erwiderte sie mit fester Stimme.

»Wenn ihr diese Gerüchte gehört habt, habt ihr dann nicht auch von dem Jungen gehört?«, fragte Cernunnos.

»Von dem Jungen?«, wiederholte die respekteinflößende Faye fragend.

Cernunnos nickte. »Sam London. Er war mit dem Menschen Vantana unterwegs. Der Greif selbst hat sich Sam gezeigt. Es war dieser Junge, der mitgeholfen hat, die Greifenklaue zu retten.«

»Das wäre ein *Verstoß* gegen das Gesetz«, bemerkte Palatina, die Ratsvorsitzende. Cernunnos nickte zustimmend. Die Maiden wandten sich einander zu und flüsterten aufgebracht. Lynnae beugte sich reflexartig vor, um die leise geführte Debatte zu verstehen, und dabei passierte es: Der Busch, hinter dem sie sich versteckte, raschelte. Ganz leise nur, aber das Geräusch blieb nicht ungehört. Die fremde Frau drehte den Kopf in Lynnaes Richtung.

»Sind eure Mädchen etwa nicht nur Schwäne, sondern auch Spione?«, zischte sie.

Die neun Rats-Maiden blickten hinüber zu den Sträuchern, als Lynnae und ihre Freundinnen sich hastig zurückzogen. Lynnae hoffte, dass ihre Mutter-Maiden sie nicht erkannt hatten, und falls doch, betete sie, dass die Strafe nicht so schlimm ausfallen würde. Eilig setzte sie sich in ihr Nest, das dank vieler kleiner leuchtender Pilze im Mondlicht glitzerte. Sie versuchte sich Ausreden für ihr Lauschen auszudenken, doch das Gehörte ging ihr nicht aus dem Sinn.

Wer immer dieser Sam London war, die Neun kannten ihn anscheinend. Wobei seine Existenz den Rat andererseits auch überrascht zu haben schien. Wer war dieser Junge, und weshalb bereitete er ihren Müttern solche Sorgen? Als Lynnae Caer herankommen hörte, schob sie das *Schwanensee*-Poster schnell unter ihren mit glitzernden Pilzen besetzten Ast und tat, als schliefe sie. Im Moment war es Lynnae wichtiger, dem mütterlichen Zorn der Maiden zu entgehen, als ihre Neugier zu befriedigen. Ihre Fragen würden wie so viele andere, die sich über die Jahre angesammelt hatten, ganz einfach unbeantwortet bleiben müssen.

Kapitel 1

Mittendrin

Der zwölfjährige Sam London war der Meinung, dass die Bezeichnung »Mittelschule« die Klassenstufen zwischen Grundschule und Highschool geradezu perfekt beschrieb. Es waren Übergangsjahre, in denen aus verspielten Kindern rebellische Jugendliche wurden. Aber natürlich war es in der Schule genauso wie im Leben nie wirklich angenehm, in der Mitte von irgendetwas zu sein. Mittendrin zu sein bedeutete, dass man weder gerade erst mit etwas anfing noch bald damit fertig war. Man steckte sozusagen zwischen zwei Lebensstufen fest – alt genug, um es besser zu wissen, aber immer noch zu jung, um Verantwortung für wirklich wichtige Dinge übernehmen zu dürfen.

Für Sam London hatte die Mittelschule jedoch ein ganz neues Stadium in Sachen »unangenehm« erreicht. Vielleicht lag es an all den fantastischen Dingen, die er vor gerade mal ein paar Wochen erlebt hatte, als er nach einer abenteuerlichen Reise die Greifenklaue gerettet hatte. Vielleicht auch daran, dass die Wächterin Tashi seitdem in Sams Klasse ging und als sein geheimer Bodyguard fungierte. Oder vielleicht lag es daran, dass Sams neues Haustier und Freund ein gestaltwandelnder Marderhund namens Nuks war, der, wann immer sich die Notwendigkeit ergab, als Sam auftreten konnte. Vielleicht lag es aber auch an der Tatsache, dass Sams neuer Lehrer ein alter Freund war, der als Mensch wiedergeboren wurde, ohne etwas von seinem früheren Leben als mythischer Hundemensch zu wissen. Kurz gesagt: Das Leben war für Sam London in letzter Zeit ziemlich aufregend gewesen – und jetzt war es alles andere als das.

Schule, Hausaufgaben und Schlafen wurden zu einem ewigen Kreislauf, tagein, tagaus. Natürlich hatte Sam auch so etwas wie ein soziales Leben. Er ging zu Geburtstagsfeiern, zu denen er eingeladen wurde, oder unternahm ab und zu etwas mit seiner Mom. Einfach so mit anderen Jungs abzuhängen, war nicht Sams Ding. Er war noch nie der Typ gewesen, der einen großen Freundeskreis hatte, mit dem er Videospiele oder Basketball spielte. Sam hatte Klassenkameraden, aber eigentlich keine besten Freunde. Die meisten seiner Mitschüler hielten ihn für einen schrägen Vogel – sogar die anderen schrägen Vögel.

Sams Mom, Odette London oder Ettie, wie die Leute sie nannten, versuchte Sam ständig zu ermuntern, sich Freunde zu suchen, und in der Vergangenheit hatte er auch ein paar lustlose Versuche in dieser Richtung unternommen. Aber wenn das Freundefinden für Sam schon vor seinem Abenteuer mit Dr. Vance Vantana schwierig gewesen war, schien es jetzt praktisch unmöglich. Denn wie sollte er mit jemandem befreundet sein, dem er nichts von der Leben verändernden Wahrheit erzählen konnte, dass es magische Wesen tatsächlich gab? Dass sie mitten unter den Menschen lebten und durch einen jahrhundertealten Fluch eines Greifen für das menschliche Auge unsichtbar waren? Wie konnte er irgendeine Art von Beziehung zu jemandem aufbauen, der nichts von diesem Geheimnis wusste – nichts davon wissen *durfte*? Das war einer der Gründe, weshalb er so viel Zeit mit Tashi verbrachte, das und die Tatsache, dass sie ohnehin selten bis nie von seiner Seite wich. Schließlich hatte man sie verpflichtet, sein Leben mit ihrem eigenen zu beschützen, und sie kam dieser Verpflichtung ohne Wenn und Aber nach. Doch wenigstens kannte sie die Wahrheit und Sam musste in ihrer Gegenwart nicht auf jedes Wort achten. Und ganz abgesehen davon lag Sams Fokus nicht darauf, Freunde zu finden, sondern sich auf seine nächste Mission vorzubereiten.

Nachdem er von seinem ersten Abenteuer zurückgekehrt war, war Sam jeden Morgen in der gespannten Erwartung aufgewacht, dass das Institut für Magische Wesen ihn um seine Hilfe bei neuen Ermittlungen bitten würde. Er hatte damit begonnen, das Internet nach Hinweisen auf einen möglichen Auftrag zu durchsuchen oder nach irgendeinem Zeichen aus der Welt, von der er wusste, dass sie existierte. Abends schaute er sich deswegen auch besonders aufmerksam die Nachtrichten an, doch er fand nie etwas. Das Geheimnis blieb wirklich sehr geheim. Klar, es gab Dutzende Internetseiten über Kryptide, Wesen und Pflanzen, die von der Wissenschaft nicht als existent anerkannt wurden. Und es gab sogar eine Fernsehshow, die die Heldentaten von

Boone Walker, dem »wilden Mann«, dokumentierte. Walker war ein selbsternannter Monsterjäger, der die Welt auf der Suche nach Beweisen für die Existenz legendärer Wesen bereiste, aber nie irgendetwas fand. Es gab auch Berichte von Personen, die behaupteten, Bigfoot oder Chupacabras gesehen zu haben, aber Sam vermutete, dass sie entweder magische DNA besaßen, ohne es zu wissen, oder dass ihnen ihre Augen einen Streich gespielt hatten. Ohne also irgendwelche Hinweise auf aktuelle Sichtungen zu haben und ohne Nachricht von Dr. Vantana hatte Sam sich widerwillig in sein eintöniges Leben gefügt und fragte sich insgeheim schon, ob der ersehnte Anruf überhaupt noch einmal kommen würde.

Es war ein Freitag im Frühjahr, an dem sich endlich etwas änderte. Sam wachte auf und sah, dass Nuks nicht in seinem Bett lag. Einen Augenblick später betrat der Marderhund das Zimmer, in der Gestalt von Sam. Für diesen war es immer noch ein seltsames Gefühl, seinen Doppelgänger so vor sich zu sehen. Vermutlich ging es Zwillingen da ähnlich.

»Warum bist du …«, begann Sam, denn er fand es äußerst ungewöhnlich, dass Nuks an einem Schultag schon so früh auf und noch dazu in Sams Gestalt war.

»Deine Mom macht Großputz«, fiel ihm Nuks ins Wort. »Ich dachte mir, wenn ich ihr helfe, hilft das auch dir.«

»Das musst du doch nicht tun. Das ist gar nicht deine Aufgabe. Frag mich das nächste Mal lieber vorher, ja?«

»Ja. Ja, natürlich. Es tut mir leid, Sam, so leid«, entschuldigte Nuks sich. Er war sofort ganz nervös und zittrig geworden.

»Nuks, du musst echt aufhören, immer gleich auszuflippen, wenn ich dir etwas sage. Ich schicke dich nicht weg, okay?«, beruhigte Sam den Marderhund in seinem freundlichsten Tonfall. »Du wirst hier immer ein Zuhause haben. *Immer.*« Nuks beruhigte sich und lächelte.

Sam musste dem plüschigen Wesen immer wieder versichern, dass er es nicht wegen irgendwelcher kleinen Versehen im Stich lassen würde. Für Nuks war es der Himmel auf Erden, eine Familie und ein Dach über dem Kopf zu haben, und er war bereit alles dafür zu tun, damit es so blieb. Normalerweise war es einem gestaltwandelnden Marderhund verboten, sich als Haustier eines Menschen auszugeben, doch Nuks hatte ein Schlupfloch gefunden und wurde jetzt von seinen Artgenossen maßlos beneidet.

Dafür war Nuks für Sam zu einem loyalen Freund geworden, der Sams vollstes Vertrauen genoss. Das Beste war, dass er sich nie beklagte und Sams Anweisungen nur zu gern befolgte. Wenn Ettie etwas von Sam wollte, das der aber nicht gern tat, schickte er stattdessen Nuks – in Sams Gestalt, versteht sich. Tashi fand das gar nicht gut. Es lag in der Natur dieser Wesen, es allen recht machen zu wollen, und sie war der Meinung, dass Sam das ausnutzte. Aber Nuks liebte jede Gelegenheit, bei der er etwas Neues ausprobieren konnte. So hatte er zum Beispiel in den letzten Wochen etwas über die Ursprünge der Folkmusik gelernt, einen Anfängerkurs in Balletttanzen gemacht, Holz gedrechselt und sogar Geocaching ausprobiert. Letzteres hatte sich als etwas problematisch erwiesen, da Nuks sich beim Aufspüren des »Schatzes« nur auf seine Nase verlassen hatte anstatt auf den GPS-Empfänger. Das führte zu einem merkwürdigen Gespräch zwischen Ettie und dem Leiter des Tageskurses, der sich einerseits Sorgen um Sams Geisteszustand machte, andererseits aber total begeistert von seinem hundegleichen Geruchssinn war.

»In meiner Schreibtischschublade liegt eine Tüte mit Müsliriegeln – bediene dich«, bot Sam Nuks als Belohnung fürs Putzen an. Das Wesen lächelte breit und wollte zum Schreibtisch gehen, doch Sam hob die Hand. »Nicht als ich …«

»Oh, richtig. Natürlich«, erwiderte Nuks, verwandelte sich rasch in seine natürliche Gestalt zurück und lief auf vier Pfoten weiter zum Schreibtisch.

Sam blickte unruhig auf seine Zimmertür. Wenn seine Mom so früh schon auf war und das Haus putzte, konnte das nur eines bedeuten: Etties berühmtes »Frühjahrs-Ding« war wieder angesagt. Sam graute vor dieser jährlichen Tradition, bei der seine Mutter das Haus jedes Mal von oben bis unten putzte. Sie wurde zu einem wahren Aufräum-Tornado, in den Sam unweigerlich hineingezogen wurde. Auch wenn ihm Putzen eigentlich nichts ausmachte, hatte er doch eine Art Hassliebe gegenüber dem »Frühjahrs-Ding« entwickelt, und zwar wegen einer Regel, die Ettie aufgestellt hatte: Alles, was drei Jahre lang nicht gebraucht worden war, kam auf den Spenden-Stapel. Sam war ein unverbesserlicher Sammler und hasste diese Regel deshalb aus tiefstem Herzen.

Um das ungerechte Gesetz seiner Mutter zu umgehen,

benutzte Sam alles, was er besaß, mindestens ein Mal innerhalb von drei Jahren. So konnte er, wenn Ettie fragte, ob er etwas benutzt hatte, ehrlich mit Ja antworten. Sam legte das Wort »benutzen« in diesen Fällen natürlich recht frei aus. Oft bedeutete es, dass er den fraglichen Gegenstand lediglich berührt hatte. Diese Taktik hatte bei genau zwei »Frühjahrs-Dingen« funktioniert. Dann war Ettie ihrem Sohn auf die Schliche gekommen und hatte genauer nachgefragt.

»Hast du es tatsächlich benutzt oder nur in die Hand genommen und wieder hingestellt, Sam?«, wollte sie wissen. An dieser Stelle hatte Sam kapituliert und gestanden, wie es wirklich war. Deswegen hatte er sich inzwischen eine neue Methode ausgedacht, um die Ausmist-Wut seiner Mutter zu umgehen: Er behielt jetzt ganz bewusst Dinge, die er eigentlich gar nicht mehr wollte. Das hatte den Vorteil, dass er den Wunsch seiner Mutter, sich von einigen Sachen zu trennen, befriedigen und trotzdem die Dinge behalten konnte, die ihm wirklich etwas bedeuteten. Aber er wusste, dass es wahrscheinlich nur eine Frage der Zeit war, bis sie seine neue Taktik durchschaute und mehr Opfer verlangte.

Sam atmete tief durch und betrat den Flur. Der Anblick, der ihn dort erwartete, war ein echter Schock. Die in die Flurdecke eingelassene Tür zum Dachboden war offen und darunter stand eine Trittleiter. Obwohl seine Mutter jedes Jahr wieder versprochen hatte, den engen, unfertigen Dachboden während des »Frühjahrs-Dings« zu putzen, war sie, bis sie sich daranmachen wollte, immer zu müde gewesen und hatte es aufs nächste Jahr verschoben. Der Abstellraum unterm Dach war gesteckt voll mit Schachteln, alten Staubsaugern und allem möglichen anderen Kram. Und wie es aussah, hatte Ettie jetzt endlich die Zeit und die Kraft gefunden, ihn in Angriff zu nehmen.

»Wunder gibt es immer wieder, was?«, meinte Ettie, als sie Sam wie angenagelt im Flur stehen sah. Sam nickte und blickte immer noch ehrfürchtig nach oben. »Ohne deine Hilfe heute Morgen wäre ich nie bis zum Dachboden gekommen. Ich kann dir gar nicht genug danken. Du bist wirklich ein toller Sohn.« Bei den letzten Worten lächelte sie Sam liebevoll an und wuschelte ihm durchs Haar.

Sam hatte immer ein schlechtes Gewissen, wenn er wie jetzt die Lorbeeren für Nuks' harte Arbeit einsteckte. Um sein Gewissen etwas zu beruhigen, hatte er sich angewöhnt, auf ausgefallene Art und Weise auf so ein Lob zu reagieren.

»Ich werde es ihm ausrichten«, erwiderte Sam, und seine Mom grinste.

»Ja, tu das.« Ettie lachte. Diese neue Antwort schien sie zu amüsieren. Wahrscheinlich dachte sie, Sam sei einfach mal wieder albern. Und ihm machte es nicht wirklich etwas aus, für albern gehalten zu werden, vor allem, wenn es bedeutete, dass er seinen Freund nicht ganz um sein verdientes Lob brachte. »Oh, und wenn du dir das ausgerichtet hast, kannst du dir auch gleich sagen, dass du spät dran bist. In zehn Minuten fahren wir zur Schule und keine Minute später.« Ettie schlüpfte an Sam vorbei und ging zur Treppe.

»Okay. Ich muss mich nur noch schnell anziehen und etwas essen«, sagte Sam.

Ettie blieb stehen. »Etwas essen?«, fragte sie überrascht. »Du hast die ganze Packung Doughnuts verdrückt und bist immer noch hungrig? Bei der Menge Zucker, die du gegessen hast, solltest du schneller in die Schule laufen können, als ich dich fahren kann.«

»Oh. Richtig. Natürlich. Sollte ein Witz sein«, sagte Sam rasch, um seinen Ausrutscher zu überspielen. Er ging zurück in sein Zimmer, wo er Nuks zusammengerollt beim Fenster liegend fand.

»Du hast mir keinen einzigen Doughnut übrig gelassen?«, fragte er, nachdem er die Tür hinter sich geschlossen hatte.

Der Marderhund hob träge den Kopf. »Du wolltest auch welche?«, fragte er treuherzig.

»Natürlich. Aber du hast beim Putzen geholfen – du hast sie dir verdient.« Sam zuckte mit den Schultern. »Ich muss mich dann eben mit einem Müsliriegel begnügen.«

Nuks' Augen weiteten sich schuldbewusst. »Du wolltest auch einen?«

Nicht zehn, sondern zwanzig Minuten später verließen Sam und Ettie endlich das Haus, um zur Schule zu fahren. Tashi wartete bereits geduldig beim Wagen, so wie sie es jeden Tag tat, seit Sam seiner Mutter vorgeschlagen hatte, das neue Mädchen doch mitzunehmen. Ettie fand diesen Vorschlag süß und dachte seitdem, dass Sam sich verliebt hätte. Sams hartnäckiges Abstreiten bestärkte Ettie nur in ihrer Annahme. Die falsche Vermutung seiner Mutter hatte allerdings auch etwas Gutes, denn jetzt sprach sie zumindest nicht mehr von Nerida Nyx, als wäre sie seine zukünftige Frau. Nerida war eine Sandkastenfreundin von Sam, deren Mutter zufällig Etties beste Freundin war. Ettie hatte Sam immer gnadenlos wegen Nerida geneckt, sodass dies eine nette, wenn auch nervige Abwechslung war.

»Entschuldige die Verspätung, Tashi«, sagte Ettie atemlos, während sie ihren Schlüssel aus der Tasche kramte und den Wagen aufschloss. »Der Morgen war heute schon ziemlich hektisch.«

Tashi setzte sich auf den Beifahrersitz und Sam stieg hinten ein. Als Ettie mit leichtem Reifenquietschen aus der Einfahrt fuhr, blickte Tashi zu Sams Mutter hinüber. »Werden Sie am Montag wieder so spät kommen?«, fragte sie sachlich.

»Wie bitte?«, entgegnete Ettie überrascht.

»Wir werden pünktlich sein, versprochen«, meldete sich Sam rasch in dem Versuch, eine unangenehme Situation zu vermeiden. Seine Mutter schaute ihn im Rückspiegel an und er zuckte mit den Schultern.

»Das ist gut«, meinte Tashi, »denn es ist weder ehrenhaft noch respektvoll, sich zu verspäten.«

»Wie bitte?« Etties Ton klang jetzt deutlich gereizter, weshalb Sam sich erneut einmischte.

»Alles gut, Mom, das ist wieder nur so eine kulturelle Sache.« Das war seine Standardentschuldigung für Tashis merkwürdiges Verhalten.

»Oh, richtig«, erwiderte Ettie. »Natürlich.«

Tashi drehte sich zu Sam um. »Ich glaube nicht, dass es …«

Sam blickte sie bittend an und legte einen Finger auf die Lippen. Tashi verstand. Sie wandte sich wieder an Ettie und versuchte die Wogen zu glätten.

»Danke fürs Mitnehmen, Mrs London«, sagte sie mit

ihrem typischen kleinen Lächeln. Und verlegen fügte sie hinzu: »Sie sehen heute … sehr hübsch aus.«

Ettie lächelte. »Danke, Tashi.« Sam gab Tashi mit dem Daumen das Okay-Zeichen, was diese mit einem Nicken quittierte. »Du siehst auch hübsch aus«, fuhr Ettie fort. »Nicht wahr, Sam?«

Sams Erleichterung verpuffte so schnell, wie sie gekommen war, und er musste gegen das Rotwerden kämpfen. Das war ein typischer Ettie-Trick, mit dem sie Sam zwang, einem Mädchen in seinem Alter ein Kompliment zu machen. Früher hatte sie das ständig im Beisein von Nerida getan und immer war daraus eine peinliche Situation entstanden. Was konnte Sam denn anderes tun, als zuzustimmen?

»Ja, stimmt«, bestätigte er deshalb.

Sofort wandte Tashi sich wieder Sam zu. Sie wirkte überrascht und ihr typisches kleines Lächeln wurde etwas breiter. Ettie fing Sams Blick im Rückspiegel auf und zwinkerte ihm zu. Sie glaubte offenbar, sie hätte gerade ihren Teil dazu beigetragen, dass ihr Sohn bei seinem neuen Schwarm Pluspunkte sammeln konnte.

Es gelang Sam, für den Rest der Fahrt weitere erzwungene Komplimente zu vermeiden, und nach dem Aussteigen ging er schnurstracks zum Schultor. Tashi folgte mit ein paar Schritten Abstand. Er hatte sich damit abgefunden, dass die Wächterin ihm auf diese Weise folgte, da es immer noch besser war als am Anfang, als sie neben ihm hergegangen war und alle dachten, sie wären ein Paar. Seit ausgerechnet Nerida ihn gefragt hatte, ob das stimmte, reagierte er sensibel auf diese Vermutung. Er hätte es nie zugegeben, aber der Gedanke, dass Nerida glaubte, er hätte eine Freundin, gefiel ihm überhaupt nicht. Natürlich war er noch nicht ganz so weit, sich selbst einzugestehen, wieso ihm der Gedanke nicht gefiel.

Leider schienen die paar Schritte Abstand zwischen ihnen nicht allen Spekulationen ein Ende gesetzt zu haben.

»Sam und Tashi sitzen auf 'nem Baum, was seh ich da, ich glaub es kaum, sie k-ü-s-s…«, sangen drei Mädchen frotzelnd. Bevor sie weitersingen konnten, blieb Tashi stehen und unterbrach sie.

»Sitzen auf 'nem Baum?«, wiederholte die Wächterin fragend und fügte dann rasch hinzu: »Wenn ihr auf die Zeit anspielt, als ich an einem Ort, den ihr Stadtpark nennt, in einem Baum gelebt habe, kann ich euch versichern, dass Sam nicht …«

Bevor sie weiterreden und sie beide in Verlegenheit bringen konnte, zog Sam sie schnell weg. Die Wächterin war eine Respekt einflößende Kämpferin, aber sie hatte keine Ahnung von alltäglichem menschlichen Verhalten, und so war ihr absolut nicht bewusst, dass die drei Mädchen sie mit dem Lied nur in Verlegenheit bringen wollten.

»Ignoriere sie einfach, Tashi«, riet Sam ihr. »Sie versuchen nur, dich zu ärgern.«

»Mich ärgern?«, wiederholte sie verwirrt.

»Genau. Sie wollen, du weißt schon, dass du dich schlecht fühlst. Sie wollen deine Gefühle verletzen …«

»Mit Worten?«, fragte sie. Es war offensichtlich, dass sie nicht verstand, was er damit meinte. Sam nickte. »Aber sie sind keine Todesfeen?«

Sam musste ein Lachen unterdrücken. »Nein, Tashi, sie sind keine Todesfeen. Mach dir einfach keine Gedanken darüber, okay? Das ist nur so eine blöde Menschensache.«

Tashi nickte, als verstünde sie plötzlich. »Ah, ja, wie die Mädchen, die ihre Gesichter bemalen, obwohl sie nicht in den Krieg ziehen.«

»Hm … so ähnlich, ja.« Sam arrangierte sich so langsam mit der Tatsache, dass es Dinge in seiner Welt gab, die Tashi nie wirklich verstehen würde. Aber das war in Ordnung. Es gab ja auch jede Menge in Tashis Kultur und Welt, das er wahrscheinlich nie wirklich verstehen würde.

»Hast du etwas von Dr. Vantana gehört?«, fragte Tashi, als sie das Schulgebäude betraten.

»Noch nicht«, antwortete Sam enttäuscht, bevor er sich von Tashi trennte und zu seinem Schließfach ging.

»Sei aufmerksam und wachsam«, rief sie ihm wie jeden Tag nach. Er gab ihr ein müdes Okay-Zeichen, ohne sich noch mal umzudrehen.

Als Sam an seinem Schließfach ankam, war er überrascht – und ein wenig enttäuscht –, dass Nerida nicht da war. Ihr Schließfach war gleich neben seinem und sie stand sonst jeden Morgen zur selben Zeit davor. Bei jeder anderen Schülerin wäre das Fehlen kaum aufgefallen, doch Nerida fehlte nie. So lange Sam denken konnte, war sie jedes Jahr dafür ausgezeichnet worden, dass sie keinen einzigen Tag gefehlt hatte. Vielleicht hatte sie sich heute ja verspätet oder war schon in ihr Klassenzimmer gegangen. Wahrscheinlich würde er sie einfach in der Mittagspause in der Bibliothek sehen. In letzter Zeit hatte er die Mittagspausen dort verbracht und sich über magische Wesen informiert, um für seine nächste Mission optimal vorbereitet zu sein. Und an Fisch-Freitagen war auch Nerida immer dort anzutreffen. Offenbar war sie schrecklich allergisch gegen Meeresfrüchte und machte an diesen Tagen lieber einen großen Bogen um die Cafeteria. Ohne Nerida, die ihn in ein Gespräch verwickeln konnte, schnappte sich Sam nur schnell seine Bücher aus dem Schließfach und ging dann rasch weiter, um seinen Schultag zu beginnen.

Sams letzte Stunde vor der Mittagspause war Englisch bei Mr Canis. Er war die menschliche Wiedergeburt von Sams Hundemenschenfreund Chriscanis, der nach einem mutigen, aber tödlichen Kampf mit der Bestie von Gevaudan zu Gaia zurückgekehrt war. Mr Canis war mit der ersten Hälfte seiner Unterrichtsstunde gerade durch, als es endlich geschah.

»Sam?« Eine gedämpfte Stimme riss Sam aus seinem Tagtraum. Mit einem Ruck setzte er sich auf und blickte seinen Lehrer aufmerksam an.

»Ja?«

»Ja, was?«, erwiderte Mr Canis verwirrt.

»Sie haben meinen Namen gesagt«, antwortete Sam. Die ganze Klasse kicherte.

»Das habe ich nicht. Vielleicht hast du mich falsch verstanden.«

»Oh … Entschuldigung«, entgegnete Sam verlegen. Er schob die Verwechslung auf seinen Tagtraum und konzentrierte sich wieder auf den Unterricht.

»Sam?« Die gedämpfte Stimme rief erneut seinen Namen. Dieses Mal klang sie besorgt. Mit einem Schlag war Sam klar, dass die Stimme nicht von seinem Lehrer kam und auch nichts mit seinem Tagtraum zu tun hatte. Sie kam aus der IMW-Dienstmarke in seiner Schultasche. Hastig suchte er nach dem kleinen Gerät, bevor die Stimme von Dr. Vantana erneut ertönen konnte. Leider zog er die Marke genau in dem Moment aus der Tasche, als der Doktor beschloss, es ein drittes Mal zu versuchen, und diesmal sehr laut »Sam London!« rief.

Fast wäre Sam die Dienstmarke aus der Hand gefallen. Vantanas Stimme klang nicht mehr besorgt, sondern ärgerlich. Die ganze Klasse starrte Sam an. Die meisten waren schockiert über diesen ungeheuerlichen Regelverstoß, während einige wenige aufgeregt auf die bevorstehende Konfrontation mit Mr Canis warteten, als wäre das Ganze eine spannende Sportveranstaltung. Sam hob die Marke rasch an seinen Mund und flüsterte: »Moment noch.«

»Mr London – gibt es ein Problem?«, fragte Mr Canis. Er ging um seinen Schreibtisch herum und kam auf Sam zu.

»Nein, Sir, aber kann ich bitte kurz zur Toilette?«

»Was hast du da in der Hand?«, wollte der Lehrer wissen.

»In meiner Hand? Äh … n-n-nichts«, stammelte Sam.

»Zeig es mir, bitte«, verlangte Mr Canis streng. Sam spürte einen Knoten im Bauch, als er dem Lehrer die Dienstmarke reichte und dabei inständig hoffte, dass sie stumm blieb. Mr Canis nahm die Marke und betrachtete sie von allen Seiten.

»Es ist nur ein Spielzeug. Ich muss vergessen haben, es

auszuschalten«, erklärte Sam in der Hoffnung, dass der Lehrer das Interesse daran verlor. Doch Mr Canis schien seltsam fasziniert davon.

»Ein Spielzeug?«, wiederholt er zweifelnd. Sein Blick fand die Aufschrift der Marke. »Institut für …«

»Darf ich bitte zur Toilette?«, unterbrach ihn Sam. Er fürchtete, der Doktor könnte sich jeden Augenblick erneut melden. »Es ist wirklich dringend. Alarmstufe drei!«, fügte er leise hinzu.

Das entlockte dem Lehrer ein Lächeln. »Oh je, wenn das so ist, beeilst du dich besser.«

Sam erhob sich und wies auf die Marke. »Darf ich?« Mr Canis betrachtete seinen Schüler skeptisch. »Sie sehen es auch nie wieder. Versprochen. Geben Sie mir eine zweite Chance?«, fügte Sam mit einem flehenden Lächeln hinzu. Mr Canis überlegte kurz und gab die Marke dann zögernd zurück.

»Keine dritten Chancen.«

»Daran würde ich im Traum nicht denken«, erwiderte Sam ernst.

Kaum hatte er die Toilette erreicht, zog Sam die Dienstmarke aus der Tasche und drückte auf die glänzende Metalloberfläche.

»Dr. Vantana? Bist du noch da? Hier spricht Sam London.«

Einen Augenblick später meldete sich der Doktor mit seinem typischen Südstaatenakzent. »Entschuldige, Sam. Ich habe vergessen, dass du in der Schule bist. Soll ich später noch mal anrufen?«

Sam hatte schon viel zu lang darauf gewartet, etwas von dem Doktor zu hören – noch länger würde er auf gar keinen Fall warten.

»Nein, ist okay. Wie kann ich helfen?«

»Na ja, wir haben uns da in eine … *Situation* hineinmanövriert …«

»Was für eine Art Situation?«

»Die Art, die es bis in die Nachrichten geschafft hat. Wir haben einen neuen Fall, Kleiner, und ich bin auf dem Weg zu dir.«

Kapitel 2

EINE ALTE FREUNDIN

Sam London schwebte praktisch vor Aufregung. Nachdem er von Dr. Vance Vantana nun endlich zu einem neuen Fall gerufen worden war, wollte er am liebsten gleich aktiv werden. Vance hatte angekündigt, dass er Sam in der Mittagspause abholen würde – bis dahin war es gerade mal noch eine halbe Stunde – und dass er Nuks mitbringen würde, denn jetzt waren natürlich die Sam-London-Ersatz-Dienste des Marderhundes gefragt. Sam und Nuks sollten sich in der Schulbibliothek treffen und unauffällig die Plätze tauschen.

Dr. Vantana hatte zwar gesagt, dass ihr neuer Fall es in die Nachrichten geschafft hatte, doch Sam hatte keine Zeit, ins Internet zu gehen oder einen Fernseher zu suchen, um sich vorab zu informieren. Stattdessen musste er, ohne Aufsehen zu erregen, den Rest von Mr Canis' Unterrichtsstunde hinter sich bringen. Also saß er aufrecht auf seinem Stuhl und bemühte sich, aufmerksam zuzuhören – oder besser gesagt: so zu tun, als hörte er aufmerksam zu. Denn die Spannung machte es ihm fast unmöglich, sich zu konzentrieren. Schließlich war das letzte Ereignis, das es in die Nachrichten geschafft hatte und mit magischen Wesen zu tun hatte, Sams Begegnung mit dem Greif gewesen. Und zwar weil dieses Treffen zu einer Massenkarambolage und einer gewaltigen Explosion geführt hatte.

Als es endlich zur Mittagspause läutete, sprang Sam von seinem Stuhl auf und rannte zu den Schließfächern. Wie vorherzusehen, wartete Tashi dort schon auf ihn. Sie wartete in der Mittagspause immer bei Sams Schließfach, damit sie ihn in die Cafeteria begleiten konnte.

»Vantana hat sich gemeldet«, berichtete Sam aufgeregt.

»Eine Mission?«, fragte Tashi neugierig.

Sam nickte und stopfte seine Bücher ins Schließfach. »Er hat gesagt, es sei etwas passiert, das sogar in den Nachrichten war«, erwiderte er und machte sich auf den Weg in die Bibliothek, dicht gefolgt von Tashi. »Er holt mich in ein paar Minuten ab. Ich treffe Nuks in der Bibliothek, damit er …«

»Der Doktor holt uns beide ab«, unterbrach ihn Tashi.

Sam blieb stehen. »Nein, Tashi. Du kannst nicht einfach so aus dem Unterricht verschwinden. Für so was braucht man einen wirklich guten Grund.«

»Ich habe einen Plan«, entgegnete Tashi zuversichtlich und ging weiter in Richtung Bibliothek.

Sam lief neben ihr her. »Wenn dein Plan etwas mit einer gespielten Krankheit zu tun hat, kannst du ihn gleich wieder vergessen. Unsere Schulkrankenschwester war früher beim russischen Militär. Kyle hat mal erzählt, dass es da ihre Aufgabe war, Soldaten, die Verletzungen vorgetäuscht haben, um nicht kämpfen zu müssen, direkt an die Front zu schicken. Sie riecht es praktisch, wenn man lügt. Tim Nelson aus der Achten hat einmal mit einem echt ausgeklügelten Plan alle, selbst seine Eltern, davon überzeugt, dass er Windpocken hat, und das nur, damit er zu Hause bleiben und an einem Computerspiel-Wettkampf teilnehmen konnte. Schwester Orlova hat sich nicht nur in das Spiel eingeloggt und ihn geschlagen, sie hat auch noch den Titel gewonnen. Und dann hat sie sich zu seinem Haus geschlichen und ihm einen Eimer Seifenwasser über den Kopf gekippt, um zu beweisen, dass seine angeblichen Windpocken nur mit einem roten Filzer aufgemalt waren.«

Tashi hob kurz eine Augenbraue, als sie vor dem Eingang zur Bibliothek stehen blieb. »Und du glaubst dieses Märchen?«, fragte sie.

»Ich habe Fotobeweise gesehen. Und ich will damit ja nur sagen, dass es keinen Zweck hat, hier eine Krankheit vorzutäuschen.«

»Ich weiß die Warnung zu schätzen, aber es wird keine Probleme geben«, versicherte Tashi. »Und jetzt lass uns reingehen. Wir wollen den Doktor nicht warten lassen.« Sie betrat die Bibliothek, und Sam seufzte tief, bevor er ihr folgte. Was hatte die Wächterin wohl vor?

Mrs Bryce, die Bibliothekarin, saß wie üblich hinter dem Tresen für die Ausleihe. Sie war Mitte zwanzig und trug die Haare immer hochgesteckt und unter einer gestrickten lilafarbenen Baskenmütze verborgen. Mrs Bryce sah hoch, als die Tür aufging, und riss verwundert die Augen auf.

»Sam?« Sie schien irritiert. »Habe ich dich nicht gerade schon reinkommen sehen?«

Daraus schloss Sam, dass Nuks bereits auf ihn wartete. Eigentlich hatten sie ausgemacht, dass der Marderhund ein anderes Gesicht annahm, bevor er die Schule betrat, genau um solche heiklen Situationen zu vermeiden.

»Äh … ja«, stammelte Sam. »Ja, das haben Sie. Ich bin aber noch mal kurz rausgegangen, um etwas aus meinem Schließfach zu holen.«

»Neue Klamotten?«, fragte sie und betrachtete ihn von oben bis unten.

»Oh … ja, genau. Ich habe mir Saft aufs Hemd gekleckert und musste mich umziehen.« Mrs Bryce nickte, schien jedoch nicht überzeugt. Um weitere Fragen zu vermeiden, fügte Sam rasch hinzu: »Ich bin dann mal in meiner Lieblingsabteilung«, und ging mit Tashi im Schlepptau in den hinteren Bereich der Bibliothek.

Er und Nuks hatten vereinbart, sich in der Abteilung »Sagen und Mythen« zu treffen, wann immer Nuks Sams Stelle einnehmen musste. Abgesehen davon, dass Sam die Ironie dahinter lustig fand, lag die Abteilung auch ziemlich versteckt, und es verirrte sich nur selten jemand hierher. Tatsächlich wartete Nuks schon mit einem Buch in der Hand und einer Reisetasche neben sich genau an der vereinbarten Stelle. Als er Sam und Tashi kommen sah, grinste er.

»Sam! Tashi!« Stolz hielt er das Buch hoch. »Schaut mal!« Er zeigte auf die Illustration eines Marderhundes. Die Bildunterschrift wies das Wesen als Tanuki aus. »Das bin ich«, rief Nuks aufgeregt. »Also, nicht wirklich ich, aber der hier ist so einer wie ich. Ist das nicht cool?«

»Sehr cool«, pflichtete Sam ihm bei. »Ich dachte, wir hätten darüber gesprochen, dass du dich als jemand anderes ausgibst, wenn du hierherkommst. Mrs Bryce ist echt argwöhnisch.«

»Ich muss jemanden berühren, um seine Gestalt anzunehmen«, erklärte Nuks. »Und dafür hatte ich keine Zeit.«

»Okay. Wir bereiten uns das nächste Mal einfach besser vor«, meinte Sam.

»Unbedingt!«, stimmte Nuks zu. Dann begrüßte er die Wächterin mit einem Lächeln. »Hi, Tashi.«

»Schön, dich wiederzusehen, Nuks«, erwiderte Tashi. »Hast du mitgebracht, worüber wir gesprochen haben?«

»Ihr sprecht miteinander?«, fragte Sam überrascht.

»Wenn es notwendig ist«, antwortete sie.

Nuks nickte und beugte sich zu der Reisetasche hinunter. »Genau das, was du wolltest, Tashi.«

»Was soll das alles?«, wollte Sam wissen. »Dr. Vantana wartet doch auf uns.«

Nuks öffnete den Reißverschluss der Tasche und zum Vorschein kam ein Marderhund. Er hatte hellrotes Fell und eine rosa Nase. Als er hochschaute und Sam sah, klimperte er mit den Wimpern.

»Ist das …«, begann Sam.

»Sie heißt Nuiko und kommt aus Japan«, erklärte Nuks.

Sam wurde plötzlich einiges klar. Er wandte sich an die Wächterin. »Tashi, du willst doch nicht etwa …«

»Du hast doch selbst gesagt, dass ich dem Unterricht nicht einfach so fernbleiben kann, Sam London. Ich muss also jemanden haben, der meinen Platz einnimmt. Ich habe

Nuiko bei mir aufgenommen, genau wie du Nuks bei dir aufgenommen hast, und sie hat sich darauf eingelassen. Nuks hatte Anweisung, Nuiko mitzubringen, wenn er gerufen wird.«

»Aber du wohnst bei einer Katzenlady«, wandte Sam ein. »Einer *richtigen* Katzenlady!«, betonte er und meinte damit, dass die Frau, bei der Tashi wohnte, ein Kind der Bastet war, also halb Katze und halb Mensch. »Bin ich der Einzige, der darin möglicherweise ein Problem sieht?«

»Sam«, beruhigte Nuks ihn. »Wir kommen alle bestens miteinander klar, glaub mir.«

»Außerdem habe ich vorher mit Miss Bastifal gesprochen, und sie war einverstanden«, berichtete Tashi. »Und jetzt lasst uns anfangen.« Sie beugte sich zu Nuiko hinunter, um sie hochzunehmen, doch Sam hielt ihr Handgelenk fest.

»Warte«, wisperte er. »Sie kann sich doch nicht einfach hier drin verwandeln. Was ist, wenn Mrs Bryce um die Ecke kommt? Was machen wir dann?«

»Wir müssen es hier drin tun. Wir haben keine andere Wahl. Du sorgst einfach für Ablenkung.«

»Ach ja? Und wie?«, fragte Sam ärgerlich.

»Ich weiß es nicht«, erwiderte Tashi, während sie Nuiko berührte und die Marderhündin mit der Verwandlung begann. »Aber tu es schnell.«

Genervt trat Sam aus dem Gang. Seine Gedanken überschlugen sich. Sämtliche möglichen Ablenkungen, die ihm einfielen, würden ihm höchstwahrscheinlich mehr als eine Stunde Nachsitzen einbringen. Doch plötzlich spielte das keine Rolle mehr, denn Mrs Bryce kam direkt auf ihn zu.

»Hey, Mrs Bryce …« Sam stellte sich zwischen die Bibliothekarin und den Gang, in dem Nuiko sich gerade in die Doppelgängerin von Tashi verwandelte. »Wie geht es Ihnen so?«

»Gut. Danke der Nachfrage. Sam, ich wollte mit dir reden.« Sie blieb nur wenige Schritte vor dem Gang stehen. »Ich nehme an, dass du heute noch keine Nachrichten gesehen hast, oder?«

»Noch nicht. Warum?«

»Warst du schon mal am Pier 39?«, fragte sie in ihrem Bibliotheksflüsterton. Pier 39 war ein berühmtes Touristenziel in San Francisco mit Restaurants, Läden und anderen Attraktionen. Sam hatte keine Ahnung, wohin das Gespräch mit der Bibliothekarin führen würde, aber wenigstens hielt es sie davon ab, in die Sagen-und-Mythen-Abteilung zu gehen und dort etwas Unfassbares zu sehen.

»Klar, schon oft«, antwortete er.

»Kennst du die Seelöwen-Kolonie, die dort lebt?«

»Natürlich. Ich bin unheimlich gern dort.« Sam hatte schon oft mit den anderen Touristen am Geländer gestanden, hatte zugeschaut, wie die Tiere sich in der Sonne aalten, und ihr Bellen gehört.

»In den Nachrichten kam vorhin etwas, das dich wahrscheinlich interessieren wird«, fuhr Mrs Bryce fort.

»Ach ja?« Sams Neugier war geweckt. Er vermutete, dass dieses »Etwas« der Fall war, von dem Dr. Vantana gesprochen hatte. Sams Ablenkung erfüllte nicht nur ihren Zweck, sie war womöglich auch noch informativ. »Was ist denn passiert?«

»Ein paar Touristen haben gesehen, wie ein Mann in einem Seehundkostüm auf eine der Plattformen geklettert ist«, erklärte Mrs Bryce. »Jemand hat das alles aufgenommen. Das Video hat sich rasend schnell verbreitet.«

»Wow. Das klingt ja ziemlich schräg.«

»Ist das alles, was du dazu zu sagen hast?« Sams wenig enthusiastische Reaktion schien Mrs Bryce zu überraschen. »Ich dachte, du hättest gleich eine verrückte Theorie parat, vielleicht dass dieser Kerl eine Art Meermann ist oder so.« Mrs Bryce kannte Sams Begeisterung für magische Wesen.

»Aber Sie haben doch gesagt, dass es ein Mann in einem Seehundkostüm war.«

»Ich weiß. Aber was, wenn dem doch nicht so war? Was, wenn er ein Seehund in einem Menschenkostüm war?« Mit hochgezogenen Augenbrauen wartete sie auf seine Antwort.

Sam nickte bedächtig. »Jetzt verstehe ich. Das ist ja interessant ...«

»Genau.« Mrs Bryce setzte sich wieder in Bewegung, in Richtung des Gangs, in dem Nuiko sich vermutlich immer noch verwandelte. »Ich glaube, wir sollten mal in eines deiner Lieblingsnachschlagewerke schauen. Vielleicht finden wir etwas dazu.«

»Warten Sie. Kann ich das Video mal sehen?«, bat Sam. »Damit ich weiß, wonach ich suchen muss«, fügte er hastig hinzu, da er Angst hatte, dass die Verwandlung noch nicht abgeschlossen war.

»Klar«, antwortete Mrs Bryce, aber sie drehte sich nicht um.

»Warten Sie«, bat Sam noch einmal, jetzt mit Panik in der Stimme.

Die Bibliothekarin hielt inne und drehte sich zu ihm um. »Was ist denn los?«, fragte sie.

»Nichts.« Sam zuckte mit den Schultern. Er gab sich lässig. »Ich dachte nur, wir schauen uns das Video an.«

»Das werden wir auch, aber zuerst möchte ich das Buch holen.« Mrs Bryce lächelte und verschwand um die Ecke und im Gang.

Sam rutschte das Herz in die Hose, und es fühlte sich an, als würde es alles Blut aus seinem Kopf mit hinunterziehen. Falls die Bibliothekarin jetzt sah, wie sich ein Marderhund in einen Menschen verwandelte, war Sams Zukunft beim IMW vorbei. Er musste sich schnell etwas einfallen lassen, um eine Katastrophe zu verhindern.

»Ich kann das erklären«, rief er, als er hinter ihr herlief.

»Was erklären?«, fragte Mrs Bryce. Sam schaute an ihr vorbei in einen leeren Gang, dann wandte er sich wieder der erwartungsvollen Mrs Bryce zu.

»Wo das Buch steht, das Sie suchen«, stammelte er.

Sie lachte. »Ich bin die Bibliothekarin hier. Ich glaube, ich kann es mir ziemlich genau vorstellen.«

»Natürlich«, erwiderte Sam erleichtert. Da hatte er ja noch mal Schwein gehabt, ach was, eine ganze Schweinehorde! »Das liegt nur an meiner angeborenen Hilfsbereitschaft. Die ist wie ein Reflex. Wie wenn der Doktor einem mit diesem Hämmerchen aufs Knie klopft und das Bein nach oben schnellt. Wenn irgendjemand etwas braucht, bin ich sofort bereit zu helfen.«

Mrs Bryce betrachtete ihn einen Moment lang skeptisch und wandte sich dann wieder den Büchern zu.

Als Sam ein »Pssst!« hinter sich hörte, blickte er verstohlen zum Eingang des Gangs zurück. Zwei Tashis und ein zweiter Sam spähten um die Ecke. Der Original-Sam schickte sie mit wildem Gewedel weg, bevor er sich rasch wieder zu Mrs Bryce umdrehte, die gerade ein Buch aus dem Regal zog.

»Hier ist …«, begann sie, doch bevor sie den Satz beenden konnte, musste sie niesen. Es war ein kräftiger Nieser, der sie wohl selbst überraschte. »Entschuldige«, bat sie.

»Gesundheit«, erwiderte Sam.

Mrs Bryce schaute vor sich auf den Boden. »Was ist …« Sie kniete sich hin und berührte vorsichtig etwas, das aussah wie ein Häufchen Tierhaare. Haare von Nuiko, schlussfolgerte Sam entsetzt. Zweifellos hatte sie sie bei ihrer Verwandlung verloren. In diesem Moment erlitt Mrs Bryce einen Niesanfall, wie ihn noch keine Kreatur, weder menschlich noch sonst wie, je erlebt hatte. Bei 23 dicht aufeinander folgenden Niesern hörte Sam auf zu zählen. Sie schienen alle ineinander überzugehen, und einige hatten noch nicht einmal richtig aufgehört, bevor schon der nächste begann. Der Anfall war so gewaltig, dass Mrs Bryce die lilafarbene Baskenmütze vom Kopf flog und leuchtend lilafarbene Haare darunter zum Vorschein kamen. Der Anblick machte Sam sprachlos, doch er hatte keine Zeit, darüber nachzudenken.

»Ich … bin … aller…gisch gegen … Hun…de«, stammelte Mrs Bryce. »Aber wie kommt ein …«

Sam half ihr, sich aufzurichten, und führte sie aus dem Gang und hinüber zur Tür.

»Vielleicht sollten Sie zur Schulkrankenschwester gehen«, schlug er vor, wobei er sich um einen möglichst ernsten Ton bemühte. Die Bibliothekarin nickte. Zumindest sah es so aus. Sam konnte sich nicht sicher sein, ob es wirklich ein Nicken war oder nur das Zurückwerfen des Kopfes beim Niesen.

»Ja … ja … ich glaube, das sollte ich wirklich.« Sie musste immer wieder neu ansetzen und ihre Nase hatte inzwischen die Farbe von Roter Bete angenommen.

»Ich bleibe hier und passe auf, bis ein Lehrer übernehmen kann«, bot Sam an. Mrs Bryce nickte erneut und nieste sich aus der Bibliothek.

Als sie außer Sichtweite war, rannte Sam zu den Bücherregalen zurück. Im Gang hinter der Mythen-Abteilung entdeckte er seine Freunde.

»Ausgezeichnete Ablenkung, Sam London«, lobte Tashi. »Höchst beeindruckend.«

»*Beeindruckend?* Es war eine Katastrophe!«, rief er. »Die arme Frau hat sich wegen der Haare, die *sie* auf dem Teppich zurückgelassen hat, fast zu Tode geniest.« Sam wies auf Tashis Double. »In dem Gang sah es aus, als hätte sich Bigfoot Carl den Rücken rasiert.«

Darauf begann die Tashi, die eigentlich Nuiko war, zu weinen. Und sie weinte nicht nur, sie schluchzte völlig unkontrolliert.

»Jetzt hast du sie ganz aus der Fassung gebracht!«, rief Nuks und legte Nuiko eine Hand auf die Schulter.

Sam bekam sofort ein schlechtes Gewissen. »Es tut mir leid. Wirklich.«

Nuks nahm Nuiko in den Arm. Es war Sam irgendwie peinlich, einer Version seiner selbst dabei zuzusehen, wie sie Tashi umarmte, obwohl er doch wusste, dass die beiden nur Marderhunde in menschlicher Gestalt waren. Tashi war ähnlich verwirrt und schien sich regelrecht zu schämen. Doch bei ihr war es nicht die Umarmung, die diese Reaktion ausgelöst hatte, sondern die Tränen.

»Du darfst nicht weinen, wenn du mich verkörperst«, schimpfte sie. »Wächter haben ihre Gefühle unter Kontrolle. Du musst auch deine unter Kontrolle haben, sonst täuschst du niemanden.« Nuiko schniefte und bemühte sich, ihre Tränen zurückzuhalten. Das Ergebnis war eine Art Winseln, das man normalerweise von einem verzweifelten Kleinkind erwarten würde.

»Sie schafft das schon«, versicherte Nuks Tashi. »Ich werde sie nicht aus den Augen lassen. Ihr zwei solltet jetzt aber wirklich gehen.«

»Richtig«, bestätigte Sam und ordnete seine Gedanken neu, weg von der Umarmung und hin zum wartenden Doktor. »Tut einfach nichts Verrücktes, okay?« Er war sich nicht sicher, ob Umarmungen in diese Kategorie fielen, doch jetzt war keine Zeit, darüber nachzugrübeln.

»Du brauchst dir keine Sorgen zu machen. Ich werde der beste Sam-London-Ersatz sein, den es je gab!«, versicherte Nuks mit einem scheunentorbreiten Grinsen.

»Ich bin mir ziemlich sicher, dass ich in meinem ganzen Leben noch nie so breit gegrinst habe«, wies Sam ihn zurecht, und sofort lächelte Nuks nicht mehr ganz so breit. »Noch ein bisschen weniger«, verlangte Sam, und Nuks reduzierte das Lächeln weiter, bis es kaum noch ein Schmunzeln war. »Perfekt«, lobte Sam. »Bis später, ihr zwei.«

Tashi hob ihren Rucksack vom Boden auf, und während sie die Bibliothek verließen, fiel Sam auf, dass die Wächterin sich immer wieder nervös zu der immer noch wimmernden Nuiko umdrehte. Er hatte Tashi bisher noch nie so besorgt gesehen, konnte es ihr aber nicht verdenken. Sie hatte schließlich keine Ahnung, was sie nach ihrer Rückkehr erwarten würde. Sam hoffte einfach, dass Nuks sich nicht irgendeiner Sportmannschaft anschließen oder ein Dutzend neuer Freunde machen würde.

Dank Tashis hervorragenden Instinkten schafften sie es, das Schulgelände ungesehen zu verlassen. Sie entdeckten den SUV des Instituts in einer Seitenstraße. Dr. Vantana sprach ins Mikrofon seiner Dienstmarke, als Sam sich auf den Rücksitz setzte und Tashi vorn einstieg.

»Ich weiß, es ist seltsam, dass sich einer von ihnen so weit weg von zu Hause blicken lässt«, sagte der Doktor gerade. »Ich habe Phylassos eine Nachricht hinterlassen und ihn um seine Meinung gebeten. Wir werden der Sache auf den Grund gehen. Ich muss jetzt Schluss machen. Sam und Tashi sind gerade gekommen.«

»Hi, Sam, hi, Tashi«, tönte eine Stimme aus der Dienstmarke. Sam erkannte Penelope Naughton dahinter, die Rangerin aus dem Redwood-Nationalpark. »Trevor lässt grüßen.«

»Hey, Penelope!«, rief Sam. »Bitte sag meinem guten Freund Trevor, dass wir beide zurückgrüßen. Und dass er uns fehlt und wir ihn als Freund sehr schätzen.« Trevor war ein Troll, der im Redwood-Nationalpark wohnte und wie alle Trolle besessen davon war, möglichst viele Freunde zu haben.

»Er wird sich sehr freuen, das zu hören«, erwiderte Penelope vergnügt.

»Ich habe nicht …«, begann Tashi, doch Sam bedeutete ihr rasch, still zu sein.

»Okay, genug Nettigkeiten. Vantana out.« Der Doktor schaltete seine Dienstmarke mit einem Fingerdruck aus und blickte Sam im Rückspiegel an. »Schön, dich zu sehen, Kumpel. Dich auch, Tashi.«

»Ganz meinerseits, Dr. Vantana«, erwiderte Sam mit einem breiten Lächeln.

»Ich schließe mich an«, meinte Tashi, während sie sich anschnallte.

Der Doktor legte den Gang ein und der SUV fuhr los.

»Gab es Probleme beim Austausch?«, wollte Vance wissen.

»Es hätte glatter gehen können«, antwortete Sam. »Vor allem wenn Tashi mir vorher gesagt hätte, dass sie sich auch durch einen Tanuki ersetzen lässt.«

»Es war nicht wichtig, bis es wichtig wurde«, behauptete die Wächterin.

»Dafür kannst du mir die Schuld geben«, erwiderte Vantana kleinlaut. »Ich wusste, dass sie dir nicht von der Seite weichen würde. Deshalb habe ich ihr eine Nachricht geschickt, dass sie sich für den Fall der Fälle bereithalten soll.«

Sam sah die Wächterin fassungslos an. »Du hattest Kontakt mit Dr. Vantana und hast mir nichts davon gesagt?«

»Es ging ja nicht um eine Mission«, erklärte Tashi. »Es ging nur um einen Vorschlag, den ich nützlich fand.«

Sam drehte sich zum Fenster um und schaute hinaus. Es ärgerte ihn, dass sie ihm Informationen vorenthielt.

»Wisst ihr eigentlich, wohin wir fahren?«, fragte der Doktor.

»Nach San Francisco«, antwortete Sam.

Vance nickte. »Und weißt du auch, weshalb?«

»Ein Seehund im Menschenkostüm?«, vermutete Sam.

Vance grinste. »So etwas Ähnliches. Hast du das Video gesehen?«

»Ich habe davon gehört.«

Während der 45-minütigen Fahrt zum Pier 39 wollte Sam von Dr. Vantana wissen, was er in den letzten Wochen gemacht hatte. Vantana erzählte, dass er die ganze Welt bereist und Nationalparks besucht hatte, um die Leute wissen zu lassen, dass alles wieder in Ordnung war, nachdem sich die Nachricht von den Ereignissen in Hérault herumgesprochen hatte. Es gab eine ganze Menge Wesen, deren Geschwister an dem Tag im Amphitheater waren, als der Kynokephalus Chace enthüllt hatte, dass Dr. Knox in Wahrheit Phylassos war. Chace hatte damals versucht, die Greifenklaue zu vernichten, was den Fluch aufgehoben hätte, der die magischen Wesen vor den Menschen verbarg. Viele dieser Wesen hatten jetzt Angst, sie könnten Probleme bekommen, weil sie mit jemandem verwandt waren, der dabei mitgeholfen hatte. Oder wie Vance es ausdrückte: »Sie waren so nervös wie ein Haufen langschwänziger Katzen in einem Zimmer voller Schaukelstühle.« Der Doktor hatte versucht, diesen Wesen die Angst zu nehmen, und ihnen versichert, dass es für sie keinerlei Konsequenzen gäbe. Ein paar Wesen nahmen es Phylassos aber auch sehr übel, dass er sich jahrelang als ganz gewöhnlicher Mensch ausgegeben hatte, und fühlten sich von ihm verraten. Es klang so, als sei diese Gruppe nicht so leicht zu überzeugen, doch laut Vance waren sie alle »nach jeder Menge Zuhören und wenig Reden glücklich und froh wie der Mops im Haferstroh«.

»Da bin ich aber erleichtert«, meinte Sam. Vor den Autofenstern war schon Fisherman's Wharf, das Hafenviertel von San Francisco, zu sehen. Vance fuhr in die Tiefgarage von Pier 39 und stellte den Wagen ab. Sie stiegen aus und Sam ging in Richtung der Seehundkolonie.

»Wohin willst du, Partner?«, fragte der Doktor.

»Zum Pier 39. Da hat sich der Vorfall doch ereignet, oder?«

»Das stimmt, aber dazu müssen wir keine Untersuchungen mehr anstellen. Das steht ja schon alles im Internet. Unsere Aufgabe ist es jetzt, mit einer Zeugin zu reden.«

»Oh … okay. Mit wem denn? Mit einer Touristin?«

»Nicht ganz. Die meisten Augenzeugen haben schon mit der Presse gesprochen, alle bis auf eine. Ich vermute, dass diese Zeugin mehr gesehen hat als die anderen, aber nicht darüber reden will. Ich hoffe, dass ein Besuch von uns sie umstimmen wird.«

Dr. Vantana führte Sam und Tashi ein paar Blocks weg vom Pier zu einem schmalen vierstöckigen Wohngebäude, dessen Alter man nur daran erkannte, dass es zwischen lauter brandneuen Häusern mit Eigentumswohnungen eingezwängt war. Die drei nahmen die Treppe zum dritten Stock und gingen zu einer Wohnung am Ende des Flurs. Vantana klopfte, und wenige Augenblicke später ging die Tür auf, und die Zeugin stand vor ihnen. Nie im Leben hätte Sam gedacht, dass er diese Person noch einmal wiedersehen würde.

»Ich wusste, dass ihr kommt«, begrüßte Gladys Hartwicke ihre Besucher lächelnd. Dann spähte sie an dem Trio vorbei und fragte neugierig: »Wo ist denn der Greif?«

SL002-130-20

Betreff: Hartwicke, Gladys

Quelle: ZA

Datum: [redacted]

Gladys Hartwicke wusste, wann sie den Mund halten musste.
Nachdem sie wochenlang von diversen Psychiatern befragt – oder besser gesagt: verhört – worden war, hatte man ihr schließlich geistige Zurechnungsfähigkeit bescheinigt und sie seitdem nicht mehr behelligt. Doch entgegen dem, was Gladys den Psychiatern erzählt hatte, kannte sie die Wahrheit – und wusste sie geheim zu halten. Sie hatte im Death Valley einen Greif gesehen. Er hatte ihr das Leben gerettet. Und dieser Junge aus dem Bus hatte mit ihm geredet. All das stand für sie felsenfest. Und dann war da noch der Besuch des

seltsamen Arztes im Krankenhaus, der ihr ein paar Fragen gestellt und sie dann gebeten hatte, zu erraten, welche Spielkarte er in der Hand hielt und unter welchem Becher eine Vierteldollarmünze lag. Die Trefferquote bei diesen Tests war damals erstaunlich hoch, und sie glaubte schon, plötzlich übersinnliche Fähigkeiten zu haben. Als sie ihr neuentdecktes Talent am Bingo-Abend ihren Freundinnen demonstrieren wollte, machte sie sich allerdings nur lächerlich.

Wenn man sie heute nach dem Greif, dem Jungen oder dem Doktor fragte, lachte sie nur und schrieb ihre frühere Aussage einer wirkungsvollen Mischung aus Erschöpfung, Dehydrierung und Aufregung zu. Das bedeutete jedoch nicht, dass sie vergessen hatte, was passiert war. Deshalb war es Ironie des Schicksals, dass ausgerechnet Gladys am Pier 39 in San Francisco war, als sich dort ein weiteres magisches Wesen zeigte.

Es war ein typischer Frühlingsmorgen, als Gladys von ihrem Apartment im Stadtteil North Beach in San Francisco zu ihrem täglichen Spaziergang aufbrach. Sie liebte diese Spaziergänge, da sie ihr die Möglichkeit boten, Menschen zu beobachten und die Welt um sich herum zu belauschen. Das half, ihre angeborene Neugier – oder, wie einige ihrer guten Freunde und Verwandten es nannten, ihren Hang zur Schnüffelei – zu befriedigen. Gladys gehörte zu der Sorte

Mensch, die gern fremde Leute grüßte, die sie auf ihren Ausflügen traf, sie fragte, wie es ihnen ging und woher sie kamen. Letzteres führte mit fast hundertprozentiger Sicherheit zu einer Geschichte von Gladys darüber, was sie mit der Heimatstadt der Fremden verband oder dort schon mal erlebt hatte. Sie nannte dieses kleine Spiel »Gladys Hartwicke in drei Schritten« und belohnte sich mit Schokolade aus einem Süßwarengeschäft in der Nachbarschaft, wenn es ihr gelang, die Verbindung zur Heimat eines Fremden in weniger als drei Schritten herzustellen. Sie hatte dieses Spiel noch nie verloren. Natürlich wurde es immer einfacher, je mehr Menschen sie auf ihren täglichen Spaziergängen traf.

An diesem speziellen Tag lag der bekannte Nebel von San Francisco noch wie eine feuchte Decke über der Bucht. Solange er sich nicht auflöste, war es unwahrscheinlich, dass sie irgendwelche Touristen traf. Normalerweise legte sie ihre Spaziergänge auf den frühen Nachmittag, weil sie da sicher sein konnte, dass viel los war in der Gegend. Doch an diesem Tag wollte sie sich nachmittags noch mit einem ihrer Neffen treffen, der seine Verlobung bekanntgegeben hatte. Gladys freute sich darauf, mit dem jungen Mann über seine Verlobte zu sprechen. Seit sie die Neuigkeit gehört hatte, hatte sie fleißig an einem ganzen Fragenkatalog für ihn gearbeitet. Sie wollte zum Beispiel wissen, wie sie sich kennengelernt hatten, ob sie beide eher Katzen- oder Hundemenschen waren und beide nach jeder Mahlzeit die Zähne mit Zahnseide reinigten. Gladys glaubte fest daran, dass gleiche Ansichten in Sachen Zahnhygiene ausschlaggebend waren für ein harmonisches Zusammenleben.

Als sie den Pier 39 betrat, stellte Gladys enttäuscht fest, dass die Besucherzahl sich selbst hier sehr in Grenzen hielt, wofür zweifellos das Wetter verantwortlich war. Deshalb ging sie zu dem Platz, zu dem sie immer ging, wenn nicht genügend Menschen da waren, um ihre Lust auf soziale Kontakte zu befriedigen. Nach einer Ladenzeile auf der Westseite des Piers um die Ecke und dann bis zum Ende des Stegs. Am Geländer entlang standen Bänke und Münzfernrohre für diejenigen, die einen genaueren Blick auf die Bucht von San Francisco oder aber auf die berühmte Seelöwenkolonie werfen wollten.

Im Verlauf vieler Jahre und sehr vieler Spaziergänge hatte Gladys gelernt, die einzelnen Seelöwen der Kolonie auseinanderzuhalten. Sie hatte ihnen sogar Namen gegeben. Angefangen hatte sie mit den Namen der Präsidenten der USA, und als sie mit dieser Liste durch war, hatte sie Namen anderer berühmter Persönlichkeiten der Geschichte genommen und schließlich berühmte Romanfiguren. Da sie also so vertraut war mit den Mitgliedern der Kolonie, fielen ihr neue Besucher, die sich auf die rechteckigen Plattformen hievten, immer sofort auf.

Beim Näherkommen sah Gladys, dass bereits ein paar Leute am Geländer standen in der Hoffnung, einen Blick auf die Seelöwen zu erhaschen und ein paar Fotos machen zu können. An den dicken Rucksäcken, den bequemen Laufschuhen, den Cargo-Shorts mit prall gefüllten Taschen und den teuren Kameras erkannte Gladys sofort, dass es sich um Touristen handelte. Ein junges Paar stufte sie als frisch Verheiratete in den Flitterwochen ein. Außerdem war noch ein Deutsch sprechendes Paar mit einem kleinen Jungen da. Sie wollte die deutschen Touristen gerade in ein Gespräch verwickeln und eine Runde »Gladys Hartwicke in drei Schritten« spielen, als ihr etwas Ungewöhnliches auffiel. Die Seelöwenkolonie hatte ein neues Mitglied.

Gladys sah, dass ein Tier sich auf eine der schwimmenden Plattformen gehievt hatte. Da sie einmal ehrenamtlich im Pazifik-Aquarium gearbeitet hatte, erkannte sie anhand der breiten Nasenlöcher und der langen Schnauze des Tiers, dass es sich nicht um einen Seelöwen, sondern um eine Kegelrobbe handelte, einen seltenen Flossenfüßer, der eigentlich im Nordatlantik beheimatet war. Was machte der denn hier im Pazifik? Kegelrobben waren ziemlich groß, hatten ein dunkles, silbrig schimmerndes Fell mit hellen, über den ganzen Körper verteilten Flecken. Gladys hatte noch nie eine Robbe in der Seelöwenkolonie gesehen und war gespannt, wie die hier ansässigen Tiere wohl darauf reagieren würden.

Tatsächlich war die Reaktion reichlich merkwürdig. Denn zu ihrer großen Überraschung machten die Seelöwen von Pier 39 Platz für den neuen Gast. Und nicht nur das, sie wandten sich ihm zu und bewegten die Köpfe auf und ab. Es sah aus wie ein Zeichen der Ehrerbietung, als wäre er ein König oder etwas in der Art. *Seltsam*, dachte Gladys. Doch dann wurde alles noch sehr viel seltsamer.

Die Robbe begann sich zu verwandeln. Sie sah überhaupt nicht mehr aus wie eine Robbe, sondern eher wie ein Mensch in einem aufwendig gearbeiteten Kostüm. Der Bauch des Wesens brach auf und ein Mann trat aus dem Inneren hervor. Er war splitterfasernackt. Die Touristen keuchten schockiert, Eltern hielten ihren Kindern die Augen zu, und Gladys stand einfach nur da und beobachtete alles mit vor Verwunderung offenem Mund. Ihr Wunsch, mit den Touristen zu reden, war wie weggeblasen. Es gab einen neuen Besucher in der Stadt, den sie viel lieber befragen wollte. Sie lächelte voller Vorfreude. An ihren heutigen Spaziergang würde sie sich ganz bestimmt noch lange erinnern.

Kapitel 3
Ins Wasser gefallen

Der Junge, der den Greif gesehen hatte, saß jetzt also der Frau gegenüber, die den Greif ebenfalls gesehen hatte. Es war ein unwahrscheinliches Wiedersehen, mit dem Sam nie im Leben gerechnet hätte. Doch da waren sie nun, zwei Menschen ganz unterschiedlicher Generationen und mit ganz unterschiedlicher Vorgeschichte, zum zweiten Mal am selben Ort, weil ein magisches Wesen beschlossen hatte, überraschend aufzutauchen. Anders als bei dem Vorfall in Bakersfield hatte dieses Mal Gladys Hartwicke und nicht Sam die Antworten parat, die Dr. Vantana suchte. Sam saß neben Vance auf der viel zu bunten Couch in dem viel zu vollgestopften Wohnzimmer von Gladys Hartwicke. Es sah aus, als hätte sie früher mal ein großes Haus besessen und einfach vergessen, ein paar Möbel auszusortieren, als sie in eine kleinere Wohnung gezogen war. Die Couch war bequem doch der Stoff wies sämtliche Töne des Farbspektrums auf. Jede Kissenfarbe hätte immer perfekt gepasst, doch die Kissen, die Gladys besaß, schienen selbst genäht zu sein und waren genauso bunt wie die Couch.

Gladys saß in einem Sessel mit rotem Samtbezug und hielt eine kleine Teetasse aus Porzellan in den Händen, die jedes Mal, wenn sie einen Schluck nahm und sie dann auf die Untertasse zurückstellte, klirrte und klapperte. Tashi stand etwas abseits und lehnte Gladys' Angebot, sich doch zu setzen, konsequent ab. Gladys warf der stoischen Wächterin immer wieder Blicke zu und versicherte ihr, dass sie es sich gerne überall bequem machen konnte, doch Tashi rührte sich nicht von der Stelle.

»Ich fühle mich auf meinem Platz sehr wohl, aber ich danke Ihnen für Ihre Fürsorge«, erwiderte die Wächterin auf jede neue Einladung der Frau.

Gladys war so nett, ihren Gästen Gläser mit Wasser und einen Teller Kekse anzubieten. Sie erklärte lang und breit, dass die Kekse eigentlich für ihren Neffen und seine frisch Verlobte gedacht waren, dass sie deren Besuch jedoch sofort nach dem morgendlichen Erlebnis am Pier verschoben hatte. Denn sie hatte so ein Gefühl gehabt, dass der seltsame Doktor aus Bakersfield ihr einen Besuch abstatten könnte.

»Ich bin nicht befugt, mit Ihnen über die Ereignisse im Death Valley zu sprechen. Aber ich kann Ihnen versichern, dass Sie dort tatsächlich einen Greif gesehen haben und heute am Pier einen Selkie. Beide gibt es tatsächlich. Sie sind nicht verrückt«, versicherte der Doktor ihr.

»Ich *wusste* es«, erwiderte Gladys mit einem erleichterten Lächeln. »Und was genau ist ein Selkie?«

»Eine Art mythischer Meeresbewohner«, erklärte Vantana. Dann fügte er vorsichtig hinzu: »Miss Hartwicke, ich kann Sie nicht davon abhalten, mit jemandem über diese Sache zu reden, aber ich bitte Sie inständig, unsere Unterhaltung für sich zu behalten. Zu Ihrer eigenen Sicherheit, versteht sich.«

»Selbstverständlich«, erwiderte Gladys. »Es würde mir doch ohnehin niemand glauben. Man würde mich nur für eine Verrückte halten, die Dinge sieht, die es gar nicht gibt – genau wie beim letzten Mal.« Dann fügte sie leise hinzu: »Aber es ist trotzdem schön, die Wahrheit zu kennen.«

»Also, wie war das heute Morgen genau mit dem Selkie?«, fragte Vance. »Haben Sie gesehen, wohin er geschwommen ist, nachdem er ins Wasser zurückgesprungen ist?«

Gladys nickte. »Jawohl, das habe ich. Ich habe ihn im Wasser beobachtet. Er ist so schnell geschwommen. Wie ein Torpedo. *Wusch!* Direkt zu den Schiffsanlegeplätzen. Alle anderen haben immer noch gebannt zu den Seelöwen geschaut, weil sie erwarteten, dass er da wieder auftaucht, aber ich bin schnell zu den Anlegeplätzen gegangen. Ich wollte ihn unbedingt treffen!«

»Und – haben Sie das?«, fragte der Doktor.

Gladys schüttelte enttäuscht den Kopf. »Ich habe ihn wohl erschreckt. Das passiert mir öfter. Er ist gestolpert und dann weggelaufen. Aber dabei hat er etwas verloren. Ich habe es zum Trocknen aufs Fenstersims gelegt.« Gladys erhob sich und ging zu dem großen Panoramafenster hinter ihrem Esstisch. Vance folgte ihr zusammen mit Sam und Tashi. Die Nachmittagssonne schien durch die große Scheibe in die Wohnung, während Gladys ein zerknittertes Blatt Papier aufhob, das an der Scheibe lehnte. Sie reichte es

Dr. Vantana, der es eingehend studierte. Sam reckte den Hals, um auch etwas sehen zu können. Es handelte sich um die Titelseite einer Modezeitschrift. Die Farben waren verblasst und streifig, was sicher vom Salzwasser kam. *Seltsam, dass ein mythischer Meeresbewohner ausgerechnet so etwas mit sich herumträgt*, dachte Sam.

Trotz des schlechten Zustands der Titelseite konnte er erkennen, dass das abgebildete Model große blaue Augen hatte, porzellanweiße Haut und so blondes Haar, dass es fast silbern wirkte. Sie sah aus wie ein Engel. Der Text auf dem Cover verriet, wer sie war: Pearl Eklund, ein »frisches neues Gesicht in der Modewelt«. Ihr Name war mit etwas Grünem umkringelt, das Sam als getrocknete Meeresalgen identifizierte. Vance drehte die Titelseite um und sah auf der Rückseite eine Anzeige für die Modewoche in San Francisco, zu der die Teilnahme vieler Top-Models und der weltbesten Designer angekündigt wurde. Doch Sams Blick fiel auf etwas anderes.

»Schau mal, da.« Er zeigte auf die Seite. »Das Mädchen auf dem Titelbild ist auch dabei. Und ihr Name ist wieder mit Meeresalgen eingekringelt.« Und so war es. Ein Ring aus Meeresalgen umgab auch hier den Namen »Pearl Eklund«. Sams Blick wanderte schnell auf der Seite nach unten, wo die wichtigsten Informationen zu dem Event abgedruckt waren, dann zu der Uhr an Gladys' Wohnzimmerwand.

»Das ist ja heute! Genau jetzt! Glaubst du …«, begann er.

»Ja, genau das glaube ich«, unterbrach ihn Vance und erhob sich. »Ich habe nicht die leiseste Ahnung, wieso, aber ich bin sicher, dass der Selkie dort auftaucht.« Der Doktor wandte sich an Gladys. »Vielen Dank, Miss Hartwicke. Diese Information könnte Leben retten.«

Gladys lächelte stolz. »Immer gern zu Diensten, Dr. Vantana. Und Sie können sich drauf verlassen, dass ich die Augen offen halten werde. Vielleicht kann ich Ihnen ja wieder mal behilflich sein.«

»Ich hoffe, dass das nicht nötig sein wird, aber trotzdem herzlichen Dank. Kann ich das behalten?« Er hob die Titelseite der Zeitschrift hoch.

»Aber selbstverständlich.« Als Sam und Tashi dem Doktor schon zur Tür folgten, fiel Gladys plötzlich doch noch etwas ein: »Warten Sie, da ist noch was.« Alle drehten sich zu ihr um. »Bevor dieser Mann – dieser Selkie – bevor er vom Anlegeplatz weggelaufen ist, hat er etwas im Bootsschrank versteckt.«

»Im Bootsschrank?«, wiederholte Sam verwundert. Gladys nickte.

»Die Fischer bewahren darin ihre Fangnetze und solche Sachen auf«, erklärte Vantana.

»Er hat das Schloss mit bloßen Händen aufgebrochen. Das muss man sich mal vorstellen«, erzählte Gladys beeindruckt. »Er hat kurz darin herumgewühlt und etwas zum Anziehen herausgezogen – Badeshorts, glaube ich. Dann hat er etwas hineingestopft und die Tür wieder zugemacht.« Gladys griff nach ihrer Handtasche und zog ein schimmerndes graues Stück Stoff heraus. »Ich weiß, dass ich es nicht hätte nehmen sollen, aber ich hatte plötzlich diesen Drang, als bräuchte ich es aus irgendeinem Grund unbedingt, und … bevor ich es mir anders überlegen und es wieder zurücklegen konnte, war auch schon die Polizei da. So einen Stoff habe ich noch nie gesehen.«

Sam fiel auf, dass Vance beim Anblick des Stoffs sofort nervös zu werden schien. Zaghaft streckte der Doktor die Hand danach aus.

»Dürfte ich es mir vielleicht ausleihen?«, fragte er zögernd.

»Sie können es behalten«, erklärte Gladys.

»Oh … ähm … danke.« Vantana schien überrascht von Gladys' Großzügigkeit.

Sobald sie das Apartment verlassen hatten, wollte Sam alles ganz genau wissen.

»Was hat es mit diesem Stoff auf sich? Ich hatte den Eindruck, als hätte er dich irgendwie erschreckt.«

»Ich war, um ehrlich zu sein, ziemlich überrascht. Die Person, die das Fell eines Selkies besitzt, hat die Kontrolle über das Schicksal dieses Wesens. Und Gladys hatte es in ihrem Besitz. In der Vergangenheit waren die Menschen meistens nicht bereit, das Fell wieder herzugeben, da es in uns den Instinkt weckt, es zu stehlen … und zu behalten.«

»Echt?«

Der Doktor nickte. »Henry – Phylassos – hat mir einiges dazu erzählt. Und von einer Zeit, als diese Wesen von den Menschen für ihre ganz persönlichen, oft schändlichen Zwecke missbraucht wurden. Deswegen war ich so schockiert, dass dieser Selkie sein Fell einfach hiergelassen und so etwas riskiert hat. Was auch immer dieses Exemplar aus dem Wasser gelockt hat, es muss echt wichtig sein.«

»Aber was könnte denn so wichtig sein?«, überlegte Sam laut.

»Keine Ahnung.«

»Wir werden ihn einfach fragen müssen«, meldete Tashi sich. »Aber wenn wir ihn erwischen wollen, bevor er versucht, mit dieser Frau auf dem Bild Kontakt aufzunehmen, wird die Zeit langsam knapp.«

»Die Wächterin hat recht. Beeilen wir uns lieber«, sagte Vance und beschleunigte seine Schritte in Richtung Tiefgarage.

* * *

Die Nachrichtenreporterin Cynthia Salazar stand am Rand des Pools auf dem Dach eines Hochhauses im Zentrum von San Francisco. In diesem Gebäude befand sich auch eine der schicksten und teuersten Penthousewohnungen der Bay Area. Es handelte sich um eine 1.500 Quadratmeter große Eigentumswohnung, die zwei ganze Stockwerke einnahm und Zugang zu einer privaten Dachterrasse hatte, auf der die *Couture Show*, das abschließende Event der jährlich stattfindenden Modewoche der Stadt, veranstaltet wurde. Der Laufsteg aus durchsichtigem Plexiglas spannte sich über einen Pool, der bis an den Rand des Dachs heranreichte, sodass es aussah, als würden die Models auf dem Wasser laufen, mit der Skyline als atemberaubendem Hintergrund. Auch wenn Cynthia der Meinung war, dass das »Übers-Wasser-Gehen« etwas zu viel des Guten war, musste sie doch zugeben, dass das Ganze ein grandioses Bild abgab. Und das wiederum war ein entscheidendes Element für eine

Story, die einen besseren Platz in den Abendnachrichten bekommen konnte.

Die Reporterin war nicht gerade begeistert, über einen Haufen hübscher Mädchen berichten zu müssen, die in bizarren Kleidern herumstolzierten, die kein normaler Mensch jemals tragen würde. Doch sie biss die Zähne zusammen und setzte ihr bestes gekünsteltes Lächeln auf. Cynthia war nur dankbar, dass sie nicht den Auftrag bekommen hatte, über den Mann im Seehundkostüm zu berichten, der am Pier 39 gesehen worden war. Die Leute nannten ihn inzwischen schon einen Meermann, was einige ihrer Kollegen zu spöttischen Bemerkungen veranlasst hatte. Sie waren der Meinung, dass auf jeden Fall Cynthia darüber berichten sollte, schließlich hatte sie ja auch die Frau interviewt, die geschworen hatte, einen Greif gesehen zu haben. Gladys Hartwickes Behauptung an jenem Tag im Death Valley war live übertragen worden und zur schmachvollsten Erfahrung in der Karriere der Nachrichtenreporterin geworden. Wochenlang hatten sich alle über sie lustig gemacht. Seither fand Cynthia immer wieder Artikel über Bigfeet auf ihrem Schreibtisch und Links zu Geschichten über das Ungeheuer von Loch Ness in ihren E-Mails.

Eine Modenschau hatte zwar normalerweise nicht das Potenzial für aufregende Nachrichten, doch Cynthia hatte einen guten Aufhänger gefunden. Sie wusste, wenn es bei diesem Event irgendetwas wirklich Berichtenswertes gab, dann würde sie es beim Star des Abends finden, einem jungen Model namens Pearl Eklund. Die aus Miami stammende Pearl war erst vor wenigen Monaten plötzlich in der Modeszene aufgetaucht und seitdem rasant aufgestiegen. Sämtliche Top-Designer der Welt lagen ihr zu Füßen, damit sie ihre neuesten Kreationen vorführte, und alle bewunderten ihre Schönheit. Sie nannten sie eine Ausnahmeerscheinung, verführerisch, eine moderne Helena von Troja. Cynthia war sicher, dass das nur an schönen Haaren und einem perfekten Make-up lag.

Pearl hatte nicht nur die Modewelt im Sturm erobert, sie hatte auch in den sozialen Medien ungeheure Popularität erlangt, da sie Fotos ihres luxuriösen Lebensstils für ihre treu ergebenen Fans postete – oder damit protzte, wie einige es nannten. Diesen Lebensstil machte ihr Adoptivvater möglich, der Energie-Magnat Lief Eklund, dessen Unternehmen, *Eklund Energy*, zu den reichsten Unternehmen der Welt zählte.

Cynthia hatte sich vor dem Event für ein Exklusivinterview mit Pearl beworben, doch Lief, der auch Pearls Manager war, hatte abgelehnt. Da Cynthia nicht zu den Menschen gehörte, die ein Nein als Antwort akzeptierten, hatte sie sich lang vor Beginn der Veranstaltung an den Sicherheitsleuten vorbeigemogelt und sich zu Pearls Garderobe geschlichen, um mit dem Model zu reden und vielleicht sogar ein Foto von ihr ohne Make-up zu schießen. Leider war sie von einer streng blickenden Frau im Business-Kostüm abgewiesen worden. Die Frau hatte langes schwarzes Haar, das sie aus dem Gesicht gekämmt und zum wahrscheinlich festesten, ordentlichsten Knoten hochgesteckt hatte, den Cynthia je gesehen hatte. Die Frau weigerte sich, ihren Namen zu nennen, und winkte sofort Sicherheitsleute herbei, die die Reporterin und den Kameramann vom Gelände begleiteten.

Jetzt saß Cynthia auf der Dachterrasse und beobachtete die Models, die in zunehmend haarsträubenderen Outfits über den schmalen, durchsichtigen Laufsteg gingen. Als Star der Veranstaltung würde Pearl als Letzte auftreten und die neuste Kreation eines exzentrischen italienischen Designers präsentieren. Als die Musik ihren Höhepunkt erreichte, tauchte die junge Frau endlich hinter dem Vorhang am hinteren Ende des Pools auf. Pearl trug einen eng anliegenden pinkfarbenen Ganzkörperanzug mit blauen Tigerstreifen an den Seiten und angenähten Füßlingen wie bei einem Strampler für Babys. Als Krönung des Ganzen trug sie ein Diadem aus Federn, die gut 60 Zentimeter von ihrem Kopf aufragten und in den bunten Farben der Schwanzfedern eines Pfaus schimmerten.

Cynthia verdrehte die großen braunen Augen bei diesem Anblick. Doch dann fiel ihr etwas Ungewöhnliches auf. Pearl zögerte am Anfang des Laufstegs, als würde sie plötzlich etwas nervös machen. Vielleicht erschien ihr das Plexiglas nicht stabil genug. Cynthia sah, wie sich das Model zu der Frau mit dem festen Haarknoten umwandte, die jetzt neben Lief seitlich am Vorhang stand. Die Frau schien ihr ermutigend zuzunicken, allerdings streng und ohne zu lächeln. Pearl betrat daraufhin vorsichtig den Laufsteg und schritt langsam darüber. Auf halbem Weg blies ihr ein Windstoß fast ihren Kopfschmuck aus den Haaren. Pearl hob die Hand, um das Federdiadem festzuhalten und wieder zurechtzurücken, verlor dabei jedoch das Gleichgewicht auf dem Glassteg und fiel ins Wasser. Die Zuschauer keuchten erschrocken auf, während Cynthia besorgt zu ihrem Kameramann sah, um sicherzustellen, dass er alles aufnahm. Er antwortete mit einem triumphierenden Daumenhoch.

Pearl tauchte nicht sofort wieder aus dem Wasser auf, und als sie es endlich tat, strampelte sie und wedelte mit den Armen, als wäre sie kurz davor zu ertrinken.

»Wie tief ist der Pool?«, fragte Cynthia ihren Kameramann, einen unordentlich gekleideten Mittdreißiger namens Lou.

»Ein Meter zwanzig an der Stelle, an der sie reingefallen ist«, antwortete Lou stirnrunzelnd.

Merkwürdig, dachte Cynthia. Das arme Mädchen strampelte und wedelte unter hörbarem Entsetzen der Menge noch mehrere Sekunden, bis einer ihrer Sicherheitsleute endlich ins Wasser sprang, um ihr herauszuhelfen. Mithilfe von Lief und der streng wirkenden Frau, die zum Poolrand geeilt waren, zog er sie aus dem Wasser. Pearl weinte und zitterte völlig unkontrolliert, als sie rasch hinter den Vorhang geschoben wurde, wo sie vor neugierigen Blicken geschützt war.

»Komm«, flüsterte Cynthia Lou zu. »Mal sehen, ob wir sie unten erwischen, wenn sie wegfährt.«

Sehr zu Cynthias Bedauern war sie nicht die Einzige mit dieser Idee. Als sie den Hinterausgang des Gebäudes schließlich erreichten, wartete bereits ein ganzer Pulk Menschen in der Hoffnung, einen Blick auf das Mädchen erhaschen zu können. Als die Tür endlich aufging und Pearl erschien, trug sie Jeans, ein T-Shirt und eine tief in die Stirn gezogene

Baseball-Cap mit dem Logo der Miami Marlins. Flankiert von zwei kräftigen Sicherheitsleuten ging sie zu einem schwarzen SUV, der ein paar Meter entfernt vom Ausgang parkte. Cynthia drängelte sich durch die Menge bis ganz nach vorn und zog den gleichgültigen Lou hinter sich her. Dabei erntete sie mehr als einen bösen Blick von denjenigen, die sie rücksichtslos beiseitestieß. Als sie in der ersten Reihe stand, war ihr auf einmal völlig klar, weshalb um dieses Mädchen ein solcher Wirbel gemacht wurde. Sie war wirklich außergewöhnlich schön, hatte aber auch noch etwas anderes an sich, etwas Strahlendes. Sie wirkte gleichzeitig unschuldig und geheimnisvoll und war von einer Art Zauber umgeben. Ihre eisblauen Augen strahlten hypnotisch, fast überirdisch.

Pearls Blick fiel auf Cynthia, und die Reporterin wollte gerade eine Frage an das Model richten, als sie von einem dunkelhaarigen Mann weggestoßen wurde. Lou hinter ihr stürzte samt Kamera zu Boden. Cynthia fing sich schnell wieder und wollte dem Rüpel gehörig die Meinung sagen, als sie erkannte, wen sie da vor sich hatte. Es war der geheimnisvolle Mann vom Pier 39, der die ganze Stadt in den Bann gezogen hatte. Sie erkannte ihn von dem Video wieder, das ein Kollege ihr am Morgen geschickt hatte, um sie damit aufzuziehen. Wie gelähmt beobachtete sie, wie der Mann Pearls Handgelenk packte und sie zu sich heranzog. Ein seltsamer bläulicher Nebel stieg von ihrer Haut auf, als die beiden sich berührten. Pearls Augen weiteten sich und sie zog scharf die Luft ein. Einer ihrer Bodyguards wollte einschreiten, wurde von dem Mann jedoch mit einer Hand einfach weggestoßen. Der Bodyguard fiel nach hinten und blieb erst mal verdattert auf dem Boden sitzen.

»Bist du es, Prinzessin?«, hörte Cynthia den geheimnisvollen Fremden fragen. Sie beugte sich vor, um auch seine nächsten Worte verstehen zu können. »Komm nach Hause, bevor es zu spät ist und alles verloren ist.«

Pearl entriss ihm wütend ihren Arm und der dunkelhaarige Mann ließ sie überrascht los. Als etliche weitere Bodyguards angelaufen kamen, drängelte er sich rasch an ihnen vorbei, rannte los und verschwand um eine Ecke. Pearl wurde hastig zu dem wartenden SUV geführt. Ihr Vater und die streng blickende Frau folgten. Das Model wurde auf den Rücksitz verfrachtet, dann fuhr der Wagen schnell davon. Die Menge war so schockiert, dass niemand etwas sagte, auch Cynthia nicht, der wirklich selten, wenn überhaupt jemals die Worte fehlten.

»Sie ist nicht kaputt«, stellte Lou fest. Er war wieder auf den Beinen und untersuchte seine Kamera.

»Aber du hast das, was da gerade passiert ist, nicht gefilmt«, erinnerte Cynthia ihn. »Und wir sind in ein paar Minuten auf Sendung«, fügte sie hinzu, nachdem sie auf ihre Uhr geschaut hatte.

Lou zuckte hilflos mit den Schultern. »Dann wirst du wohl beschreiben müssen, was du gesehen hast.«

Doch das konnte Cynthia nicht. Sie hatte den Mann vom Pier 39 jetzt aus der Nähe gesehen und etwas stimmte nicht mit ihm. Er hatte nur Badeshorts getragen, und die Haut an seinen Beinen war ihr glitschig und gummiartig vorgekommen und hatte im Sonnenlicht geschimmert. Cynthia war auch aufgefallen, dass er dünne Schwimmhäute zwischen den Fingern hatte, und sie hätte schwören können, dass sie Schlitze, wie die Kiemen eines Fischs, hinter seinen Ohren gesehen hatte. Und dann war da noch dieser seltsame blaue Nebel.

Die Augenzeugen vom Pier 39 hatten ihn im Spaß einen Meermann genannt, doch jetzt fragte Cynthia sich, ob sie nicht vielleicht recht damit hatten. Es klang verrückt, aber er wirkte tatsächlich ausgesprochen seltsam, auch wenn er ziemlich gut aussah, wie sie zugeben musste. Er hatte dieselben eisblauen Augen wie Pearl, was in Kombination mit seinem pechschwarzen Haar richtig auffallend war. Der Rest von ihm war fast statuenhafte Perfektion, ein wandelnder *David* von Michelangelo. Und er übte eine so intensive Anziehungskraft auf sie aus, dass Cynthia darüber fast vergaß, was ihr langsam dämmerte: dass sie möglicherweise vor der größten Geschichte ihrer Karriere, wenn nicht der größten in der gesamten Menschheitsgeschichte stand. Aber sie konnte kein Wort darüber sagen, oder? Sie würde eine erneute Blamage riskieren, und falls sie sich dieses Mal wieder irrte, hätte das weit verheerendere Auswirkungen auf ihre Karriere als beim ersten Mal. Aber ihre Neugier war geweckt. Zuerst ein Greif und nun das? Cynthia Salazar hatte eine Geschichte zu erzählen, und sie wusste, dass sie die Einzige war, die sie erzählen konnte.

* * *

Dr. Vantana parkte den SUV am Straßenrand in einem Viertel mit perfekt getrimmten Bäumen und Hochhäusern voll teurer Apartments. Er, Sam und Tashi stiegen aus und gingen zu dem Gebäude, in dem das Mode-Event stattfand.

»Falls der Selkie wirklich wegen des Mädchens hier ist, lasst mich mit ihm sprechen«, bat Vance. »Man muss ihn bestimmt nur daran erinnern, welche Strafe ihn erwartet, wenn er das Gesetz des Greifen bricht. Ich bin sicher, dass er dann …«

Vantana hatte keine Chance, seinen Satz zu Ende zu sprechen. Ein Mann stürmte um die Ecke und lief direkt in den Doktor hinein. Vance landete unsanft auf dem Boden und war kurz orientierungslos. Noch während er sich wieder aufzurappeln versuchte, wusste er, dass dieser Mann das Wesen war, das sie suchten. Denn Selkies besaßen übermenschliche Kräfte, besonders außerhalb des Wassers. Tashi und Sam beeilten sich, Vantana wieder auf die Beine zu helfen. Er blickte sich rasch um und sah den Mann die Straße hinunterlaufen.

»Er will zum Wasser«, rief der Doktor und nahm die Verfolgung auf. Sam und Tashi hielten mit ihm Schritt, doch irgendwann preschte die Wächterin vor. Überrascht stellte der Doktor fest, dass das junge Mädchen ihn locker überholte und in unwahrscheinlichem Tempo hinter dem Selkie herrannte. Vantana war eigentlich der Meinung, in Topform zu sein, doch Tashi ließ ihn langsamer aussehen als eine Schnecke beim Hürdenlauf.

»Das macht sie mit mir die ganze Zeit«, rief Sam, als er sah, dass dem Doktor die Kinnlade heruntergeklappt war. »Ich muss mich dann immer daran erinnern, dass Greifenblut in ihren Adern fließt.«

Stimmt, dachte Vance. Durch Tashis Adern floss tatsächlich Phylassos' Blut. Dadurch wurde ihre körperliche Fitness zwar etwas verständlicher, beeindruckend war sie aber immer noch.

Der Selkie hatte Mühe, den Vorsprung zu seinen Verfolgern aufrechtzuerhalten. Vance vermutete, dass der Meeresbewohner sich noch nicht hundertprozentig daran gewöhnt hatte, auf zwei Beinen zu laufen. Dennoch war der Selkie im Vorteil, da er Ampeln einfach ignorierte und, ohne innezuhalten, über eine große Kreuzung rannte. Autos kamen ins Schleudern, Fahrer traten auf die Bremse und hupten wild. Mehrfach konnte ein Zusammenstoß mit dem geheimnisvollen Mann gerade noch verhindert werden. Der Selkie glitt über Kofferraumdeckel, sprang über Kühlerhauben und pflügte durch ahnungslose Fußgänger, die den Bürgersteig entlangschlenderten. Er blickte sich kurz nach seinen Verfolgern um, bevor er in einer Gasse verschwand. Inzwischen hatte Tashi ein paar Meter Vorsprung zu Vance. Sie hatte es über die Kreuzung geschafft und schloss langsam zu dem Wesen auf. Sie waren dichter an ihm dran denn je, und Vance ergriff die Gelegenheit und brüllte: »Stehen bleiben! Du verstößt gegen das Gesetz des Greifen!«

Der Selkie lief einfach weiter, bog am Ende der Gasse um die Ecke und verschwand.

»Es scheint ihm ziemlich egal zu sein«, keuchte Sam.

Vance knurrte zustimmend. Die Dreistigkeit des Wesens überraschte ihn ein wenig. Das alles zu riskieren und dazu noch in der Öffentlichkeit ein solches Aufsehen zu erregen, war mehr als ungewöhnlich. Mit Wasserwesen, besonders mit Selkies und dergleichen, musste das IMW sich normalerweise nur selten befassen. Unwillkürlich fragte sich der Doktor, ob diese unverfrorene Missachtung des Gesetzes etwas mit den Ereignissen in Hérault und den Enthüllungen bezüglich Phylassos zu tun hatte. Falls dem so war, musste man möglicherweise davon ausgehen, dass dieser Gesetzesbruch nur der Anfang einer ganzen Reihe war, doch Vance hoffte, dass dies nicht der Fall war. So oder so musste er das Wesen unbedingt in Gewahrsam nehmen und so schnell wie möglich befragen.

Als der Doktor ebenfalls um die Ecke bog, sah er, dass der Selkie die Lombard Street hinunterlief, eine beliebte Touristenattraktion in San Francisco, auch bekannt als »die krummste Straße der Welt«. Für Autos ging es zwischen Hecken und Blumenbeeten über acht haarnadelenge Kurven einen steilen Hügel hinunter. Fußgänger – vor allem Touristen – nahmen die Treppe neben der Straße. Der Selkie machte sich nicht die Mühe, die Treppe zu benutzen. Wie ein Hürdenläufer mit übermenschlichen Kräften sprang er über die Hecken den Hügel hinunter. Tashi folgte seinem Beispiel, und obwohl ihr Versuch wirklich beeindruckend war, hatte sie beim Überspringen der Hecken aufgrund ihrer Größe einfach einen Nachteil und fiel schnell zurück. Vance sah, dass die Treppe voller Menschen war, und beschloss, das Risiko einzugehen und die Straße zu nehmen. Er flog die gewundene Straße praktisch bis zum Ende hinunter, wo Sam ihn völlig außer Atem einholte.

»Ich glaube … ich muss … mich über…geben«, keuchte der Junge.

»Das kannst du auch später noch«, erwiderte der Doktor und lief weiter. Der Abstand zu dem Seewesen war wieder größer geworden und es näherte sich schon dem Wasser. Der Selkie schoss die Leavenworth Street hinunter, bog nach rechts in die Beach Street ein und hielt direkt auf Pier 39 zu. Vance, Sam und Tashi mussten alles geben, um ihn nicht aus den Augen zu verlieren.

Als sie endlich den Pier erreichten, wimmelte es dort nur so vor Touristen, die fotografierten und Andenken kauften, weshalb das Trio schon nach wenigen Metern getrennt wurde. Vance schlängelte sich zwischen den Leuten hindurch, den Blick immer auf die Beute gerichtet. Sam und Tashi konnten auf sich selbst aufpassen. Er hatte eine Mission zu erfüllen. Der Magic Guardian drängelte sich durch die Menge und steuerte auf den Bootsanlegeplatz zu. Wie erwartet entdeckte er den Selkie bei den Schließfächern der Fischer. Ein Fach stand offen, und das Wesen wirkte aufgebracht, als Vance sich vorsichtig näherte. Er hob die Selkie-Haut hoch.

»Suchst du das hier?«

Bis zu diesem Moment hatte der dunkelhaarige Mann vor den Schränken gekniet. Jetzt richtete er sich auf und starrte Vance mit ärgerlich zusammengekniffenen Augen nieder.

»Du hast nichts von mir zu befürchten, okay? Ich bin Vance Vantana vom Institut für Magische Wesen. Ich will dein Fell nicht behalten, aber wir beide müssen ein Wörtchen miteinander reden.« Da der Selkie stumm blieb, hielt Vance ein paar Schritte vor ihm inne und versuchte es mit einer anderen Taktik. »Wie heißt du?«

Nach kurzem Zögern antwortete der Selkie langsam und in gereiztem Tonfall: »Man nennt mich Maris.«

»Freut mich, dich kennenzulernen, Maris. Kannst du mir bitte sagen, was das alles …« Bevor Vance seine Frage zu Ende bringen konnte, kam Tashi um die Ecke gerannt.

»Dr. Vantana!«, rief die Wächterin voller Sorge.

Vance fiel sofort auf, dass sie allein war. »Wo ist Sam?«, fragte er.

»Ich habe ihn in der Menge verloren. Wir müssen ihn suchen!«

»Ich bin mitten im Gespräch«, informierte Vance sie und wies auf den Selkie. »Sam kann *uns* suchen.«

»Und wenn er in Gefahr ist?«

»Er ist ein großer Junge. Ich bin sicher, es geht ihm gut. Ich helfe dir bei der Suche, sobald ich …«

Der Selkie erkannte zweifellos die Chance, die sich ihm durch diese Ablenkung bot. Er riss Vance das Fell aus den Händen, drehte sich um und sprang ins Hafenbecken.

»Verdammt!«, rief Vance und musste zusehen, wie der Selkie im tiefen Wasser verschwand. Wütend drehte er sich zu Tashi um.

»Du solltest die Stärke deines Griffs verbessern«, stellte sie nüchtern fest. Vance fragte sich, ob wohl schon Rauch aus seinen Ohren kam wie bei Cartoonfiguren. Er schluckte seinen Zorn hinunter, stapfte an ihr vorbei und den Anlegesteg hinauf.

Nachdem sie eine halbe Stunde gesucht hatten, entdeckte Vance Sam endlich in einem Andenkenladen. Der Doktor hatte sich inzwischen in einen allmächtigen Zorn hineingesteigert. Wütend marschierte er zu dem Jungen hinüber, der einen Bilderrahmen an sich drückte, auf dem in bunten Buchstaben »San Francisco« stand.

»Sam London!«, schnauzte Vance ihn an. »Was denkst du dir eigentlich dabei? Wir haben einen Fall zu lösen, Junge, und du kaufst Andenken? Deinetwegen ist mir gerade ein Verdächtiger ent...«

Sam drehte sich um, und der Doktor sah, dass er kreidebleich war. »Ich war auf dem Weg zum Bootsanleger, als ich ... als ich im Schaufenster etwas gesehen habe«, stammelte er. Seine Stimme brach vor Aufregung. »Schau ...« Er hielt Vantana den Bilderrahmen hin. Das Foto darin zeigte eine Familie vor der Golden-Gate-Brücke. Es war eines dieser Archivfotos, das helfen sollte, den Bilderrahmen zu verkaufen.

»Ich schaue, aber ich weiß nicht, was ich sehen soll. Sicherlich nichts, das eine verpfuschte Festnahme rechtfertigen würde.« Der Doktor hatte die Stimme in seinem Zorn wieder erhoben. »Der Bilderrahmen ist nur ein verdammtes Souvenir ...«

»Du verstehst es nicht«, unterbrach ihn Sam. »Der Mann auf dem Foto, Vance ... Er ist mein Vater.« Tashi schaute mit hochgezogener Augenbraue über seine Schulter.

Vantana dachte einen Augenblick über das Gesagte nach. Dann drückte er seufzend auf die Pausentaste seines Zorns. »Okay. Aber wenn schon. Du hast mir doch erzählt, dass du ihn nie kennengelernt hast. Vielleicht ist er ein Model oder so.«

»Vielleicht«, erwiderte Sam. »Aber darum geht es nicht.

Sein Gesichtsausdruck und seine Klamotten sind genau dieselben wie auf dem einzigen Foto, das ich von ihm und meiner Mom habe und das am Fontana Lake aufgenommen wurde.«

»Worauf willst du hinaus?« Vance wusste nicht, was er mit dieser Information anfangen sollte.

»Ich will damit sagen, dass das einzige Foto, das ich von meinem Dad besitze und das ich zwölf Jahre lang angestarrt habe … gefälscht ist.«

Kapitel 4

Die Mission wird unterbrochen

Das Bild, das Sam in diesem Andenkenladen in diversen Bilderrahmen sah, sagte nicht, wie in dem alten Spruch, mehr als tausend Worte, sondern warf tausend Fragen auf, die Sams Leben völlig durcheinanderbrachten. Ohne lang zu überlegen, schob er das Geld für einen der Rahmen über den Tresen und verließ den Laden. Draußen setzte er sich auf eine Bank und zog das Foto aus dem Rahmen, um es sich genauer anzusehen. Vance setzte sich neben ihn und Tashi blieb in der Nähe stehen. Nachdem Sam das Bild einige Augenblicke stumm betrachtet hatte, wusste er, was er angesichts dieser schockierenden Wendung zu tun hatte.

»Ich muss nach Hause«, verkündete er ohne Umschweife. Er musste mit seiner Mom über diese ganze Sache reden, und er konnte sie ja nicht einfach anrufen und fragen. Was, wenn Nuks in Gestalt von Sam in diesem Moment direkt vor ihr stand? Das wäre, gelinde gesagt, ziemlich problematisch.

»Wegen eines Fotos?«, fragte Vance.

»Ja, wegen eines Fotos. Möglicherweise ist die Person, die ich mein Leben lang für meinen Dad gehalten habe, gar nicht mein Vater, Vance. Ich muss einfach herausfinden, ob meine Mom mich belogen hat.«

»Jetzt halt mal die Luft an. Lass uns erst mal darüber reden, bevor wir hier wilde Schlüsse ziehen. Wie sicher bist du dir denn, dass es wirklich dasselbe Bild ist? Vielleicht erinnerst du dich ja nicht ganz genau daran?«

»Ich schaue mir dieses Foto an, seit ich auf der Welt bin. Ich glaube, ich erinnere mich sehr genau daran, wie es aussieht«, antwortete Sam ärgerlich. Für ihn war es das wichtigste Bild im ganzen Haus und hatte sich für immer in sein Gedächtnis eingebrannt. Er hatte seine Mom nie glücklicher gesehen als auf diesem Foto, und wann immer Sam es ansah, musste er lächeln.

»Der Mann ist derselbe«, bestätigte Tashi, ohne jeden Zweifel in der Stimme. »Ich habe mir das Foto auch angesehen.«

»Siehst du?«, triumphierte Sam. »Selbst Tashi stimmt mir zu und sie ist eine Wächterin. Sie hat wahrscheinlich ein Supergedächtnis oder so.«

»Mein Gedächtnis ist besser als das eines Durchschnittsmenschen«, bestätigte Tashi.

Sam machte eine Handbewegung in Vantanas Richtung, die *Hab ich doch gesagt!* ausdrücken sollte.

»Und was ist, wenn der Firma, die diese Bilderrahmen herstellt, das Foto von deinem Vater in die Hände gefallen ist, sie Kopien davon gemacht und in diese Rahmen gesteckt hat?«, fragte Vance. »Hast du daran schon gedacht?«

»Natürlich habe ich daran gedacht.«

Der Gedanke war Sam schon, kurz nachdem er das Foto entdeckt hatte, gekommen. Seitdem versuchte er all die Dinge, die dagegen sprachen, zu verdrängen – wie die Tatsache, dass das Bild des Mannes viel besser zu der Familie in dem Rahmen zu passen schien als zu seiner Mom auf dem Foto zu Hause. Oder dass seine Mom nie über seinen Vater oder das Foto von ihnen beiden sprechen wollte. Wann immer Sam damit anfing, wechselte sie sofort das Thema. Sam hatte angenommen, dass die Erinnerung sie einfach traurig machte. Jetzt fragte er sich, ob sie die ganze Zeit etwas vor ihm geheim gehalten hatte. Was auch immer der Fall war, er brauchte mehr Informationen.

»Ich sollte die Firma anrufen, die diese Rahmen herstellt. Da gibt es bestimmt Unterlagen zu den Models auf dem Foto. Vielleicht ist das alles ja wirklich nichts weiter als ein großer Zufall.«

Vance nickte. »In Ordnung. Das ist ein Anfang. Aber es braucht kein scharfes Adlerauge, um zu sehen, dass du mit deinen Gedanken nicht bei unserem Fall bist«, lenkte er dann jedoch ein. »Und auch wenn ich es nicht möchte – denn ich könnte deine Hilfe echt gut gebrauchen –, ist es vielleicht wirklich das Beste, wenn ich dich und Tashi nach Hause bringe, damit ihr der Sache auf den Grund gehen könnt.«

Sam war verständlicherweise ziemlich hin und her gerissen. Er wollte weder auf die Mitarbeit an ihrem neusten Fall verzichten noch Dr. Vantana im Stich lassen, aber er sah keinen anderen Weg. Er klammerte sich an die Möglichkeit, dass diese Firma das Foto seines Vaters gekauft hatte, so unwahrscheinlich das auch war, und es in die Rahmen gesteckt hatte. Das war die sauberste Erklärung und eine, die nicht bedeutete, dass seine Mom ihn belogen und ein Foto gefälscht hatte. Selbst wenn sie es nur getan hatte, um ihn in irgendeiner Weise zu schützen, gehörte dazu eine besondere Art der Hinterlistigkeit, und Sam weigerte sich zu glauben, dass seine Mom dazu fähig war.

Vance erhob sich. »Na los, gehen wir zurück zum Wagen.«

Plötzlich traten drei Männer aus der Menge. Sie waren muskulös und trugen dunkle Anzüge und Sonnenbrillen.

Der Größte von ihnen wandte sich an Vantana. »Entschuldigen Sie, waren Sie und die Kinder diejenigen, die den Angreifer verfolgt haben?«

»Welchen Angreifer?«, fragte Vance zurück.

»Den Mann, der Pearl Eklund attackiert hat. Wir sind davon ausgegangen, dass Sie ihn deshalb verfolgt haben.«

»Oh, richtig ... ja«, sagte der Doktor und tat so, als wüsste er genau, wovon der Mann sprach. »Ist Miss Eklund okay?«

»Sie ist etwas durch den Wind, aber unverletzt«, antwortete der Mann. »Haben Sie gesehen, wohin der Angreifer verschwunden ist?«

»Leider nicht«, antwortete Vance bedauernd. »Wir haben ihn aus den Augen verloren. Sie wissen nicht zufällig, weshalb er Miss Eklund angegriffen hat?«

Der Mann schüttelte den Kopf. »Mit Sicherheit können wir es nicht sagen, aber wahrscheinlich handelt es sich nur um einen durchgeknallten Fan«, meinte er. Dann legte er plötzlich eine Hand ans Ohr. Sam fiel auf, dass er dort einen kleinen Ohrhörer trug, wie Geheimagenten sie benutzten. Diese Männer mussten zu Pearls Sicherheitsleuten gehören, schloss er, als der Wachmann in ein kleines Mikrofon an seinem Jackenärmel sprach. »Verstanden«, sagte der Mann, ließ das Mikro los und schaute Vance an. »Mein Chef möchte mit Ihnen reden.«

»Ihr Chef?«

»Lief Eklund.«

»Von *Eklund Energy*? Gehe ich richtig in der Annahme, dass er Pearls besorgter Vater ist?«

Der Wachmann nickte. »So ist es. Kommen Sie bitte mit.«

Der Doktor bedeutete Sam und Tashi mit einer Handbewegung, ihm zu folgen.

Das Trio blieb ein paar Schritte hinter den Wachleuten und Vance wandte sich flüsternd an Sam und Tashi. »Ich glaube das mit dem durchgeknallten Fan nicht. Nicht, wenn es um einen Selkie geht. Wasserwesen sind ganz allgemein keine großen Freunde der Menschen. Vielleicht weiß Pearls Vater etwas, ohne dass es ihm selbst bewusst ist. Vielleicht können wir auch direkt mit dem Mädchen reden. Kann sein, dass sie eine Antwort auf das alles hat«, mutmaßte er. »Wir müssen uns eine gute Erklärung für unser Auftauchen einfallen lassen«, fügte er dann rasch hinzu. »Etwas Einfaches.«

»Zum Beispiel?«, fragte Sam.

»Wir sagen ihm, dass wir Touristen sind und nur für einen Tag in San Francisco. Als wir zufällig den Angriff beobachtet und den Mann wegrennen gesehen haben, haben wir eben beschlossen, als gute Bürger einzugreifen.«

»Das ist die lahmste Erklärung, die ich je gehört habe«, meinte Sam, und selbst Tashi nickte zustimmend.

»Wir können aber auch schlecht behaupten, dass wir Modereporter sind, oder?«

»Nein«, gab Sam zu.

»Dann bleiben nur die Touristen, es sei denn, dir fällt etwas Besseres ein.«

Sam war jetzt völlig klar, weshalb der Doktor ihn für die Aufklärung dieses Falls unbedingt brauchte. Mit so einer Erklärung würden sie nicht weit kommen. Die Information, die sie brauchten, konnte ihnen nur Pearl Eklund liefern – auf sie hatte es der Selkie schließlich abgesehen. Aber wieso sollte Pearl ausgerechnet mit ein paar wildfremden Touristen darüber reden? Sie konnten sich natürlich auch nicht als Polizisten ausgeben oder verraten, dass es sich bei dem Angreifer um ein magisches Wesen handelte. Sie brauchten eine Erklärung, die in Pearls Welt passte. Während die drei zu einem schwarzen SUV geführt wurden, grübelte Sam angestrengt darüber nach. Dann …

»Mir ist etwas Besseres eingefallen«, verkündete er leise. »Aber Tashi wird es nicht gefallen.« Tashi warf ihm einen kurzen Blick zu, während der Doktor sich zu ihm herunterbeugte.

Das moderne Hochhaus, in dem die Büros von *Eklund Energy* untergebracht waren, befand sich ganz in der Nähe des Piers. Als Sam, Tashi und Dr. Vantana zur Lobby geführt wurden, mussten sie ein paar Arbeitern ausweichen, die Büromöbel und ein riesiges *Eklund Energy*-Schild, das offenbar für die Lobby bestimmt war, in das Gebäude trugen. Der Wachmann erklärte, dass Mr Eklund es erst vor einem Monat gekauft hatte. Kaum waren sie drinnen, kam ein Mann auf sie zu. Er war vielleicht fünfzig und sah aus wie ein ehemaliger Schiffs-Kapitän. Er hatte grau meliertes Haar und sein Kinnbart und der Schnauzer waren fast komplett grau. Er trug einen teuer wirkenden Anzug und strahlte regelrecht Reichtum aus.

»Danke, dass Sie gekommen sind. Ich bin Lief Eklund«, stellte er sich vor.

»Mein Name ist Vance Vantana, ich bin im Auftrag der Regierung hier. Als Vermittler im Rahmen eines Kulturaustauschs.« Lief ergriff Vances ausgestreckte Hand und schüttelte sie herzlich.

»Kulturaustausch?«, fragte er neugierig.

»Ganz genau.« Mit einer ausladenden Handbewegung verkündete Vantana: »Darf ich Ihnen Tashi aus Tibet vorstellen, *die* Ausnahmeerscheinung auf dem internationalen Modemarkt.«

Tashi stand völlig regungslos neben dem Doktor.

Als Sam sie mit dem Ellenbogen anstieß, lächelte sie schwach und reichte Lief Eklund die Hand. »Es ist … mir eine Ehre«, sagte sie stockend, als sei sie der Sprache nicht wirklich mächtig. Das hatte Sam ihr auf dem Weg hierher vorgeschlagen, um ihre Geschichte noch glaubhafter zu machen.

»Freut mich, dich kennenzulernen«, sagte Lief. Dann wandte er sich an Sam. »Und du bist?«

»Ich bin Tashis Dolmetscher.«

»Ein bisschen jung für einen Dolmetscher«, bemerkte Lief, während er Sam skeptisch musterte.

»Da haben Sie recht«, erwiderte Sam lächelnd, »aber Tashi hat darauf bestanden, dass jemand Gleichaltriges für sie spricht.«

Lief beugte sich zum Doktor hinüber. »Ist sie so etwas wie ein Wunderkind?«, fragte er leise. »Ich habe noch nie von ihr gehört.«

»Genau das ist sie – ein Wunderkind«, bestätigte Vance. »Und Sie haben noch nie von ihr gehört, weil …«

Er suchte fieberhaft nach einer Begründung und Sam sprang ihm schnell zur Seite. »Genau deshalb sind wir – ich meine, ist sie hier. Tashi erobert gerade erst den amerikanischen Markt und dachte, Ihre Tochter könnte …«

»Ah, ich verstehe.« Eklund nickte. »Sie möchte …«, begann er, drehte sich dann aber um und wandte sich direkt an Tashi. »Du möchtest, dass Pearl deine Kreationen modelt? Dir bei der Präsentation hilft?«

Die Wächterin nickte, erwiderte jedoch nichts darauf. Sam beugte sich zu ihr.

»Tu, was wir besprochen haben«, flüsterte er, worauf Tashi so tat, als flüsterte sie ihm ebenfalls etwas zu. Strahlend wandte sich Sam an Lief. »Tashi aus Tibet sagt, es wäre ihr eine große Ehre, wenn Ihre Tochter ihre einzigartigen Kreationen modeln würde. Und dass ihr diese Zusammenarbeit grenzenlose Freude bringen würde.«

Lief blickte Tashi an. Sie war offensichtlich nicht der Typ, der häufig grenzenlose Freude empfand. Sam stieß sie heimlich an und sie ließ wenigstens ein leises Lächeln aufblitzen.

Sie hat es zumindest versucht, dachte Sam, als das Lächeln so schnell wieder verschwand, wie es erschienen war.

»Es tut mir leid, aber solche Dinge werden normalerweise weit im Voraus arrangiert. Wir wussten nicht mal, dass du kommst.«

»Ja, Tashi ist sich dessen bewusst«, erwiderte Vance rasch. »Leider hat uns das chinesische Konsulat erst vor ein paar Stunden informiert, dass die Nachricht an Pearl nie angekommen ist. Wir hatten gehofft, Ihrer Tochter die Nachricht persönlich überbringen zu können, und waren deswegen auf dem Weg zu der Modenschau, wo wir dann gesehen haben, wie sie angegriffen wurde.«

»Ja, wir leben in einer gefährlichen Welt. Wer weiß, wozu dieser Verrückte noch in der Lage gewesen wäre … Meine Leute haben mir berichtet, dass Sie ihn verfolgt haben. Das war ziemlich mutig von Ihnen«, lobte Lief an den Doktor gewandt.

»Eigentlich hat Tashi ihn verfolgt«, erklärte Sam. »Wir sind ihr einfach nachgelaufen. In ihrer Kultur wird Mut schon in sehr jungen Jahren erlernt.«

»Oh, na dann vielen Dank«, sagte Lief an Tashi gewandt. »Wie ich gehört habe, konnte der Mann aber entkommen?«

Vantana nickte ernst. »Wir haben ihn am Pier aus den Augen verloren. Gibt es irgendwelche Hinweise, wieso er Pearl angegriffen hat?«

Lief schüttelte den Kopf. »Er war wohl einfach ein Fanatiker.«

Sam stieß Tashi erneut heimlich an, worauf sie so tat, als

flüsterte sie ihm etwas zu. Sam nickte und wandte sich dann an Lief.

»Tashi hofft, dass wir ein Treffen vereinbaren können, sobald sich Pearl dazu in der Lage fühlt. Sie ist weit gereist, um mit Ihrer Tochter zu sprechen.«

»Das verstehe ich vollkommen, und ich würde es sehr gern arrangieren, wirklich … aber ich habe Pearl direkt nach dem Vorfall nach Hause geschickt. Sie sitzt, während wir hier reden, bereits in einem Flugzeug nach Miami.«

»Miami?«, fragte Vance erschrocken.

»Da wohnen wir. In San Francisco waren wir nur wegen der Modewoche und weil ich hier zu tun hatte.« Lief wies auf das Chaos rings herum. »Wir richten hier gerade ein neues Büro ein.«

Sam blickte sich in der exklusiven Lobby um. »Ein ziemlich großes Büro.«

»Und ein teures dazu«, erwiderte der Mann lächelnd.

»Ich habe schon viel über Ihr Unternehmen gehört, Mr Eklund«, bemerkte der Doktor. »Ich bewundere Ihr Engagement in Sachen erneuerbare Energien. Vor Kurzem habe ich einen Artikel über etwas gelesen, das sich brennbares Eis nennt?«

Lief nickte. »Methanhydrat. Wir glauben, dass dieses Material die Zukunft ist. Unser Ziel ist es, die Erde besser zu verlassen, als wir sie angetroffen haben – für die nächste Generation. Was mich daran erinnert, dass ich noch eine Einweihungsfeier für ein neues Bohrschiff vorbereiten muss. Hat mich gefreut, dich kennenzulernen, Tashi. Und Sie beide auch«, fügte er an Vance und Sam gewandt hinzu.

»Alles Gute. Und falls Sie je nach Miami kommen, kriegen wir dieses Treffen bestimmt hin.«

Sie verabschiedeten sich, und Lief ging, um mit seinen Sicherheitsleuten etwas zu besprechen.

»War eine super Idee, deine Geschichte, Junge«, meinte Vantana leise.

»Danke«, erwiderte Sam.

»Das Problem damit ist nur, dass ich jetzt nach Miami muss, um mit diesem Mädchen zu reden. Aber wie soll ich das ohne dich und Tashi machen, kannst du mir das verraten?«

»Daran habe ich nicht gedacht«, gab Sam zu. Er sah das Dilemma, in dem Vance steckte, hatte jedoch noch keine Lösung parat. Nachdem Lief das Gespräch mit seinen Sicherheitsleuten beendet hatte, kam einer der Männer – der Große, der sie am Pier angesprochen hatte – zu ihnen herüber.

»Mr Eklund möchte, dass ich Sie zu Ihrem Wagen zurückfahre oder wo immer Sie hin möchten.«

»Sehr freundlich«, erwiderte Vance, »aber es ist nicht allzu weit. Wir können zu Fuß gehen.«

Der Wachmann nickte und wollte sich gerade wieder entfernen, als Sam ihn ansprach. »Entschuldigen Sie, Sie waren doch dabei, als Pearl angegriffen wurde, oder?«

Der Wachmann nickte wieder. »Ja, ich habe versucht, ihn zu überwältigen, aber der Kerl war stärker, als ich dachte.«

»Und Sie arbeiten schon lange als Bodyguard, ja?«, fragte Sam mit großen Augen.

»Seit ungefähr achtzehn Jahren, davon die letzten beiden für Eklund. Weshalb fragst du?«

»Es ist nur so … bei all Ihrer Erfahrung … glauben Sie wirklich, dass es ein durchgeknallter Fan war? Ich meine, das Ganze wirkt irgendwie so willkürlich.«

Der Wachmann zögerte und fuhr dann etwas leiser fort: »Um ehrlich zu sein, können wir bei durchgeknallten Fans normalerweise lange, bevor sie so etwas tun, Warnsignale erkennen …«

»Und bei diesem Kerl haben Sie keine erkannt?«, mischte sich der Doktor ein.

Der Mann schüttelte den Kopf. »Mir ist nichts aufgefallen. Aber was er zu Miss Eklund gesagt hat, klang schon ein wenig … bizarr.«

»Er hat etwas gesagt?«

Der Wachmann nickte. »Er hat sie ›Prinzessin‹ genannt und gesagt, sie müsse mitkommen, bevor es ›zu spät und alles verloren‹ sei.« Er grinste.

»Dann klingt das doch eher nach einem durchgeknallten Fan«, fand Sam.

Das Trio verließ das Gebäude und ging zurück Richtung Tiefgarage. Auf dem Weg dachte Vance laut über die Motive des Selkies nach. »Entweder dieser Maris weiß etwas, das wir nicht wissen, oder er hat ein Rad ab. Was auch immer es ist, ich glaube nicht, dass er die Sache auf sich beruhen lässt. Ich bin mir sicher, er wird es wieder versuchen.«

»Dr. Vantana hat recht«, meinte Tashi. »Ich habe dem Selkie in die Augen gesehen. Er hat eine Mission und wird sich nicht so leicht davon abbringen lassen.«

»Na, wunderbar.« Die Stimme des Doktors triefte vor Sarkasmus.

Sam wusste, dass Vance sich nicht darauf freute, diesen Fall alleine lösen zu müssen. Aber er wusste genauso gut, dass er selbst sich unmöglich darauf konzentrieren konnte, bevor die Fragen, die das Foto seines Vaters aufgeworfen hatte, nicht geklärt waren. Die Konsequenzen, die das auf sein Leben haben konnte, waren viel zu schwerwiegend, um sie zu ignorieren.

Als sie im Auto saßen und auf dem Weg zurück nach Benicia waren, gab Sam den Namen des Herstellers, den er auf dem Bilderrahmen gefunden hatte, in sein Smartphone ein. Leider hatte die Firma ihren Sitz in Atlanta, was bedeutete, dass das Büro aufgrund der Zeitverschiebung höchstwahrscheinlich nicht mehr offen hatte. Er rief die Nummer trotzdem an und hinterließ ein paar Nachrichten auf dem Anrufbeantworter, aber es war Freitag, und er ging davon aus, dass er frühestens am Montag etwas von der Firma hören würde. Wenn sie sich überhaupt die Mühe machten zurückzurufen. Wahrscheinlich hatte er mehr Glück, wenn er dort persönlich auftauchte.

»Ich komme mit nach Miami, wenn wir einen Umweg machen«, bot er spontan an.

»Was für einen Umweg?«, fragte Vance argwöhnisch.

»Atlanta. Ich möchte zu dieser Firma gehen und versuchen, etwas über den Mann auf dem Foto herauszufinden.«

»Und warum willst du nicht einfach deine Mom fragen? Deshalb wolltest du doch nach Hause, oder?«

»Stimmt. Aber was ist, wenn es wirklich nur ein Zufall ist? Vielleicht finde ich ja auch so alles heraus und muss meine Mom dann gar nicht fragen. Außerdem würde sie bestimmt wissen wollen, wieso ich an einem Schultag am Pier 39 war und einen Bilderrahmen gekauft habe.«

Der Doktor überlegte und nickte dann. »In Ordnung. Aber wir gehen zuerst nach Miami. Ich fürchte, Pearl könnte in ernsthafter Gefahr sein …«

»Sie könnte nicht nur«, meldete sich Tashi vom Beifahrersitz, »sie ist ganz sicher in Gefahr.«

Sam kapitulierte. »Okay, dann zuerst nach Miami.«

Insgeheim war Sam klar, dass er nur zu gerne zustimmte, weil er so die Konfrontation mit seiner Mom hinauszögern konnte. So dringend er die Wahrheit erfahren wollte, so wenig wollte er glauben, dass seine Mom ihn anlügen würde, egal aus welchem Grund. Der bloße Gedanke hinterließ ein Gefühl dunkler Leere in seinem Bauch. Er hielt sich entschlossen an der Hoffnung fest, dass das auf dem Foto tatsächlich sein Dad war und es eine einfache Erklärung dafür gab, wie das Bild seines Vaters in Hunderten, wenn nicht gar Tausenden von Bilderrahmen gelandet war.

Dr. Vantana wendete den Wagen und fuhr in Richtung Norden nach Castle Crags, wo sie in eine Dvergen-U-Bahn nach Florida stiegen. Eine Fahrt in einem der jahrhundertealten, von Zwergen gebauten Raketenzüge war nie das reine Vergnügen, doch diese Fahrt stellte sich für Sam als weitaus erträglicher heraus als seine erste. Vielleicht weil sie unter keinem Meer hindurchfahren mussten, um ihr Ziel zu erreichen.

Im ganzen Staat Florida gab es nur eine einzige Dvergen-U-Bahn-Station und die befand sich im Falling-Waters-

Staatspark hinter dem höchsten Wasserfall in diesem Bundesstaat, dem »Falling Waters Sink«. Nicht sehr kreativ, einen Wasserfall einfach »Fallendes Wasser« zu nennen, fand Sam. Es handelte sich um einen 73 Fuß hohen, eher sanft plätschernden Wasserfall, der über einen Kalksteinsims in ein tiefes Becken floss. Noch hatten die Menschen die dahinter versteckte Dvergen-U-Bahn-Station nicht entdeckt und sie war immerhin eine der größten Stationen auf dem nordamerikanischen Kontinent.

Dr. Vantana klärte Sam und Tashi über die Geschichte des Bahnhofs auf. Er hatte als Drehscheibe fungiert, da er in der Nähe zweier Ozeane lag, dem Atlantik auf der einen Seite und dem Golf von Mexiko auf der anderen. Zudem war er auch ein beliebter Umsteigebahnhof für Reisende gewesen, da von hier aus Züge in alle erdenklichen Richtungen fuhren.

Nach nur wenigen Minuten hatten sie ihr Ziel erreicht und traten in eine riesige Halle, die Sam an Fotos vom Hauptbahnhof in New York City erinnerte. In die Hallenwände waren Bilder von Zwergenkriegern eingraviert, die in ihrer Kultur Legenden waren, wie Dr. Vantana erklärte.

Sam bestaunte das architektonische Wunderwerk, doch der uralte Ort verströmte auch eine Atmosphäre der Verlassenheit, die ihn traurig machte. »Ich verstehe nicht, wieso die Zwerge diese Untergrundbahnen nicht mehr benutzen. Sie sind doch fantastisch.«

»Weil es vielleicht ein wenig auffällig wäre?«, entgegnete Vance augenzwinkernd. »Es ist schon seit Hunderten von Jahren verboten, sie zu benutzen«, erklärte Vance.

»Wie kommt es dann, dass wir sie benutzen dürfen?«

»Weil wir auf einer offiziellen Mission für den Greif sind und das eine Art Freifahrtschein für alle Bahnen ist.«

Sam und Tashi folgten Vantana zu einer in den Fels geschlagenen Wendeltreppe. Diese führte zu einer Steintür, die der Doktor mit einem Zwergenspruch in Bewegung setzte. Unter lautem Poltern glitt die Tür langsam auf. Sie standen vor einem schmalen Steg, der an der Kalksteinwand entlangführte. Der Wasserfall davor war keiner von der wild tosenden Sorte, sondern eher ein Rinnsal, das in das zylindrische Becken plätscherte. Vorsichtig betraten die drei den Steg und folgten ihm zu einer schmalen Böschung, die sie hinunter auf den Boden führte. Hier an der Ostküste war die Sonne längst untergegangen, doch der Vollmond warf ein helles, silbernes Licht auf den unbeleuchteten Park. Tashis Shekchen glühte vor Energie und stellte eine zusätzliche Lichtquelle dar, als sie auf den Wald zugingen.

»Ich habe unsere Kontaktperson vor Ort gebeten, uns einen Wagen zu besorgen. Er sollte schon auf dem Parkplatz stehen«, informierte der Doktor Sam und Tashi. Dann rümpfte er plötzlich die Nase, als hätte er etwas richtig Übles gerochen.

»Was ist los?«, fragte Sam.

Vantanas Gesichtsausdruck veränderte sich innerhalb von Sekunden. Aus leichtem Ekel wurde höchste Alarmbereitschaft. Er blieb sofort stehen und begann zu würgen, als müsste er sich gleich übergeben. Dann stieg der Gestank, den Vance mit seinem verstärkten Geruchssinn schneller wahrgenommen hatte, auch Sam in die Nase. Er war entsetzlich. Moschusartig und süß mit Spuren von Schwefel, Kloake und Fisch, der monatelang in der Sonne gelegen hatte.

»Versucht – durch den – Mund – zu – atmen«, riet Vantana unter Würgen.

»Was – ist – das?«, fragte Sam stockend, als auch er den Drang verspürte, sich zu übergeben.

»Es kann sich nur um eines handeln …« Doch bevor er zu Ende sprechen konnte, machte Vance wohl den Fehler, die stinkende Luft durch die Nase einzuatmen. Denn er verdrehte die Augen und kippte nach hinten um.

Sam geriet in Panik. »Was ist hier los?«, fragte er Tashi.

»Du hältst am besten die Luft an, Sam London, sonst erwischt es dich auch«, antwortete sie. Sie redete schnell wie ein Maschinengewehr, vermutlich um Atemluft zu sparen.

Sam verzog das Gesicht. »Darin bin ich nicht sehr gut.« Er wusste, dass er kein guter Schwimmer war und auch nie versucht hatte, besser zu werden, sodass er im Luftanhalten allerhöchstens Durchschnitt war. Woher hätte er auch wissen können, dass er diese Fähigkeit eines Tages sogar an Land brauchen würde?

»Dann werde gut darin, und zwar schnell. Ich rede jetzt nicht mehr«, informierte Tashi ihn, atmete ein letztes Mal ein und hielt den Atem an. Dann lud sie ihren Shekchen auf, die typische Waffe eines Wächters. Sie bündelte die Energie Gaias und Tashi hatte ihren Shekchen fast immer bei sich. Auch Sam holte tief Luft und hielt sie an, wie Tashi ihm gesagt hatte. Aber wieso lud die Wächterin ihre Waffe auf? War der Gestank ein Zeichen dafür, dass Gefahr in der

Nähe war? Der Doktor hatte gesagt, es könne sich nur um eines handeln. Aber um was?

Als das Bedürfnis zu atmen immer dringender wurde, sah Sam einen seltsamen grünen Nebel heranrollen. Es war ein dunkles, fast schwarzes Tannengrün, und der Nebel rollte langsam über den Boden, bis er sie umzingelt hatte. Dahinter sah Sam Dutzende roter Augen in der Dunkelheit. Bald erkannte er die dazugehörigen Wesen, die aus dem Wald auftauchten. Sie sahen aus wie wandelnde Trauerweiden mit dunklem, rotbraunem Haar anstelle von Blättern. Die bizarren Gestalten wankten auf Sam und Tashi zu. Die Wächterin stellte sich schützend von Sam, während dieser sich zu dem am Boden liegenden Doktor kniete. Er versuchte, Vance aus seiner Bewusstlosigkeit zu holen, doch der Doktor reagierte nicht.

Der stinkende Nebel begann vom Boden aufzusteigen und Sam erhob sich schnell wieder. Als die Wesen näher kamen, konnte er immer mehr Einzelheiten erkennen. Sie waren etwa 1,80 Meter groß, hatten affenähnliche Gesichter und Arme, die fast so lang waren wie ihr Körper. Die fünf bleichen Finger an jeder Hand ragten aus verfilztem, strähnigem Fell hervor. Die Wesen öffneten den Mund, der im Vergleich zur Größe ihres Kopfes unwahrscheinlich breit war, und stießen Schreie aus, die klangen wie Nebelhörner. Der Ton war kaum auszuhalten und Sam legte rasch die Hände auf die Ohren. Doch die Schreie wurden immer lauter.

Das Luftanhalten zusammen mit dem Stress durch den unglaublichen Lärm war zu viel für Sam. Er brauchte Sauerstoff. Tashi sah ihm wohl an, dass er bald schwach werden würde, und schüttelte warnend den Kopf, doch er konnte nichts dagegen tun. Er öffnete den Mund in der Hoffnung, dass das zumindest ein wenig besser war, als durch die Nase zu atmen. Doch der aufsteigende Nebel, der ihn langsam einhüllte, war wie ein giftiges Gas, das ihm Mund und Kehle verbrannte. Sam hustete und würgte und hielt sich den Hals, dann brach er neben Dr. Vantana zusammen. Die Welt um ihn herum verschwamm. Bevor endgültig alles schwarz wurde, sah er noch, wie Tashi ihren Shekchen herumwirbelte.

Kapitel 5

Pearl Eklund

Vance Vantanas außergewöhnlich guter Geruchssinn hätte ihn im Falling-Waters-Staatspark in Chipley im Bundesstaat Florida fast umgebracht. Vance war mit diesem überdurchschnittlich entwickelten Sinn geboren worden. Später hatte er ihn noch weiter verbessert, indem er sich Magnapedaxin 13 verabreichen ließ, ein von der Rangerin Penelope Naughton vom Redwood-Nationalpark synthetisch hergestelltes Serum aus Bigfoot-Blut. Diese zusätzliche Verbesserung seines Geruchssinns hatte Vance im Lauf der Jahre immer gute Dienste geleistet, weil er so Gefahr schon riechen konnte, bevor sie eintrat. Der Doktor hatte die zusätzliche Sensibilisierung seines Geruchssinns deswegen nie bereut, bis zu dem Tag, an dem er mit Sam London und der Wächterin Tashi nach Florida reiste.

Es gab nur sehr wenige Gerüche, die Vance wirklich störten. Bei einem so ausgeprägten Geruchssinn gewöhnte man sich eben am besten an ein breites Spektrum von Düften. Natürlich atmete auch er nicht gerne stinkende Luft – das war für ihn sogar noch schlimmer als für andere –, aber kein Geruch war bisher so schlimm gewesen, dass ihm davon wirklich schlecht geworden wäre … mit einer Ausnahme: der Duft von frischem Apfelkuchen. Wobei dieses Übelkeitsgefühl eher auf einer Erinnerung beruhte, als dass es wirklich am Duft selbst lag. Im Alter von acht Jahren hatte Vance seinen Onkel Quinton nämlich zu einem Apfelkuchen-Wettessen herausgefordert. Quinton Vantana war das Mitglied des Vantana-Clans, das sich am liebsten mit anderen maß, und so hatte er die Herausforderung selbstbewusst angenommen. Der achtjährige Vance schlug seinen Onkel um Längen. Er verdrückte in genau acht Minuten vier ganze Kuchen. Unglücklicherweise dauerte es nur halb so lange, bis die Kuchen wieder hochkamen. Seit diesem Vorfall konnte Vance keinen Apfelkuchen mehr essen oder anschauen – und vor allem nicht riechen, ohne dass ihm übel wurde. Weshalb Vantanas Feststellung, dass er lieber den Kuchen-Wettbewerb noch einmal durchstehen würde, als den Geruch zu ertragen, der ihm im Falling-Waters-Staatspark in die Nase stieg, eine Menge aussagte.

Tatsächlich war es auch mehr als ein Geruch – es war eine Waffe. Eine Waffe, die nur ein einziges Wesen einsetzte: das Affenstinktier. Auch wenn Bigfeet und Yetis es nicht zugeben wollten, waren diese übelriechenden Wesen entfernte Verwandte von ihnen. Es war bekannt, dass sie im Südosten der Vereinigten Staaten lebten, hauptsächlich im Feuchtgebiet der Everglades von Florida. Da sie Sumpfbewohner waren, hatte Vance hier nicht mit ihrem Erscheinen gerechnet. Ranger, die in Affenstinktier-Regionen arbeiteten, trugen oft spezielle Nasenstöpsel, um der Wirkung des legendären Gestanks zu entgehen. Die Wesen waren nicht als aggressiv bekannt, weshalb ihr plötzliches Auftauchen sehr untypisch war. Aber was Vance am meisten irritierte, war die Tatsache, dass sie ihr widerliches Gas verströmten. Es war, als versuchten sie ganz bewusst, ihn außer Gefecht zu setzen.

Der Doktor verlor durch den beißenden Gestank nicht vollständig das Bewusstsein, sondern kam zwischendurch immer wieder kurz zu sich. Zu einem Zeitpunkt sah er Sam bewusstlos neben sich liegen und Tashi vor ihnen stehen. Er hörte Geräusche und schloss daraus, dass die Wächterin versuchte, mit den Wesen zu kommunizieren. Später bekam er mit, dass eines der Affenstinktiere ihn hochhob.

Benommen sah Vance, wie die Stinktiere sich hintereinander in einer Reihe aufstellten. Eines nach dem anderen sprangen die nassen, haarigen Ungeheuer in ein tiefes Erdloch und verschwanden. Dem Doktor war bewusst, dass er in den Fängen eines dieser Wesen war und es ihn ungemütlich dicht an seinen stinkenden Körper drückte. Vor sich sah er Sam, der wieder zu sich gekommen war, in den Armen eines anderen Affenstinktiers. Das Wesen sprang in das Loch und Vance hörte Sam schreien. Die Schreie wurden immer leiser und waren schließlich nicht mehr zu hören. Der Doktor begriff, dass er als Nächster dran war, und versuchte, sich zu befreien, doch sein Körper gehorchte ihm nicht. Im nächsten Moment sprang das Wesen, das ihn festhielt, auch schon in das Loch.

Und plötzlich schlitterte Vance in atemberaubender Geschwindigkeit durch eine enge, pechschwarze Röhre. So musste es sich anfühlen, wenn man mit hundert Sachen von einer Schlammlawine mitgerissen wurde. Er spürte, wie das Affenstinktier die Beine anzog, und einen Augenblick später hatten sie den Boden der Röhre erreicht. Aber das war noch nicht das Ende. Das Stinktier stieß sich mit seinen kräftigen Beinen ab und sprang senkrecht nach oben in eine weitere Röhre. Jetzt schossen sie wie ein Geysir in die Höhe.

Der Doktor konnte am Ende der Röhre ein schwaches Licht erkennen. Es kam näher und wurde heller, und dann wurde Vance etwa einen Meter in die Luft katapultiert, bevor er in einem zähen, schlammigen Sumpf landete. Der Aufprall brachte ihn innerhalb von Sekunden wieder zu vollem Bewusstsein. Das Affenstinktier ließ ihn los und ging davon.

»Was zum Teufel soll das?«, rief der Doktor. Dann entdeckte er ganz in der Nähe Sam, schlammverschmiert von oben bis unten.

»Woa!«, rief der Junge. »Das war die verrückteste Wasserrutsche aller Zeiten!«

»Dr. Vantana.« Tashi watete zu ihm herüber. »Wie geht es dir?«

»Wie durchgekaut und ausgespuckt«, antwortete Vance schwach. »Kannst du mir verraten, was hier los ist? Ich habe gesehen, wie du mit diesen verdammten Dingern gesprochen hast.«

»Es war alles nur ein Missverständnis. Sie dachten, dass sie uns überwältigen müssten, damit wir mitkommen.«

Vance blickte sich um. »Wohin mitkommen? Das sieht hier fast so aus wie die …«

»Everglades!«, rief Sam. »Wir sind in Sekundenschnelle

durch einen Erdtunnel vom Falling-Waters-Staatspark hierhergereist.«

»Unmöglich! Das sind über fünfhundert Meilen«, widersprach Vance.

»Sam hat recht«, bestätigte Tashi. »Die Affenstinktiere nutzen diese Tunnel, um große Entfernungen zurückzulegen. Es ist ziemlich beeindruckend.«

Sam war immer noch ganz begeistert. »Zuerst fand ich es echt unheimlich, aber dann war es der absolute Wahnsinn.«

»Die Affenstinktiere haben sich auch entschuldigt. Es war nicht ihre Absicht, einen Ranger des IMW zu verletzen, deshalb haben sie ihren Geruchsnebel sofort zurückgezogen, als sie ihren Fehler bemerkt haben.«

»Es riecht aber immer noch ziemlich eklig«, stellte Vance fest. Er sah, dass die Affenstinktiere sich einige Meter zurückgezogen hatten und jetzt hinter ein paar Mangrovenbäumen standen.

»Das Bigfoot-Serum hat dich besonders sensibel gemacht. Es wird einige Zeit dauern, bis du den Geruch aus der Nase bekommst«, erklärte Tashi.

Vance knurrte unwillig und begann dann durch den hüfthohen Sumpf auf höher gelegenen, trockeneren Boden zu waten. »Und wer ist jetzt schuld an diesem Missverständnis? Wer hat uns diese haarigen Gesellen auf den Hals geschickt?«, fragte er die Wächterin.

»Die Affenstinktiere haben in dem Zusammenhang von den ›Ältesten‹ gesprochen, ohne weiter ins Detail zu gehen.« Der Größte aus der Gruppe ließ einen Nebelhornschrei los. Tashi blickte zu ihm hinüber und nickte.

Vance verlor langsam die Geduld. »Wozu nickst du denn jetzt?«

»Sie wollen, dass wir zu der Landzunge dort vorne gehen«, übersetzte sie und wies auf einen schmalen Streifen trockenes Land, der zu einem Wasserzufluss führte. Vance kniff die Augen zusammen und fragte sich, was sie dort wohl erwartete. Sam machte schon einen großen Schritt nach vorn und lief den Pfad hinauf.

»Sam!«, riefen Vance und Tashi gleichzeitig. Der Junge blieb abrupt stehen und blickte zurück.

»Was ist? Ich will jetzt wissen, wer so dringend mit uns reden will.«

»Zu gefährlich«, bestimmte Vance. »Tashi geht als Erste und benutzt ihren Shekchen als Lichtquelle, du gehst direkt hinter ihr, und ich bin das Schlusslicht.«

Tashi nickte, ging an Sam vorbei und setzte sich an die Spitze der Dreiergruppe. Vance schloss dicht auf. Auch er wollte wissen, wer hinter all dem steckte, damit er dem- oder denjenigen gehörig die Meinung sagen konnte. Eine IMW-Ermittlung zu behindern, war quasi ein direkter Angriff gegen Phylassos. Als das Trio die Landzunge erreichte, lag vor ihnen ein kleiner See, umgeben von weiteren Mangroven. Vance vermutete, dass direkt hinter den Bäumen der Golf von Mexiko begann. Ein paar Augenblicke vergingen, ohne dass die sogenannten Ältesten sich zeigten.

»Und jetzt?«, fragte Vance. »Stehen wir die ganze Nacht hier rum? Ich brauche dringend eine Dusche.«

Plötzlich bewegte sich etwas im Wasser.

»Schau!« Sam zeigte auf die Stelle. Nicht nur dort, sondern auch an zwei weiteren Stellen begann das Wasser zu sprudeln, dann tauchten drei Wesen auf. Es handelte sich dabei um eineinhalb Meter große Fische mit klauenartigen Fingern anstelle der Brustflossen. Statt einer Schwanzflosse hatten sie etwas, das Menschenbeinen ähnelte, nur dass sie mit Schuppen bedeckt waren und nicht in Füßen, sondern in Flossen endeten. Die bizarren, silbrig blauen Fische hatten kegelförmig zulaufende Köpfe, sodass es aussah, als trügen sie Bischofsmützen. Vance seufzte. Er kannte diese Wesen. Sie waren nicht gefährlich, es sei denn, man empfand ihre Eigenschaft, unglaublich nervig zu sein, als lebensbedrohlich.

»Wer *ist* das?«, fragte Sam leise.

»Seebischöfe«, antwortete Vance. »Die Affenstinktiere haben sie ›Älteste‹ genannt und genau das sind sie auch. Uralte Älteste aus dem Meer. Sie gehören zu den wenigen noch lebenden Kreaturen, die mitgeholfen haben, das Greifengesetz zu verhandeln.«

Meereswesen befolgten normalerweise nicht dieselben Gesetze wie Landbewohner, was ganz einfach an ihrer eingeschränkten Interaktion mit den Menschen lag. Die Seebischöfe sahen sich als Experten in dieser Sache an und waren nur zu gern bereit, ihren Senf dazuzugeben, ob man sie darum gebeten hatte oder nicht. Allerdings verrieten sie nie besonders viel von ihrem Wissen, da sie der Meinung waren, dass Menschen wie Vance es nicht verdient hatten zu erfahren, was tatsächlich vor sich ging, oder es einfach nicht wissen mussten.

Die drei Fischwesen hießen Filibert, Feidlimid und

Fridenot. Sie sahen sich in allen Angelegenheiten als absolut gleichberechtigt an und das führte zu einer ziemlich nervtötenden Form der Kommunikation. Gerüchten zufolge waren sie auf telepathische Weise miteinander verbunden, weshalb jeder von ihnen nur in unvollständigen Sätzen redete. Jeder Satz, den sie von sich gaben, wurde gerecht unter den dreien aufgeteilt.

»Zunächst möchten wir euch«, begann Fridenot in einer gurgelnden, abgehackten Sprechweise.

»Danken«, fügte Filibert in einer etwas höheren, aber ebenfalls gurgelnden Stimme hinzu.

»Dass ihr gekommen seid«, vervollständigte Feidlimid den Satz. Er klang eindeutig neugierig.

»Wir hatten ja keine andere Wahl«, erklärte Vance. »Eure Affenstinktiere hätten uns fast getötet.«

»Es sind nicht«, begann Fridenot.

»*Unsere*«, fuhr Filibert fort.

»Affenstinktiere«, schloss Feidlimid.

»Wir haben«, begann Fridenot wieder.

»Sie«, ergänzte Filibert.

»Lediglich«, gurgelte Feidlimid.

»Gebeten«, warf Fridenot ein.

»Euch hierher«, sagte Filibert.

»Zu bringen«, schloss Feidlimid endlich.

Vance hatte bei früheren Ermittlungen schon ein paar Mal mit den Seebischöfen zu tun gehabt. Ihre Art zu kommunizieren war langsam und umständlich und im Moment hatte Vance weder die Zeit noch die Geduld dafür.

»Wir haben nicht bis Weihnachten Zeit, um mit euch zu

reden«, sagte er. »Mir ist bewusst, dass ihr alle gleichberechtigt seid, und ich will hier keine neuen Regeln einführen, aber kann nicht bitte nur *einer* von euch mit uns reden?«

Die Seebischöfe schienen schockiert über diese Bitte.

»Du«, begann Fridenot mit fester Stimme.

»Beleidigst«, fügte Filibert hinzu.

»Uns«, schloss Feidlimid.

»Tut mir leid, aber ich bin dienstlich für Phylassos unterwegs, und das hat Vorrang vor allem anderen. Falls ihr noch etwas hinzuzufügen habt, schlage ich vor, ihr kontaktiert euer örtliches IMW-Büro. Wir werden jetzt gehen.« Der Ranger drehte sich um und tat, als wollte er den Weg wieder zurückgehen. Er beugte sich zu Sam und flüsterte ihm ins Ohr: »Reden sie miteinander?« Sam nickte und Vance zwinkerte ihm zu.

»Wartet«, bat das Trio einstimmig. Vance musste ein Grinsen unterdrücken, als er sich umdrehte. »Wir haben uns für diese spezielle Situation auf einen Kompromiss geeinigt«, erklärten die Seebischöfe im Chor.

»Wunderbar. Danke«, erwiderte der Doktor. »Und wenn ihr das nächste Mal Affenstinktiere schickt, gebt ihnen etwas genauere Anweisungen. Es sind schließlich Affenstinktiere.«

»Willst du damit sagen, dass sie nicht intelligent sind, Dr. Vantana?«, fragte Tashi.

Vance schaute sie an. Die Frage überraschte ihn. »Bitte was?«

»Es war nicht die Schuld der Affenstinktiere«, erklärte Tashi. »Sie haben nur getan, was ihnen aufgetragen wurde.

Das Missverständnis kam nur wegen der Sprachbarriere zustande, sonst nichts.«

»Alles klar«, entgegnete Vance beschwichtigend. Jetzt war nicht der richtige Moment, um eine Diskussion über den IQ eines eklig stinkenden Sumpfaffen anzuzetteln.

»Das Mädchen – sie ist eine Wächterin der Greifenklaue?«, fragten die Seebischöfe mit vereinten Stimmen.

»Ich bin Tashi aus Kustos«, stellte Tashi sich vor.

»Faszinierend. Wir haben gehört, dass du Kustos verlassen hast. Eine ungewöhnliche Entwicklung. Dann ist der Junge vermutlich Sam London, ja?«

Sam trat einen Schritt vor. Er fand es schmeichelhaft, dass die Ältesten ihn erkannt hatten. »Ja, ich bin er. Ich meine, das bin ich«, stammelte er. Vance musste über seinen jugendlichen Enthusiasmus lächeln. »Ihr habt also von mir gehört, weil ich in die Sache mit der Greifenklaue verwickelt war?«

»Nein«, erwiderten die Seebischöfe knapp. Die Antwort verwirrte Sam genauso wie Vance. Wenn diese Wesen nicht in Zusammenhang mit der Greifenklaue von Sam gehört hatten, woher kannten sie ihn dann?

»Moment … Was? Was meint ihr damit?«, hakte Sam nach.

»Deine Frage ist für die aktuelle Situation unerheblich.« Die Seebischöfe konzentrierten sich wieder auf den Doktor. »Sag uns, was du über den Selkie von San Francisco weißt.«

»Und wieso genau sollte ich Informationen zu laufenden Ermittlungen preisgeben?«, konterte Vantana.

»Weil es unruhig wird im Wasser, es grummelt. Etwas … stimmt nicht«, antworteten die Wesen. Sie klangen fast besorgt.

»Was ihr nicht sagt. Als Grund reicht das aber nicht aus.«

»Gemäß dem Gesetz des Greifen haben wir ein Anrecht auf sämtliche Informationen, die einen möglichen Regelverstoß durch ein Wasserwesen betreffen«, erklärten die Fische. »Das steht eindeutig in Artikel …«

»Er ist hinter einer jungen Frau her«, unterbrach Dr. Vantana sie schnell, um eine langatmige Erklärung der juristischen Einzelheiten des Gesetzes zu vermeiden.

»Einer Menschenfrau? Ist sie im Besitz seines Fells?«

»Nein, das können wir mit Sicherheit ausschließen.«

»Das ergibt keinen Sinn. Wir benötigen weitere Informationen. Hat der Selkie sich zu erkennen gegeben?«

»Er nannte sich Maris.« Die Seebischöfe wechselten seltsame Blicke. »Ihr kennt ihn?« Sie antworteten nicht, sondern unterhielten sich in ihrer merkwürdig gurgelnden Sprache. Die Fische strapazierten wirklich den allerletzten Rest von Vantanas Geduld. »Und? Was wisst ihr über ihn?«

»Wir werden darüber nachdenken und weitere Informationen einholen«, antworteten sie.

Vance war kurz davor, das Trio anzuschreien, konnte sich aber gerade noch beherrschen und einen ruhigeren Ton anschlagen. »Wie wäre es, wenn ihr mir einfach sagt, was ihr über diesen Selkie wisst, bevor er zu einem noch größeren Problem wird?«

»Müssen wir noch einmal das Gesetz des Greifen zitieren?«, fragten sie.

Vantana runzelte die Stirn. Diese mangelnde Kooperation gefiel ihm gar nicht. Sam stieß ihn an und der Doktor beugte sich zu dem Jungen hinunter.

»Steht irgendwo im Gesetz, dass die Seebischöfe bei laufenden Ermittlungen Informationen zurückhalten dürfen?«, erkundigte sich Sam.

»Nicht direkt. Das Gesetz sagt nur, dass sie nicht verpflichtet sind, Vertretern von Phylassos irgendetwas zu sagen, nur Phylassos selbst.«

»Aber was ist, wenn Maris durch sein Verhalten die Existenz magischer Wesen verrät? Ist das nicht ein wirklich schwerwiegender Gesetzesverstoß?«

»Das ist es.« Sams Frage veranlasste Vantana, einen Moment über das Gesetz nachzudenken. Die Fischwesen waren nicht verpflichtet, ihm zu antworten, aber sie konnten bestimmt überzeugt werden.

»Muss ich euch drei daran erinnern, dass ein Meereswesen, wenn es den Fluch bricht und seine Existenz offenbart, gegen das Gesetz des Greifen …«, begann Vance.

Die Seebischöfe unterbrachen ihn. »Wir kennen das Gesetz, Mensch«, erwiderten sie herablassend.

»Gut. Aber ist euch auch bewusst, dass ein Gesetzesbruch es Phylassos erlauben würde, die Regeln, unter die alle Meereswesen fallen, neu zu überdenken? Ich weiß nicht, ob ihr von den Ereignissen in Hérault gehört habt, aber der gute Phylassos ist gerade in keiner sehr gnädigen Stimmung. Ihr versteht sicher, wieso. Mir bei diesem Fall zu helfen, wäre also nicht nur das Beste für euch, sondern wahrscheinlich auch für den Rest eurer Art.«

Die Seebischöfe dachten lange über Vantanas Worte nach und berieten sich leise. Dann ergriffen sie wieder das Wort.

»Der Selkie Maris ist königlicher Abstammung.«

»Ja und? Ist er ein Prinz oder so was?«

»Oder so was«, erwiderten sie hochnäsig.

»Aber was will ein königlicher Selkie mit einer Menschenfrau?«

Wieder besprachen sich die Seebischöfe leise.

»Ihr habt genauso wenig Ahnung wie wir, stimmt's?«, fragte Vance.

»Wir besitzen nicht alle notwendigen Informationen«, verteidigten die Fische sich.

Der Doktor grinste. »Das werte ich mal als ein dickes fettes Ja.«

Die Seebischöfe fanden das weniger amüsant.

»Vielleicht hilft das hier weiter.« Sam machte Anstalten, den Wesen das Foto von Pearl zu geben.

»Sam …«, warnte Vance. Wenn die Fische nicht alle Karten auf den Tisch legten, weshalb sollte das IMW es dann tun?

Sam zuckte mit den Schultern. »Einen Versuch ist es wert. Viel mehr haben wir doch nicht, um sie umzustimmen, oder?«

Wahrscheinlich hat der Junge recht, dachte Vance. Also nickte er und Sam reichte das Foto weiter.

Die drei Fische steckten die Köpfe zusammen und betrachteten es ganz genau. Dabei gaben sie Geräusche von sich, meist »ohhh« und »hmmm«, als seien sie bestürzt und gleichzeitig fasziniert.

»Das ist das Mädchen, das der Selkie gesucht hat?«, fragten sie.

»Genau«, bestätigte Vance.

Die Fische besprachen sich wieder eine Weile. Sie wirkten überrascht.

»Kennt ihr sie?«, wollte der Doktor wissen.

»Es ist höchst unwahrscheinlich. *Höchst* unwahrscheinlich. Aber wir müssen mehr darüber herausfinden.« Damit tauchten die Seebischöfe ab und verschwanden mit dem Foto im Wasser.

»So viel dazu«, meinte Vance.

Sam zuckte unschuldig mit den Schultern. »Sorry.«

»Ist nicht so schlimm. Es wird sowieso Zeit, dass wir uns mit Miss Pearl Eklund unterhalten. Irgendetwas scheint hier mächtig faul zu sein.«

* * *

Pearl Eklund, das derzeitige It-Girl von Miami, erwachte an einem vertrauten Ort – in der verschwenderisch ausgestatteten Bibliothek im Penthouse-Apartment ihres Adoptivvaters im obersten Stockwerk des *Eklund-Energy*-Gebäudes im Stadtzentrum von Miami. Als sie sich umschaute, sah sie in das zuweilen freundliche, aber immer ernste Gesicht der Psychiaterin Ridley Hawkins. Dr. Hawkins arbeitete mit Pearl, seit sie bei Lief Eklund eingezogen war, und half dem Mädchen, seine Trauer über den Verlust seiner Eltern zu verarbeiten, die vor etlichen Jahren bei einem Bootsunfall gestorben waren. Pearl war damals erst zehn. Auch sie wäre wahrscheinlich ertrunken, wenn Lief sie nicht gerettet hätte.

Angesichts der schrecklichen Tragödie fühlte er sich damals berufen, das arme Mädchen zu adoptieren. Die Ärzte glaubten, dass der fehlende Sauerstoff während der Zeit, in der Pearl unter Wasser war, zu einem gravierenden Gedächtnisverlust geführt hatte. So konnte Pearl sich weder an ihre Eltern erinnern noch an irgendetwas aus der Zeit vor dem Unfall.

Pearl waren die regelmäßigen Sitzungen mit Dr. Hawkins nicht besonders wichtig, doch Lief bestand darauf. Er war der Meinung, dass die Psychiaterin ihr helfen würde, aber Pearl war sich fast sicher, dass die Tatsache, dass er sich zu Dr. Hawkins hingezogen fühlte, dieses Urteil beeinflusste. Es hätte Pearl zumindest nicht gewundert. Der Mann war ein Arbeitstier ohne echtes gesellschaftliches Leben und Hawkins war neben Pearl so ziemlich die einzige Frau in seinem Leben. Außerdem schien sie gut zu ihm zu passen, auch wenn sie manchmal etwas steif sein konnte.

Pearls Sitzungen bei der Psychiaterin beinhalteten auch Hypnose, die Hawkins – erfolglos – anwandte, um Pearl ihr verlorenes Gedächtnis zurückzugeben. Abgesehen davon sollte die Hypnose Pearl auch dabei helfen, erfolgreich und selbstbewusst durchs Leben zu gehen. Pearl musste zugeben, dass die Sitzungen zumindest in diesem Punkt Früchte trugen. Sie war der neue Star in der Modewelt und hatte noch keinen Augenblick daran gezweifelt, dass sie all die wundervollen Dinge, die ihr passierten, vor allem den Ruhm und den enormen Reichtum, verdient hatte.

Normalerweise fühlte sie sich nach einer Sitzung mit Dr. Hawkins erfrischt und ausgeruht, doch dieses Mal war es anders. Seit dieser Irre sie in San Francisco angepöbelt hatte, war Pearl nicht mehr die Alte. Sie war nervös und irgendwie von der Rolle und hatte auch wieder diese schrecklichen Träume. Dieselben Träume, die sie damals nach dem Bootsunfall wochenlang geplagt hatten. In diesen Albträumen war Pearl unter Wasser gefangen, sie trat und schlug wild um sich und schluckte eine Menge Salzwasser. Dann befand sie sich plötzlich an Deck eines Schiffs, wo sie immer noch um sich schlug und nach Luft rang. An dieser Stelle wachte sie jedes Mal schweißgebadet auf. Nach mehreren Sitzungen mit Dr. Hawkins hatten diese schrecklichen Albträume aufgehört und seitdem waren Jahre vergangen. Doch nach ihrer Rückkehr aus San Francisco hatte sie wieder einen solchen Traum gehabt, nur dass sich dieses Mal auf dem Boot der Mann aus San Francisco über sie gebeugt und die Hand nach ihr ausgestreckt hatte. Und er hatte wiederholt, was er auch in San Francisco zu ihr gesagt hatte.

»Komm nach Hause, bevor es zu spät ist und alles verloren ist.«

Pearl umklammerte ängstlich den Anhänger an ihrer Kette, als die seltsamen Worte des Mannes in ihrem Kopf widerhallten. Der rote Korallenanhänger, den sie an einer dünnen Goldkette um den Hals trug, war eines der wenigen Dinge, die vom Boot ihrer Familie gerettet worden waren. Er hatte wahrscheinlich ihrer Mutter gehört. Pearl ließ ihn nie aus den Augen und er brachte ihr etwas Trost nach der tragischen Wende, die ihr Leben genommen hatte. Dr. Hawkins ermunterte Pearl, die Kette zu tragen, da sie glaubte, es sei eine gute therapeutische Möglichkeit für Pearl, sich immer daran zu erinnern, dass ihre Eltern zwar tot, sie aber im Herzen immer bei ihr waren. Pearl merkte selbst, wie oft sie bei Stress oder Angst danach griff, und Hawkins musste diese Angewohnheit auch in diesem Moment aufgefallen sein.

»Stimmt etwas nicht?«, fragte die Psychiaterin und betrachtete ihre langjährige Patientin über den Rand ihrer Brille hinweg. Pearl hatte nicht vor, ihr die Wahrheit zu sagen. Wenn sie jetzt zugab, dass sie wieder diese Träume hatte oder dass sie die Begegnung in San Francisco noch immer so beschäftigte, würde diese Sitzung noch länger dauern und ihr Vater würde davon erfahren. Pearl konnte ihre Zeit nicht damit verschwenden, auf einer Couch zu sitzen und mit Hawkins zu reden – sie musste dringend shoppen gehen. Lief gab an diesem Abend eine Party, um *Eklund Energys* neues, supermodernes Methan-Bohrschiff zu feiern, und alles, was Rang und Namen hatte in Miami, war eingeladen. Auf der Gästeliste standen sicher auch ein paar umweltbewusste Hollywood-Typen, und Pearl hoffte, sie davon überzeugen zu können, ihr eine Rolle in einem ihrer Filme zu geben. Für Pearl war die Modewelt nur ein Sprungbrett zu noch größerem Ruhm.

Sie ließ ihren Anhänger los und schenkte Hawkins ihr bezauberndstes Lächeln. »Nein, alles gut.«

»Bist du sicher?«, fragte die Psychiaterin mit einer ordentlichen Portion Skepsis.

»Absolut!«, versicherte Pearl ihr charmant, sprang auf und griff nach ihrer Handtasche. »Ich bin mit den Mädels in Bal Harbour verabredet, um mir ein neues Outfit für heute

Abend zu kaufen. Ich muss echt los. Daddy hat gesagt, ich kann so viel ausgeben wie nötig, und ich habe vor, ihn beim Wort zu nehmen.«

Minuten später kutschierte ein Firmenwagen Pearl zu ihrer dritten Shoppingtour in dieser Woche. Ihr Vater bestand darauf, dass zwei kräftige Sicherheitsleute sie begleiteten, die mit Sicherheit überall im Weg sein würden.

Pearls Freundinnen – ein Haufen verwöhnter reicher Mädchen und Ja-Sagerinnen, die an ihren Lippen hingen – warteten schon geduldig am Eingang zum Shopping Center von Bal Harbour. Mit ihrer Gefolgschaft im Schlepptau tänzelte Pearl in die luxuriöse Mall, die bekanntermaßen einige der teuersten Läden im ganzen Land beherbergte. Natürlich erkannte man sie sofort, und die Leute starrten und zeigten mit dem Finger auf sie. Pearl lächelte und winkte. Auch ein paar Paparazzi hatten sich an ihre Fersen geheftet. Den Tipp mit der Mall hatten sie wahrscheinlich von einer ihrer Freundinnen bekommen. Das war so üblich, wenn sie irgendwo hingingen.

»Kannst du uns erzählen, was in San Francisco passiert ist, Pearl?«, rief einer der Klatschreporter, während er Fotos schoss.

»Hast du dich beim Sturz in den Pool verletzt?«, wollte ein anderer wissen, der ein Video von ihr drehte. Es ärgerte Pearl, dass die Paparazzi ausgerechnet über diesen Vorfall reden wollten, und sie ignorierte die Fragen einfach. Die Fotografen hatten ihren Zweck erfüllt und weil sie nicht mit weiteren Fragen genervt werden wollte, nickte Pearl ihren Bodyguards zu, die die Paparazzi hinausbegleiteten.

Pearl führte ihre Freundinnen zu ihrer Lieblingsboutique mit französischer Mode, stolzierte hinein und zeigte auf ein schmal geschnittenes schwarzes Kleid im Schaufenster.

»Ich würde das gern anprobieren«, sagte sie zu der Verkäuferin, die regelrecht durch die Luft und zu einem bereitstehenden Kleiderständer flog, um die richtige Größe herauszusuchen. Doch Pearl war noch nicht fertig. Sie wies auf weitere Outfits. »Und das noch. Und das auch.«

»Selbstverständlich, Miss Eklund.« Die Frau war ganz aufgeregt, bestimmt weil sie gewaltige Umsätze witterte. Pearl ging in eine Umkleidekabine und kam nur wenige Sekunden später in dem schwarzen Kleid zurück. Es passte wie angegossen und sie führte es ihren Freundinnen vor einem großen Spiegel vor. Ihre Anhängerinnen nickten zustimmend und überschütteten sie mit Komplimenten. Sie genoss die Aufmerksamkeit, bis ihr im Spiegel plötzlich etwas auffiel.

Gleich hinter der Tür ... stand jemand und schaute genau in ihre Richtung.

Sie drehte sich zum Eingang der Boutique – und erkannte den Mann aus San Francisco! Er stand hinter einer Reihe großer Topfpflanzen, die den Hauptgang der Mall in der Mitte teilten. Pearl keuchte auf und schlug erschrocken die Hand vor den Mund. Im nächsten Augenblick schlenderten mehrere Leute vor dem Blumenkübel vorbei, und als sie wieder weg waren, war auch der Mann verschwunden. Pearl wankte nach hinten und wäre fast gegen den Spiegel gefallen. Einer der Sicherheitsmänner fing sie gerade rechtzeitig auf und sie blickte benommen zu ihm auf.

»Ich möchte nach Hause«, sagte sie. Ihre Stimme war ganz heiser vor Angst.

»Sofort, Miss Eklund«, erwiderte der Mann.

»Packen Sie alles ein und lassen Sie es bis um fünf zu *Eklund Energy* bringen«, wies sie die Verkäuferin mechanisch an.

»Selbstverständlich. Vielen Dank!« Die Angestellte strahlte vor Aufregung über den kostspieligen Einkauf.

Auf der Fahrt nach Hause versuchte Pearl, den Vorfall zu verdrängen. Nach und nach überzeugte sie sich selbst davon, dass sie sich das alles nur eingebildet hatte und der Mann nicht wirklich in der Mall gewesen war und sie angestarrt hatte – dass das einfach nur Nachwirkungen der Begegnung in San Francisco waren. Zurück im Penthouse versuchte sie sich abzulenken und checkte ihr Social-Media-Profil, auf dem sie seit Stunden nichts mehr gepostet hatte. Sie wählte ein Zitat aus ihrem Lieblingsbuch, »Inspirierende Sprüche«, und postete es für ihre Fans, die sie ihre »Juwelen« nannte. Die Juwelen antworteten sofort. Hunderte neuer Nachrichten brachten Pearls Handy zum Summen. Alle likten ihren Beitrag und antworteten darauf. Die meisten dankten ihr von Herzen für ihre weisen Worte oder beteuerten, wie sehr sie sie liebten, was Pearl ein wenig tröstete. Sie genoss die Aufmerksamkeit. Das half ihr, sich wieder auf das zu konzentrieren, was für sie am wichtigsten war: sie selbst.

In Gedanken schon wieder bei den Hollywood-Produzenten, die an diesem Abend kommen würden, begann sie zu überlegen, wie sie die Zahl ihrer Follower noch steigern könnte, da das bestimmt hilfreich wäre für ihre Pläne. Vielleicht könnte sie ein paar ihrer Fans mit persönlichen Besuchen überraschen, alles auf Video aufnehmen und später posten. Oder sie könnte das Gerücht in die Welt setzen, dass sie mit Jason Bellamy zusammen war, einem neuen sexy Musiker in ihrem Alter. Sie tendierte zu Letzterem, vor allem, da es viel weniger Arbeit machte. Pearl beschloss, sich seine Fotos anzuschauen. Aus strategischen Gründen gefielen ihr die, auf denen er allein zu sehen war, natürlich am besten. Bevor Pearl es sich versah, hatte sie nur noch eine Stunde Zeit, bis die Party begann. Sie schaute die Tüten aus der Boutique durch, entschied sich für das teuerste Outfit, frischte Frisur und Make-up auf und ging dann nach unten, entschlossen, sich von den Ereignissen der letzten Tage nicht aus der Ruhe bringen zu lassen.

Das 65 Stockwerke hohe Gebäude aus Glas und Stahl, in dem die Büros von *Eklund Energy* untergebracht waren, war das höchste Gebäude in Miami und nahm einen ganzen Block ein. Die Lobby war gestaltet wie ein riesiger Innenhof, der bis zum zehnten Stockwerk hin offen war. Eine breite Marmortreppe führte zum zweiten Stock hinauf. Der Innenhof bot auch die perfekte Umgebung für das Herzstück des Gebäudes, eines der größten privaten Frischwasseraquarien des Landes. Es beherbergte jede Menge exotischer Meerestiere; viele davon hatte Lief von seinen Reisen mitgebracht. Während die Gäste noch umherschlenderten, an ihren Cocktails nippten und an den Häppchen knabberten, nahm sich Lief ein Mikrofon und stieg die Marmortreppe zur Hälfte hinauf. Pearl stellte sich an seine Seite, strahlte in die Menge und winkte diversen bekannten Persönlichkeiten kurz zu.

»Ich möchte mich bei euch allen bedanken, dass ihr heute Abend gekommen seid, um meine krönende Errungenschaft mit mir zu feiern«, begann Lief. »Und damit meine ich nicht Pearl. Sie ist keine Errungenschaft, sie ist ein wahrer *Segen* für mich.« Pearl zuckte abtuend mit den Schultern und erwiderte sein Lächeln. Die Menge reagierte mit einem Chor von »Ahhhs«. Lief fuhr fort: »Ich spreche von meiner – unserer – krönenden unternehmerischen Errungenschaft, eine, die die Welt für immer verändern könnte. Das Ziel von *Eklund Energy* ist saubere, erneuerbare Energie und diesem Ziel kommen wir mit unserem neuen Bohrschiff einen Schritt näher. Ich taufe es *Pearl*, weil es die Welt verändern wird, so wie Pearl meine Welt verändert hat.«

Pearl strahlte, obwohl sie dabei rot wurde. Sie freute sich über Liefs herzliche Worte, doch manchmal konnte er ganz schön peinlich sein. Sie kam sich vor wie ein kleines Mädchen und *so* wollte sie gerade vor diesen speziellen Gästen nicht dastehen. Als Pearl merkte, dass aller Augen auf sie gerichtet waren, wurde ihr klar, dass man irgendeine Reaktion von ihr erwartete. Also warf sie Lief eine Kusshand zu und ging dann die Treppe hinunter. Er grinste und zwinkerte ihr zu, bevor er seine Aufmerksamkeit wieder seinen Gästen zuwandte.

»Die meisten Menschen in diesem Raum kannten bis vor zehn, fünfzehn Jahren nicht einmal meinen Namen. Ich war nur ein Schiffsingenieur auf einer Bohrinsel im Meer, der seine Zeit mit Angeln und Arbeiten verbrachte. Aber ich hatte schon immer den Traum, einmal wirklich etwas zu bewirken. Und dieser Traum hat mich heute hierhergebracht: von einem Ein-Mann-Betrieb in meiner Garage zu einem milliardenschweren Unternehmen. Es war ein wilder Ritt und er ist noch nicht zu Ende.« Aus der Menge kamen Bravo-Rufe und begeisterte Pfiffe. Lief hielt inne und lächelte. »Heute Abend feiern wir unsere Errungenschaften – morgen revolutionieren wir die Welt.« Er hob sein Champagnerglas und die Gäste folgten seinem Beispiel. »Prost!« Alle tranken einen Schluck, dann applaudierte die Menge. Er winkte und nickte seinen Gästen zu und ging dann hinüber zu Pearl.

»Wie fühlst du dich?«, fragte er seine Tochter.

Sie verdrehte die Augen. »So viel zur ärztlichen Schweigepflicht.«

»Ridley – ich meine, Dr. Hawkins hat nur gesagt, dass du heute anders gewirkt hast als sonst, und nach dem, was in San Francisco passiert ist, darf ich doch wohl ein bisschen besorgt sein, oder?«

»Danke, aber es geht mir wirklich gut«, beruhigte Pearl ihn. »Wo ist eigentlich der Filmproduzent, der heute kommen wollte?« Sie ließ den Blick über die Menge schweifen und zupfte ihre Frisur zurecht.

Ihr Vater lächelte über ihre Entschlossenheit. »Ich glaube, er ist noch nicht da.«

»Er ist aber nicht dein einziger Hollywood-Kontakt, oder? Du hast versprochen, dass noch andere kommen … Ich brauche Leute, die mir helfen, ins Filmgeschäft einzusteigen.«

Lief nickte amüsiert. »Mach dir da mal keine Sorgen, Liebes, es sind schon ein paar andere da. Ich gehe sie mal suchen und arrangiere die perfekte Situation, um ihnen Hollywoods nächsten großen Star vorzustellen. Und jetzt hol dir erst mal etwas zu essen. Du siehst blass aus«, sagte er noch, bevor sein Assistent ihn wegzog.

Pearl seufzte und kniff sich in die Wangen in der Hoffnung, so etwas Farbe zu bekommen. Sie war kein besonders großer Fan davon, sich unter die Leute zu mischen und mit quasi Fremden Smalltalk zu machen, es sei denn, sie konnten ihr direkt zu einem Karrieresprung verhelfen. Sie schlenderte durch die Menge, knabberte an Krabbenchips und nippte an einem alkoholfreien Cocktail. Dann hörte sie es: zwei Stimmen über dem Gemurmel der Leute. Eine gehörte einem zynischen Mann, die andere einer spöttelnden Frau.

»Schau dir das an, Nance! Ein Wal im Smoking«, höhnte der Mann. »Moment mal … das ist ja Shamu, der Killer-Wal!«

Die Frau lachte. »Die Catering-Firma kann die Jalapeño-Popper gar nicht schnell genug frittieren. Moby Dick hat bereits zwei Platten voll verdrückt. Ich hoffe nur, dass der Typ neben ihm nicht Jonah heißt.«

Der Mann gluckste vor Lachen.

Pearl blickte sich im Foyer um. Wer waren die Leute, die da so schamlos lästerten? Da ihre Stimmen ziemlich laut waren, mussten sie eigentlich ganz in der Nähe sein, doch in Pearls direkter Umgebung stand niemand. Das Merkwürdige war, dass sich die anderen Gäste offenbar überhaupt nicht davon belästigt fühlten.

Dann entdeckte Pearl den Mann, über den die beiden gesprochen haben mussten. Es handelte sich um einen sehr beleibten Herrn in einem schlecht sitzenden Smoking, der in der Buchhaltung ihres Vaters arbeitete. Sie kannte ihn, er schien ganz nett zu sein. Jedes Mal, wenn sie in die Eklund-Büros kam, dankte er Pearl für ihre inspirierenden Social-Media-Posts. Er hatte es bestimmt nicht verdient, so lächerlich gemacht zu werden. Doch den Stimmen war das egal und sie machten sich weiter über die Gäste lustig.

»Grünes Kleid da vorn gleich rechts«, rief der Mann. »Ich habe schon Seesterne mit ebenmäßigerem Teint gesehen.«

»Wenn alle diese Pickel gleichzeitig aufbrechen würden, gäbe es bestimmt eine Eiterflutwelle«, erwiderte die Frau, was der Mann mit lautem Lachen quittierte.

Pearl entdeckte in einer Ecke eine offensichtlich verlegene junge Frau mit schlimmer Akne. Ihre Haut machte sie zweifellos unsicher. Jetzt wurde Pearl richtig wütend. Diese Leute waren unverschämt, das grenzte ja schon an Mobbing; man musste ihnen Einhalt gebieten.

»Schau dir mal den Algenkopf an der Bar an.« Die Frau hatte ihr nächstes Opfer gefunden.

Pearl blickte rasch zur Bar hinüber, wo sich eine Frau mit widerspenstigen schwarzen Locken mit einem anderen Gast unterhielt.

»Meer-Medusa«, spottete der Mann.

Pearl beschloss, den Stimmen nachzugehen, und fand sich bald im Zentrum der Lobby wieder.

»Super. Da kommt Miss Selbstverliebt«, kommentierte der Mann. »Ich wette fünf Fischpellets, dass sie hier herüberkommt, um ihr Spiegelbild in der Aquariumsscheibe zu bewundern.«

»Kein Guppy würde diese Wette annehmen«, höhnte die Frau.

Pearl ging weiter, bis sie direkt vor dem Aquarium mitten in der Lobby stand. Sie drehte der Glasscheibe den Rücken zu und ließ den Blick noch einmal durch den Raum gleiten.

»Hätte ich die Wette doch angenommen!«, jammerte die Frau.

»Sie hat noch nie eine Gelegenheit ausgelassen, sich selbstverliebt anzuhimmeln«, meinte der Mann. »Das ist eindeutig ein Zeichen der nahenden Apokalypse!« Sie brachen in hysterisches Gelächter aus.

Die Stimmen waren genau da, wo Pearl jetzt stand, am deutlichsten zu hören, obwohl der nächste Partygast über drei Meter entfernt war.

»Okay … wo immer Sie sind, ich kann Sie hören, und Sie sind total unhöflich! Ich werde das meinem Vater sagen, der wird sie sofort hinauswerfen lassen«, erklärte Pearl mit gedämpfter Stimme. Ein paar Augenblicke herrschte Schweigen, dann …

»Redet sie mit uns?«, wisperte die Frau.

»Scheint so, aber das ist doch unmöglich«, entgegnete der Mann langsam. »Ihre Art *kann* uns nicht hören.«

»Irrtum, ich höre Sie klar und deutlich. Und Sie sollten sich schämen!«, schimpfte Pearl. »Sich über unschuldige Leute lustig zu machen. Und jetzt sagen Sie mir endlich, wo sie sind!«

»Direkt hinter dir«, antwortete die männliche Stimme.

»Hinter mir ist ein Aquarium. Da müssen Sie sich schon etwas Besseres einfallen lassen.«

»Wir sind *im* Aquarium«, erklärte die weibliche Stimme trocken.

Pearl drehte sich um und schaute durch die Scheibe. Zwei Fische schwammen auf Augenhöhe im Wasser, nur wenige Zentimeter von ihrem Gesicht entfernt. Es waren Diskusfische, leuchtend bunte Tiere aus dem Amazonas, deren Körperbau und Flossen ihnen das Aussehen einer Diskusscheibe verliehen.

Der türkisfarbene Diskusfisch mit den schwarzen Streifen schaute Pearl direkt an, als er sagte: »Du solltest uns *wirklich* nicht hören können.«

Sie sah, wie sein Maul sich beim Sprechen bewegte und wie daraus langsam Luftbläschen zur Wasseroberfläche aufstiegen.

»Aber sie *kann* es, Gary«, bemerkte der zweite Fisch leise. Er – oder besser gesagt *sie*, denn die Stimme war weiblich – hatte leuchtend rote Schuppen. »Und sie hat recht. Wir waren alles andere als nett heute Abend. Das ist mir ja so peinlich.«

»Oh, Nance, was soll's? Die haben uns doch schließlich in ein Aquarium gesteckt.«

Die Fischdame schwamm auf Pearl zu und blieb direkt vor deren Gesicht stehen. »Miss Eklund, bitte verzeihen Sie uns«, flehte sie so liebenswürdig, wie sie nur konnte.

Pearls Augen waren inzwischen so groß wie Untertassen. Sie schluckte, dann rutschte ihr das Cocktailglas aus der Hand und zersprang auf dem Boden. Und sie schrie so laut, dass alle anderen Partygäste verstummten. Sogar die Band hörte auf zu spielen.

Lief kam von der anderen Seite des Foyers zu ihr herübergeeilt. »Pearl, Liebes, ist alles in Ordnung?«

»Die Fische ... Ich kann ... sie hören«, stammelte sie.

»Wie bitte?« Er betrachtete das Aquarium und schüttelte dann den Kopf. »Du brauchst Schlaf, Liebes, das ist alles. Komm, ich bringe dich nach oben, und wir rufen Dr. Hawkins an.«

Pearl war vollkommen neben der Spur. »Ja ... okay.«

Lief nahm seine Tochter an der Hand und ging mit ihr in Richtung der Aufzüge. Er gab der Band ein Zeichen weiterzuspielen und einen Moment später verschluckte die Musik das sorgenvolle Gemurmel der Gäste.

Auf dem Weg zu den Aufzügen wurden die beiden von einem gut gekleideten, kräftig gebauten Mann Mitte fünfzig aufgehalten. »Eklund! Schön, dich zu sehen. Und das muss Pearl sein«, sagte der Mann mit dröhnender Stimme. »Tut mir leid, dass ich zu spät komme. Habe ich etwas verpasst?«

»Überhaupt nicht, Oliver«, erwiderte Lief. »Pearl, das ist Oliver Ogilvie von Ogilvie Pictures.«

Pearls Augen weiteten sich, als ihr klar wurde, wen sie vor sich hatte. Es war der Filmproduzent, den sie unbedingt treffen wollte. Sie versuchte, das bizarre Erlebnis von eben abzuschütteln. »Es ist mir eine Ehre, Sie kennenzulernen, Mr Ogilvie«, sagte sie etwas atemlos. »Ich war total begeistert von *Wenn der Sonnenuntergang dämmert*.« Das war Ogilvies neuester Film, eine romantische Tragödie, die auf einer Buchreihe basierte und im Moment in aller Munde war.

Er zwinkerte ihr zu. »Warte, bis du *Wenn es Nacht wird* siehst.«

»Ich bin schon ganz gespannt«, erwiderte Pearl und schenkte ihm ihr gewinnendstes Lächeln. Wie jeder, der Pearl das erste Mal traf, war auch Mr Ogilvie sofort von ihr eingenommen.

»Wir haben gerade die Filmrechte für eine andere Buchreihe eingekauft. Die Hauptfigur ist ein Mädchen, ungefähr in deinem Alter. Sie ist ein Mitglied der Samurai in einer postapokalyptischen Zukunft und wird von drei gutaussehenden jungen Männern verfolgt: einem Vampir, einem Engel und einem genialen Wissenschaftler. Das Casting fängt in ein paar Tagen an. Ich weiß zwar nicht, ob du überhaupt an der Schauspielerei interessiert bist, aber …«

»Darüber habe ich noch nie nachgedacht«, erwiderte Pearl kokett.

»Oh, ich denke, du wärst eine großartige Schauspielerin«, versicherte ihr Ogilvie. »Ich möchte, dass du für die Rolle vorsprichst. Ruf mich einfach an …« Der Produzent wollte ihr gerade seine Visitenkarte geben, als ein Kellner mit einer Kiste voll lebender Hummer an ihnen vorbeiging.

»Lass uns raus!«, kam eine Stimme aus der Kiste.

»Wir verlangen eine Gerichtsverhandlung!«, brüllte eine andere.

Pearl blickte panisch um sich.

»Ich bin zu jung, um zu sterben«, schluchzte eine dritte Stimme.

»Ist alles in Ordnung?«, fragte Ogilvie, dem Pearls entsetzter Gesichtsausdruck aufgefallen war. Sie verfolgte den

Kellner mit den Augen. Durch die halb transparente Kiste sah sie die Hummer darin und musste einfach etwas tun. Sie lief zu dem Kellner, riss den Deckel der Kiste auf und nahm die Krustentiere heraus.

»Ich rette euch!«, verkündete sie und lief in Richtung Ausgang. Ihr Vater und Mr Ogilvie schauten ihr verdattert nach. Die Gäste stoben auseinander und beobachteten verwirrt, wie das schönste Mädchen von Miami, wenn nicht der ganzen Welt, mit zwei lebendigen Hummern in den Händen und zwei weiteren unter den Armen zum Ausgang lief. Sie rannte an den Türstehern vorbei hinaus und über die Straße. Autofahrer hupten und mussten riskante Ausweichmanöver machen. Die Straße verlief direkt neben dem Miami River. Pearl stürmte zum Ufer des Flusses und warf die Tiere ins Wasser. Einen der Hummer hörte sie noch »Danke, junge Frau!« rufen, dann tauchten die Tiere unter.

In dem seltsamen, peinlichen Moment danach erkannte Pearl Eklund, dass ihr Leben nie mehr so sein würde wie bisher. Sie war sich jetzt hundertprozentig sicher, dass sie vollkommen den Verstand verloren hatte.

Kapitel 6

Der verrückte Murphy

Nach einem schier endlosen Tag voller Selkies, Erdtunnelrutschen, Affenstinktieren und schockierenden Enthüllungen freute sich Sam London auf eine ruhige Nacht in einer Rangerhütte im Everglades-Nationalpark. Nachdem sie es sich in der Hütte gemütlich gemacht hatten, kontaktierte Dr. Vantana über seine IMW-Dienstmarke den Chef der Magic Guardians vor Ort, Woodruff Sprite. Sprite hatte jedoch gerade am westlichen Rand des Parks zu tun und konnte sie deswegen leider nicht treffen. Auch er war aber überrascht über die Begegnung mit den Seebischöfen, die er »Tratschfische« nannte.

»In der Tat äußerst merkwürdig, Doktor«, sagte er. Seine Worte aus der Dienstmarke hallten durch die abgestandene Luft in der Hütte. Er hatte eine raue, leise Stimme, und Sam fiel auf, dass er schneller sprach, wenn er etwas interessant fand. Diese Eigenart wurde besonders deutlich, als es um die aktuellen Ereignisse ging. »Ich werde schauen, ob ich hier in der Gegend nützliche Informationen ausgraben kann, aber ich bin wirklich neugierig, was das Mädchen zu sagen hat. Sehr, sehr neugierig.« Der Ranger sprach so schnell, dass man die einzelnen Worte kaum verstehen konnte.

Sam beschloss, vor dem Schlafengehen noch ein wenig in Sachen Pearl zu recherchieren. Über Sprites Computer ging er ins Internet, wo er schnell mehrere Zeitungsberichte über Pearls Rettung aus dem Meer fand. In den Artikeln stand, dass ihre Eltern bei einem Schiffsunglück ums Leben kamen, das Model aber wie durch ein Wunder überlebte. Das Wunder erschien in Gestalt von Lief Eklund, der damals noch Kapitän eines Fischerbootes war, das an diesem Tag zufällig in dem Gebiet segelte. Er zog Pearl aus dem Wasser, und da sie keine Familienangehörigen mehr hatte, die sie aufnehmen konnten, adoptierte er das Waisenmädchen schließlich und behandelte es wie seine eigene Tochter. In den Jahren danach stieg Lief vom bescheidenen Fischer zum milliardenschweren Energiemagnaten auf, der das junge Mädchen mit so großzügigen Geschenken überhäufte, dass oft in den Lokalnachrichten darüber berichtet wurde. Wie damals, als er Pearl einen eigenen Zoo, inklusive eines kleinen Pandas kaufte, oder als er dafür bezahlte, dass der gesamte Disney-World-Park in Orlando an ihrem Geburtstag nur für sie öffnete, damit sie nirgendwo anstehen musste.

Nachdem Sam ein paar Artikel durchgegangen war, stellte er fest, dass Pearls Aufstieg an die Spitze der Modeindustrie eine relativ neue Entwicklung war und eine, die den Wunsch des Mädchens, im Mittelpunkt zu stehen, noch gesteigert hatte. Besonders deutlich erkennbar war dies an ihrer hohen

Präsenz in den diversen sozialen Netzwerken, wo sie zahllose Videos, Fotos und Nachrichten postete und sich eine riesige ergebene Fan-Gemeinde schuf. Sam konnte nicht genau sagen, woran es lag, aber Pearl Eklund hatte definitiv etwas Einzigartiges. Sie war außergewöhnlich hübsch, daran gab es keinen Zweifel. Für ihn war sie das schönste Mädchen, das er je gesehen hatte, noch schöner als Nerida, an die Pearl ihn seltsamerweise irgendwie erinnerte. Er führte das darauf zurück, dass sie einen ähnlichen Teint hatte, eine ähnliche Haarfarbe und ähnlich helle Augen. Aber es war nicht nur Pearls Aussehen, das Sam so faszinierte – sie verfügte einfach über eine seltsame Anziehungskraft, die er nicht ganz verstand.

Sam hätte es nie zugegeben, doch es machte ihm Spaß, Recherchen zu Pearl anzustellen und sich ihre Videos anzuschauen, sogar wenn es dabei um Themen ging wie »Wie mache ich mir eine ›total abgefahrene‹ Frisur für den Abschlussball?«. Sam schaute sich gerade eines ihrer Schminktipp-Videos an, als Tashi sich zu ihm gesellte.

»Schon wieder eine, die sich das Gesicht aus albernen Gründen anmalt?«, fragte die Wächterin.

»Meine Mom und Nerida schminken sich auch, Tashi, und sie sind nicht albern. Das Schminken sagt doch nichts darüber aus, wer sie sind. Es ist nur etwas, das sie eben gern tun«, erklärte Sam. Tashi nickte, schien aber nicht ganz überzeugt zu sein.

Sam klickte auf ein Video, das mit »In Pearls Schloss« überschrieben war. Pearl führte den Zuschauer darin durch ihr luxuriöses Zuhause ganz oben in dem *Eklund-Energy-*

Gebäude im Zentrum von Miami. Die Wohnung war riesig und bot einen 360-Grad-Blick über die Stadt.

Vance stellte sich zu Sam und Tashi an den Computer und sah sich den Clip ein paar Sekunden lang an, bevor er verkündete: »Genau da wollen wir morgen hin. Mal sehen, ob wir das Mädchen zum Reden bringen.«

Sam hielt das Video an. »Je eher, desto besser«, meinte er, worauf sie sich einen Plan für den nächsten Tag überlegten.

Später, als Sam seinen müden Kopf endlich auf ein staubiges altes Kissen gebettet hatte, dachte er über die Tage nach, die vor ihm lagen. Wenn alles nach Plan lief, würde er nicht nur das Geheimnis um Maris und Pearl lüften, sondern vielleicht auch endlich etwas über seinen Vater erfahren. Blieb nur noch die Frage, ob diese Information eine Überraschung werden würde oder nicht. Er hoffte auf Letzteres und mit einem tiefen Seufzer zog er die Decke bis zum Kinn hoch. Hoffentlich konnte er überhaupt schlafen mit all den Gedanken an Maris, Pearl und die Seebischöfe, die in seinem Kopf herumschwirrten.

Am nächsten Morgen machte sich das Trio also auf den Weg nach Miami, um mehr über Pearl und ihre Verbindung zu dem Selkie herauszufinden. Auf Sams Vorschlag hin hielten sie unterwegs an einer Edelboutique an. Tashi brauchte ein neues Outfit, damit ihre Geschichte wirklich glaubhaft wirkte.

»Meine Freundin möchte richtig hip aussehen«, erklärte Sam der quirligen Verkäuferin, während Tashi durch den Laden schlenderte und unsicher die Kleider betrachtete.

»Können Sie ihr helfen, etwas auszusuchen?« Die Verkäuferin nickte und flitzte zielstrebig zwischen den Kleiderständern hin und her. Schließlich kam sie mit einer blaugemusterten Schmetterlingshose zurück, die unten ausgestellt war, und einer Bluse mit gelben Blumen. Der Verkäuferin schien es richtig Spaß zu machen, die Wächterin neu einzukleiden, vor allem als es um die Accessoires für das neue Outfit ging: eine unechte Pelzstola, eine knallbunte Halskette und ein weicher Filzhut. Als Tashi eine halbe Stunde später den Laden verließ, war sie stinksauer auf Sam London.

»Du siehst super aus!«, rief Sam.

Sie glaubte ihm offensichtlich kein Wort. »Ich sehe lächerlich aus«, schnaubte sie und rückte ihre Stola zurecht.

»Es ist ja nur eine Verkleidung … Und sie hilft uns, dem Selkie das Handwerk zu legen«, erinnerte Sam sie.

»Wenn du meinst«, erwiderte Tashi resigniert. »Aber komm ja nicht auf die Idee, mich in diesem … Kostüm zu fotografieren«, warnte sie mit stahlhartem Blick.

»Das würde mir nicht einmal im Traum einfallen!« Sam musste ein Grinsen unterdrücken, denn insgeheim hoffte er, dass er die Gelegenheit bekam, doch ein Foto zu machen, wenn Tashi es nicht merkte.

Dr. Vantana bezahlte die Kleider und den Schmuck bar. Dabei fiel Sam auf, dass er jede Menge Bargeld dabeihatte.

»Läufst du immer mit so viel Geld herum?«, fragte er.

»Das IMW kann ja schlecht Firmen-Kreditkarten verteilen, wenn du das meinst.«

»Aber woher hat das Institut denn so viel …«, begann Sam.

»Sagen wir einfach, es hat seine Vorteile, einen Greif als Chef zu haben«, erwiderte Vance.

Sam ging ein Licht auf. »Gold«, flüsterte er. Er erinnerte sich an die Berge von Edelmetall in Phylassos' Höhle im Himalaja und dass Greife ganz verrückt nach Gold waren.

Vance lächelte bestätigend.

Als sie das *Eklund-Energy*-Hochhaus erreichten, ging Vance schnurstracks zum Empfangstresen und redete mit einem selbstbewusst dreinblickenden Wachmann, während Tashi und Sam zu dem riesigen Aquarium in der Mitte der Lobby schlenderten.

»Ganz schön viele Fische«, bemerkte Sam, während er die exotische Sammlung bewunderte.

Tashi lächelte plötzlich. »Das ist lustig«, stellte sie dann sachlich fest.

Sam schaute die Wächterin verwirrt an. »Was ist lustig?«

»Der gestreifte Fisch dort hat dich Käpt'n Schlaumeier genannt.«

»Du *verstehst* die Fische?«, fragte Sam ungläubig.

Tashi nickte. »Ich verstehe die Sprache aller Tiere.«

»Oh, stimmt ja.« Er vergaß immer wieder, dass die Wächter der Greifenklaue die Fähigkeit besaßen, mit Tieren zu kommunizieren. Es hatte zweifellos etwas damit zu tun, dass Greifenblut durch ihre Adern floss. »Hey, frag sie doch mal, ob sie etwas über Pearl wissen, das uns weiterhelfen könnte.«

»Das ist eine gute Idee, Sam London«, lobte Tashi. Sie ging näher an das durchsichtige Hartglas heran und sagte etwas in einer gurgelnden Sprache. Dabei redete sie allerdings so laut, dass ihre Stimme durch die ganze Lobby schallte. Angestellte und Besucher warfen ihr und Sam irritierte Blicke zu.

»Kannst du nicht ein bisschen leiser reden?«, flüsterte Sam.

»Das Glas ist sehr dick. Ich wollte es ihnen leichter machen, mich zu verstehen«, erklärte Tashi. »Aber wieso machst du dir Sorgen? Glaubst du, jemand in der Lobby versteht die Fischsprache?« Tashi ließ auf der Suche nach einem möglichen Mithörer rasch den Blick durch die Lobby schweifen.

»Nein, aber darum geht es nicht«, sagte Sam kopfschüttelnd. »Ach, vergiss es einfach.«

Zwei Fische, die die Form von Diskusscheiben hatten, kamen ans Glas geschwommen, und Tashi nickte, während sie ihr anscheinend etwas erklärten.

»Laut Nancy und Gary«, begann Tashi und wies auf die beiden Fische, »ist der Selkie noch nicht hier aufgetaucht. Aber in Bezug auf Pearl Eklund ist vor Kurzem etwas sehr Interessantes passiert.«

»Und das wäre?«, erkundigte sich Sam neugierig. In diesem Moment trat Dr. Vantana zu ihnen.

»Sie geben unser Anliegen an Liefs Büro weiter. Er ist gerade in einer Besprechung«, berichtete Vance. Dann wandte er sich an Tashi. »Warum hast du so laut gegurgelt? Das hat die ganzen Leute hier ein bisschen nervös gemacht.«

»Sie redet mit den Fischen«, erklärte Sam.

»Okay …« Vance nickte. »Und was haben die zu sagen? Oder sind sie auch so nervtötend geheimniskrämerisch wie die Seebischöfe?«

»Ganz und gar nicht. Im Gegenteil, sie sind sehr mitteilsam. Gestern Abend hat hier offenbar eine Party stattgefunden. Pearl war dabei, und sie behaupten, sie hätte mit ihnen gesprochen und sie verstanden. Pearl schien wohl selbst sehr überrascht von dieser Fähigkeit zu sein. Nancy und Gary waren es jedenfalls.«

»Na, kein Wunder«, erwiderte Vance nachdenklich. »Wo ist Pearl denn jetzt?«

Tashi gab die Frage an die Fische weiter, wartete, während sie offenbar antworteten, und wandte sich dann an den Doktor. »Sie hat vor etwa einer Stunde das Haus verlassen.«

»Hat sie gesagt, wohin sie geht?«, erkundigte sich Sam.

»Sie hat etwas von einem Mann namens Murphy gesagt, den sie besuchen will, und dass sie verwirrt sei und Antworten bräuchte.«

Der Name sagte Sam etwas, und einen Moment später wusste er auch, was. »Als Lief Pearl aus dem Meer gerettet hat, war auch ein Mann namens Murphy auf dem Boot. Das stand in einem der Artikel, die ich gestern Abend gelesen habe.«

»Interessant«, meinte Vance. »Und wo ist dieser Murphy jetzt?«

* * *

Pearl Eklunds Limousine hielt am Straßenrand vor dem Seniorenheim »Schattige Gärten« in Coral Gables in Florida. Sie war hergekommen, um mit Reginald Murphy zu reden, dem Einzigen, der außer Lief in der Nacht ihres Unfalls noch an Bord des Fischerboots gewesen war. Sie erinnerte sich, dass Mr Murphy sie in den Monaten danach oft besucht hatte, doch seine Besuche waren immer seltener geworden, bis er irgendwann gar nicht mehr gekommen war. Als sie ihren Vater gefragt hatte, wieso »Onkel Reggie«, wie sie ihn nannte, nicht mehr zu ihnen kam, hatte er ihr erklärt, dass Reginald Murphy eine schwere psychische Krankheit hätte und sie deswegen nicht mehr besuchen könnte. Lief versprach aber, alles in seiner Macht Stehende zu tun, um seinem alten Freund zu helfen. Er bat sogar Dr. Hawkins, seine Behandlung zu unterstützen.

Mit der Zeit hatte Pearl Onkel Reggie vergessen, doch die sprechenden Fische und der Verrückte in San Francisco hatten dafür gesorgt, dass sie wieder von der Zeit ihres Unfalls träumte und häufig daran dachte. Sie fragte sich, ob es vielleicht in Zusammenhang mit diesem tragischen Tag irgendetwas gab, womit sich diese merkwürdigen Ereignisse erklären ließen. Was ihre Neugier zusätzlich noch steigerte, waren die Worte, die Murphy bei seinem letzten Besuch zu ihr gesagt hatte. Er war damals sehr aufgeregt gewesen.

»Du gehörst nicht hierher«, hatte er der zwölfjährigen Pearl zugeraunt. »Ich komme wieder … und dann werde ich dich retten.« Pearl hatte ihn daran erinnert, dass er sie doch schon längst gerettet hatte, doch er hatte nur abtuend mit der Hand gewedelt und war davongeeilt. Seitdem hatte Pearl ihn nicht mehr gesehen.

Wenige Tage danach sagte Lief ihr, dass er Murphy in einer speziellen Einrichtung untergebracht habe, wo er die Hilfe bekam, die er brauchte. Pearl schrieb Murphy noch zu verschiedenen Gelegenheiten, erhielt aber nie eine Antwort.

Sie ging davon aus, dass er aufgrund seiner Krankheit nicht mehr antworten konnte. Außerdem war sie ja in Sicherheit und es ging ihr gut – sie brauchte also wirklich nicht gerettet zu werden. Doch an diesem Morgen erfuhr Pearl zu ihrer Überraschung, dass er in dem Heim, an das sie ihre Briefe adressiert hatte, gar nicht mehr als Patient geführt wurde. Man wollte ihr nicht sagen, wie lange das schon so war, und verwies sie an eine andere Einrichtung. Dort wiederum schickte man sie ins »Schattige Gärten«-Seniorenheim.

Dieses Heim war ein ruhiger, friedlicher Ort für ältere Menschen, die an Gedächtnisverlust und anderen altersbedingten Krankheiten litten. Pearl ging zur Rezeption. Die gestresst wirkende Frau hinter dem Tresen trug ein Namensschild, das sie als »Joy« auswies.

»Hi. Ich bin Pearl Eklund«, stellte Pearl sich lächelnd vor, denn sie war sicher, dass Joy sie sofort erkennen würde. »Ich möchte Mr Reginald Murphy besuchen.«

Die Krankenschwester betrachtete sie einen langen Moment. »Sind Sie eine Familienangehörige?«, fragte sie dann alles andere als freundlich.

»Nein«, antwortete Pearl und bedauerte ihre Ehrlichkeit sofort. »Ich meine, nicht wirklich«, fügte sie rasch hinzu. »Er war dabei, als ich gerettet wurde … aus dem Meer. Es ist eine lange Geschichte. Wahrscheinlich haben Sie in den Zeitungen darüber gelesen oder im Fernsehen …«

»Tut mir leid, Miss, aber nur Familienmitglieder haben Besuchsrecht«, unterbrach die Krankenschwester sie unbeeindruckt.

»Pearl Eklund!«, kam eine ekstatische männliche Stimme

von der anderen Seite der Eingangshalle. Pearl blickte sich um und sah einen Krankenpfleger mit breitem Grinsen auf sich zukommen.

»Bist du einer meiner Juwelen?«, fragte Pearl lächelnd. Sie lächelte nicht, weil sie sich geschmeichelt fühlte, sondern weil sic instinktiv wusste, dass sich das Blatt in diesem Moment zu ihren Gunsten gewendet hatte. Sie hatte sich schon längst daran gewöhnt, dass sie dank ihrer Juwelen immer und überall die bevorzugte Behandlung bekam, die sie so liebte. Ob man ihr in der Schlange im Coffeeshop den Vortritt ließ, sie sofort Einlass zu den angesagtesten Clubs erhielt oder den besten Tisch im schicksten Restaurant, Pearls Juwelen waren ihre geheime Armee – über die ganze Stadt verteilt und bereit, ihre Mission zu erfüllen und Pearls Leben zu etwas ganz Besonderem zu machen.

»Machst du Witze?«, antwortete der Pfleger aufgeregt. »Ich bin ein solcher Superfan, dass ich ein Cape tragen sollte!«

Pearl kicherte und ließ den Blick zu seinem Namensschild wandern. »Oh, vielen Dank, Francis.«

»Du hast meinen Namen gesagt!«, kreischte er. »Ich kann's nicht fassen, dass du wirklich direkt vor mir stehst. Ich liebe deine Fotos und deine Videos und alles, was du tust … Darf ich?« Francis wies auf sein Handy. »Ich brauche einen Fotobeweis für den besten Tag meines Lebens.«

»Ohne Fotos ist es nicht passiert«, witzelte sie, worauf Francis hysterisch lachte, als sei es das Komischste, was jemals ein Mensch auf dieser Erde von sich gegeben hatte. Er drückte der Krankenschwester am Empfang sein Telefon in die Hand, legte seinen schlaksigen Arm um Pearls Schulter und zog sie näher zu sich heran.

»Sag ›Pearltakulär‹!«, rief Francis und griff damit ein Wort auf, das Pearl geprägt hatte. Es war eine Mischung aus ihrem Namen und »spektakulär« und bezeichnete alles, was über das Gewöhnliche hinausging. Sie benutzte es oft, wenn sie über Kleidung, Schuhe oder über sich selbst sprach, was am häufigsten vorkam. Mit breitem Lächeln sagten beide ihr berühmtes Wort und die Krankenschwester machte widerwillig ein Foto. Francis entriss ihr das Telefon, um zu sehen, ob das Ergebnis akzeptabel war.

»Pearltastisch«, erklärte er einen Augenblick später, womit er noch so einen von Pearls Begriffen benutzte. Insgeheim hoffte sie, dass diese Wörter es ins Lexikon schafften und ihren Namen noch weiter verbreiteten.

»Was tust du überhaupt hier?«, wollte Francis wissen.

»Ich würde gern mit Reginald Murphy sprechen. Ich habe gehört, dass er hier Patient ist.«

»Der verrückte Murphy? Der ist wahrscheinlich im Aufenthaltsraum und spielt Schach gegen sich selbst oder redet mit den Goldfischen. Ich kann dich gern zu ihm bringen.«

»Würdest du das tun?«, fragte Pearl lächelnd. »Das würde dich zu einem meiner strahlendsten Juwelen machen! Das muss ich nachher gleich posten!« Francis war außer sich vor Freude.

Joy dagegen war nicht erfreut. »Das entspricht *nicht* unseren Regeln«, erinnerte sie den strahlenden Francis, doch der tat es mit einer Handbewegung ab und führte Pearl in den Aufenthaltsraum.

»Warum möchtest du ihn überhaupt sehen?«, erkundigte er sich. »Ich glaube, er hat bisher noch nie Besuch bekommen …«

»Er ist … ein alter Freund der Familie.«

»Soweit ich weiß, ist er schon seit etlichen Jahren hier. Er ist unser jüngster Patient, aber das Durchschnittsalter hier ist auch 85 oder so, deswegen …« Francis zuckte mit den Schultern und ließ den Satz unvollendet.

»Weißt du, was ihm fehlt?«, wollte sie wissen.

»Nicht wirklich. Ich weiß, dass er früher Fischer war, aber dann hat er diese Halluzinationen bekommen und jetzt hat er eine Heidenangst vor dem Meer.«

Pearls Lächeln wankte kaum merklich, als sie diese Information verarbeitete. Dann betraten sie den Aufenthaltsraum, ein langes, schmales Zimmer mit Tischen und Stühlen, in dem die Bewohner Karten spielten, lasen oder bastelten. Reginald Murphy saß ganz allein an einem Tisch, ein unberührtes Schachspiel vor sich. Pearl erkannte ihn sofort, obwohl er deutlich gealtert war, seit sie ihn das letzte Mal gesehen hatte. Und er wirkte überaus mürrisch.

»Hey, Mr Murphy«, rief Francis beim Näherkommen. In einem Tonfall, in dem Erwachsene oft mit Kindern sprechen, fügte er hinzu: »Sie haben ganz besonderen Besuch.«

Murphy verdrehte genervt die Augen, bevor er den Blick hob. Als er Pearl sah, veränderte sich sein Gesichtsausdruck schlagartig. Seine Miene hellte sich auf, seine Augen weiteten sich und sein Unterkiefer klappte ungläubig herunter.

»Pearl!« Er erhob sich rasch und zog sie an sich. Das hatte sie nicht erwartet. Er merkte es und fürchtete offenbar, einen Schritt zu weit gegangen zu sein, denn er ließ sie sofort wieder los und entschuldigte sich. »Es tut mir leid … ich war nur …«, stammelte er.

Pearl berührte ihn an der Schulter. »Alles in Ordnung«, beruhigte sie ihn. »Macht es dir etwas aus …?«, fragte sie, an Francis gewandt, was heißen sollte, dass sie mit Murphy unter vier Augen reden wollte.

»Oh, klar, selbstverständlich«, erwiderte Francis und entfernte sich rasch.

Ein nun lebhafter Murphy wies auf den Stuhl gegenüber von seinem und Pearl setzte sich. Auch Murphy nahm wieder Platz, ein warmes Lächeln auf dem Gesicht. »Du bist genauso schön wie das letzte Mal, als ich dich gesehen habe«, stellte er fest. »Aber das sollte ja niemanden überraschen, wenn man bedenkt …«

»Wenn man was bedenkt?«, fragte sie.

Er betrachtete sie einen Moment lang schweigend. »Du erinnerst dich immer noch nicht«, stellte er dann fest.

Pearl schüttelte den Kopf. »Die Ärzte sagen, mein Gedächtnisverlust sei auf das Trauma und den Sauerstoffentzug zurückzuführen«, erklärte sie. »Kannst du mir vielleicht etwas über diesen Tag erzählen, als ihr mich gerettet habt?«

Er beugte sich vor und antwortete leise: »Du wirst mich für verrückt halten. Das tun alle. Aber ich kenne die Wahrheit. Ich habe es mit eigenen Augen gesehen.«

»Welche Wahrheit? Was hast du gesehen?«, fragte Pearl verwirrt. Murphy blickte sich nervös um. »Bitte …«, fügte sie flehend hinzu.

»Wir hätten in dieser Nacht nicht zum Fischen draußen sein dürfen«, begann er. »Es war illegal. Ich habe es Lief mehrfach gesagt … aber es war ihm egal. Er brauchte das Geld. Er hatte damals kaum genug zum Überleben, kannst du dir das vorstellen? Und dann kamst du daher … Ich habe dich zuerst gesehen …«

»Ich lag auf einem Trümmerteil von dem Boot meiner Eltern, richtig?«

Murphy sah sie an und schüttelte den Kopf.

»Entschuldigen Sie!«, rief eine aufgebrachte Stimme. Ein älterer Herr im Anzug marschierte mit zwei kräftigen Krankenpflegern im Schlepp auf sie zu. »Sie sind nicht berechtigt, Mr Murphy zu besuchen, und ich muss Sie bitten, unser Haus sofort zu verlassen!«

»Aber … wir reden doch nur«, erklärte Pearl mit ihrem charmantesten Lächeln. Doch der Mann schüttelte die Wirkung ihres Charmes einfach ab und wies die Krankenpfleger an, Murphy mitzunehmen.

»Mr Murphy ist ein hochgradig gestörter Mann, Miss Eklund«, schnaubte er. »Es ist zu gefährlich für Sie, mit ihm …«

Murphy wehrte sich gegen die Pfleger, als sie ihn durch das Zimmer schleiften, aber er fing noch einmal Pearls Blick auf und brüllte: »Eine Flosse! Du hattest eine große, wunderschöne Schwanzflosse!« Dann zerrten die Pfleger Murphy aus dem Raum und warfen die Tür zu. Pearl keuchte.

»Sehen Sie, was ich meine? Er hat Wahnvorstellungen. Mit einem solchen Menschen sollten Sie nicht reden«, sagte der Mann, von dem Pearl annahm, dass er der Heimleiter war. »Ich glaube, es wäre das Beste, wenn Sie jetzt nach Hause gingen«, fügte er hinzu.

»Natürlich … Sorry«, entschuldigte sie sich und ging zum Ausgang.

Pearl verließ das Gebäude und lief zu ihrer wartenden Limousine. Sie zitterte nach der erschütternden Begegnung immer noch am ganzen Körper, als ihr auffiel, dass ihr Chauffeur noch nicht ausgestiegen war, um ihr die Tür zu öffnen. Merkwürdig. Als sie sich nach ihm umsah, fiel ihr Blick auf etwas, das auf der Fahrerseite neben dem Wagen auf dem Boden lag. Ein einzelner schwarzer Schuh. Sie ging um den Wagen herum, um sich das näher anzusehen, und fand den Chauffeur zusammengekrümmt auf der Straße liegen. Eilig lief sie zu ihm hin und beugte sich über ihn. Zum Glück atmete er noch, und sie zog schnell ihr Handy heraus, um Hilfe zu rufen.

Eine Stimme, die sie schon einmal gehört hatte, ließ sie innehalten.

»Prinzessin«, sagte die Stimme hinter ihr streng.

Pearl richtete sich auf, und als sie sich langsam umdrehte, sah sie den Mann aus San Francisco – und aus ihren Träumen – vor sich stehen. Er streckte die Hand nach ihr aus und sie wich hastig zurück.

»Hab keine Angst. Ich bin hier, um dich zu retten.«

Pearls Herz setzte mehrere Schläge aus und sie fiel prompt in Ohnmacht.

* * *

Lief Eklund trat mit einigen Geschäftspartnern aus dem

Fahrstuhl und kam in die Eingangshalle. Als er seine Gäste zum Ausgang begleitete, bemerkte er Sam, Tashi und Vance beim Aquarium und kam zu ihnen herüber, nachdem er sich von den Geschäftsleuten verabschiedet hatte.

»Man hat mir gesagt, dass Sie hier unten warten, aber ich bin ein wenig erstaunt, Sie so schnell wiederzusehen«, bemerkte er. »Was bringt Sie denn nach Miami?«

»Tashi ist sehr hartnäckig und wollte nicht zurück nach Hause gehen, bevor sie nicht die Chance hatte, mit Ihrer Tochter zu reden«, erklärte Sam. »Aber wie es aussieht, haben wir sie wohl auch dieses Mal wieder verpasst.«

»Was meinst du mit ›sie verpasst‹? Sie ist oben und ruht sich aus, wie ihre Ärztin es empfohlen hat«, informierte Lief ihn.

Sam war sofort klar, dass Pearl ohne Wissen ihres Vaters das Haus verlassen hatte, und ihm kam eine Idee. »Nein, sie ist nicht oben«, widersprach er, »sie ist weggegangen.«

»Wann?«, wollte Lief sofort wissen.

»Erst vor Kurzem. Sie ist direkt an uns vorbeigelaufen. Wir haben versucht mit ihr zu sprechen, aber sie meinte, sie sei unterwegs, um sich mit jemandem namens Murphy zu treffen, und habe es eilig.«

»Murphy?«, wiederholte Lief besorgt. »Danke für die Information«, fügte er hastig hinzu und eilte dann davon. Er schnappte sich ein paar seiner Sicherheitsleute und verschwand mit ihnen im Aufzug.

»Warum hast du gelogen und gesagt, wir hätten Pearl gesehen?«, wollte Tashi wissen.

»Weil der Name Murphy unsere einzige Spur ist. Aber

wie hätten wir ihn jemals finden sollen? Und jetzt wird Lief uns direkt zu ihm führen.«

»Clever«, lobte der Doktor. »Na dann mal los.«

Dr. Vantana folgte dem schwarzen SUV mit ein paar Wagen Abstand bis zum Seniorenheim »Schattige Gärten«.

Der SUV fuhr zum Hintereingang, während Vance seinen Wagen an einer nicht einsehbaren Stelle gegenüber der Vorderseite des Gebäudes parkte. Das war definitiv die richtige Entscheidung, denn Sam entdeckte Pearls Limousine sofort. Entsetzt beobachtete er auch, wie der Selkie Pearls schlaffen Körper auf die Rückbank legte. Ohne nachzudenken, sprang Sam aus dem Wagen und rannte auf die Limousine zu. Ihm war klar, dass diese Aktion Tashi fürchterlich aufregen würde, aber er musste jetzt schnell handeln, wenn er die beiden erwischen wollte.

Der Selkie sah, dass Sam auf ihn zulief, schlug die hintere Wagentür zu und sprang dann auf den Fahrersitz. Er startete den Motor und wollte losfahren, doch Sam war schneller. Er erreichte die Limousine, öffnete die hintere Tür und sah die bewusstlose Pearl auf der Rückbank liegen. Als die Limousine sich einen Moment später in Bewegung setzte, hatte er keine andere Wahl, als hineinzuspringen.

»Sam!«, hörte er Tashi durch die noch offene Tür rufen. Die Wächterin war nur wenige Meter hinter ihm und rannte der Limousine nach. Sam streckte die Hand aus, um ihr in den Wagen zu helfen, doch dieser nahm plötzlich Tempo auf. Tashi schaffte es mitzuhalten, bis sie über ihre blaue Schmetterlingshose stolperte und stürzte.

»Verdammte Hose!«, rief sie frustriert.

Die Limousine raste jetzt die Straße hinunter und genau wie in San Francisco ignorierte der Selkie sämtliche Verkehrsregeln. Er überholte andere Autos, fuhr auf die Gegenspur und sogar über den Bürgersteig. Sam wurde hin und her geworfen wie ein Sack Kartoffeln, und Pearl rollte von der Rückbank und kam dadurch endlich wieder zu sich.

Sam versuchte irgendwo Halt zu finden. »Alles in Ordnung, Pearl?«, fragte er, als er merkte, dass sie die Augen geöffnet hatte.

»Ich glaube, ja«, antwortete sie benommen. »Wer bist du?«

»Ich heiße Sam London und bin hier, um dir zu helfen.« Er packte die Sicherheitsgurte, die ihn festhielten wie Anker.

»Dieser Mann!«, rief Pearl unvermittelt, als sie wieder ganz wach war.

»Er sitzt auf dem Fahrersitz«, erwiderte Sam und wies mit dem Kinn nach vorn. »Hat er dir etwas getan?«

Pearl schüttelte langsam den Kopf. »Ich glaube, ich bin einfach ohnmächtig geworden … Wer ist er? Was hat er mit mir vor?«, fragte sie verzweifelt.

»Versuch erst mal, ruhig zu bleiben. Ich finde heraus, worum es hier geht.« Sam ließ seinen Sicherheitsgurt los und kroch zu der halb offenen Trennscheibe, die zur Fahrerkabine führte. »Entschuldigen Sie, Sie sind doch Maris, richtig?« Der Selkie antwortete nicht. »Ich arbeite für das Institut für Magische Wesen und Sie verstoßen …«

»Gegen das Gesetz des Greifen, ja ja. Nur dass das Gesetz weder für mich noch für sie gilt«, erwiderte Maris und drehte den Kopf kurz nach hinten. »Du steigst am besten aus, bevor wir unser Ziel erreichen. Ich fühle mich nicht verantwortlich für dein Leben.«

»Welches Ziel? Wohin bringen Sie uns?« Die Andeutung, dass sein Leben in Gefahr sein könnte, verunsicherte Sam gehörig.

»*Dich* bringe ich nirgendwo hin«, antwortete Maris in arrogantem Ton. »Ich bringe Prinzessin Iaira dorthin zurück, wo sie hingehört.«

»Iaira? Sie heißt Pearl«, informierte Sam ihn. Maris schnaubte. »Wie auch immer. Wohin bringen Sie dann Iaira?«

»Nach Hause.« Maris wies durch die Frontscheibe. Sam blickte in die angezeigte Richtung und sah, dass das Ende der Straße nicht mehr weit entfernt war und direkt dahinter der Ozean lag. Sams Herz begann wild zu pochen und sein Gehirn schaltete in den Kampf-oder-Flucht-Modus. Das Problem war nur, dass er im Moment weder fliehen noch kämpfen konnte, und so spannten sich seine Muskeln völlig nutzlos an, während er verzweifelt versuchte, sich aus der Situation herauszureden.

»Hören Sie zu, Maris, ich kann Ihnen helfen«, flehte er. »Wenn Sie das tun, wenn Sie sich erneut den Menschen zeigen, wäre das ein wirklich schwerwiegender Verstoß gegen das Gesetz. Ich weiß, dass Sie das für unwichtig halten, aber das ist es nicht. Der Greif, Phylassos, wäre dann gezwungen persönlich einzuschreiten. Haben Sie nicht gehört, was in Hérault passiert ist?« Mit dieser Frage hoffte Sam, ein wenig Angst in dem Selkie zu wecken.

»Ich habe Gerüchte gehört«, antwortete der Selkie unbeeindruckt.

»Ich kann sie bestätigen. Ich war dabei. Es ist wirklich passiert«, erklärte Sam so ernst wie möglich. »Er wird Ihre ganze Art dafür bestrafen, Sie und Pearl und …«

»Iaira«, korrigierte Maris ihn.

»Iaira«, wiederholte Sam. »Sie bringen nicht nur sich selbst, sondern auch Iaira und viele andere in Gefahr.«

»Wir sind bereits in Gefahr«, erwiderte Maris. »Nur Iaira kann sie noch abwenden.« Damit riss der Selkie das Steuer herum und lenkte den Wagen auf eine Wiese mit hohem Gras. Die Limousine holperte über den unebenen Boden und auf einen kurzen, steil abfallenden Küstenstreifen zu.

»Festhalten!«, rief Sam Pearl zu. Sie hatte sich hingesetzt und angeschnallt und kniff jetzt die Augen zu. Sam folgte seinem eigenen Rat und hielt sich mit aller Kraft am Sitz und der Autowand fest, als die Limousine über die Klippen hinausschoss und im Meer landete. Obwohl Sam sich so gut es ging festgehalten hatte, wurde er gegen die Trennscheibe geschleudert. *Rums!* Der Wagen machte einen Ruck und begann dann rasch zu sinken. Pearl schrie und versuchte verzweifelt, ihren Sicherheitsgurt zu lösen, doch ihre Hände zitterten so sehr, dass es ihr nicht gelang. Ihre Panik wuchs, und sie schrie noch lauter, als Meerwasser in den hinteren Teil des Wagens floss.

»Hilfe! Bitte helft mir!«

Etwas benommen von dem Zusammenstoß mit der Trennscheibe zog Sam sich langsam zu Pearl hinüber. Er löste ihren Sicherheitsgurt und wandte sich dann der Tür zu. Er versuchte sie zu öffnen, doch gegen den Wasserdruck von außen kam er nicht an.

»Wir müssen oben bleiben – wo noch Luft ist«, sagte Sam zu Pearl, als das Wasser immer höher stieg. Sie nickte und beide drückten sich nach oben ans Wagendach. Der Wasserspiegel stieg von Sekunde zu Sekunde. Sam versuchte vergeblich, ein Fenster einzutreten, doch die Kraft hinter seinen Tritten wurde immer weniger, als seine Beine ganz im Wasser waren. Es gab keine Hoffnung mehr auf Flucht. Pearl klammerte sich in Todesangst an ihn, während sich das Wasser dem Wagendach immer schneller näherte. Sam London konnte nichts mehr tun, um sie zu retten.

Nachdem beide noch einmal tief Luft geholt hatten, wurden ihre Gesichter vom Wasser überspült. Pearls Augen weiteten sich in schierer Panik. Vielleicht war es der Mangel an Sauerstoff, der Sams Gedanken in diesem lebensgefährlichen Moment abschweifen ließ, aber er konnte nicht umhin festzustellen, wie engelsgleich Pearl unter Wasser aussah. Es war ein tröstlicher Anblick in Anbetracht der Tatsache, dass ihr Gesicht wohl das Letzte war, das er sah.

Kapitel 7

Prinzessin Iaira

Sam London hatte absolut kein Interesse an der Verantwortung, die ihm aufgezwungen wurde, als er an diesem Tag vor der Küste Floridas fast ertrank. Und genauso wenig war er auf die Serie von Ereignissen vorbereitet, die diese Verantwortung lostrat und die sein ganzes Weltbild verändern sollte. In Biografien über Sam London, die eines Tages noch geschrieben werden würden, würde man dies als Wendepunkt bezeichnen, als einen der entscheidenden Momente auf der Landkarte oder auch der Meereskarte von Sams Leben.

Zusammen mit Miamis It-Girl Pearl Eklund in einer Limousine unter Wasser gefangen, war sich Sam der Bedeutung seiner misslichen Lage nicht bewusst. Er versuchte einfach nur zu überleben … und stellte sich nicht besonders clever dabei an. Aufgrund der jüngsten Ereignisse hatte Sam die Vermutung, dass Pearl eine Art Meereswesen war. Diese Vermutung weckte nun in ihm die Hoffnung, dass sie sich jeden Augenblick verwandeln und ihn vor dem Ertrinken retten würde. Doch als die Sekunden verstrichen und nichts dergleichen geschah, wurde es für Sam immer klarer, dass er und Pearl höchstwahrscheinlich sterben würden.

Panisch kämpfte er gegen den Drang an, Luft zu holen, und musste hilflos mit ansehen, wie Pearl um sich schlug und Meerwasser schluckte, als ihr Körper verzweifelt nach Sauerstoff rang. Es würde nicht mehr lang dauern, bis sie beide ertranken. Unwillkürlich musste er daran denken, wie es war, als er dem Tod das erste Mal knapp entkommen war. Die erste kurze Ahnung seiner Sterblichkeit hatte er in den Krallen eines Gargyls hoch über der kalifornischen Wüste erlebt. Damals hatte er sich gefragt, ob Nuks wohl weiterhin als er auftreten würde, damit Ettie nicht das Herz brach.

Später hatte Nuks ihm dann versichert, dass er die Maskerade so lange wie nötig aufrechterhalten würde, sollte Sam jemals etwas zustoßen. Der Marderhund musste zwar von Zeit zu Zeit seine Tiergestalt annehmen, da sein Körper das verlangte, aber das konnte er ja machen, wenn Ettie mal kurz weg war oder während der Nacht. Sam war sich nicht sicher, ob Ettie mit Nuks als ihrem Sohn nicht sogar glücklicher war. Schließlich war der Marderhund unglaublich nett, aufmerksam und fleißig. Das war zumindest ein tröstlicher Gedanke, während Sam in der Limousine seinem Ende entgegensah.

Sams Sehvermögen ließ allmählich nach. Schwarze Flecken tanzten vor seinen Augen, und so sah er kaum noch, wie der Selkie die Wagentür ohne jede Anstrengung öffnete. Benommen bekam er noch halb mit, wie Maris ihn und Pearl an die Wasseroberfläche zog. Als Sam frische Luft an seinen Lippen spürte, machte er den kräftigsten, tiefsten

Atemzug seines Lebens. Pearl hustete Meerwasser aus und hielt sich an der Wagentür fest, die jetzt zwischen ihnen trieb. Der Selkie blieb bei Sam.

»Sie war zu lange an Land«, bemerkte er ärgerlich. »Ich weiß nicht, was ihr Menschen mit ihr gemacht habt, aber sie hat ihre natürliche Gestalt vergessen.«

»Hilfe!«, rief Pearl schwach, während sie versuchte, auf die Tür zu klettern und sie als Floß zu benutzen. Maris beobachtete sie kopfschüttelnd.

»Sie hätten uns fast umgebracht!«, rief Sam.

»Ich habe dich gewarnt. Aber ich bin nicht hier, um Menschen zu töten. Zumindest noch nicht.«

Sam dachte über diese zumindest teilweise tröstliche Bemerkung nach, während er hektisch Wasser trat, damit er nicht wieder unterging. Als seine Beine einen gleichmäßigen Rhythmus gefunden hatten, fiel sein Blick auf etwas Ungewöhnliches: Maris hatte keine Beine. Stattdessen besaß er eine gegabelte Schwanzflosse wie die eines Seehunds. Sam schluckte seine Überraschung hinunter und hob den Blick.

»Sind Sie sicher, dass Sie sich nicht täuschen, was Pearl angeht?«, fragte er den Selkie. »Vielleicht sieht sie nur so aus wie diese Prinzessin Iaira.«

»Ich kenne meine zukünftige Braut«, erwiderte Maris überzeugt.

»Braut? Sie meinen, Sie und Pearl …?«

»Wir sollten unsere Familien und unsere Arten vereinen, bevor sie verschwunden ist«, erwiderte der Selkie. »Aber sie kann nicht ins Meer zurückkehren, wenn sie nicht in der Lage ist, sich zu verwandeln.«

In der Ferne sah Sam zwei Boote der US-Küstenwache auf sie zurasen. Pearl wedelte im aufgewühlten Wasser wild mit den Armen, um die Männer auf sich aufmerksam zu machen. »Hier drüben!«, rief sie immer wieder.

»Diese Menschen dürfen Sie nicht sehen«, warnte Sam den Selkie. »Das wäre eine Katastrophe.«

»Ja, ja. Das Ego der Menschheit wäre unwiderruflich angekratzt«, entgegnete Maris spöttisch.

»Bitte!«, flehte Sam.

»Keine Sorge, Menschenkind, ich werde das Spiel des Greifen mitspielen …«

»Danke!«, rief Sam erleichtert.

»Aber das wird keine Rolle mehr spielen, wenn unsere Welten kollidieren – und das scheint jetzt unvermeidbar zu sein«, fügte der Selkie unheilvoll hinzu.

»Was meinen Sie damit?«, fragte Sam ängstlich.

»Die Rückkehr der Prinzessin ist die einzige Möglichkeit, einen Krieg zu verhindern. Mein Scheitern, sie zurückzubringen, ist euer Untergang.«

»Krieg? Gegen wen?«, drängte Sam. Das wurde ja immer schlimmer.

»Ein Bürgerkrieg zwischen den Meerwesen und den Selkies. Ein solcher Konflikt würde die Ozeane zum Beben bringen … und danach das Land.«

Das Geräusch der herankommenden Boote der Küstenwache wurde immer lauter, und Sams Magen verkrampfte sich bei dem Gedanken, dass der Selkie jede Sekunde entdeckt werden konnte.

»Wir wollen keinen Krieg, und die Menschen dürfen nicht

erfahren, dass es euch gibt.« Sam war klar, dass diese Situation gerade um ein Tausendfaches ernster geworden war und damit weit über seinen Fähigkeiten lag. Doch er wusste auch, dass die Geheimhaltung von Maris' Existenz in diesem Moment das Wichtigste war. Mit den anderen Problemen würden sie sich befassen, sobald dieses erste gelöst war. »Wenn Iaira wirklich die ist, für die Sie sie halten, bringen wir sie da hin, wo sie hingehört«, versprach er. »Aber Sie müssen jetzt verschwinden, und zwar sofort.«

»Du willst die Prinzessin nach Ta Cathair zurückbringen?« Der Gedanke schien den Selkie zu amüsieren.

»Nach Ta was?«

»Ta Cathair«, wiederholte Maris mit fester Stimme. »Ihrem Zuhause.«

»Klar … Sagen Sie mir einfach, wo das ist, und wir werden …«

»Es ist mir untersagt, euch zu verraten, wo sich Ta Cathair befindet. Und *sie* wird es nicht verstehen.« Genervt wies Maris mit dem Daumen auf die Prinzessin. »Aber wenn du es ernst meinst …«

»Ich meine es ernst!«, unterbrach Sam ihn.

»Dann gibt es einen anderen Weg. Er ist schwer und gefährlich und noch kein Mensch ist ihn je gegangen …«

»Schnell!«, drängte Sam, da die Küstenwache sie nun fast erreicht hatte.

»Die Reise nach Ta Cathair beginnt am ersten heiligen Punkt in der Stadt, die nie stillsteht. Nimm das hier.« Maris gab Sam einen zylindrischen, etwa zehn Zentimeter langen Kristall. Er schimmerte in allen Regenbogenfarben, und für einen kurzen Augenblick hätte Sam schwören können, dass er auf der schillernden Oberfläche das Bild einer leuchtenden Stadt sah. Doch dann brach sich das Sonnenlicht im Kristall und das Bild verschwand.

»Versprichst du, sie zu mir … zu uns zurückzubringen?«, fragte Maris ernst und mit einer Wärme in der Stimme, die Sam dem Wesen bisher nicht zugetraut hätte. In diesem Moment wurde ihm klar, dass Pearl oder Prinzessin Iaira, wie Maris sie nannte, dem Selkie wirklich viel bedeutete und er sie liebte.

Sam spürte sofort das Gewicht seines Versprechens und nickte beklommen. »Ja, ich verspreche es. Und jetzt gehen Sie.«

Maris lächelte kaum merklich, als hätte er zum ersten Mal seit langer Zeit etwas Hoffnung. »Möge das Glück deines Greifen mit dir sein«, wünschte er und tauchte ins Wasser ab. Seine Schwanzflosse durchbrach die Wasseroberfläche und klatschte auf die Wellen, bevor sie darin verschwand.

Kurz darauf erreichte sie das erste Boot der Küstenwache und fischte Pearl aus dem Wasser, während das zweite sich Sam rasch näherte. Mithilfe einer langen Teleskopstange mit einer Öse am Ende zogen sie ihn so weit zu sich heran, dass zwei Wachmänner ihn ergreifen und ins Boot ziehen konnten. Sie schnallten ihn an, während sie schon zurück in Richtung Land brausten.

Einige Minuten später wurde Sam ans Ufer getragen und zum Ausruhen auf eine Bank gesetzt. Er bekam eine Decke, in die er sich einwickelte, und nippte an einer heißen Schokolade, die einer der Männer von der Küstenwache zubereitet hatte. Sam war benommen, und ihm war ein bisschen übel, als sei er auf dem Jahrmarkt zehnmal hintereinander mit dem Kettenkarussell gefahren, nachdem er einen Milchshake getrunken hatte. Außerdem hatte er das Gefühl, als läge eine Fünf-Kilo-Hantel auf seiner Brust. Er atmete schnell und flach, um dem Gefühl entgegenzuwirken. Aber er lebte und das war die Hauptsache.

Pearl saß ein paar Meter von ihm entfernt. Auch sie wärmte sich auf, zitterte aber immer noch. Ihr nasses Haar war völlig zerzaust, und sie versuchte vergeblich, ihre Frisur wieder in Ordnung zu bringen. Ängstlich und verunsichert blickte sie zu Sam hinüber. Dieser wusste nicht, was er tun oder sagen sollte – das arme Mädchen hatte dank Maris einiges mitgemacht. Aber wie sollte er ihr die Wahrheit über den Selkie sagen? Wie sollte er ihr überhaupt beweisen, dass das die Wahrheit war? Darüber dachte er noch immer nach, als Lief Eklunds SUV mit quietschenden Reifen am Rand der Uferpromenade hielt. Lief sprang heraus und rannte zu Pearl.

»Es tut mir so leid, Süße. Es tut mir leid, dass ich so etwas zugelassen habe«, entschuldigte er sich bei seiner Adoptivtochter und umarmte sie. Sam hörte, wie Pearl leise zu schluchzen begann. Dann wandte Lief sich ärgerlich an die Küstenwache. »Warum wurde noch kein Krankenwagen gerufen? Kann bitte sofort ein Krankenwagen hierherkommen? Und warum sind Sie nicht da draußen und suchen nach diesem Irren?«

Sams Aufmerksamkeit wurde von Liefs Schimpftirade

abgelenkt, als er eine vertraute und im Moment sehr wütende Stimme hörte.

»Was zum Teufel hast du dir dabei gedacht?«, fragte die dazugehörige Person. Sam hatte gewusst, dass das auf ihn zukommen würde. Er schaute auf und sah Dr. Vantana und Tashi vor sich stehen. Beide waren sichtlich zornig – sie hatten die Arme vor der Brust verschränkt und ihre Augen blitzten. Sam zuckte, so gut es unter der schweren Wolldecke ging, mit den Schultern.

»Ich habe nicht nachgedacht, sondern einfach nur gehandelt«, gab er zu.

»Dein Handeln hätte dich fast umgebracht, Sam London«, schimpfte Tashi streng.

»Ich freue mich wirklich, dass du okay bist, Kleiner, aber das war absolut, ohne allen Zweifel und ganz eindeutig völlig inakzeptabel. Ist dir das klar?«, fragte Vance mit so etwas wie väterlichem Zorn.

Sam nickte kleinlaut. »Ja. Es tut mir leid.«

Der Doktor erwiderte nichts darauf, doch seine Miene sagte klar und deutlich: *Das sollte es auch.*

»Du!«, hörte Sam einen Mann rufen. Lief Eklund wies in seine Richtung und kam auf ihn zu.

»Vom Regen in die Traufe«, bemerkte Vance.

»Lass mich mit ihm reden«, bat Sam.

»Nichts lieber als das, Kleiner. Schlimmer kann es ja eigentlich nicht mehr werden.«

»Meine Pearl sagt, du seist in den Wagen gesprungen und hättest sie in letzter Sekunde gerettet«, sagte Lief zu Sam, als er das Trio erreichte.

»Ich war wahrscheinlich nur zur rechten Zeit am rechten Ort«, erwiderte Sam bescheiden.

»Zweimal hintereinander ist ein bisschen sehr zufällig, findest du nicht auch?« Lief kniff die Augen zusammen. »Und ich glaube nicht an Zufälle. Wie wäre es also, wenn du mir erzählst, wer du wirklich bist?«

»Sie haben recht, es war kein Zufall«, begann Sam. »Wir müssen uns bei Ihnen entschuldigen, Mr Eklund, wir waren nicht ganz ehrlich zu Ihnen.«

»Sam!«, flüsterte Vance ängstlich. »Als ich gesagt habe, es könnte nicht schlimmer werden, war das nicht als Herausforderung gemeint.«

Sam winkte ab. »Ist schon okay. Es wird Zeit, dass er es erfährt.«

»Nein, wird es *nicht*«, widersprach Vance streng.

»Tashi ist keine Modedesignerin, und sie ist nicht aus Tibet hierhergekommen, damit Pearl ihre Entwürfe modelt«, fuhr Sam fort. Lief betrachtete die drei mit neu erwachtem Argwohn.

Der Doktor machte einen erneuten Versuch einzugreifen: »Ich glaube wirklich nicht …«

»Die Wahrheit ist, dass wir einfach riesige Fans von Ihrer Tochter sind. Ich und Tashi. Wir folgen ihr in den sozialen Medien und lieben sie einfach. Stimmt doch, Tashi, oder?«

Die Wächterin runzelte kurz unbehaglich die Stirn. »Aber so was von!«, säuselte sie dann.

Sam grinste. Tashi musste den Ausdruck in einem der Videos aufgeschnappt haben, die er in der Hütte angeschaut hatte, und er war unendlich dankbar für ihr gutes Gedächtnis.

»Wir haben unseren Dad überredet, mit uns hierherzufahren, und ich habe mir die ganze Geschichte ausgedacht, um Pearl treffen zu können.« Bei den letzten Worten bemühte sich Sam um eine besonders bedrückte Tonlage.

Eklund wandte sich an Dr. Vantana. »Sie haben das auch noch unterstützt?«

Vantana nickte und tat zerknirscht. »Die beiden haben ständig nur von Ihrer Tochter geredet. Pearl hier und Pearl da … und ich wollte ihnen einfach eine Chance geben, ihr Idol zu treffen. Es ist alles meine Schuld«, gab Vance zu.

Eklund nahm diese Information überrascht, aber nicht ungläubig auf und Sam wusste, sie hatten ihn überzeugt.

»Ich kann verstehen, dass Sie Ihre Kinder glücklich machen wollten. Sie sind schließlich unser Ein und Alles, nicht wahr? Und wenn sie nicht gewesen wären, wer weiß, was mit meiner Pearl geschehen wäre«, sagte Eklund mit einem kleinen, verzeihenden Lächeln. »Was kannst du mir denn über diesen Irren sagen?«, fragte er Sam.

Sam dachte sorgfältig über seine Antwort nach. »Nicht viel … Die Scheibe zwischen dem Fahrersitz und dem hinteren Abteil war geschlossen, deswegen konnte ich ihn nicht wirklich gut sehen.«

»Das ist interessant. Die Männer von der Küstenwache behaupten, sie hätten gesehen, wie du im Wasser mit ihm geredet hast.«

Sam blieb ganz locker. »Ich? Mit dem Verrückten reden, der uns umbringen wollte? So ein Quatsch. Ich hatte genug damit zu tun, Wasser zu spucken und nicht unterzugehen. Der Typ ist einfach davongeschwommen.«

»Okay.« Eklund schien mit Sams Antwort zufrieden zu sein. »Meine besten Leute durchkämmen die Bucht nach ihm, und wenn sie ihn finden, werde ich dafür sorgen, dass er für das, was er getan hat, bezahlt.«

»Ist Pearl denn okay?«, erkundigte sich Sam.

»Ich glaube schon. Ich lasse sie ins Krankenhaus bringen, nur für den Fall. Was ist mit dir?«

»Mir geht es gut, nur ein wenig durch den Wind«, antwortete Sam.

»Das ist verständlich. Danke noch mal für das, was du getan hast. Und wir können es ja so machen: Du hinterlegst deine Adresse am Sicherheitsschalter in meinem Gebäude, und ich sorge dafür, dass Pearl dir ein Autogramm schickt oder so.«

Sam lächelte. »Das wäre pearltastisch!«

Eklund nickte lächelnd, dann ging er davon.

»Pearltastisch?«, wiederholte Vance.

»Das ist eine lange Geschichte … und ich muss euch erst mal eine sehr viel interessantere erzählen.« Sam stand auf und hustete, und plötzlich drehte sich die Welt, als sei er wieder im Kettenkarussell auf dem Jahrmarkt, nur dass es sich jetzt mit Höchstgeschwindigkeit drehte und drehte und drehte … bis er ohnmächtig wurde.

Als Sam die Augen wieder öffnete, war er verwirrt und benommen. Ein Mann blickte forschend auf ihn herunter. Er war klein, hatte zotteliges weißes Haar, einen buschigen Schnauzer und einen Bart, der sein zerfurchtes, ledriges Gesicht einrahmte und direkt unter seinem Kinn spitz zulief. Seine Augen waren haselnussbraun und seine Haut hatte die Farbe von Baumrinde.

»Da bist du ja wieder, Sam London«, sagte der Mann und seine leise, raue Stimme verriet ihn sofort – es war der Magic Guardian Woodruff Sprite, mit dem Vance am Abend zuvor gesprochen hatte. Sam sah sich um. Er lag in einem Bett in der Hütte des Guardians, und um das Bett herum standen Sprite, Tashi, Dr. Vantana und dessen Kollegin Penelope Naughton, die gerade Sams Körperfunktionen kontrollierte. »Freut mich, endlich deine Bekanntschaft zu machen«, fügte Sprite hinzu.

»Was ist denn passiert?«, fragte Sam schwach und versuchte, sich die Müdigkeit aus den Augen zu reiben. Er hatte das Gefühl, viel zu lang geschlafen zu haben. Nur langsam lichtete sich der dichte Nebel in seinem Kopf.

»Na ja, du bist fast ertrunken«, antwortete die Rangerin.

»Aber ich *bin* nicht ertrunken.«

»Das ist zwar richtig, aber du hast bei dem Versuch, es nicht zu tun, eine enorme Menge Adrenalin ausgeschüttet«, erklärte Dr. Vantana. »Das war einfach zu viel für deinen Körper und er hat deswegen ein Weilchen den Betrieb eingestellt.«

»Und wie lang genau war das Weilchen?«

»Einen Tag«, verriet Tashi.

»Ein ganzer Tag?« Sam war überrascht. Die Umstehenden nickten zustimmend. Sam seufzte und wandte sich dann an Penelope. »Rangerin Naughton, was machst du eigentlich hier?«

»Ich habe sie gerufen«, erklärte Vance. »Es sieht so aus,

als könnten wir für unseren aktuellen Fall Kiemen gebrauchen, und das kriegt nur sie so einfach hin.«

Penelope war innerhalb des IMW Expertin für die Herstellung von Seren, die es Menschen nicht nur ermöglichten, magische Wesen zu sehen, sondern auch ein paar ihrer Fähigkeiten anzunehmen. Allerdings war die Frage, ob diese Seren bei Sam überhaupt Wirkung zeigten, immer noch offen. Denn das Bigfoot-Serum, das Vance unter anderem zu seinem verstärkten Geruchssinn verholfen hatte, wirkte bei Sam nicht, und niemand wusste so recht warum.

»Wo ist denn Trevor?«, erkundigte sich Sam. Eigentlich hätte er erwartet, Penelopes Mädchen für alles, beziehungsweise Troll für alles, auch hier zu sehen.

»Ich bin mir nicht ganz sicher«, antwortete Penelope etwas beunruhigt. »Er wollte eigentlich unbedingt mitkommen, und ich habe schließlich nachgegeben, aber dann hat er im letzten Augenblick behauptet, er müsse einem Freund helfen, und ist in aller Eile verschwunden.«

»Oh. Na ja, aber du weißt doch: er und seine Freunde …«, meinte Sam.

»Du scheinst ja wieder so weit fit zu sein, dass du endlich die Katze aus dem Sack lassen kannst, Sam«, sagte Vantana.

»Vielleicht sollten wir diese Katze noch etwas im Sack lassen und Sam zuerst berichten lassen, was mit dem Selkie passiert ist«, schlug Tashi vollkommen ernst vor. »Die Katze würde nur ablenken.« Vance grinste und Penelope konnte ein Kichern nicht ganz unterdrücken.

»Natürlich, Tashi, du hast vollkommen recht«, erwiderte der Doktor mit ernster Miene. Sam fand das sehr nett von

Vantana. Das Missverständnis hätte Tashi sicher sehr verlegen gemacht. »Lass hören, Sam.«

»Also, Maris ist überzeugt davon, dass Pearl eine Meeresprinzessin namens Iaira ist, die er eigentlich heiraten soll.«

»Hat sie sich im Wasser irgendwie verwandelt?« wollte Vantana wissen.

Sam schüttelte den Kopf. »Ich habe es gehofft, glaub mir, aber es ist nicht passiert. Maris war ziemlich sauer. Er meinte, sie sei zu lang ›an Land‹ gewesen und bräuchte mehr Zeit.«

»Der lange Aufenthalt an Land hat sicherlich Auswirkungen auf ihre Fähigkeit, sich zu verwandeln«, bemerkte Sprite. »Ihr Körper erinnert sich einfach nicht mehr. Ähnlich ist es bei den Menschen mit dem Muskelgedächtnis.«

»Muss Nuks deshalb auch von Zeit zu Zeit seine Marderhund-Gestalt annehmen?«, fragte Sam.

»Genau«, antwortete Vance. »Aber was hat Maris denn noch gesagt?«

»Dass es einen Krieg geben wird, falls sie nicht nach Hause zurückkehrt. Und dass dadurch die magische Welt auffliegen würde. Es hat sich echt ernst angehört.«

»Das ist es auch«, bestätigte Penelope. Sie zog ein kleines Videogerät aus der Tasche und hielt es so, dass Sam den Bildschirm sehen konnte. Dann tippte sie darauf und ein Video wurde abgespielt. »Das ist Filmmaterial von verschiedenen Überwachungsbojen, die auf den Ozeanen der Welt verteilt sind.«

Das Video schien unter Wasser aufgenommen worden zu sein. Man sah nur Grautöne mit einem leichten Grünstich wie bei Bildern von einer Nachtsichtkamera. Abgesehen davon waren meist nur Fische zu erkennen, doch plötzlich zog ein Schwarm seltsamer Wesen an der Kameralinse vorbei.

»Wow! Was ist das denn?«, rief Sam überrascht. Penelope hielt das Video an, damit Sam sich die Wesen genauer ansehen konnte. Ihre Schwanzflossen waren deutlich zu erkennen. »Selkies«, schlussfolgerte er.

Penelope nickte. »Hunderte.« Dann wischte sie weiter zu einem Video, das eine andere Gruppe von Kreaturen zeigte. Sie hielt auch dieses Video an, und Sam sah, dass die Wesen weniger kräftig gebaut waren und eine fischähnliche Schwanzflosse hatten. »Das sind Meerwesen. Wir haben solche Wanderbewegungen der Schwärme in fast allen Ecken der Welt festgestellt.«

»Wohin schwimmen sie denn?«

»Das wissen wir nicht, aber es scheint, als würden sie sich irgendwo versammeln«, vermutete Penelope.

»Für den Krieg?«, fragte Sam besorgt.

Penelope zuckte mit den Schultern. »Das ist die vorherrschende Theorie in der Zentrale. Wir mussten schon ein paar von Tauchern aufgenommene Videos entfernen, die im Internet gelandet sind. Für Verschwörungstheoretiker ist so etwas ein gefundenes Fressen. Falls wirklich ein Krieg ausbricht, wird sich das wahrscheinlich nur schwer verbergen lassen.«

»Maris meinte, der Krieg würde auch aufs Land übergreifen«, berichtete Sam.

Davon war auch Vance überzeugt. »Mit Sicherheit. Aber wie hast du ihn denn trotz all dem dazu gebracht zu verschwinden?«

»Ich habe ihm versprochen, Pearl nach Hause zurückzubringen. Maris nannte den Ort Ta Cathair.«

Als Guardian Sprite den Namen hörte, lehnte er sich auf seinem Stuhl zurück. Nachdenklich strich er über seine Bartspitze. »Hmmm. Ta Cathair … Bist du sicher?«

Sam nickte. »Ja.«

»Ich habe diesen Namen seit meiner Kindheit nicht mehr gehört. Meine Mutter hat in ihren Gutenachtgeschichten manchmal davon erzählt.«

»Dann kennst du den Ort?«, fragte Vance.

»Ich habe von ihm *gehört*«, stellte Sprite klar. »Es handelt sich um einen sagenumwobenen Ort … eine Stadt der Meerwesen, die so versteckt ist, dass nicht einmal der mächtige Phylassos weiß, wo sie liegt.«

»Aber wie sollen wir sie dann finden?«, fragte Tashi.

»Maris meinte, ich müsste meine Suche in der Stadt beginnen, die nie stillsteht«, erzählte Sam. »Dort würde ich einen Punkt finden …«

»Den ersten heiligen Punkt«, unterbrach ihn Sprite. Sam war überrascht, dass der Guardian auch davon wusste.

Sprite grinste, als erinnerte er sich an etwas. »Natürlich … natürlich … Die Legende besagt, dass es fünf heilige Punkte auf der Welt gibt. Diese Punkte bilden quasi wie Trittsteine einen Weg, der nach Ta Cathair führt. Bis jetzt wusste niemand, wo der erste Punkt liegt, und ohne diesen ersten Trittstein kann man die anderen natürlich nicht in der richtigen Reihenfolge ablaufen.«

»Dann liegt der erste Punkt also in der Stadt, die nie stillsteht. Aber wo ist *die*?«

»Das ist Atlantis«, antwortete Vance mit einem langen Seufzer.

»Atlantis? Ich *wusste*, dass es die Stadt wirklich gibt!«, rief Sam. Er konnte seine Aufregung nicht verbergen. Er liebte die Geschichten über Atlantis, die sagenumwobene verschollene Stadt, die die Heimat einer weit entwickelten Zivilisation war. Den Legenden zufolge wurde die Stadt bei einem Vulkanausbruch zerstört, versank im Ozean und wurde nie mehr gesehen. »Diese Reise wird *so* cool!«

Dr. Vantana schnaubte. »Sie wird ganz bestimmt nicht cool, Kleiner. Dieser Ort ist nicht gerade gastfreundlich gegenüber Menschen und so gut wie unmöglich zu erreichen.«

»Aber ich habe Atlantis auf der Dvergen-Karte gesehen. Können wir nicht einfach mit einer Dvergen-U-Bahn hinfahren?«, fragte Sam. Auf seiner allerersten Fahrt mit einer Dvergenbahn hatte er auf dem Globus, der das Navigationssystem der Bahn darstellte, kurz den Namen »Atlantis« gelesen. Damals hatte Sam angenommen, dass es sich nur um die Ruinen der untergegangenen Zivilisation handelte, nicht um eine lebendige Stadt.

»So einfach ist es leider nicht«, meldete sich Sprite wieder. »Die Karte, von der du sprichst, wurde zweifellos zu einer Zeit erstellt, als Atlantis noch fest an einem Ort war.«

»Wie meinst du das, fest an einem Ort?«

»Als vor langer Zeit das Greifengesetz in Kraft getreten ist und immer mehr Menschen zur See gefahren sind, waren die Einwohner von Atlantis der Meinung, dass es am besten wäre, wenn die Stadt nicht zu lange an ein und demselben Ort bliebe«, erklärte Vantana. »Phylassos gab seinen Segen dazu und seither ist die Stadt ständig in Bewegung. Genauer gesagt ›schwimmt‹ sie um die Welt und vermeidet so eine potenzielle Entdeckung durch die Menschen.«

Sam ging endlich ein Licht auf. »Und deshalb wird sie ›die Stadt, die nie stillsteht‹ genannt.«

Sprite nickte.

»Und jetzt verstehst du auch, vor welchem Problem wir stehen«, meinte Vance. »Wie findet man einen Ort, der nie am selben Ort ist? Und wie sollen wir erst Ta Cathair finden, wenn allein schon die Suche nach Atlantis ungefähr so einfach ist, wie einem Gockel Socken anzuziehen?« Vantana erwartete keine Antwort auf seine Frage, doch der Nebel in Sams Kopf hatte sich inzwischen vollständig verzogen, und ihm fiel noch etwas Wichtiges ein.

»Maris meinte, das hier würde helfen.« Er zog den merkwürdigen Kristall aus seiner Tasche, den der Selkie ihm im Wasser gegeben hatte.

Sprites Gesicht begann zu strahlen wie ein Weihnachtsbaum. »Du steckst voller Überraschungen, Sam London. Voller Überraschungen.«

»Da wird doch der Hund in der Pfanne verrückt«, flüsterte Vance und beugte sich vor, um den Gegenstand genauer zu betrachten.

»Ist es das, was ich vermute?«, fragte Penelope.

Sprite nickte und lächelte breit. »Ein atlantischer Kristall«, bestätigte er mit fast religiöser Ehrfurcht. »Die seltenste und mächtigste Kristallart der Welt. Der Legende nach besitzt sie eine so geheimnisvolle Magie, dass nicht einmal die großen Ältesten von Atlantis wussten, was man damit alles bewirken kann.«

Tashi trat vor, um sich den Gegenstand ebenfalls anzuschauen, und er begann sofort in einem schnellen Rhythmus zu vibrieren. Ein tiefes, harmonisches Summen ging von ihm aus, das Sam an den Ton einer Stimmgabel erinnerte. Außerdem begann der Kristall in einem blauen Licht zu leuchten, das immer heller und intensiver wurde.

Vance und Sprite wechselten einen besorgten Blick und auch Penelope wirkte beunruhigt

»Das hat er vorher nicht gemacht«, bemerkte Sam nervös, während alle gebannt zusahen. Plötzlich sprang ein Energiestrom vom Shekchen der Wächterin auf den Kristall über. Der saphirfarbene Energiefluss wurde durch den Stab aus dem Boden gezogen und stieg durch die Ritzen zwischen den Bodendielen auf.

»Was passiert denn jetzt?«, rief Sam über das immer lauter werdende Summen hinweg. Es klang inzwischen eher wie eine menschliche Stimme, die ein lang gezogenes »O« summte. Die ganze Hütte zitterte, und Sam spürte, wie seine Knochen vibrierten.

»Anscheinend benutzt der Kristall meinen Shekchen als Leiter und zieht mit seiner Hilfe Energie aus Gaia selbst«, antwortete Tashi sachlich.

»Könntest du vielleicht dafür sorgen, dass es aufhört?«, bat Dr. Vantana. »Es sieht nicht so aus, als würde das gut enden.«

Die Wächterin nickte, riss den Shekchen zurück und unterbrach so die Verbindung zu dem Kristall. Doch dieser leuchtete weiter und jetzt sammelte sich die blaue Energie in seiner Spitze.

»In Deckung!«, brüllte Vance. Er nahm Sam den Kristall aus der Hand und richtete ihn auf die hintere Hüttenwand. Eine gewaltige Ladung Energie schoss aus dem Kristall und riss ein fast ein Meter breites Loch in die Wand. Der Energiestrahl schoss auch jenseits der zerstörten Wand noch ein Stück weiter, bis er schließlich in die Erde zurückgezogen wurde. Alle waren wie gelähmt. Alle außer Tashi. Sie wandte sich Sprite zu, der das Geschehen mit großen Augen verfolgt hatte.

»Hilft uns das, nach Atlantis zu kommen?«, fragte sie vollkommen ruhig, als sei nichts geschehen.

Sprite nickte bedächtig. »Ja … ich glaube schon.«

»Wenn es euch nicht vorher in Stücke reißt«, bemerkte Penelope.

»Wie wäre es, wenn ich den Kristall an mich nehme und du von jetzt an fünf Schritte Abstand zu mir hältst?«, fragte Vance die Wächterin.

»Ausgezeichnete Idee«, bemerkte Sprite.

»Ich stimme zu«, sagte Tashi.

»Wahnsinn. Dann müssen wir jetzt nur noch Pearl Eklund davon überzeugen, dass sie eine Meeresprinzessin ist, die mit uns zu der verlorenen Stadt Atlantis reisen muss, damit wir ihr sagenhaftes Unterwasserzuhause finden können, wo sie einen Typen heiraten soll, den sie für einen Stalker hält, der sie umbringen will. Ist das eine korrekte Zusammenfassung?«, fragte Vance.

»Ich glaube, ja«, antwortete Sam.

Vance zuckte mit den Schultern. »Ich habe schon härtere Nüsse geknackt. Wo fangen wir an?«

Pearl Eklund war erst wenige Stunden wieder zu Hause und wäre doch am liebsten gleich wieder gegangen. Sie lag zusammengekauert auf ihrem Bett, umklammerte ihren Anhänger und starrte auf das Foto ihrer Eltern. Es war das einzige Foto, das von dem Boot gerettet werden konnte, auf dem sie, wie sie später erfahren hatte, bis zu dem Zeitpunkt, als es sank, gelebt hatten. Das Merkwürdige war, dass sie sich diese beiden lächelnden, durchschnittlich aussehenden Menschen noch so lang anschauen konnte, sie kamen ihr dennoch absolut nicht vertraut vor. Sie versuchte, sich in ihren Gesichtern wiederzuerkennen. Vielleicht hatte sie die Augen ihrer Mutter … oder die Wangenknochen von ihrem Vater … doch mit Sicherheit konnte sie das nicht sagen. Sie hatte gehofft, dass sich das nach einigen Sitzungen bei Dr. Hawkins ändern würde und sie ihre Eltern wiedererkannte, aber der Psychotherapeutin war es nicht gelungen, auch nur ein Fünkchen Erinnerung zu wecken.

Jetzt, nachdem sie als vollkommen gesund aus dem Krankenhaus entlassen worden war, dachte Pearl über ihr erstes Beinahe-Ertrinken nach und versuchte eine Verbindung zu erkennen zu Murphys seltsamem Ausbruch, zu dem verrückten Stalker und diesem unbekannten Jungen, der ihr das Leben gerettet hatte. Allerdings konnte sie sich nicht genau daran erinnern, wie er sie überhaupt gerettet hatte. Er hatte gesagt, er heiße Sam London, und ihr Vater behauptete, er sei ein Superfan, der zufällig zur rechten Zeit am rechten Ort gewesen war, um ihr zu helfen. Doch an solche Zufälle glaubte Pearl nicht. Der Junge schien den geheimnisvollen Mann aus San Francisco zu kennen, und sie hätte schwören können, dass er gesagt hatte, er würde für die Regierung arbeiten. *Aber er ist doch noch ein Kind! Wie kann er denn da für die Regierung arbeiten?,* überlegte sie.

Und dann war da auch noch das Geheimnis um die Tür der Limousine, die vollständig abgerissen worden war. Die Polizei vermutete, dass sie wahrscheinlich offen gewesen war, als der Wagen ins Wasser fiel, und der Druck sie aus den Angeln gerissen hatte. Aber Pearl hatte ein Problem mit dieser Erklärung, da sie sich genau daran erinnern konnte, dass die Tür geschlossen war, als sie in der Limousine saß. Der Junge hatte sogar versucht, sie zu öffnen, als sie untergegangen waren, es aber nicht geschafft. Allerdings waren ihre Erinnerungen immer noch ein wenig verschwommen und sie konnte ihnen nicht hundertprozentig trauen. Mitten in ihre Gedanken hinein klopfte es an ihrer Zimmertür und eine Sekunde später kam Dr. Hawkins herein.

»Ich weiß, dass du allein sein möchtest, aber dein Vater besteht darauf, dass ich mit dir rede«, sagte sie beim Näherkommen leise.

Pearl setzte sich auf und zog die Beine an. »Ich habe ihm doch gesagt, dass es mir gut geht … Ich brauche einfach nur ein bisschen Zeit für mich.«

»Das verstehe ich, aber du kennst doch deinen Dad. Er macht sich schreckliche Sorgen. Und ich mir auch, um ehrlich zu sein. Darf ich? Nur für einen Moment?« Hawkins wies auf das Bett. Pearl hatte die Psychologin noch nie so besorgt gesehen. Deswegen nickte sie und Hawkins setzte sich auf die Bettkante.

»Wie geht es dir?«, fragte sie.

»Ich bin ziemlich durcheinander … und habe ein bisschen Angst«, gab Pearl zu.

»Angst zu haben, ist völlig normal nach dem, was du durchgemacht hast. Aber durcheinander … Was bringt dich denn so durcheinander?«

»Alles. Die letzten Tage waren so … krass. Und ich weiß nicht mehr, wem oder was ich glauben soll. Ich habe wieder diese Träume und ich habe die Fische im Aquarium reden gehört … Werde ich verrückt?« Sie war so aufgewühlt, dass ihre Stimme brach.

»Nein, bestimmt nicht«, beruhigte die Psychologin sie. »Aus medizinischer Sicht war das sogar zu erwarten. Was auch immer gerade mit dir passiert, hat Einfluss auf deinen Bewusstseinszustand. Dieser ist sehr empfindlich, besonders nach der Tragödie, die du erlebt hast. Diese Erfahrungen, zusammen mit dem Druck, den du dir selbst auferlegst, sind immer noch traumatisch genug, um andere Erscheinungen hervorzurufen.«

»Was für Erscheinungen?«

»Halluzinationen zum Beispiel. Bei jemandem in deiner Situation überrascht das ganz und gar nicht.«

»Halluzinationen … so wie damals, als ich noch klein war und diese Wesen gesehen habe?«, fragte Pearl.

»Genau. Und mit der Zeit sind sie verschwunden, richtig?« Pearl nickte. »Wir finden schon noch die Ursache für all das, das verspreche ich dir.«

»Sie glauben nicht, dass mein Vater etwas damit zu tun hat, oder? Dass es etwas gibt, das er mir nicht sagt? Das mit dem Tag zusammenhängt, an dem er mich gefunden hat?«

Hawkins dachte eine ganze Weile über Pearls Frage nach. »Ich weiß es nicht, Pearl. Aber ich weiß, dass er mich eingestellt hat, um dir zu helfen. Ich weiß, dass er dich sehr liebt.«

Pearl ließ sich die Antwort durch den Kopf gehen. Die Psychologin hatte recht. Lief schien sie wirklich zu lieben. Warum sollte er sie also belügen?

»Ich glaube, dieser Junge im Wagen kannte den Mann aus San Francisco«, flüsterte Pearl.

Hawkins hob die Augenbrauen. »Interessant. Hat die Polizei denn mit ihm gesprochen?«

Pearl schüttelte den Kopf. »Mein Dad sagte, er war schon weg, als die Polizei kam. Er hat auch gesagt, dass er versuchen will, den Jungen zu finden, aber ich glaube, es ist ihm wichtiger, den Verrückten zu finden und ihn hinter Gitter zu bringen.«

»Ich hoffe, er findet beide und wir bekommen ein paar Antworten. Ich weiß, dass das ungeheuer wichtig für dich wäre«, meinte die Psychologin.

»Danke, Dr. Hawkins.«

»Du bist nicht nur irgendeine meiner Patientinnen, Pearl. Du bist eine Freundin.« Sie lächelte. »Ich bin froh, dass wir reden konnten. Und jetzt ruh dich aus. Befehl vom Arzt.« Das Mädchen nickte und Hawkins verließ das Zimmer.

Mehr denn je hatte Pearl nun das Gefühl, die Sache selbst in die Hand nehmen zu müssen. Die Psychologin hatte recht – Antworten zu bekommen, war ungeheuer wichtig für ihren Seelenfrieden. Und das bedeutete, dass sie Sam London selbst finden musste. Auf die Hilfe ihres Vaters konnte sie nicht bauen, und auch einer ihrer Juwelen, der auf der Polizeistation arbeitete, konnte ihr leider nicht weiterhelfen. Obwohl der Fan-Polizist ihr immer wieder beteuerte, wie »fantastisch« sie sei. Früher – wahrscheinlich noch gestern – hatten solche Komplimente einen Großteil ihres Selbstbewusstseins ausgemacht. Doch diese Wirkung hatten sie inzwischen nicht mehr. Für Pearl spielte es jetzt keine Rolle mehr, ob sie fantastisch war oder nicht. Sie wollte sich einfach wieder normal fühlen, und Normalität schien nur möglich, wenn sie herausfand, was zum Teufel eigentlich los war.

Zum Glück fiel ihr in dem Moment wieder ein, dass ihr Vater gesagt hatte, Sam sei ein Superfan von ihr. Falls das stimmte, gab es eine Möglichkeit, ihm eine Nachricht zukommen zu lassen. Sie griff nach ihrem Handy und erstellte einen Post mit zwei Fotos. Eines zeigte die Stadt London, das andere einen Leuchtturm im Biscayne-Nationalpark auf der Insel Boca Chita Key. Pearl überschrieb den Post mit »Zwei pearltastische Orte bei Sonnenuntergang«. Sie drückte auf »Senden« und steckte ihr Handy wieder ein.

Pearl wusste, dass es einiges an Glück brauchen würde, damit ihre Rechnung aufging, aber einen Versuch war es wert. Nach einem ruhigen Abendessen mit ihrem Vater erklärte sie, dass sie in ihr Zimmer gehen und sich noch etwas ausruhen wolle. Tatsächlich schlich sie sich jedoch im Dienstbotenaufzug nach unten und nahm ein Taxi zum

Hafen. Dort charterte sie ein Boot, das sie nach Boca Chita Key bringen sollte, obwohl der Kapitän Bedenken hatte, da schlechtes Wetter angesagt war. Sie bezahlte den Mann großzügig für die Fahrt und für sein Schweigen.

SL002-130-40
Quelle: BD
Datum: [redacted]

Der Biscayne-Nationalpark ist der größte Meerespark der USA. 95 % davon liegen unter Wasser. Er setzt sich zusammen aus der Biscayne Bay, einem Mangrovensumpf, einem Riff und den Keys. Die Keys sind Inseln, die aus versteinerten Korallenriffen entstanden sind. Boca Chita Key liegt im oberen Teil der Florida Keys, einer Inselgruppe am östlichen Rand des Nationalparks.

Pearl kannte Boca Chita Key wie ihre eigene Westentasche. Die Insel war ihr Zufluchtsort, wenn sie wegmusste von allem oder sich mal verloren oder einsam fühlte. Zufälligerweise war es genau das Stück Land, das dem Meeresgebiet am nächsten lag, in dem Lief sie vor so vielen Jahren aus dem Wasser gefischt hatte. Oft besuchte sie den Leuchtturm an der Spitze der Insel und beobachtete dort den Sonnenuntergang in der Hoffnung, so die Erinnerung an ihre Eltern wachzurufen. Aber heute würde es keine schöne

Aussicht zu bewundern geben. Wie der Skipper vorausgesagt hatte, zogen dunkle Wolken auf, und wenige Minuten nach ihrer Ankunft öffnete der Himmel seine Schleusen. Der Eingang zum Leuchtturm bot Pearl gerade genug Schutz, dass sie nicht völlig durchnässt wurde. Der Wind frischte auf und der Ozean war jetzt sehr viel rauer als gerade noch bei der Überfahrt. Würde Sam, wenn er ihre Botschaft tatsächlich richtig interpretiert hatte, überhaupt einen Skipper dazu überreden können, ihn zur Insel zu fahren? Es regnete immer noch in Strömen. Sie schaute auf ihr Handy und scrollte durch ihren Account, um zu sehen, ob eine persönliche Nachricht – vielleicht von jemandem mit »London« im Namen – angekommen war, doch obwohl die Liste endlos lang war, fand sie keine Nachricht von einem solchen Absender.

»Pearl?«

Erschrocken schaute sie auf und sah Sam unter einem Schirm vor sich stehen. Der Schirm wurde von einem Mann gehalten, der wie ein Park Ranger gekleidet war. Neben dem Schirm stand ein junges Mädchen mit einem Stab in der Hand. Ihr schien das Unwetter überhaupt nichts auszumachen.

»Du bist gekommen!«, rief Pearl und lief trotz des Regens zu Sam hinüber.

»Ich habe einfach gehofft, dass die Bilder verschlüsselte Hinweise sind«, erwiderte Sam lächelnd.

»Ich musste so vage bleiben, sonst hätte mein Vater etwas gemerkt«, erklärte sie. Dann wies sie auf seine Begleiter. »Wer ist das?«

»Das ist Dr. Vantana und das ist Tashi. Sie sind Freunde von mir.«

Pearl betrachtete die beiden kurz und wandte sich dann wieder an Sam. »Danke, dass du mir das Leben gerettet hast.«

»Dafür musst du nicht mir danken. Maris hat uns gerettet. Hätte er die Tür nicht abgerissen, wären wir beide ertrunken.«

»Er hat die Tür abgerissen?«

»Genau.«

Pearl ließ sich diese neue Information durch den Kopf gehen. »Er ist kein verrückter Fan, stimmt's?«

Sam schüttelte den Kopf. »Nein, aber ich verstehe, wie du darauf kommst.«

»Was will ... dieser Maris denn von mir? Ich habe gesehen, wie du mit ihm gesprochen hast.«

»Was ich dir jetzt erzähle, wird ziemlich unglaubwürdig klingen, aber du musst mir vertrauen.«

Der Regen prasselte auf die Insel nieder und der Wind riss Vance fast den Schirm aus den Händen.

»Vielleicht sollten wir uns irgendwo unterstellen«, schlug Vantana vor. »Ich glaube nicht, dass sich das Unwetter so schnell wieder verzieht. Es gibt hier einen überdachten Picknickplatz nicht weit von ...«

»Doktor«, unterbrach ihn Tashi und zeigte auf seine Brust.

»Der Kristall!«, rief Sam über den Wind. Pearl blickte zu dem Ranger hinüber. Er hatte etwas in seiner Jackentasche, das durch den Stoff leuchtete. Vance schaute an sich hinunter, griff in die Jacke und zog einen leuchtenden blauen Kristall heraus.

»Geh ein Stück zurück, Tashi«, bat Vance.

Tashi trat einen Schritt zurück. »Mein Shekchen hat das Leuchten diesmal aber nicht ausgelöst.«

»Was ist das?«, fragte Pearl. Das seltsame Leuchten zog sie völlig in seinen Bann. Es hatte etwas Tröstliches an sich. Sie fühlte sich zu dem Kristall hingezogen und den Kristall zog es offenbar auch zu ihr hin.

»Er zieht mich fast mit«, stellte Dr. Vantana fest. Er hatte Mühe, ihn in der Hand zu halten, und stemmte die Füße in den Boden.

Pearl hatte plötzlich das Bedürfnis, den Kristall zu berühren … und mehr brauchte es nicht. In dem Moment, in dem ihre Hand den leuchtenden Stein berührte, schoss ein blauer Energiestrahl durch ihren Körper und riss sie in die Luft. Immer weiter stieg sie hinauf, bis sie schließlich anhielt und dann hinunterstürzte und mit einem Platschen im Wasser der Bucht landete. Nach ein paar angsterfüllten Sekunden tauchte sie zum Glück wieder auf, doch zwischen den turbulenten Wellen kostete es sie einige Mühe, den Kopf über Wasser zu halten.

»Hilfe! Ich kann nicht schwimmen!«, schrie sie. Und dachte: *Nicht schon wieder!*

Sam und seine Freunde rannten zum Ufer, riefen ihren Namen und streckten ihr die Hände entgegen, um sie herauszuziehen, doch sie konnte sie nicht hören. In ihrem Kopf hallte ein lautes Klingeln, das sie ganz orientierungslos machte. Und dann schwamm etwas an ihr vorbei. Etwas monsterhaft Großes.

Das Wesen schien sie zu umkreisen, bis es schließlich aus

dem Wasser aufstieg. Es war riesig, locker zweimal so groß wie der Leuchtturm von Boca Chita hoch war, hatte mehrere dicke Tentakel und den Kopf eines gewaltigen weißen Hais. Die Bestie kreischte auf und packte dann Sam London und seine Freunde mit ihren schleimigen Gliedmaßen. Voller Entsetzen versuchte Pearl der Kreatur zu entkommen, doch mit ihren Beinen stimmte etwas nicht. Sie klebten aneinander, und so sehr sie es auch versuchte, sie bekam sie nicht mehr auseinander. Als sie an sich hinunterschaute, um zu sehen, was da los war, erkannte sie, dass ihre Beine verschmolzen. Die Haut dort begann sich zu verändern, sie kräuselte sich in kleinen Wellen und mit jeder Welle wurde sie blauer und schuppiger. Auch ihre Füße wuchsen. Sie wurden länger und flacher – bis sie eine Flosse hatte. Eine herrlich große, wunderschöne Schwanzflosse! In diesem Moment traf es sie wie ein Blitzschlag. Pearl Eklund wusste plötzlich, dass sie in Wirklichkeit Iaira hieß und eine Prinzessin war – eine königliche Meerjungfrau, die über die legendäre Stadt Ta Cathair herrschte. Doch jetzt war keine Zeit, über diese erschütternde Erkenntnis nachzudenken. Sie musste Sam und seine Freunde retten, bevor diese monströse Kreatur – instinktiv wusste sie, dass es sich um einen Lusca handelte – sie tötete.

Beschütze die Prinzessin, sagte das Wesen immer wieder. Seine Stimme klang wie ein monotones Grollen in ihrem Kopf, aber seltsamerweise nicht in ihren Ohren. Der Lusca hatte offenbar Iairas Schreie gehört. Die Prinzessin hatte Verbündete unter den Meereswesen, die spürten, wenn sie in Gefahr war, und zu ihrer Rettung kamen.

»Halt!«, brüllte sie, doch das Wesen wiederholte nur immer weiter sein Mantra. Dann fiel ihr plötzlich ein, dass diese Kreaturen über Gedanken kommunizierten. Sie konzentrierte sich darauf, ihren Kopf frei zu bekommen, bis nur noch ein Gedanke blieb: *Lass sie los.* Sie ließ ihn in ihrem Kopf widerhallen, immer wieder und wieder. Die Stimme des Lusca verstummte plötzlich und er ließ seine Gefangenen ins Wasser plumpsen. *Geh*, dachte sie. Der Lusca sah sie an und schien zu nicken. Dann tauchte er ab und verschwand. Iaira schwamm zu Sam und seinen Freunden hinüber. »Haltet euch an mir fest, ich ziehe euch zur Insel.« Die drei griffen nach ihren Armen und Schultern und Iaira war selbst erstaunt über ihre Kräfte.

»Danke«, keuchte ein nasser und erschöpfter Sam, als er sich schließlich an Land hievte.

»Ich danke *dir*«, erwiderte Iaira. »Es heißt ja immer, dass du dein Leben im Schnelldurchlauf an deinem inneren Auge vorbeiziehen siehst, wenn du stirbst. Aber als ich diesen Kristall berührt habe, ist ein Ausschnitt aus einem früheren Leben an meinem geistigen Auge vorbeigezogen. Aus einem Leben, von dem ich nichts wusste.«

»Du hast es nur vergessen«, erwiderte Sam.

Prinzessin Iaira nickte. »Und es wird Zeit, dass ich mich wieder erinnere.«

»Genau«, bekräftigte Sam. »Und dass du zu deinem Volk … und in dein Königreich zurückkehrst.«

Kapitel 8

DIE STADT, DIE NIE STILLSTEHT

Die Gelegenheit, in die legendäre Stadt Atlantis zu reisen, ergab sich nicht oft, nicht einmal für ein über hundert Jahre altes mythisches Baumwesen. Der Magic Guardian Woodruff Sprite war ein Waldkobold, ein mythisches Wesen, das ein enges Verhältnis zur Natur hatte, insbesondere zu Bäumen. Kobolde hatten viele, je nach Kultur unterschiedliche Namen. So waren sie zum Beispiel in der keltischen Sagenwelt als Spriggen bekannt und in der griechischen Mythologie als Dryaden. Ihrer Abstammung nach gehörten sie alle zur Familie der Bäume, eine wenig bekannte Tatsache, die aber erklärte, weshalb die Wesen sich mit Bäumen verständigen konnten. Während seines Aufenthalts im Everglades-Nationalpark hatte Woodruff schon viele angeregte Gespräche mit Zypressen und Pinien geführt. Da sie sich nicht fortbewegen konnten, waren Bäume besonders neugierig, was die Welt außerhalb ihres Standorts betraf. Und als geselliges Wesen liebte Woodruff Sprite es, sie mit Geschichten aus seiner ereignisreichen Vergangenheit zu unterhalten. Am besten gefielen den Bäumen die Geschichten über Atlantis. Das traf auch auf Sam London und die Wächterin Tashi zu, denen er auf der Autofahrt zur Dvergen-U-Bahn im Falling-Waters-Park von der sagenhaften Stadt erzählte.

Vance döste auf dem Beifahrersitz, um Woodruff nach der Hälfte der über siebenstündigen Fahrt ablösen zu können. Iaira schlief auf der Rückbank tief und fest. Die Ereignisse des Tages hatten sie verständlicherweise völlig erschöpft. Zum Glück hatte sich ihre Schwanzflosse, wenige Minuten nachdem sie in der Bucht aus dem Wasser gezogen worden war, wieder in Beine verwandelt.

Iairas Erinnerungen waren auch nach der lebensverändernden Offenbarung, dass sie eine Meerjungfrau-Prinzessin war, immer noch sehr vage. Die Gruppe hatte also keine andere Wahl: Sie mussten versuchen, Ta Cathair zu finden, indem sie dem Weg der heiligen Punkte folgten. Und der erste Punkt lag nun einmal in Atlantis.

»Die Insel, auf der Atlantis liegt, stellt eine Art neutrale Zone dar zwischen den mythischen Wesen der Wasserwelt und des Festlands«, erklärte Sprite. Vance schnarchte. »Die Einwohner der Stadt sind also ganz unterschiedlicher Herkunft und deswegen gibt es natürlich viele verschiedene, oft widersprüchliche Interessen. Und genau das hat es dem Rat von Atlantis, also dem Regierungsgremium der Stadt, ermöglicht, damals in der schweren Zeit nach dem Fluch einen ungewöhnlichen Vertrag mit Phylassos auszuhandeln. Zum einen schirmt sich die Stadt nicht nur freiwillig von den Menschen ab …«

»Was meinst du mit ›sie schirmt sich freiwillig von den Menschen ab‹? Ist sie seit dem Fluch nicht sowieso unsichtbar?«, unterbrach Sam leise.

»Nein, ist sie nicht. Sämtliche von mythischen Wesen gebauten Geräte und Gebäude fallen unter den Fluch des Greifen und sind für die Menschheit unsichtbar«, erläuterte Sprite. »Doch Atlantis wurde vor langer, langer Zeit mithilfe der Menschen errichtet, die eng mit den Zwergen zusammengearbeitet haben.«

»Dann ist die Stadt ein Hybrid. Halb menschlich, halb etwas anderes – genau wie ich«, schlussfolgerte Tashi.

»Richtig. Und das schafft eben Widersprüche. Deshalb haben sich die Regierenden darauf geeinigt, die Stadt mithilfe eines atlantischen Feuerkristalls, der sich in einem Turm hoch über der Insel befindet, selbst unsichtbar zu machen.«

»Warst du schon einmal dort?«, wollte Sam wissen.

»Ja, ein paarmal sogar.« Sprite hatte die Insel genau drei Mal besucht, einmal als Kind und zweimal für das IMW. Der zweite Besuch war im Auftrag von Phylassos persönlich erfolgt. Sprite hatte damals einen Informanten angeworben, der ein Auge auf die Stadt haben und Bericht erstatten sollte über alles, was möglicherweise von Interesse sein konnte.

»Wie ist die Stadt denn so?«, fragte Sam.

»Eigentlich nicht viel anders als eine Stadt damals im Wilden Westen, wo jeder sofort wusste, wenn ein Fremder in der Stadt war«, antwortete der Magic Guardian grinsend.

»Er meint, dass sie alle an Verfolgungswahn leiden«,

erklärte Sam Tashi, da er vermutete, dass die Wächterin den Vergleich nicht verstand.

»Warum das denn?«, fragte sie.

»Früher war Atlantis ein Ort für Handel und Geschäfte, doch da die Stadt jetzt ständig in Bewegung und schwer zu erreichen ist, ist die Bevölkerung isoliert und Besuchern gegenüber ziemlich argwöhnisch.«

Sam gähnte und fragte dann: »Wie argwöhnisch?«

»Ich will es mal so ausdrücken: Obwohl Phylassos dafür gesorgt hat, dass Angestellte des IMW überall ermitteln dürfen, sollten wir uns in der Stadt trotzdem am besten bedeckt halten. Atlantis ist ein wilder, unberechenbarer Ort, an dem Ärger oft unvermeidbar ist.«

Sprite hatte keine Ahnung, ob sein Plan, mit dem er sie zu der geheimnisvollen Insel bringen wollte, aufgehen würde. Er wusste nur, dass es früher Orte gab, die nur mithilfe eines speziellen Schlüssels erreicht werden konnten. Dieser Schlüssel musste in einen Schlitz in der Betriebskonsole einer Dvergen-U-Bahn gesteckt werden. Da die Zwerge am Bau von Atlantis beteiligt gewesen waren, ging man davon aus, dass es sich bei diesen Schlüsseln um atlantische Kristalle handelte. Und das wiederum war wahrscheinlich der Grund, weshalb Maris Sam seinen Kristall gegeben hatte. Allerdings hatte dieses Exemplar Iaira bereits in die Luft katapultiert und ein Loch in Sprites Hüttenwand gerissen … Die Frage war also: Würde er sie heil und gesund nach Atlantis bringen oder sie alle in Stücke reißen? Angesichts der Tatsache, dass das Schicksal der Welt auf dem Spiel stand, hielt Sprite dieses Risiko für vertretbar.

»Wieso werden wir immer schneller?«, wollte Sam wissen, als die Dvergen-U-Bahn durch den schmalen Tunnel raste. Sie waren bereits mehrere Minuten unterwegs, als die Bahn das Tempo gesteigert hatte. Was, wenn man bedachte, wie schnell diese Maschine normalerweise schon fuhr, beeindruckend und gleichzeitig alarmierend war. Sam erinnerte sich, wie die Bahn an Geschwindigkeit zugelegt hatte, als sie durch Magie angezogen wurde, während Vance und er für das IMW nach Schottland unterwegs waren. Doch das jetzt fühlte sich anders an. Dieses Mal fuhr die U-Bahn sogar noch schneller.

»Ich habe eine Theorie, aber sie wird dir nicht gefallen«, meinte der Doktor. Über dem Lärm der Antriebsdüsen war seine Antwort kaum zu verstehen.

»Ich glaube, ich habe dieselbe Theorie«, meldete sich Sprite.

»Luft anhalten!«, rief Vance. »Gleich werden wir ein bisschen nass!«

Nass? Was hat das denn zu bedeuten?, überlegte Sam, während er Vantanas Anweisung folgte und tief Luft holte. Schon einen Augenblick später erhielt er die Antwort: Die U-Bahn verließ die Schienen, durchbrach den Meeresboden und düste durchs Wasser zur Oberfläche hinauf. Sam war sofort klatschnass. Im nächsten Moment schoss die Bahn schon aus dem Ozean und hinauf in den Himmel. Iaira und Sam schrien entsetzt auf, als sie entgegen aller Gesetze der Schwerkraft immer weiter hinaufstiegen. *Vielleicht hat Sprite sich doch getäuscht*, fürchtete Sam. Wenn das wirklich der Fall war, würde sie das alle das Leben kosten.

Sam fiel auf, dass die Bahn nicht senkrecht nach oben schoss, sondern einen großen Bogen beschrieb. Das war zumindest eine gewisse Erleichterung, wenigstens würden sie nicht im All enden. Und dann begann der Sinkflug, oder besser: der Absturz. Sie schienen auf eine grüne, bergige Insel zuzuhalten und dort direkt in den Krater eines Vulkans.

»Wir landen gleich«, erklärte Vantana.

»Kopf voraus in dem Ding da?«, fragte Sam ungläubig und wies auf den Vulkan, der rasend schnell näher kam.

»Wir können nur hoffen, dass er nicht mehr aktiv ist«, meinte Vance. Sam schloss die Augen und betete, dass er die Landung überlebte und sie wieder öffnen konnte.

Wie sich herausstellte, war die Kopfüberlandung im Vulkan die bevorzugte Ankunftsart in Atlantis. Sobald Sam spürte, dass die U-Bahn langsamer wurde, öffnete er vorsichtig ein Auge. Die Art und Weise, wie die Bahn abgebremst wurde, erinnerte ihn an die Fanghaken auf Flugzeugträgern, mit denen Jets bei der Landung auf den kurzen schmalen Landebahnen gestoppt wurden. Nur dass es hier kein Haken war, sondern ein großes Metallnetz, das die Bahn wie den Ball beim Lacrosse-Spiel auffing und sie dann auf einen Bahnsteig platzierte, der entlang einer aus dem Vulkangestein gehauenen Plattform verlief.

»Das kam jetzt unerwartet«, bemerkte Vance, als zuerst Iaira auf dem Bahnsteig landete und dann ihr Mittagessen.

Als Sam und die anderen hinter dem Wasserfall, der den Bahnhof verbarg, hervorkamen, empfing sie ein überwältigender Anblick: eine Inselstadt, wie Sam sie sich in seinen kühnsten Träumen nicht hätte vorstellen können. Der Wasserfall fiel von dem smaragdgrünen Vulkan herab, der hinter ihnen aufragte. Er erhob sich aus der Mitte einer kleinen Gebirgskette, die sich am südlichen Rand der Insel entlangzog. Das kristallklare türkisfarbene Wasser fiel in einen schmalen Fluss, der sich durch ein saftig grünes Tal in die Stadt hineinwand, wo er in Kanälen zwischen den Gebäuden weiterlief. Und diese Gebäude … *diese Gebäude*!

Glänzende blaue, grüne und weiße Türme ragten mehr als fünfzig Stockwerke in die Höhe und fächerten sich von einem zentralen Punkt aus auf. Den Mittelpunkt bildete ein schimmernder Obelisk, der noch höher war als alle umliegenden Gebäude. Er erinnerte Sam an das Washington Monument auf der Nationalpromenade in Washington, der Hauptstadt der USA, nur dass diese Säule eine Nische unter dem höchsten Stein hatte. Darin lag ein riesiger blauer Kristall von der Größe eines Lastwagens, der wie ein Signalfeuer in der Sonne leuchtete. Sams ehrfürchtiges Staunen wurde plötzlich von Gänsegeschnatter unterbrochen. Er drehte sich zu dem Geräusch um und sah ein Dutzend bunter Vögel über eine offene Wiese in der Nähe des Flusses watscheln. Aber es waren keine Gänse.

»Sind das etwa Dodos?«, fragte er ungläubig. Er erkannte die flugunfähigen Vögel, da er in der dritten Klasse einmal ein Referat über ausgestorbene Tiere gehalten hatte. Sie waren gut einen halben Meter groß und sahen aus wie eine Kreuzung zwischen Ente und Taube mit einem langen, gebogenen Schnabel. Bei seinen Recherchen für das Referat hatte er gelesen, dass der letzte lebende Dodo im 17. Jahrhundert gesichtet worden war.

»Ganz genau, Sam«, antwortete Sprite.

»Sind die nicht ausgestorben?«

»Sie wären es, hätte es 1620 nicht die große Dodo-Luftbrücke gegeben. Das muss ein Anblick gewesen sein, als tausende Dodos auf dem Rücken geflügelter Pferde hierher in Sicherheit geflogen worden sind. Es wurden sogar Lieder darüber geschrieben.« Sprite übernahm wieder die Führung, wobei er eine Sam unbekannte Melodie summte. Sam blieb noch kurz stehen und versuchte sich das fantastische Schauspiel vorzustellen.

Als sie sich der Stadtgrenze näherten, schärfte Sprite ihnen allen noch einmal ein: »Denkt daran, wenn jemand fragt, stellen wir Ermittlungen für Phylassos an. Mehr müsst ihr nicht sagen.« Alle nickten.

»Hast du eine Ahnung, wo dieser erste heilige Punkt sein könnte?«, fragte Dr. Vantana. »Ich kann mir vorstellen, dass es nicht ganz einfach ist, sich in einer Stadt zurechtzufinden, die normalerweise selbst nicht zu finden ist.«

Sprite sah fragend zu Iaira hinüber. Sie überlegte und biss sich dabei auf die Lippe. »Tut mir leid«, entschuldigte sie sich schließlich, »ich erinnere mich nicht.«

»Macht nichts«, tröstete Sprite sie, »es gibt noch eine andere Möglichkeit. Es ist zwar schon eine Weile her, aber ich kenne ein Wesen, das alles mitkriegt, was in dieser Stadt vor sich geht. Wenn irgendjemand weiß, wo der erste heilige Punkt liegt, ist sie es.«

»Sie?«, hakte Vance nach.

Sprite nickte. »Sie ist eine Nuppeppo, die liebend gern Geheimnisse sammelt.«

»Eine Nuppeppo? Die kommen aus der japanischen Folklore, oder?«, fragte Sam. Er war über den Begriff gestolpert, als er sich über Nuks' Geschichte informiert hatte.

»Richtig«, bestätigte Sprite.

Dann wurde Sams Aufmerksamkeit auf einige Atlantier in der Nähe gezogen. Er sah mythische Humanoide, die mit ihren Kindern im Park spielten, zusammen mit Kynokephali und anderen Kreaturen.

Sam und die anderen folgten einem Weg, der am Fluss entlangführte, bis ins Stadtzentrum. Die Stadt selbst sah aus wie eine Mischung aus Venedig, Manhattan und Tokio, Städte, die Sam nur von Fotos kannte. Plakatwände bewarben seltsame Produkte, riesige Bildschirme zeigten bizarre Sportveranstaltungen, und fremdartige Flugapparate beförderten Einwohner hoch über ihren Köpfen von einem Ende der Stadt zum anderen. Doch Sam fiel etwas noch viel Spannenderes auf.

Die Kanäle von Atlantis waren voller ungewöhnlicher Wasserfahrzeuge, die hierhin und dorthin düsten. Und zwischen diesen Booten bewegten sich Kreaturen – Wasserungeheuer, die Seehunden ähnelten, aber mit einem langen Giraffenhals. Sam hatte Bilder gesehen, die das legendäre Ungeheuer von Loch Ness darstellen sollten, und diese Wesen hatten eine erstaunliche Ähnlichkeit mit den Abbildungen. War es möglich, dass es sich dabei um dieselbe Gattung handelte wie bei dem Ungeheuer, das angeblich im Loch Ness, diesem großen See in den schottischen Highlands, hauste? Die ersten Sichtungen von »Nessi« gab es schon im 6. Jahrhundert, aber bis heute konnte kein Mensch die Existenz des Ungeheuers beweisen.

Sam fiel auf, dass die Wesen vier gewaltige Flossen hatten, mit denen sie sich beeindruckend schnell durchs Wasser bewegen konnten. Auf kleinen, quadratischen Plattformen beförderten sie Passagiere auf ihrem Rücken. Daran erkannte Sam schließlich, dass die Loch-Ness-Ungeheuer hier als Wassertaxis genutzt wurden.

»Sind das Loch-Ne…«, begann er.

»Nenn sie nicht Ungeheuer«, unterbrach Vance ihn rasch. »In diesem Punkt sind sie sehr empfindlich.«

»Was sind sie dann?«

»Eine Unterart der Plesiosaurier, von denen sie sich nur geringfügig unterscheiden.«

»Ach ja? Und wie genau unterscheiden sie sich?«, wollte Sam wissen.

Vance wies auf eines der Wesen, das gerade die Spur wechselte. Es wich einer riesigen Miesmuschel aus, die als Jet Ski fungierte. Der Loch-Ness-Plesiosaurus schoss mit einer irren Geschwindigkeit vorwärts und flitzte um das Gefährt herum.

»Wow! Die sind ja schnell!«, rief Sam.

»Sie gehören zu den schnellsten Lebewesen auf unserem Planeten«, erklärte Vantana ihm. »Aber sie müssen auch schnell sein, damit man sie nicht entdeckt. Als uralte Wasserwesen müssen sie ihre Existenz natürlich geheim halten.«

Als Sprite am Rand des Kanals stehen blieb, nutzte Iaira die Gelegenheit, um sich zu setzen und die Beine ins Wasser baumeln zu lassen. Sofort verwandelten sie sich wieder in eine Flosse. *Sie bekommt langsam echt Übung darin,* dachte Sam.

Sprite pfiff und einer der Loch-Ness-Plesiosaurier kam zu ihnen herübergeschwommen. Er trug eine gelbe Baseballkappe mit der Aufschrift »Mesterville-Argonauten«. Sam nahm an, dass es sich dabei um eine örtliche Sportmannschaft handelte.

»Ihr seid zu fünft?«, fragte der Saurier mit einem Akzent, der seltsamerweise klang wie der, den man in Brooklyn sprach.

»Genau. Sag mal, du weißt nicht zufällig, wo Squishy und ihre Band heute Abend spielen?«, erkundigte sich Sprite.

Der Saurier schnaubte. »Natürlich. Jeder weiß, wo Squishy spielt. Sie tritt jeden Abend in der Lemuria-Lounge in Elasipposton auf.«

»Kannst du uns da hinbringen?«

»Seid ihr sicher, dass ihr dahin wollt? Squishy ist super, keine Frage, aber warum geht ihr nicht lieber ins neue Hafenviertel? Die haben da Boote mit Kristallboden, und der Wal, in dessen Bauch Jonah war, nimmt jetzt auch Touristen mit. Das Viertel ist ziemlich beliebt.«

»Ist es auch bei deinem Geldbeutel beliebt?« Sprite vermutete, dass der Saurier eine Provision für seine Empfehlung bekam.

Das Ungeheuer seufzte. »Okay, okay. Steigt auf. Ich heiße übrigens Niles.«

»Schön, dich kennenzulernen«, erwiderte Sprite, doch seinen eigenen Namen nannte er nicht. Niles musste das aufgefallen sein, denn er betrachtete ihn einen Augenblick argwöhnisch, bevor er sich Iaira zuwandte.

»Du kommst mir bekannt vor, Meermädchen.«

»Das höre ich oft, ich habe wohl einfach so ein Gesicht«, erwiderte Iaira. »Hast du was dagegen, wenn ich neben dir herschwimme?«

»Ich will dir ja nicht zu nahe treten, aber da könntest du nicht mithalten. Schnapp dir einen der Gurte und halt dich gut fest.« Er wies mit dem Kopf auf zwei an der Passagierplattform befestigte Gurte. Sie sahen aus wie die Gurte in U-Bahnen, an denen die Fahrgäste sich festhalten konnten. Iaira schwamm hinüber und ergriff einen davon.

Als Tashi aufstieg, beobachtete Niles sie mit zusammengekniffenen Augen. Er stieß ein Bellen aus, ähnlich dem eines Seelöwen. Tashi hielt inne, sah ihm kurz in die Augen und wandte sich dann ab. Niles kicherte.

»Festhalten!«, kommandierte er, bevor er losschwamm. Er flitzte zwischen anderen Gefährten und Tieren hindurch, mal rechts, mal links und wieder rechts vorbei. Iaira schien das riesigen Spaß zu machen. Sie stieß sogar ein begeistertes »Juhuuu!« aus.

»Glaubst du, er hat die Prinzessin erkannt?«, fragte Sam Sprite leise.

»Vielleicht. Hoffen wir, dass er diskret ist.«

»Besonders diskret kommt er mir nicht vor«, mischte Vantana sich ein.

»Mir auch nicht«, meldete Tashi sich. »Das Bellen eben – in seiner Sprache heißt das ›Wächterin‹.«

»Cleveres Kerlchen«, bemerkte Vance.

»Am besten, wir erledigen unsere Geschäfte hier so schnell wie möglich und verschwinden dann wieder, bevor die Gerüchteküche zu brodeln beginnt«, schlug Sprite vor.

Niles bog von einem der Hauptverkehrswege der Stadt in einen schmalen Seitenkanal ein und verkündete nach einem abrupten Stopp: »Wir sind da. Sagt denen, dass Niles euch geschickt hat!«

Sprite warf ihm einen misstrauischen Blick zu. »Bekommst du hier etwa auch Provision?«

»Komm schon, Kumpel, ich habe daheim achtzehn Mäuler zu stopfen.«

Sprite nickte und holte dann mehrere rötlich-goldene Münzen aus seiner Tasche.

»Was ist das?«, flüsterte Sam neugierig.

»Orichalcum«, erklärte Sprite. »Eine alte Metalllegierung, die aus Atlantis stammt und immer noch ziemlich wertvoll ist.« Sprite ließ die Münzen in einen Beutel gleiten, den Niles um den Hals hängen hatte.

Niles' Augen weiteten sich. »Sehr großzügig. Wirklich sehr großzügig. Braucht ihr noch einmal ein Taxi? Ich kann hier warten und euch überall hinbringen, wo ihr hinwollt.«

»Das Angebot würden wir gern annehmen, wenn es nicht zu viele Umstände macht«, erwiderte Sprite mit einem Lächeln.

»Es macht überhaupt keine Umstände. Dann mache ich jetzt Mittagspause, wenn das für euch in Ordnung ist.«

»Sicher«, erwiderte der Guardian, als sie von Niles' Passagierplattform auf eine Treppe aus Kalkstein traten, die vom Gehweg hinunterführte zu dem halb im Wasser liegenden

Nachtclub. Zum Glück stand das Wasser jedoch nur ungefähr einen Meter hoch. Sie stiegen die Treppe hinunter zum Eingang des Clubs. Am Fuß der Treppe verkündete ein Schild: »Die Lemuria-Lounge präsentiert: Squishy und Band aus Atlantis. Jeden Abend um 5:00 AZ und 7:30 AZ.« Sam sah, wie Iaira vom Kanal aus durch einen Tunnel direkt zum Eingang des Clubs schwamm.

»Die sind aber sehr entgegenkommend hier«, bemerkte das Meermädchen.

»Für einen Club, der auch auf Meereswesen ausgerichtet ist, gehört das einfach zum Geschäft«, erklärte Sprite. Er blickte hinauf zur Sonne. »Die erste Show ist in ein paar Minuten zu Ende. Hoffentlich kann ich zwischen den Auftritten kurz mit Squishy sprechen.«

»Dann sichern wir uns doch mal einen Tisch da drinnen«, schlug Vance vor und ging zur Tür.

Sprite legte ihm eine Hand auf die Schulter, um ihn aufzuhalten. »Es wäre vielleicht besser, wenn ich allein hineingehe. Gegenüber Landbewohnern gibt Squishy sich oft recht zugeknöpft.«

»Danke für den Hinweis, Guardian, aber auf gar keinen Fall. Wir trennen uns nicht. Nicht hier. Wir gehen alle zusammen.«

Sprite nickte. Nach kurzem Zögern öffnete er die Tür und sie stapften hinein. Iaira schwamm neben ihnen her. In der Bar erklang Musik, eine langsame Version eines Lieds aus den Achtzigern, das Sam schon einmal gehört hatte.

Vance erkannte die Band. »Culture Club«, stellte er amüsiert fest.

Im Refrain wurde die merkwürdige Frage gestellt: »Do you really want to hurt me? Willst du mir wirklich wehtun?« Sam fand den Text ganz besonders eindringlich, weil er von einer Sängerin mit einer tiefen, rauen Stimme gesungen wurde. Die kleine Gruppe ging zu einem Tisch in einer halbrunden Nische und setzte sich.

Die überschaubare Gästezahl bestand aus einem breiten Spektrum mythischer Wesen, von denen Sam viele nicht sofort erkannte. Die Kellner schienen eine Art halbmenschliche Delfine zu sein.

»Encantados«, erklärte Vance, als er sah, dass Sam sie neugierig musterte. »Sie entstammen der südamerikanischen Folklore.«

Im Eiltempo brachten diese Wesen Essen und Getränke an die Tische, wobei sie ihre Tabletts ein paar Zentimeter über der Wasseroberfläche hielten. Es gab Tische über und auch unter Wasser, und einige Gäste hatten Speisen vor sich, die aus lebendigen Fischen bestanden, die in Gläsern herumschwammen. *Krass*, dachte Sam. Im Club selbst war es dunkel und feucht wie in einer Höhle. Er schien tatsächlich aus demselben Vulkangestein herausgehauen worden zu sein wie der Bahnsteig der Dvergenbahn.

Schließlich wanderte Sams Blick zur Band auf der Bühne, die ebenfalls halb unter Wasser stand. Er sah etliche seltsame Instrumente, unter anderem Hörner aus Muscheln. Ein Oktopus-Mann hatte ein Schlagzeug aus roten Korallen vor sich und die Saiteninstrumente hatten Saiten aus buntem Seetang. Squishy, die Sängerin, zählte zu den seltsamsten Wesen, die Sam je gesehen hatte, ob nun im echten

Leben oder auf Abbildungen in Büchern. Sie war mindestens so groß wie Vance und dreimal so dick. Und sie hatte rosaweiße Haut. Jede Menge rosaweiße Haut. So viel, dass ihr Gesicht unter den wabbelnden Falten kaum zu erkennen war. Dicke Stummel ragten aus dem Körper heraus – wahrscheinlich ihre Arme und Beine. Insgesamt sah sie aus wie eine schmelzende Kerze mit kugeliger Spitze und quadratischem Unterteil. Obwohl Squishys Augen kaum zu erkennen waren, sah Sam, dass sie zu seinem Tisch herüberschaute.

»Das ist sie«, informierte Sprite die anderen.

»Squishy?«, vergewisserte Vance sich.

Der Guardian nickte. »Sie tritt schon seit Jahrhunderten in Atlantis auf. Sie ist ziemlich bekannt und bestens vernetzt, was hilfreich für uns sein könnte.«

Als das Lied endete, gab es höflichen Applaus, und Squishy nahm aus einem großen Glas, das neben ihr auf einem Hocker stand, einen Schluck von einer lilafarbenen Flüssigkeit. Sie benutzte dazu einen fast einen Meter langen Strohhalm, damit sie das Glas mit ihren kurzen Armen nicht hochheben musste. Nachdem sie ihren Durst gestillt hatte, richtete sie das Wort an die Zuschauer. Ihre Sprechstimme war genauso tief und rau wie ihre Singstimme und sie sprach mit japanischem Akzent.

»Das nächste Lied ist einem Paar gewidmet, das vor über zehn Jahren diesen Club betreten hat, über beide Ohren verliebt. Das hier war ihr Lied. Squishy fragt sich oft, was aus ihnen geworden ist.«

Die Band stimmte »Happy Together« an. Sam hatte das

Lied schon oft bei sich zu Hause und im Auto seiner Mutter gehört, wenn sie zusammen unterwegs waren. Ettie nannte es ein altes, aber immer noch gutes Lied und sang oft mit. Diese Version war langsamer und wurde bewusster vorgetragen. Merkwürdigerweise behielt Squishy die ganze Zeit über Sam und seinen Tisch im Auge.

»Die Originalversion gefällt mir besser«, raunte Vance Sam zu.

»Mir auch«, bestätigte Sam.

Als das Lied zu Ende war, winkte Squishy dem Publikum, das anerkennend applaudierte, mit einer ihrer stummeligen Gliedmaßen zu und watschelte dann von der Bühne. Am Bühnenabgang wurde sie schon von einem Yeti erwartet. Er hatte zwei blau gefärbte Streifen auf dem Kopf und war eindeutig der größte Yeti, den Sam bisher gesehen hatte. Er merkte, wie Tashi beim Anblick des Erzfeindes ihres Volkes alle Muskeln anspannte.

»Immer mit der Ruhe, Wächterin«, warnte Sprite. »Er ist ein angeheuerter Sicherheitsmann. Sehr professionell.«

»Ich dachte, Yetis dürften ihr Tal nicht verlassen«, bemerkte Sam. Er wusste noch, was Vance ihm darüber erzählt hatte. Dass die Yetis rebelliert hatten, als der Greif die Wächter zu den Beschützern der Klaue ernannt hatte. Diese neue Regelung hatte gewaltigen Unfrieden gestiftet, weil die Yetis Phylassos bis dahin jahrhundertelang beschützt hatten. Nach diesen Unruhen war es den Yetis verboten worden, ihre Heimat im Himalaja jemals zu verlassen.

»Das ist richtig, aber das betrifft nur die Yetis, die im Tal waren, als das Verbot ausgesprochen wurde«, erklärte Sprite.

»Diese Yetis haben die Rebellion organisiert und nur von ihnen ging sie aus. Schon damals lebten verschiedene Clans auf Atlantis. Sie haben hier als Sicherheitsleute für wichtige Persönlichkeiten und Berühmtheiten gearbeitet. Diese Yetis durften bleiben und ihrer Arbeit weiter nachgehen, durften aber nicht mehr nach Hause zurückkehren.«

Vance stieß die Wächterin mit dem Ellenbogen an. »Wir lernen jeden Tag etwas Neues, was, Tashi?«

Tashi betrachtete den Doktor neugierig. »Ich schon. Oft sogar mehr als eine Sache«, erwiderte sie ernst. Den Sarkasmus hatte sie ganz offensichtlich nicht verstanden. Vance schüttelte nur den Kopf und lachte in sich hinein.

»Du bringst mich immer wieder zum Lachen, Kleine.«

»Sie kommt«, verkündete Sprite. »Überlasst das Reden am besten mir.«

Während Squishy sich ihrem Tisch näherte, wanderte ihr Blick über die Gruppe. Sie wurde immer langsamer und blieb schließlich stehen. Der Yeti-Bodyguard baute sich mit stahlhartem Blick hinter ihr auf und ließ Sam und die anderen nicht aus den Augen.

»Woodruff Sprite«, begann Squishy. »Es ist lange her, dass Squishy dich das letzte Mal gesehen hat.«

»Stimmt«, erwiderte Sprite lächelnd. »Das IMW sorgt dafür, dass ich immer viel zu tun habe. Aber es freut mich zu hören, dass du noch genauso herrlich singst und noch genauso entzückend bist wie bei unserer letzten Begegnung.«

»Du willst Squishy schmeicheln?«, fragte sie zynisch. »Woodruff Sprite muss etwas brauchen. Das IMW kommt nicht ohne eine Absicht nach Atlantis.«

»Meine Komplimente sind ernst gemeint, das kann ich dir versichern, aber du hast recht, ich komme in einer ganz bestimmten Angelegenheit. Einer ziemlich wichtigen. Einer dringlichen sogar.«

»Einer, die das Schicksal der Welt beeinflussen kann?«

»Das ist sehr gut möglich.«

»Das scheint bei dir immer der Fall zu sein«, bemerkte die Sängerin abfällig.

»Was ist das für ein Gestank?«, fragte Sam Tashi leise. Er war ihm gerade erst in die Nase gestiegen, da er von einem intensiv blumigen Duft fast überdeckt wurde. Aber er war unverkennbar da und ließ sich am besten als der Geruch von fauligem Obst beschreiben. Was war das nur mit den intensiven Gerüchen bei dieser Mission? Zuerst die Affenstinktiere und jetzt das.

»Welcher Gestank?«, fragte Tashi laut zurück.

Squishy war die Empörung über diese Bemerkung sofort anzusehen und Sprites Miene wurde äußerst besorgt.

Iaira spürte offenbar, dass die Stimmung zu kippen drohte, denn sie mischte sich rasch ein. »Ich finde, es riecht wunderbar! Wie nach Gardenien!«, bemerkte sie mit ihrem charmanten Lächeln.

Squishy wandte sich dem Meermädchen zu und schien sich etwas zu entspannen. »Danke. Du riechst auch gut.« Dann drehte sie sich wieder zu Sprite um. »Es tut Squishy leid, Sprite, aber sie muss sich auf ihren nächsten Auftritt vorbereiten. Vielleicht ein anderes Mal? Squishy schaut in ihren Kalender und kommt dann auf dich zu.«

Sprite erhob sich. »Squishy, ich ...«, begann er flehentlich, doch der Yeti hielt ihn mit einer Hand auf Abstand und Squishy beendete die Unterhaltung.

»Danke, dass du gekommen bist.« Damit watschelte sie davon und verschwand durch eine Tür am anderen Ende der Bar.

Sprite war wie vor den Kopf gestoßen. »Diese Reaktion hatte ich nicht erwartet«, gab er zu. »Wir haben uns längere Zeit nicht mehr gesehen, das stimmt, aber ich hatte gehofft, dass sie mich wenigstens anhören würde.«

»Vielleicht hat sie sie beleidigt«, vermutete Iaira mit Blick auf Tashi.

»Ich?«, fragte die Wächterin aufgebracht.

»Es war meine Schuld«, mischte Sam sich ein.

»Das wäre möglich. Sie ist sehr empfindlich, was ihren Geruch angeht«, erklärte Sprite nachdenklich. »Das war sie schon immer.«

»Wieso denn?«, wollte Sam wissen.

»Nuppeppos sind für ihren penetranten Gestank bekannt«, erklärte Vance. »Aber dafür hat sie eigentlich ganz angenehm gerochen, finde ich. Wahrscheinlich hat sie sich von oben bis unten mit Parfüm eingesprüht.«

»Squishy liebt Parfüm, daran erinnere ich mich«, bemerkte Sprite mit einem Lächeln.

»Und wie sieht jetzt unser Plan B aus?«, wollte Vance wissen.

»Keine Ahnung, tut mir leid. Vielleicht müssen wir doch Kontakt mit dem Boss aufnehmen«, antwortete Sprite.

»Mit Phylassos?«, fragte Sam. Sprite nickte.

»Das könnte Tage dauern«, wandte Vance ein. »Ich habe

ihn schon angefunkt, aber noch keine Antwort bekommen.«

Einen Augenblick saßen die fünf schweigend da und überlegten, was sie für Optionen hatten. Dann hatte Sam eine Idee – oder besser gesagt: Er roch eine.

»Prinzessin?« Iaira wandte sich ihm zu. »Hast du zufällig eine Flasche von deinem Parfüm dabei?«

»Ja. Das Parfüm habe ich – ich meine, Pearl – selbst mit entwickelt. Es wird in den besten Boutiquen in Miami verkauft. Man kann damit so riechen wie ich. Bei meinen Juwelen war es ziemlich beliebt.«

»Kann ich es haben?«

Iaira betrachtete ihn neugierig, griff dann in ihre durchweichte Tasche und reichte ihm einen kleinen Flakon in Form einer Perle. Die Flüssigkeit darin war durchsichtig und auf der Vorderseite des Fläschchens war »Shimmer by Pearl« eingraviert.

»Es gehört ganz dir«, sagte sie lächelnd.

»Was hast du vor?«, wollte Vance wissen.

»Kommt mit.« Sam schlüpfte aus der Nische und führte die anderen zum Eingang des Backstage-Bereichs. Als er die Tür einen Spalt öffnete, sah er den Yeti vor Squishys Garderobe Wache stehen. »Guardian Sprite, glaubst du, du kannst den Yeti ablenken?«

Sprite beäugte den Jungen. »Ich denke schon. So lange Tashi mir Rückendeckung gibt.«

»Kein Problem«, versicherte ihm Tashi und fasste ihren Shekchen fester. Sprite nickte und betrat den Flur.

»Entschuldigung, Mr Yeti, ich brauche jetzt sofort eine

Audienz bei Squishy!«, verlangte er und ging auf den Yeti zu. Dieser drehte sich um, kam ihm ein paar Schritte entgegen und verstellte ihm den Weg. »Du machst mir keine Angst«, behauptete Sprite. Er versuchte, sich an dem Sicherheitsmann vorbeizudrängeln, doch dieser ließ ihn nicht durch. Sam ergriff die Gelegenheit, schlüpfte an den beiden vorbei und gelangte unbemerkt zur Garderobe. Er hörte hinter sich, wie Sprite weiter protestierte.

Die Garderobentür stand halb offen, aber Sam klopfte dennoch an. Als er hineinspähte, sah er die Sängerin an einem Schminktisch sitzen und beträchtliche Mengen Make-up auftragen.

»Fans haben hier keinen Zu…« Sie hielt inne, als sie ihn erkannte. »*Du* schon wieder? Squishy dachte, sie hätte sich Sprite gegenüber deutlich genug ausgedrückt. Muss sie etwa den Sicherheitsdienst rufen? Er ist ein Yeti. Es wird gemunkelt, dass du vor nicht allzu langer Zeit schon mal eine Begegnung mit Yetis hattest.«

»Dann weißt du also, wer ich bin?«, fragte Sam einigermaßen überrascht.

»Natürlich, Sam London. Jeder weiß, wer du bist. Manche schon länger als andere.«

»Aha?« Sam wusste nicht, was er mit dieser Antwort anfangen sollte.

Squishy wandte sich wieder dem Spiegel zu und schminkte sich weiter. »Sprite weiß sehr genau, dass Geheimnisse ihren Preis haben, und das, wonach ihr sucht, ist ungeheuer wertvoll, da es Squishy selbst in Gefahr bringt.«

»Du weißt, wonach wir suchen?«, fragte Sam neugierig.

»Dieses Meermädchen, das ihr dabeihabt … sie ist Prinzessin Iaira, nicht wahr?«

Sam spielte den Ahnungslosen. »Ich weiß nicht, wovon du sprichst.«

»Du bist ein liebenswerter Lügner, Sam London. Was hast du da in der Hand?«

Sam hielt den Flakon mit Pearls Parfüm hoch. »Ein Geschenk für dich. Sprite hat gesagt, dass du Parfüm magst, und wir alle wollten dir etwas schenken, nachdem du uns mit deiner wundervollen Stimme verzaubert hast.«

Squishy betrachtete Sam kurz, kam dann überraschend schnell zu ihm herübergewatschelt, schnappte sich die Parfümflasche und ging zu ihrem Schminktisch zurück. Ihre Schnelligkeit machte Sam sprachlos. Squishy besprühte sich mit dem Parfüm, schloss danach die Augen und lächelte, als sie den Duft einatmete.

Als sie die Augen wieder öffnete, waren sie auf Sam gerichtet. »Squishy mag dich, Sam London«, sagte sie. »Du weißt, wie man eine Lady behandelt.« Sie winkte ihn zu sich heran und Sam trat näher. Er war froh, dass sie sich mit dem Parfüm eingesprüht hatte, da es definitiv half, ihren Eigengeruch zu überdecken. »Squishy kennt die Antwort auf das, was ihr sucht – nicht genau, aber sie hört vieles«, vertraute sie ihm leise an. »Eines hat sie öfter gehört als alles andere, deshalb nimmt sie an, dass es stimmt. Der erste heilige Punkt soll über dem großen Kristall auf der Spitze des Atlasturms liegen.«

»Du meinst den, der ganz da oben …« Sam wies mit dem Finger nach oben und Squishy nickte.

»Iairas Rückkehr nach Ta Cathair wird Leben retten, aber ich warne dich, es gibt auch Wesen, die nicht wollen, dass sie zurückkehrt. Squishy hört vieles.«

Sam nickte. »Danke.« Er hatte verstanden und wandte sich zum Gehen.

»Weißt du, weshalb Squishy diese Information nicht Sprite gegeben hat?«

»Weil er kein Geschenk für dich hatte?«, fragte Sam ehrlich.

Squishy schüttelte den Kopf, was ihren ganzen Körper zum Wabern brachte. »Weil er sein Versprechen nicht gehalten hat. Squishy hat für ihn und den Greif zwölf Jahre lang ein Geheimnis bewahrt.«

»Das ist ja genauso lang, wie ich auf der Welt bin«, meinte Sam.

Sie lächelte. »Natürlich ist es das. Vielleicht verrät er dir dieses Geheimnis. Vielleicht solltest du ihn danach fragen.«

»Okay …« Sam wusste nicht, weshalb er das tun sollte, wollte aber auch nicht widersprechen.

»Und bestelle Dr. Vantana einen schönen Gruß von Squishy, auch wenn er sich vielleicht nicht mehr an Squishy erinnert«, fügte sie hinzu. »Erinnerungen sind manchmal schwer zu halten in seinem Job. Dabei fällt Squishy ein, dass sie auch ein Geschenk für dich hat.«

»Ach ja?«

Squishy nickte und wieder wackelte ihr ganzer Körper. Sie griff in eine Schublade ihres Schminktischs und zog ein kleines, in Papier eingeschlagenes, quadratisches Päckchen heraus. »Na ja, nicht direkt für dich, aber für dich, damit du es jemandem weitergeben kannst. Squishy hat das jetzt schon ziemlich lang aufbewahrt und immer darauf gewartet, dass der Empfänger zu ihr kommt.« Sie gab Sam das Päckchen. »Gib das Dr. Vantana, wenn eure Reise zu Ende ist, aber keinen Moment eher. Versprichst du mir das?«

»Klar. Was ist es denn?«

»Wenn die Reise zu Ende ist, Sam London«, wiederholte sie.

Sam nickte.

Als Sam die Garderobe verließ, dachte er darüber nach, was die Sängerin über Vance gesagt hatte. Er wusste aus seinem ersten Fall, dass ein Teil von Penelope Naughtons Gedächtnis ausgelöscht worden war, und anscheinend wollte Squishy andeuten, dass das Gleiche auch bei Vance passiert war. Aber das war ein Thema für später. Sam verließ den Club und draußen warteten die anderen schon auf ihn.

»Na, wenigstens hat sie dich nicht gefressen«, bemerkte Vance. »Das ist schon mal ein gutes Zeichen.«

»Du hast mir versichert, dass sie harmlos ist, Dr. Vantana«, erwiderte Tashi ärgerlich. »Ich hätte nie zugelassen, dass …«

»Das war ein Witz, Tashi. Entspann dich. Sam ist okay.«

»Ich bin mehr als okay«, verkündete Sam. Und leise fügte er hinzu: »Ich weiß, wo der erste heilige Punkt ist.« Alle beugten sich näher zu ihm. »Im Atlasturm über dem Kristall.«

»Aber ja! Das ist vollkommen logisch«, rief Sprite. »Es überrascht mich allerdings, dass sie es dir verraten hat.«

»Das Parfüm hat sie milde gestimmt«, erklärte Sam. »Und sie hat behauptet, du hättest ein Versprechen nicht gehalten.

Es hat irgendetwas mit einem Geheimnis zu tun. Und dich soll ich von ihr grüßen, Dr. Vantana.«

»Mich? Ich bin ihr doch vor heute noch nie begegnet.«

»Sie hat gemeint, dass du dich vielleicht nicht daran erinnerst.«

»An eine Nuppeppo namens Squishy würde ich mich ganz bestimmt erinnern«, erwiderte Vance verwundert. »Wie siehst du das, Guardian?«

Sprite zuckte mit den Schultern. »Erinnerungen sind manchmal schwer zu halten.« Bevor Sam auffallen konnte, dass Squishy genau dieselben Worte benutzt hatte, verkündete Sprite rasch: »Ich gehe jetzt am besten zurück in die Everglades, bevor die Bäume mich vermissen. Ihr seid ja nun auf der richtigen Spur. Viel Glück.« Damit machte er sich zum Hauptkanal auf, wo er sich ein Taxi herbeiwinkte.

* * *

Auf dem Weg zum Atlasturm an Bord des Loch-Ness-Wassertaxis grübelte Dr. Vance Vantana über die Tatsache nach, dass er bisher noch nie in Atlantis gewesen war. Streng genommen war die verschollene Stadt für ihn eigentlich tabu. Aber nicht, weil er irgendetwas getan hatte. Nach einem Vorfall in den Wäldern der russischen Taiga vor über einem Jahrzehnt hatte Dr. Knox selbst ihn gebeten, die Stadt zu meiden. Vantanas Erinnerungen an den Vorfall waren nur schemenhaft, was zum Teil sicherlich daran lag, dass diese Mission die Begegnung mit einer Baba Yaga beinhaltet hatte.

Knox hatte ihm die Geschichte Tage später erzählt: Anscheinend hatte Vance sich auf die Suche nach seinem Mentor gemacht, der sich mit dem Rat der Maiden treffen wollte, einem aus Schwanenmaiden bestehenden Regierungsrat am Baikalsee in Russland. Bei dem Treffen sollte es um Eingriffe der Menschen in den Lebensraum mythischer Wasserwesen gehen. Als Vance nach einer vorher vereinbarten Zeit nichts von Dr. Knox gehört hatte, ging er in den Wald, um nach dem Rechten zu sehen. Was er nicht wusste, war, dass dies einen schwerwiegenden Gesetzesverstoß darstellte. Der dafür vorgesehene Angriff der Baba Yaga erfolgte deswegen auch unverzüglich. Vance wurde bewusstlos und erwachte erst in Knox' Obhut wieder. Dieser erklärte ihm, dass das Treffen nicht gut verlaufen war.

Knox hielt es danach für das Beste, wenn Vance und die anderen menschlichen Ranger, die für das IMW arbeiteten, jeglichen Kontakt mit Wasserwesen vermieden. Das betraf eben auch Besuche in Atlantis, da in der Inselstadt hauptsächlich mythische Wasserwesen lebten. Zum Glück hatten Vantanas Ermittlungen noch nie eine Reise in die Stadt nötig gemacht, sodass das Thema nie wieder aufgekommen war. Bis jetzt.

Knox' Verbot war Jahre her, und angesichts der Dringlichkeit der aktuellen Mission fand Vance es vertretbar, in diesem Fall in die Stadt zu reisen. Schließlich ging es um ein mythisches Meereswesen, das an Land gegen das Gesetz des Greifen verstoßen hatte, und diese Angelegenheit war somit eindeutig Sache des IMW. Er fragte sich, ob er seine Entscheidung mit Phylassos hätte abstimmen sollen, doch seit den Ereignissen in Hérault war der Greif noch schwieriger zu erreichen als vorher. Phylassos war eindeutig von etwas abgelenkt, doch Vance hatte keine Ahnung, wovon. Vielleicht von einem anderen Fall, der von noch größerer Bedeutung für die Mission des IMW war. Es war schwer zu sagen, doch was auch immer es sein mochte, Vance hatte deswegen kaum eine andere Wahl gehabt, als dieser Spur nach Atlantis zu folgen und das Risiko einzugehen.

Vance trat von Niles' Plattform auf den belebten zentralen Platz der Stadt, wo die unterschiedlichsten mythischen Kreaturen ihre Waren verkauften oder umherbummelten. Ehrfürchtig betrachtete er den glänzenden Turm in der Mitte des Platzes, der das Herz von Atlantis bildete, und das sowohl wörtlich als auch im übertragenen Sinn. In diesem Turm befand sich der Kristall, der die gesamte Stadt mit Energie versorgte. Hineinzugelangen würde also nicht einfach werden, vor allem, da auch noch zwei stoische Skorpion-Männer den Eingang bewachten. Die humanoiden Skorpione, komplett mit Schwanz und todbringendem Stachel, stammten ursprünglich aus Mesopotamien, einem uralten Landstrich in Vorderasien.

»Wie sollen wir denn da reinkommen?«, fragte Iaira.

Bevor Vance darauf antworten konnte, öffneten sich die Flügel der massiven Tür aus Orichalcum, und ein breitschultriger Mann mit nacktem Oberkörper trat heraus. Er trug einen langen, türkisfarbenen Umhang und einen kurzen, beigen Kilt mit kunstvoll aufgestickten, bunten Symbolen. Es sah so aus, als hielte er ein kleines Kätzchen in den Armen, doch als er näher kam, stellte Vance fest, dass es ein Tigerbaby war.

»Das gibt's doch gar nicht!«, entfuhr es ihm.

»Was? Wer ist das?«, fragte Sam.

»Gilgamesch.« Alle schauten ihn verständnislos an. »Ist das euer Ernst? Ihr habt noch nie etwas vom *Gilgamesch-Epos* gehört? Es ist nur zufällig eines der bedeutendsten Werke der menschlichen Literatur. Wenn wir zurück sind, schicke ich euch alle in die Bibliothek.« Natürlich wusste der Doktor schon seit Jahren, dass das Gilgamesch-Epos nicht wirklich Literatur war, zumindest keine fiktive. Denn es war tatsächlich alles so passiert. Die Geschichte erzählt davon, dass Gilgamesch ein arroganter König war, den die Götter bestrafen wollten, indem sie einen wilden Mann schickten, der ihn im Kampf besiegen sollte. Doch der Mann und Gilgamesch wurden Freunde fürs Leben. Als der Wilde starb, brach Gilgamesch das Herz. Er begab sich auf eine Pilgerreise und suchte nach dem Geheimnis des ewigen Lebens. In der Geschichte schaffte er es nie, dieses Geheimnis zu lüften. In Wirklichkeit jedoch war es ihm gelungen und er behielt es seitdem für sich. Vance war Gilgamesch gleich zu Beginn seiner Arbeit für Dr. Knox einmal begegnet, und er erinnerte sich an den ehemaligen König als an den raffiniertesten Gauner aller Zeiten, einen, der mit Gefallen handelte, als seien sie eine Währung. Erst vor Kurzem hatte Vantana erfahren, dass Gilgamesch, nachdem er lange Zeit einen Sitz im Rat von Atlantis innehatte, zum Bürgermeister der Stadt ernannt worden war.

»Ein Treffen mit dem Bürgermeister? Ich gehe mal davon aus, dass das kein Zufall ist«, bemerkte der Doktor lächelnd, als Gilgamesch zu ihnen trat.

Dieser lachte in sich hinein. »Du würdest dich wundern, wie schnell es sich herumspricht, wenn Festlandbewohner mit einer lang verschollenen Meerjungfrauen-Prinzessin meine Insel betreten«, erwiderte er.

»Dir bleibt auch nichts verborgen, was?«, entgegnete Vance.

Gilgamesch zuckte mit den Schultern. »Die Seebischöfe sprechen häufig mit dem Rat von Atlantis. Iaira, bist das wirklich du?« Er betrachtete die Prinzessin und ein breites Lächeln zog über sein Gesicht. »Bei der Legende von Sharur, du *bist* es! Alle glauben, du seist tot.«

»Das haben wir vor zu ändern«, erklärte Vance. »Stehen die Dinge wirklich so schlimm, wie der Selkie behauptet?«

»Nach dem, was ich gehört habe, droht Krieg in Ta Cathair. Iairas Rückkehr könnte die Wogen glätten, aber die See ist aufgewühlt.«

»Dann müssen wir so schnell wie möglich dorthin. Das Problem ist nur, dass Iaira nicht mehr weiß, wo ihr Königreich liegt. Deshalb sind wir jetzt auf dem Weg der fünf heiligen Punkte.«

Gilgamesch grinste. »Lass mich raten. Ihr glaubt, der erste Punkt ist in der Turmspitze hier?«

Der Doktor blieb ganz cool. »Wir haben Gerüchte gehört und dachten, wir schauen uns das mal mit eigenen Augen an.«

»Da habt ihr falsch gedacht«, informierte der Bürgermeister ihn. Das hatte Vance erwartet. Gilgamesch war nicht der Typ, der so einfach nachgab, nur weil eine ganze Zivilisation in Gefahr war. Er sah darin wahrscheinlich sogar eine Möglichkeit, seine Macht zu erweitern. »Ich werde Iaira erlauben hineinzugehen, weil ich ihrer Mutter einen Gefallen schulde«, sagte er. Dann wandte er sich an Tashi. »Du darfst hineingehen, weil du eine Wächterin bist und ich großen Respekt vor denjenigen habe, denen Phylassos sein Leben anvertraut.« Und an Sam und Vance gewandt fuhr er fort: »Aber ihr beide dürft nur unter einer Bedingung hinein: Das IMW schuldet mir dafür einen Gefallen. Und zwar einen großen.«

»Welche Art von Gefallen?«, wollte Sam wissen.

»Das Einzige, was ich nicht weiß, ist, wie die Zukunft aussieht. Du wirst es erfahren, wenn ich es erfahre, Junge.«

»Ich weiß, dass ich das bedauern werde, aber okay.« Vance kapitulierte. »Also, legen wir los.«

Gilgamesch nickte fröhlich und wies auf den Eingang zum Turm. »Kommt mit.«

Als sie durch die schwere Tür traten, sahen sie, dass das Innere des Turms voller blau leuchtender Kabel war. Sie liefen an den Wänden von oben herunter und auf dem Boden in alle Richtungen nach draußen. An einer Wand war ein Aufzug, der bis ganz hinauf in die Turmspitze fuhr. Es war eine einfache Plattform mit einem Geländer an drei Seiten. Bevor sie einstiegen, wandte Gilgamesch sich an Tashi und wies auf ihren Shekchen.

»Falls das, was ich über diese Waffen gehört habe, stimmt, wäre es besser, wenn du sie hier zurücklässt«, schlug er vor. Tashi schaute Vance an. Dieser nickte. Sie zögerte noch kurz, dann legte sie den Shekchen auf den Boden und bestieg die Plattform.

Gilgamesch verteilte Schutzbrillen mit extrem dunklen Gläsern. Alle setzten sie auf und die Plattform fuhr hinauf bis in die Kammer mit dem Kristall. Das Licht hier oben war unvorstellbar grell. Ohne die Brillen wäre es unmöglich gewesen, überhaupt etwas zu sehen.

»Und was jetzt?«, fragte Iaira, als sie die Kammer betraten.

Sam zeigte auf den Kristall. »Sie hat gesagt, der Punkt sei über dem Kristall … Vielleicht musst du näher rangehen, um ihn zu sehen.«

Iaira blickte Gilgamesch fragend an.

»Mich brauchst du nicht anzuschauen«, sagte er. »Ich war noch nie in der Nähe von diesem Ding. Das war niemand, glaube ich. *Viel* zu gefährlich.«

»Komm, ich gehe voraus.« Tashi bot Iaira ihre Hand an. Diese ergriff sie und zusammen näherten sie sich dem riesigen blauen Kristall. Er befand sich nur einen knappen Meter über dem Boden und direkt unter dem höchsten Stein des Turms. Aus der Nähe betrachtet schien er zu pulsieren wie ein schlagendes Herz. Das Licht leuchtete einmal ganz hell, dann etwas schwächer und wieder hell. Iaira streckte ihre freie Hand nach dem Kristall aus, als würde sie von ihm angezogen.

»Nicht …«, warnte Vance.

»Keine Sorge.« Sie hielt mit ihrer Hand kurz vor dem Kristall an. »Ich habe meine Lektion gelernt. Ich wollte nur sehen, ob …«

Plötzlich schoss ein gewaltiger Strahl blauer Energie aus dem Kristall in Iairas Körper. Das Licht im Kristall erlosch und der Turm versank in Dunkelheit, als in der gesamten Stadt der Strom ausging. Im selben Moment begann Iairas Körper zu leuchten und sie schwebte ein gutes Stück über dem Boden. Sie umklammerte Tashis Hand noch fester, und die Wächterin schloss die Augen und verzog das Gesicht. Dann schoss die blaue Energie aus Iairas Mund und Nase zurück in den Kristall. Sofort war der Strom wieder da und Vance hörte das dafür typische Sirren. Iaira brach zusammen, Tashi fiel auf den Rücken und schlitterte über den Boden. Sie fing sich gerade noch, bevor sie über den Rand des Turms hinausrutschte. Iairas Haar stand nach allen Seiten ab, sie wirkte völlig erschöpft und blass und schien panische Angst zu haben.

Sam lief zu ihr. »Bist du okay? Was ist passiert?«

»Es war … überall im Wasser … es hat auf mich … herabgeregnet«, stammelte sie.

»Was denn?«

Sie blickte ihn an und flüsterte unheilverkündend: »Blut.«

Kapitel 9

DIE FLUCHT

Rangerin Penelope Naughton fuhr in ihrem SUV, einem Dienstwagen des IMW, von der Dvergen-U-Bahn-Station Castle Crags zu ihrer Hütte. Sie hätte den Weg auch im Schlaf gefunden, doch das war nicht immer so gewesen. Penelopes Gedächtnis war ausgelöscht worden – oder besser gesagt: unterdrückt –, um Phylassos dabei zu helfen, die Gefahr zu bannen, die vor nicht allzu langer Zeit für die Greifenklaue bestanden hatte. Obwohl die Erinnerungen der Rangerin inzwischen alle wieder zurückgekommen waren und sie dem Greifen seine unkonventionelle Methode verziehen hatte, beunruhigte Penelope das Wissen immer noch, dass ihr Gedächtnis ohne ihre Erlaubnis mithilfe von Magie manipuliert worden war. Auf dem Heimweg dachte sie über die schwierige Lage von Pearl Eklund nach beziehungsweise Prinzessin Iaira. Auch die junge Frau litt zweifellos an einer Art Gedächtnisverlust, nur dass in ihrem Fall niemand wusste, was ihn verursacht hatte.

Als Penelope in den Parkplatz vor ihrer Hütte einbog, wollte gerade ein alter Minivan mit einer Trollfrau am Steuer rückwärts herausfahren. Die Rangerin erkannte die Fahrerin sofort: Es war Trevors Schwester.

»Bernice?«, rief Penelope und winkte, als sie ausstieg.

Die Trollfrau bemerkte sie und ließ das Fenster herunter. »Hallo, Rangerin Naughton«, grüßte sie in dem für sie typischen Singsang-Ton.

»Was machst du hier? Ist alles in Ordnung?«, fragte Penelope.

»Ja, alles okay. Ich habe nur die Jungs aus Benicia hergebracht.«

»Die Jungs?«

»Sam London und Trevor.«

»Aber Sam …« Fast hätte Penelope verraten, dass Sam gar nicht in Benicia war. Sie merkte es gerade noch rechtzeitig und hüstelte. »Sind die beiden in meiner Hütte?«

»Sie sind zumindest hineingegangen. Ich hab's eilig, Liebes. Tut mir leid, dass ich nicht länger mit dir plaudern kann. Tschüss!« Bernice winkte und fuhr davon, wobei sie eine Wolke aus Staub und Kies hinter sich aufwirbeln ließ.

Als Penelope neugierig ihre Hütte betrat, sah sie Trevor und Sam London mit bedrückter Miene auf ihrer Couch sitzen. Der Sam, den sie sah, war natürlich Nuks, der Marderhund, in Sams Gestalt. Sie überlegte kurz, Nuks zu bitten, sich in seine natürliche Gestalt zurückzuverwandeln, doch sie wusste nicht, was seltsamer war – Sams Doppelgänger reden zu hören oder einen Marderhund reden zu hören. Sie beließ es bei Sams Doppelgänger.

»Rangerin Naughton!« Trevor sprang auf und Nuks folgte seinem Beispiel. »Wir haben auf dich gewartet.«

»Ich habe draußen gerade noch Bernice erwischt … Sie hat gesagt, sie hätte euch von Benicia hierhergefahren. Was hast du denn dort gemacht?«, fragte sie Trevor. Dann wandte sie sich an Nuks. »Und warum bist du hier? Du sollst doch den Schein wahren. Müsste Sam jetzt nicht in der Schule sein?«

Trevor seufzte und Nuks biss sich auf die Lippe.

»Redet mit mir, Jungs. Was ist los?«

»Es geht um Ettie, Sams Mom«, begann Trevor.

»Was ist mit ihr?«

Trevor schaute Nuks an, der jedoch nicht so recht mit der Sprache herausrücken wollte.

»Nuks!« Penelope blickte ihn finster an. »Sag mir, was los ist!«

»Sie hat ihren Frühjahrsputz gemacht – Sam hat gesagt, sie macht das jedes Jahr, und ich habe ihr geholfen. Als Sam natürlich. Und dieses Jahr hat sie es endlich bis zum Dachboden geschafft. Sam hat gesagt, dass sie es sonst nie bis zum Dachboden schafft, aber ich habe geholfen, und …«

»Sag einfach, was Sache ist, Nuks«, unterbrach ihn Penelope ungeduldig.

»Sie ist weg, Rangerin Naughton. Einfach weg«, berichtete der Marderhund verzweifelt.

»Weg? Wohin?«

»Ich weiß es nicht. Ich habe überall nachgeschaut und bin ihrem Geruch bis zur Tür gefolgt, aber dann war er einfach weg.«

»Und ich habe bei allen meinen Freunden nachgefragt, aber keiner weiß auch nur irgendetwas«, fügte Trevor hinzu.

»Und das ist wirklich komisch, denn ich habe eine *Menge* Freunde.«

»Oh nein!« Penelope stöhnte und ließ sich auf die Couch fallen.

»Weißt *du*, was passiert ist?«, fragte Trevor hoffnungsvoll.

»Nein. Das heißt, ich bin mir nicht sicher, aber ich habe eine Theorie und die verspricht nichts Gutes.« Sie drückte auf ihre Dienstmarke. »Dr. Vantana?«, rief sie und wartete, doch es kam keine Antwort. »Ich habe schon befürchtet, dass die Dinger in Atlantis nicht funktionieren. Aber es spielt auch keine Rolle, er könnte sowieso nichts tun.« Nachdenklich stieß sie die Luft aus.

»Vielleicht kann Karl helfen«, schlug Trevor vor.

»Ich glaube, im Moment kann niemand helfen.«

Klassifizierungscode 480
(Angestellten-Krankenakte)
Betreff: Tashi von Kustos (SB)
Datum: [redacted]
INTERNE NOTIZ

In Zusammenarbeit mit Tashi, der Sonderberaterin des IMW, fand das medizinische Personal des Instituts heraus, dass Wächter der Greifenklaue über eine einzigartige Traumwelt verfügen, die ihr körperliches und geistiges Wohlbefinden positiv beeinflusst. Im Gegensatz dazu ist die Funktion menschlicher Träume von der Wissenschaft noch nicht voll erforscht. Es gibt viele Theorien zu der Frage, weshalb Menschen träumen, doch noch keine schlüssigen Antworten. Wächter träumen, um ihr Leben abwechslungsreicher zu gestalten. Aufgrund ihrer Treue gegenüber dem Greif sind Wächter an ihr Dorf am Fuß des Berges gebunden, in dem sich Phylassos' Höhle befindet. Phylassos versuchte, ihnen ihre Isoliertheit zu erleichtern, indem er ihnen die Gabe verlieh, ihre Träume zu kontrollieren – eine Gabe, die auch der Greif selbst besitzt.

Da Tashi jetzt außerhalb von Kustos lebt, hat sie wenig Gelegenheit, ihre Kampfkunst zu trainieren, wie es den Standards der Wächter entspricht. Zum Glück ist Tashi durch die Kraft des Wächtergeistes und die Magie des Greifenbluts in der Lage, in ihrer Traumwelt an den Trainingseinheiten in Kustos teilzunehmen. Diese Art des Trainings hat sogar Auswirkungen auf ihren Körper, so, als nähme sie tatsächlich daran teil. Nach eigener Aussage der Wächterin hat sie in ihren Träumen ausgesprochen realistische Begegnungen mit Kreaturen, die sie herausfordern und ihr helfen, ihre Fähigkeiten zu verbessern. Sie hat auch angedeutet, dass sie in diesem Traumzustand ihre Eltern oder Freunde besuchen kann, doch die Zeitverschiebung zwischen Kalifornien und Kustos machen solche Zusammenkünfte schwer.

In seltenen Fällen haben Wächter – und selbst

Phylassos – jedoch keine Kontrolle über ihre Träume. Der Greif hatte zum Beispiel keine Kontrolle über den Traum, in dem er Sam London im Death Valley getroffen hat. Es wird spekuliert, dass dies ein Zeichen dafür war, dass das Universum sich eingemischt hat, um die Begegnung der beiden zu garantieren. Mehrere Wächter, darunter Yeshe, der Dorfälteste von Kustos, hatten denselben Traum. Das kam heraus, als Sam London bei seinem ersten Fall (Aktenzeichen SL001-180) nach Kustos kam und die Wächter in ihm den Jungen erkannten, der dem Greif im Death Valley begegnet war.

Eines sollte hier erwähnt werden: Eine ähnliche Situation wie der Greif, als er seinen Traum mit Sam London nicht kontrollieren konnte, erlebte auch Tashi aus Kustos, als sie Prinzessin Iaira im Atlasturm berührte (Aktenzeichen SL002-130). Zum damaligen Zeitpunkt schenkte die Wächterin dem Vorfall keine besondere Beachtung, doch im Nachhinein wurde ihr klar, dass dies eine weitere Botschaft des Universums war.

Tashi von Kustos wusste nicht, wo sie war. Sie wusste nur, dass sie sich nicht mehr im Atlasturm befand. Sie hatte gerade miterlebt, wie Prinzessin Iaira einen gewaltigen Energiestoß von dem atlantischen Feuerkristall abbekommen hatte. Die Energie war durch Iaira hindurch in Tashi hineingeströmt, und plötzlich befand sich die Wächterin in einer Traumwelt, die sie nicht kannte und auch nicht kontrollieren konnte. Tashi nahm ihre Verteidigungshaltung ein und überprüfte rasch die Umgebung. Offenbar war sie im Freien – in einem Wald – und es war Nacht. Sie hörte Insekten zirpen und Flügelschlagen, wahrscheinlich von Vögeln oder vielleicht von Fledermäusen. Dann bemerkte sie eine Gestalt, die wenige Meter vor ihr stand. Es war Ettie London. Doch Ettie sah anders aus als sonst. Sie war blasser, die Augen lagen tief in den Höhlen und der Blick war unruhig.

»Miss …«, rief Tashi, doch im selben Moment wurde Ettie von der Dunkelheit verschluckt. Tashi erwachte auf der Plattform des Atlasturms und bekam gerade noch mit, wie Iaira etwas von »Blut« sagte. Ihr fiel auf, dass der Feuerkristall noch intensiver leuchtete als zuvor.

»Tashi? Wie geht es dir?«, fragte Dr. Vantana und musterte sie kurz von oben bis unten. »Das hat dich ganz schön umgehauen.«

»Mir geht es gut«, erwiderte Tashi zögernd. Sie erhob sich und fand ihre Orientierung wieder. »Mein Körper ist bestens dafür ausgestattet, mit Energie in dieser Größenordnung umzugehen.« Sie blickte zu Sam hinüber. Sollte sie ihm sagen, was sie im Traum gesehen hatte?

»Warum schaust du mich so an?«, wollte er wissen.

»Nur so.« Tashi wollte Sam die Wahrheit nicht vorenthalten, doch Wächterträume waren seltsame Dinge, und sie wusste noch nicht, was sie von diesem zu halten hatte. Sobald sich die Gelegenheit dazu ergab, wollte sie mit Yeshe darüber sprechen.

»Ich glaube, ich möchte jetzt nach Hause«, verkündete Iaira, die fast schon hyperventilierte.

»Dahin sind wir unterwegs«, erinnerte Sam sie.

»Nein, in mein anderes Zuhause. Das gute, fröhliche Zuhause«, erwiderte sie mit Tränen in den Augen.

»Tut mir leid, das geht nicht, Prinzessin«, sagte Dr. Vantana.

»Ich habe den Kristall nicht einmal berührt!«, rief Iaira.

»Er hat nach dir gegriffen und *dich* berührt«, erklärte Gilgamesch.

»Aber wieso?«, fragte sie aufgebracht.

»Es heißt, der Kristall sei eine Art lebendiges Wesen mit dem kollektiven Wissen sämtlicher Lebewesen auf dieser Erde – magischen und anderen. Er weiß wahrscheinlich, dass du königlicher Abstammung bist, und wollte, dass du siehst, was für deine Reise wichtig ist.«

»Blut?« Schon der Gedanke daran ekelte sie.

»War es dein Blut?«, fragte der Bürgermeister.

Sie überlegte. »Ich weiß es nicht …«

»Na ja, also wirklich weiter bringt uns das jetzt nicht«, meinte Sam. »Vielleicht sind wir doch nicht am richtigen Ort?«

»Doch, Sam.« Vantana zeigte nach oben. »Ich bin mir ziemlich sicher, dass das hier der richtige Ort ist.«

Der Doktor wies auf Worte, die jetzt auf der Unterseite des obersten Steins des Turms zu sehen waren, und alle blickten nach oben. Offenbar hatten die Worte schon die ganze Zeit dort gestanden, waren in der Dunkelheit nur nicht zu erkennen gewesen. Tashi vermutete, dass der Kristall deshalb jetzt heller leuchtete. Er wollte, dass die Worte sichtbar waren.

Sam legte den Kopf in den Nacken, um besser sehen zu können. »Welche Sprache ist das?«, fragte er, als er die unbekannten Schriftzeichen betrachtete.

Vantana kniff die Augen zusammen. »Für mich sieht es aus wie eine Art Meersprache.«

»Ich kann sie lesen!«, rief Iaira überrascht. Langsam las sie vor: »Der Weg zum Königreich unter dem Meer liegt hinter den Wasserfällen im gefrorenen Tal. Dort, wo der südliche Ozean blutrot fließt und der goldene Wolf stolz seinen Kopf hebt. Ein Ort, den alle meiden sollten, denn er erfüllt selbst das Herz des Mutigsten mit Furcht.«

»Wo der Ozean blutrot fließt?«, wiederholte Sam fragend. »Was soll das denn heißen?«

»Ich habe da so eine Idee, aber die gefällt mir ganz und gar nicht«, antwortete Vance. Bevor er weiterreden konnte, schwankte der Turm plötzlich, und außer Gilgamesch und Tashi gingen alle zu Boden. Ein Signalhorn ertönte.

»Was zum …« Gilgamesch trat an den Rand des Turms und blickte hinunter auf die Stadt. Tashi stellte sich neben ihn und die anderen folgten ihr dicht auf den Fersen. Sie schauten über die Stadt und sahen, wie sich über den Gebäuden riesige, glänzende Stoffstücke entfalteten.

»Sind das …«, begann Sam.

»Segel«, bestätigte Gilgamesch. »Aber eigentlich sollten wir erst am Abend weiterziehen. Entschuldigt mich einen Augenblick.« Er zog ein kleines, zylindrisches Gerät aus der Tasche und sprach hinein. »Warum segeln wir?«

»Zwei Menschen-Schiffe vor unserer westlichen Küste, Sir«, kam die Antwort aus dem Gerät. »Vermeidungsstrategien wurden automatisch eingeleitet.«

Gilgamesch wandte sich rasch an Vance. »Wusste jemand, dass ihr zu uns unterwegs seid? Kann euch jemand gefolgt sein?«, fragte er besorgt.

»Auf beide Fragen lautet die Antwort Nein. Wir sind mit der Dvergen-U-Bahn gekommen.«

Gilgamesch überlegte einen Moment. »Vielleicht hat der Stromausfall, als Iaira den Kristall berührt hat, den Tarnmechanismus außer Kraft gesetzt.«

»Aber das war doch nur ganz kurz!«, rief Iaira.

»Möglich, dass die menschliche Technologie inzwischen so ausgereift ist, dass sie die Insel in diesem kurzen Moment entdeckt haben. Selbst wenn es nur ein Aufblitzen auf ihrem Radar war, war es wahrscheinlich ein ziemlich gewaltiges Aufblitzen«, vermutete Gilgamesch. »Hoffen wir, dass nicht noch weitere Schiffe kommen.«

»Klingt so, als sollten wir uns auf den Weg machen, Kinder«, drängte Vantana und ging zum Aufzug.

Gilgamesch stellte sich ihm in den Weg und hob eine Hand. »Ihr geht nirgendwo hin, Guardian. In dieser Situation würde jede Abreise die Stadt in Gefahr bringen. Ihr werdet die nächsten paar Tage, vielleicht auch Wochen hierbleiben müssen, bis wir sicher sein können, dass wir nicht mehr Gefahr laufen, entdeckt zu werden.«

»Tut mir leid, aber das geht nicht, Bürgermeister«, widersprach Vance. »Wir ermitteln in einem Fall für den Greifen.«

»Und der Greif war es, der diese Gesetze aufgestellt hat. Schon vergessen?«, erwiderte Gilgamesch.

»Herr Bürgermeister«, kam eine Stimme aus Gilgameschs Dienstmarke. Er trat einen Schritt zur Seite und antwortete leise.

»Wir können nicht hierbleiben!«, flüsterte Sam Dr. Vantana zu.

»Ich weiß, aber manchmal muss man einfach mitspielen. Und wenn dann mal keiner hinschaut, macht man, was man will.«

Vance gab ihnen durch ein Zeichen zu verstehen, leise zu sein, und führte sie zur Aufzugs-Plattform. Sie waren schon fast halb unten, als der Aufzug plötzlich stark zu schaukeln begann. Gilgamesch war von oben zu ihnen heruntergesprungen. Der Ruck brachte Iaira aus dem Gleichgewicht. Mit wedelnden Armen kippte sie aus dem Aufzug. Mit einem Satz war Tashi am Rand der Plattform und erwischte gerade noch ihren Knöchel. Der Rest der Prinzessin baumelte unter dem sich immer weiter absenkenden Aufzug in der Luft. Langsam zog Tashi die panische Prinzessin auf die Plattform zurück.

»Ihr wolltet euch also davonschleichen?«, fragte Gilgamesch ärgerlich und richtete sich zu seiner vollen beeindruckenden Größe auf.

»Hör mir erst mal zu.« Der Doktor hob in einer Geste, die scheinbar Kapitulation signalisierte, die Hände. »Falls wir Prinzessin Iaira nicht nach Ta Cathair zurückbringen, müssen wir alle mit noch viel mehr fertigwerden als mit ein paar gebrochenen Gesetzen. Keiner von uns will doch in nächster Zeit einen Krieg der Meere, oder? Wir können das jetzt also auf dem einfachen Weg lösen oder auf dem schweren.«

Der Aufzug setzte endlich auf dem Boden auf und Gilgamesch betrachtete Vance einen Augenblick lang. »Also, wenn du es so ausdrückst, Guardian …« Er trat von der Plattform und ging zum Ausgang des Turms. Dabei ließ er seine Fingerknöchel knacken. An der Tür drehte er sich um und ging in Kampfstellung. »Ich nehme den schweren Weg«, verkündete er grinsend und winkte Vantana zu sich.

Der Magic Guardian seufzte. Diese Wahl gefiel ihm ganz und gar nicht. Als er auf Gilgamesch zuging, legte Tashi ihm eine Hand auf die Schulter. Abrupt blieb er stehen.

»Ich übernehme das«, sagte sie entschlossen und ging an ihm vorbei.

Vance packte ihren Arm. »Ich glaube nicht, dass das klug wäre. Wenn die Geschichten stimmen – und glaub mir, sie stimmen –, ist er der größte Krieger, den es je gegeben hat.«

»Dann sollte erst recht *ich* mich ihm stellen«, entschied sie.

»Nein«, widersprach Vance. »Ich kann euch allen etwas Zeit verschaffen, damit ihr hier wegkommt. Nimm Sam und Iaira und bring unsere Mission zu Ende.«

»Es ist nicht nötig, dass du dein Leben riskierst«, befand Tashi. Und leise fügte sie hinzu: »Sei nur bereit, schnell zu verschwinden, sobald ich ihn von der Tür weggelockt habe.«

Sie ging auf Gilgamesch zu, vorbei an ihrem Shekchen, der immer noch auf dem Boden lag.

»Nimm wenigstens deinen Shekchen«, rief Sam.

Doch Tashi hatte noch die Explosion in der Rangerhütte

im Gedächtnis. »Das ist mir zu gefährlich.« Der Versuch, Kraft aus Gaia zu ziehen, könnte hier richtig schiefgehen, und das auf eine Art und Weise, die sie nicht vorhersehen konnte. Es war besser, Gilgamesch ohne ihre Waffe gegenüberzutreten. Damit ging sie kein Risiko ein und brachte die anderen nicht in Gefahr.

Ein paar Schritte vor Gilgamesch nahm Tashi ihre Kampfstellung ein. Sie hatte schon häufig gegen so riesenhafte Gegner gekämpft, allen voran die Yetis auf der Flucht aus ihrem verborgenen Dorf. Der Unterschied zu der aktuellen Situation bestand darin, dass die Yetis in erster Linie von Wut angetrieben wurden, während dieser Gegner gerissen war und sehr viel erfahrener. Tashi kniff die Augen zusammen und nickte, um zu signalisieren, dass sie bereit war.

Gilgamesch schnaubte. »Du lässt deine Kämpfe von einem kleinen Mädchen bestreiten, Guardian?«

»Oh, jetzt hast du sie wütend gemacht«, tadelte Sam.

Doch Tashi von Kustos wurde nicht wütend, zumindest nicht im herkömmlichen Sinn des Wortes. Wächtern wurde beigebracht, sich im Kampf nie durch Ärger oder irgendein anderes Gefühl behindern zu lassen. Anstelle von Ärger empfanden Wächter deswegen ganz stark das Bedürfnis, ein Unrecht wiedergutzumachen. Ihre Motivation war Gerechtigkeit, nicht Zorn oder Stolz. In diesem Fall war das Unrecht, das sofort wiedergutgemacht werden musste, der Glaube dieses Unsterblichen, dass Größe oder Geschlecht eines Wächters sich auf seine Fähigkeiten als Krieger auswirkte. Gilgamesch musste begreifen, dass er einem gewaltigen Irrtum unterlag – und Tashi freute sich besonders auf den »gewaltigen« Teil. Sie begutachtete ihren Gegner, wie man es ihr beigebracht hatte, und stellte fest, dass er aus nichts als Muskeln bestand. Das bedeutete, dass er nicht sehr wendig war und sie in dieser Hinsicht einen Vorteil hatte. Schnelligkeit und Ausdauer waren auf ihrer Seite, doch sie wusste, dass ihr größter Vorteil nicht im körperlichen Bereich lag. Er lag in Gilgameschs grandioser Selbstüberschätzung.

»Das sollte einfach werden und schnell vorbei sein«, meinte Gilgamesch grinsend.

»Ich stimme dir zu«, erwiderte Tashi, bevor sie den 4000 Jahre alten unbesiegten Kriegerkönig angriff.

* * *

Sam London hatte das *Gilgamesch-Epos* nie gelesen, aber dafür würde er jetzt den epochalen Kampf zwischen Gilgamesch und der Wächterin Tashi live erleben. Er glaubte nicht, dass Wächter nervös werden konnten, und das war auch gut so, denn er hatte mehr als genug Bauchkribbeln für sie beide. Iaira umklammerte seinen Arm und schaute ihn besorgt an, während Sam sich zu Vance umdrehte, um zu sehen, wie dieser reagierte. Der Doktor seufzte schwer und wandte seine Aufmerksamkeit dann wieder dem bevorstehenden Spektakel zu.

Tashi vergeudete keine Zeit mit Vorbereitungen und wirbelte mit vier Vorwärts-Saltos auf ihren Gegner zu. Sie hob den Arm, um Gilgamesch einen Schlag zu versetzen, streifte jedoch nur seine rechte Schläfe.

Ein Warnschuss, dachte Sam.

»Schnelligkeit führt nicht immer zum Sieg«, warnte Gilgamesch. Aber Tashi schlitterte über den glatten Boden schon wieder auf ihn zu. Sie machte sich zu einem zweiten Angriff bereit, doch Gilgamesch versetzte ihr mit der flachen Hand einen Schlag gegen den Brustkorb. Die Wucht des Schlags ließ Tashi nach hinten taumeln. Sie schüttelte sich, ging erneut zum Angriff über und wich erfolgreich einem weiteren Hieb von Gilgamesch aus.

Doch der hatte damit gerechnet. Er versetzte ihr mit der anderen Hand einen heftigen Schlag auf den Rücken, der sie gegen eine Wand schlittern ließ. Iaira keuchte und umklammerte Sams Arm noch fester. Geschickt wirbelte die Wächterin herum und stieß sich mit den Füßen von der Wand ab. Mit einem Satz war sie erneut bei ihrem Gegner und versetzte ihm einen Schlag ins Gesicht, bevor sie sich wieder in die Luft katapultierte und in Kampfstellung landete. Dieser Schlag war hart gewesen und ein schockierter Gilgamesch rieb sich das Kinn.

»Lass uns diesen Unsinn beenden, Guardian«, knurrte er frustriert. »Ihr bleibt einfach ein paar Tage hier, bis ihr gefahrlos weiterreisen könnt. Ich werde persönlich dafür sorgen, dass ihr in unserem besten Hotel untergebracht werdet.«

»So verlockend das auch klingt, es geht leider nicht. Nicht jetzt. Nicht bei dem, was auf dem Spiel steht«, erwiderte Vance.

Mit entschlossenem Gesichtsausdruck drehte Gilgamesch sich rasch wieder zu Tashi um. Er machte sich jetzt den Vorteil seiner längeren Arme und Beine zunutze, wehrte die Angriffe der Wächterin ab und hielt sie auf Abstand. Tashi orientierte sich neu und schien ihren Gegner jetzt genauer zu beobachten. Sie wartete den besten Moment für einen Angriff ab und platzierte ihre Schläge ganz genau. Der Kampf wütete weiter, mit Wrestling, Boxen und den verschiedensten Kampfsporttechniken, von denen Sam viele überhaupt nicht kannte.

Gilgamesch war so unbeweglich wie ein Felsblock und Tashi war eine absolut erbarmungslose Kraft. Nichts schien sie für mehr als eine Sekunde aus der Fassung zu bringen – sie griff einfach immer wieder an, suchte nach Schwächen ihres Gegners und stellte seine Ausdauer auf die Probe. Keiner schien die Oberhand zu haben, bis Tashi einen Drehsprung vollführte und Gilgamesch einen heftigen Tritt mitten ins Gesicht versetzte.

Die Wächterin ließ diesen winzigen Schockmoment nicht ungenutzt und verpasste ihm als Nächstes einen Fausthieb auf den Fuß. Gilgamesch ächzte und hob den Fuß instinktiv hoch. Tashi ergriff sofort die Gelegenheit und trat gegen das andere Bein. Der kräftige Mann stürzte zu Boden, Tashi machte einen Satz auf ihn zu und nahm ihn in den Schwitzkasten. Gilgamesch packte sie an den Armen, doch sie hatte ihn bereits fest im Griff. Schwankend erhob er sich und begann seinen Oberkörper ruckartig nach allen Seiten zu drehen, um sie abzuschütteln. Es brachte alles nichts. Tashi war einfach zu stark, um sich abwerfen zu lassen. Also stürmte Gilgamesch rückwärts auf die Wand zu, damit Tashi dagegendonnerte, doch im letzten Moment warf sie sich nach vorn. Gilgamesch krachte selbst in die Wand und sackte in sich zusammen.

»Lauft!«, rief Tashi. Sam sah den Weg zur Tür, der jetzt frei war. *Sie hat es geschafft!* Das war ihre Chance.

»Los, kommt!«, brüllte Vance Sam und Iaira zu und lief ihnen voraus zum Ausgang. Sie stießen die schweren Türflügel auf – und standen vor einer ganzen Horde Skorpionmenschen. Tashi blickte auf, um zu sehen, was los war – ein kurzer Moment der Unkonzentriertheit –, doch er genügte Gilgamesch. Er riss sie von seinem Rücken und warf sie zur Seite wie ein Spielzeug. Tashi schlitterte über den Boden, schlug einen Purzelbaum, kam wieder auf die Füße und war sofort bereit, erneut anzugreifen.

»Jetzt wartet doch mal!«, brüllte Gilgamesch. Sein Blick ging zwischen seinen fliehenden Gästen und der unbesiegbaren Wächterin hin und her. Er ging zur Tür und ließ seine Skorpionsoldaten zurücktreten. Dann beugte er sich zu Vance. »Wenn der Rat Wind davon bekommt, dass ich euch erlaubt habe, die Insel zu verlassen …«

»Oh, jetzt verstehe ich … Du machst dir Sorgen um dein politisches Ansehen«, erwiderte Dr. Vantana.

Gilgamesch zuckte leicht mit den Schultern und hob die Augenbrauen, als wollte er sagen: *Du hast mich ertappt.*

Sam kam ein Gedanke. »Was wäre schlimmer: Wenn deine Leute wüssten, dass ein Mädchen, das halb so groß ist wie du, dich verprügelt hat, oder wenn sie herausfinden, dass du uns von der Insel gelassen hast, um einen Krieg zu verhindern?«

»Der Junge hat recht, Gil«, meinte Vantana. »Wie wäre es, wenn du uns gehen lässt und alle bekommen, was sie wollen?«

Gilgamesch überlegte. »Ihr habt fünf Minuten, um von der Insel zu verschwinden. Danach schalte ich die Vulkantriebwerke ein und niemand darf mehr gehen«, sagte er dann genervt.

»Wir steigen in die U-Bahn und sind in zwei Minuten weg«, versprach Vance.

»Nein, das seid ihr nicht. Die U-Bahnen fahren nicht, während die Insel sich bewegt.«

»Und wie kommen wir dann von diesem schwimmenden Felsen runter?«, wollte Vance wissen.

Gilgamesch trat noch näher an ihn heran und antwortete leise: »Ihr müsst runter zum Hafen und Cletus finden. Er ist der Einzige, der euch jetzt noch von der Insel bringen kann … was natürlich seinen Preis hat. Aber sagt ihm nicht, dass ich euch geschickt habe. Er hasst mich. Wir haben beide um den Bürgermeisterposten gekämpft, und er ist überzeugt, dass ich betrogen habe.«

»Warum genau erzählst du uns das?«, fragte Vantana skeptisch.

»Sagen wir einfach, ich schulde dir noch einen Gefallen.« Bevor Vance etwas dazu sagen konnte, fügte Gilgamesch hinzu: »Es ist eine lange Geschichte, und bring mich besser nicht dazu, meine Meinung zu ändern. Eure Uhr tickt. Meine Männer werden den Hafen abriegeln, bevor die Triebwerke eingeschaltet werden. Bis dahin seid ihr besser verschwunden.«

Der Bürgermeister trat von der Tür zurück und winkte sie hinaus. Der Doktor und Iaira verließen den Turm, während Sam auf Tashi wartete. Sie ging zurück zum Aufzug und hob ihren Shekchen auf, bevor auch sie zur Tür ging.

Als sie an Gilgamesch vorbeigehen wollte, legte er ihr eine Hand auf die Schulter. Tashi wirbelte sofort kampfbereit herum, doch Gilgamesch hob die andere Hand in einer beschwichtigenden Geste.

»Der Kampf ist vorbei. Ich wollte dir nur sagen, dass du mich an jemanden erinnerst, den ich vor langer Zeit gekannt habe. Er war ein *Freund*. Ich schließe nicht besonders leicht Freundschaft, aber du hast jetzt einen Freund fürs Leben.«

Tashi verbeugte sich, offensichtlich tief geehrt von dieser Geste. Dann trat sie zu Sam.

»Das war absolut episch«, flüsterte dieser aufgeregt.

Tashi lächelte kaum merklich. »Ja, das war es«, erwiderte sie mit einem Anflug von Stolz, als sie zusammen den Turm verließen.

* * *

Während Niles mit ihnen durch die viel befahrenen Kanäle flitzte, versuchte Vance die Informationen, die er in den letzten Stunden erhalten hatten, auf die Reihe zu bekommen. Zuerst hatte Squishy gesagt, sie würde ihn kennen, und eben hatte Gilgamesch behauptet, er schulde *ihm* einen Gefallen … Das ergab einfach keinen Sinn, vor allem angesichts der Tatsache, dass er doch noch nie in Atlantis gewesen war. Darüber musste er unbedingt mit Phylassos reden, wenn der Greif denn endlich auf seine Kontaktversuche reagierte.

»Für gewöhnlich werden wir vorgewarnt, wenn die Insel die Segel setzt«, maulte Niles, als er gegen die Strömung ankämpfte und über die aufgewühlten Wellen preschte.

»Aber vielleicht hat die Tatsache, dass der Kristall kurz ausgegangen ist, die Sache beschleunigt. Ihr wisst nicht zufällig, was da passiert ist, oder?«

»Leider nein.« Vantana klammerte sich am Geländer der Plattform fest, die wild schaukelte. Niles nickte, doch der Doktor sah ihm an, dass er ihm nicht glaubte.

Minuten später traten die vier mit wackligen Beinen vom Rücken des Wassertaxis auf die Hafenpromenade von Atlantis. Es war wie eine surreale Version des Pier 39 in San Francisco, mit bizarr geformten Booten und bunten Läden, in denen ungewöhnliche Waren verkauft wurden.

»Kannst du uns sagen, wo wir Cletus finden?«, fragte Vance Niles.

»Am Ende dieses Piers«, antwortete er und wies mit seiner langen Schnauze in Richtung des Hauptstegs. »Ihr könnt ihn nicht verfehlen.«

Sie liefen den Steg hinunter, doch als sie am Ende ankamen, war niemand zu sehen.

»Hat Niles nicht gesagt, wir könnten ihn nicht verfehlen?«, fragte Sam.

»Cletus?«, rief Vance.

»Vielleicht ist er schon weg«, vermutete Sam.

»Wenn das so ist, haben wir ein …« Bevor Vance seinen Satz zu Ende bringen konnte, tauchte ein gewaltiges Wesen aus dem Wasser auf und legte seinen Unterkiefer auf den Pier. Der gesamte Steg wackelte dadurch so sehr, dass sich die vier kaum auf den Beinen halten konnten. Bei dem Wesen handelte es sich um einen Wal, einen Blauwal von der Größe eines kleinen Kreuzfahrtschiffs.

»Zwanzig Orichalcum-Münzen für eine Rundfahrt durch die Bucht. Dreißig für die Rundfahrt plus ein Picknick«, brummte der Wal mit tiefer Stimme.

Sam beugte sich zu Vance. »Ist das der Wal, der …«

»Ich gehe mal davon aus«, antwortete Vantana, bevor er sich an das Wesen wandte. »Eine Rundfahrt durch die Bucht interessiert uns nicht. Wir müssen so schnell wie möglich von der Insel runter.«

»Warum?«, fragte Cletus argwöhnisch.

»Wir arbeiten an einem Fall für Phylassos und müssen zum Kap-Hoorn-Nationalpark.« Vance zog einen kleinen Beutel mit Münzen aus der Tasche. »Wir haben 45 Orichalcum.«

»Pff, für die paar Kröten schwimme ich nicht so weit«, sagte der Wal. »Ich bin schließlich kein Wohltätigkeitsunternehmen. Viel Glück.« Damit rutschte er vom Steg zurück ins aufgewühlte Wasser.

»Da!«, rief Iaira und wies den Steg hinauf. Ein Bataillon Skorpionmenschen schwärmte gerade am Ufer aus. Tashi wandte sich ihnen sofort zu und bereitete sich auf einen möglichen Kampf vor.

»Sie riegeln den Hafen ab, bevor die Düsen gezündet werden«, erwiderte Vantana resigniert.

»Was machen wir denn jetzt?«, fragte Iaira den Doktor.

Er zuckte mit den Schultern. Ihm fiel nichts mehr ein. »Falls Gil die Wahrheit gesagt hat, können wir nicht mehr viel tun.«

»Warte mal, ich glaube, ich habe eine Idee«, flüsterte Sam Vance zu. »Spiel einfach mit.« Er ging langsam von dem

Stegende weg, wo Cletus gerade im Wasser untertauchen wollte. »Schade. Diese Runde geht dann wohl an Gilgamesch, Dr. Vantana«, stellte Sam übertrieben laut fest.

Vance begriff sofort, worauf er hinauswollte. »Ja, du hast recht. Der alte Angeber wird sich ins Fäustchen lachen. Ich hasse es, wenn er gewinnt, und der Kerl gewinnt einfach immer.« Aus dem Augenwinkel sah er, dass Cletus angehalten hatte.

»Was soll das heißen, die Runde geht an Gilgamesch?«, fragte der Wal.

»Er versucht, uns auf der Insel festzuhalten«, erklärte Sam. »Die Sache ist kompliziert, aber genau das will er erreichen. Keine Sorge, wir sagen dem Bürgermeister, dass du ihm geholfen hast, uns aufzuhalten. Vielleicht bekommst du eine Medaille oder so.«

»Wenn ich euch von Atlantis wegbringe, ärgert das Gilgamesch?«, hakte Cletus nach.

»Er wird stinksauer sein«, versicherte ihm Vance.

»Ich habe meine Meinung geändert«, erklärte der Wal. »Kommt rein und lasst die Münzen im Sparschwein. Aber Hände weg von den Snacks. So großzügig bin ich nun auch wieder nicht.«

Das gewaltige Tier öffnete sein Maul weit, und Sam stellte verdutzt fest, dass es möbliert war. Über die enorme rosa Zunge wölbte sich eine Brücke aus einem durchsichtigen Material, und in der Mitte der Brücke standen mehrere Sessel, ähnlich Kinosesseln, und ein rechteckiger Metallbehälter. Sam vermutete, dass es sich dabei um einen Kühlschrank handelte. Die vier kletterten ins Maul des Wals und stiegen über die schmale Brücke hinauf zu den Sitzplätzen. Sam knuffte Vance auf dem Weg in die Seite, und der Doktor sagte lautlos: »Gut gemacht.«

»Okay, wir sind bereit«, informierte Sam den Wal, als sie alle saßen.

Cletus hob leicht den Kopf und schloss sein Maul – und sofort versanken sie in vollkommener Dunkelheit. Sam spürte, wie sie vom Dock rutschten. Dann hörte er ein Platschen und spürte, dass sie sich vorwärts bewegten.

Wenige Augenblicke später rief Iaira in die Dunkelheit: »Sprichst du mit mir?« Dann: »Oh, ja.«

»Mit wem redest du?«, fragte Vance leise.

»Mit Cletus. Ich höre ihn in meinem Kopf. Mit uns im Maul kann er schließlich nicht sprechen.«

»Stimmt«, erwiderte Sam. »Kannst du ihn dann per Gedanken-SMS fragen, wie das mit dem Licht hier drin ist?«

»Er kann zwar nicht sprechen, aber er kann dich trotzdem hören.«

»Oh, okay. Gibt es hier drin Licht?«, fragte Sam laut.

»Er sagt, ›wart's ab‹«, übersetzte Iaira.

Plötzlich hörte man Wasser gurgeln, dann erhellten blinkende blaue Lichtpünktchen Cletus' Maul. Das Schimmern war fast überirdisch.

»Ich werd' nicht mehr«, entfuhr es Vance. »Er hat einfach etwas von diesem biolumineszenten Phytoplankton eingesaugt. Diese leuchtenden Mini-Wasserlebewesen.«

Es war immer noch ziemlich düster in dem Maul, aber wenigstens konnten sie einander jetzt schemenhaft erkennen. Dann war plötzlich ein vibrierendes Geräusch zu hören und ein anderes Licht erhellte den Raum.

»Ist das etwa dein Handy?«, fragte Sam ungläubig und wies auf Vantanas Tasche.

»Das ist seltsam. Ich gebe diese Nummer eigentlich niemandem.« Irritiert zog er das Teil heraus und drückte auf die Sprechtaste. »Hallo?«

»Guten Tag, haben Sie sich nach dem Model auf dem Foto in einem unserer Bilderrahmen erkundigt?«, fragte eine weibliche Stimme.

Vantana reichte Sam sein Handy. »Es ist für dich. Die Bilderrahmenfirma.« Es waren gefühlte hundert Jahre vergangen, seit Sam bei der Firma, die die Rahmen herstellte, nach dem Foto seines Vaters gefragt hatte.

»Hallo?« Sam war mit einem Mal ganz aufgeregt.

»Tut mir leid, dass wir erst jetzt zurückrufen.«

Auch Vance hörte die Frau sprechen, da ihre Stimme in Cletus' Maul widerhallte.

»Ich wollte … mich … scho… viel frü… melden.« Die Worte kamen ganz abgehackt aus dem Lautsprecher.

»Ja, hallo? Hallo?«, flehte Sam. »Ich habe gleich kein Signal mehr!«

»Na ja, wir befinden uns in einem Wal mitten im Ozean. Ich kann mir nicht vorstellen, dass hier irgendwo ein Handymast in der Nähe ist«, meinte Vance.

»Cletus hat gerade eine Nachricht geschickt«, mischte Iaira sich ein. »Er mag es nicht, wenn Passagiere während der Fahrt ihre Handys benutzen. Er bekommt Migräne davon. Gegen Bücherlesen hat er aber nichts. Die in Papierform, versteht sich.« Sam legte den Finger auf die Lippen und drückte das Handy fest ans Ohr, damit ihm nur ja nichts entging. Vantana schnappte von dem, was die Frau am anderen Ende sagte, nur Wortfetzen auf. Es ging wohl irgendwie um Datenschutz.

»Ich muss nur wissen, ob er Marshall London heißt«, rief Sam. Es kam keine Antwort. Er nahm das Handy vom Ohr und Vance sah, dass »Anruf fehlgeschlagen« auf dem Display stand.

»Na, super! Einfach super!«, jammerte Sam.

»Keine Bange, Kleiner, wir können doch später zurückrufen«, versuchte der Doktor ihn zu beruhigen.

»Ja, ja. Was soll's«, murmelte Sam geknickt und gab Vance das Handy zurück.

»Ich weiß, es ist frustrierend, aber wir sollten uns alle einfach mal entspannen und ein bisschen ausruhen. Das haben wir echt dringend nötig. Das gilt auch für dich, Tashi«, fügte Vance hinzu, als er merkte, dass die Wächterin protestieren wollte.

»Okay«, erwiderte Sam. »Aber zuerst sagst du mir, wieso wir zum Kap-Hoorn-Nationalpark unterwegs sind. Liegt dort der zweite heilige Punkt?«

»Nein, aber dort gibt es einen Weg, über den wir zum zweiten Punkt gelangen.«

»Und wo liegt der?«, fragte Iaira.

»An einem der kältesten, unheimlichsten Orte dieser Erde. Unter den Blut-Wasserfällen.«

Kapitel 10

DIE BLUT-WASSERFÄLLE

SL002-130-50
Quelle: BD
Datum [redacted]

Der Nationalpark Kap Hoorn ist etwas Besonderes, denn er ist der südlichste Nationalpark der Welt. Er besteht aus einer zu Chile gehörenden Inselgruppe am südlichsten Zipfel Südamerikas. Der Park bietet Lebensraum für mehrere bedrohte Tierarten sowie für diverse mythische Wesen aus den umliegenden Kulturen. Der Park wurde zum Biosphärenreservat ernannt, weshalb die gesamte Flora und nicht magische Fauna speziellen Schutz genießen. Obwohl das chilenische Landwirtschaftsministerium eine private Organisation mit der Verwaltung der Nationalparks des Landes beauftragt hat, sind in diesem Teil der Welt die Ngen die wahren Herren der Natur. Ngen sind Wesen aus der Mythologie der Mapuche, eines Ur-Volks Patagoniens, wie die südliche Region Südamerikas genannt wird. Die Ngen arbeiten undercover in den Parks als Ranger und helfen, die magischen und nicht magischen Tiere sowie ihre natürlichen Lebensräume zu schützen.

Sam London wurde in seinem Sitz wach gerüttelt, als Cletus mit einem Ruck anhielt. Kurz darauf öffnete der Wal sein riesiges Maul. Grelles Tageslicht strömte herein, und als Sams Augen sich endlich daran gewöhnt hatten, sah er, dass der Wal auf einem schmalen Sandstreifen angelegt hatte. Noch etwas verschlafen, erhob sich Sam und ging mit Vance, Tashi und Iaira hinaus.

Sobald alle draußen waren, dankten sie dem Wal und verabschiedeten sich. Das riesige Tier zitterte und konnte es kaum erwarten, in wärmere Gewässer zurückzukehren. Von der Felsenküste aus beobachteten sie, wie Cletus in den Ozean zurückrobbte und davonschwamm.

»Tja, die Fahrt im Bauch eines Wals kann ich jetzt immerhin von meiner Wunschliste streichen«, meinte Vance.

Iaira wies auf das Meer. »Ist das der Südliche Ozean?«

Vantana schüttelte den Kopf. »Nicht direkt. Der Südliche Ozean beginnt noch ein Stück weiter südlich.«

»Und was machen wir dann hier?«, fragte Sam.

»Das wüsste ich auch gerne, Dr. Vantana«, ertönte eine Stimme hinter ihnen.

Tashi wirbelte herum, ihren Shekchen angriffsbereit vor sich.

Vance machte eine beruhigende Handbewegung. »Er ist ein Freund.«

Der »Freund« war ein großer, schlanker Mann in einer Uniform, die denen der amerikanischen Park-Ranger ähnelte. Er hatte braune Haut und dunkle Augen und langes dunkles Haar, das unter dem breitrandigen Ranger-Hut hervor offen über seine Schultern fiel. Sam fand, dass er etwas Überirdisches an sich hatte, als wäre er nicht wirklich aus Fleisch und Blut. Er schien zu flimmern, je nachdem, in welchem Winkel die Sonne auf ihn traf.

»Antinanco, entschuldige bitte, dass ich unseren Besuch nicht vorher angemeldet habe.« Vance trat vor und senkte den Kopf. Antinanco tat dasselbe.

»Eine ungewöhnliche Art zu reisen, so viel steht fest«, bemerkte der Mann und wies aufs Wasser.

»Das kannst du laut sagen. Wir sind hier, weil wir deine Hilfe brauchen. Das ist Prinzessin Iaira von Ta Cathair, und wir versuchen, sie nach Hause zurückzubringen. Leider führt uns der Weg direkt durch die Blut-Wasserfälle.«

»Ihr braucht also ein Transportmittel«, schlussfolgerte Antinanco.

»Darauf läuft es hinaus, ja«, bestätigte Vance.

»Und wenn ich euch davon abrate, an diesen Ort zu reisen?«, fragte der chilenische Guardian.

»Ich schätze deine Besorgnis, aber wir haben im Moment leider keine Wahl.«

Antinanco nickte. »Dann folgt mir.« Damit drehte er sich um und ging auf einen dichten Wald zu.

Tashi blieb am Ufer stehen. »Ich wüsste gern, wohin wir

gehen, Dr. Vantana. Es ist meine Aufgabe, Sam London zu beschützen, und das kann ich nicht tun, solange ich nicht weiß, wohin wir unterwegs sind und welche Gefahren uns möglicherweise am Ziel erwarten.«

»Das verstehe ich«, erwiderte Vance. »Wir folgen dem Hinweis des ersten heiligen Punkts zu den Blut-Wasserfällen im Südlichen Ozean, den man auch Südpolarmeer, Antarktischer Ozean oder Antarktik nennt. Die Wasserfälle fließen vom Taylor-Gletscher aus in den Bonneysee und genau das ist unser nächstes Ziel.«

»Antarktika?« Sam begann schon bei dem Gedanken daran zu frieren.

Vance nickte. »Das Einzige, wovor du Sam hoffentlich beschützen musst, sind Frostbeulen«, ergänzte er an Tashi gewandt. »Und jetzt legen wir besser einen Zahn zu. Antinanco besorgt uns ein Transportmittel und wir wollen ihn nicht warten lassen.« Vance ging mit Iaira voraus. Sam schaute Tashi an und zuckte mit den Schultern, dann setzte auch er sich in Bewegung. Als er sich umschaute, war die Wächterin direkt hinter ihm.

»Und *wie* genau kommen wir da hin?«, fragte Sam Vance neugierig. Mit Blick auf Iaira erklärte er: »Ich bin schon mit einer U-Bahn gereist, die von Zwergen gebaut wurde, auf einem mythischen Riesenvogel, durch einen Krater mit Stinktieraffen, auf einem Loch-Ness-Taxi und im Maul eines riesigen Wals. Bei Dr. Vantana weiß man nie, wie man von einem Ort zum anderen kommt.« Als er Vance wieder anschaute, grinste dieser schief. »Also, was ist es dieses Mal? Reiten wir auf dem Rücken eines mongolischen Todeswurms?«

»Nein. Dieses Mal ist es ein Drache«, antwortete Vantana sachlich.

»Ein Drache? *Echt?*«, fragte Sam aufgeregt. Der Doktor nickte und Sam reckte die Faust in die Luft. Er wollte schon immer einen echten Drachen sehen. Er heftete den Blick auf die Lichtung, die ein kurzes Stück vor ihnen lag. Was würde er wohl gleich sehen? Seine Spannung wuchs von Sekunde zu Sekunde. Doch als sie aus dem Wald traten, war da keine Spur von dem versprochenen Drachen. Stattdessen sah er eine lange, schmale Startbahn und ein graues Doppeldecker-Flugzeug mit zwei Propellern, das aussah, als gehörte es in ein Museum. Antinanco stand neben dem Flugzeug und schien gerade die Geräte zu checken. Vance war schon auf dem Weg zu ihm, als Sam ihn einholte.

»Wo ist der Drache?«, wollte er wissen. »Fliegen wir mit dem Flugzeug zu ihm?«

Vance wies auf das Flugzeug. »Das *ist* der Drache«, erklärte er augenzwinkernd. »Es ist eine de Havilland DH.84 Dragon.«

Sam seufzte. »*Damit* fliegen wir nach Antarktika? Das Ding sieht *steinalt* aus.«

»Es ist eine Originalmaschine von 1932. Kannst du dir das vorstellen? Und immer noch bestens in Schuss, wenn man ihr Alter bedenkt.«

»Ich bin bisher immer in Privatflugzeugen geflogen … Das da sieht aus wie eine Todesfalle«, stellte Iaira beklommen fest.

»Auch ich finde es nicht sehr vertrauenerweckend«, bemerkte Tashi.

»Ihr müsst euch einfach alle mal ein bisschen entspannen«, erwiderte der Doktor. »Es ist vollkommen sicher. Glaubt mir.«

»Moment noch … Wie weit ist es denn bis zu den Blut-Wasserfällen?«, wollte Sam wissen.

»So um die 3000 Meilen.«

»Und wie schnell fliegt das Ding?«

»Etwa 120 Meilen die Stunde.«

Sam rechnete rasch im Kopf aus. »Das sind 25 Stunden … in *diesem* Teil?« Sams Bedenken wuchsen. Vantana erwiderte nichts darauf. Er lächelte nur und ging weiter auf das Flugzeug zu. Sam folgte etwas langsamer.

Im Gegensatz zu den meisten Doppeldeckern mit Propellerantrieb, die Sam auf Bildern und in Filmen gesehen hatte, schien die Kabine hier gerade groß genug für die vier plus den Piloten zu sein. Er strich mit der Hand über den Rumpf des Flugzeugs. Es war nicht nur alt, sondern fühlte sich auch so an, doch was noch schlimmer war: Es schien nicht aus Metall zu sein.

»Woraus ist das Ding denn gemacht?«, fragte er.

»Holz«, antwortete Antinanco.

Sams Blick schnellte sofort zu Dr. Vantana, der die Kabinentür aufhielt und darauf wartete, dass Sam, Tashi und Iaira an Bord gingen.

»Wir fliegen in einem Holzflugzeug zum Südpol?«

»Selbstverständlich«, erwiderte Vance. »Antinanco ist ein Ngen. Diese Wesen sind die Herren des Waldes, deshalb bevorzugt er Holz. Und jetzt steigt ein. Wir verlieren hier wertvolle Zeit.«

»Ich verliere lieber hier unten Zeit als da oben mein Leben«, entgegnete Sam und wies zum Himmel.

»Wie schon gesagt: Ihr müsst mir einfach vertrauen. Und jetzt steigt ein«, verlangte Vance.

Sam betrachtete den Doktor eine ganze Weile, bevor er endlich in die enge Kabine kletterte. Die anderen folgten seinem Beispiel. Als sie sich auf den abgewetzten Sitzen anschnallten, begannen die Propeller bereits zu rotieren. Antinanco lenkte das Flugzeug die Startbahn hinunter, beschleunigte und hob dann ab. Das Flugzeug ruckelte und wackelte und schwankte von rechts nach links, während es beständig an Höhe gewann.

»Weißt du, Sam, wir brauchen nicht das schnellste Flugzeug, um schnell an unser Ziel zu kommen, sondern das langsamste«, rief Vance über den Motorenlärm.

Sam schaute ihn von der Seite her an. *Was redet er da?*

Der chilenische Guardian warf einen kurzen Blick zu Vantana. »Seid ihr bereit?« Der Doktor gab mit dem Daumen das Okay-Zeichen. Sam beobachtete, wie ihr Pilot eine Hand vom Steuerknüppel nahm und sie gegen das Dach des Cockpits presste. Von seinen Fingerspitzen ging eine Welle schimmernder Energie aus und breitete sich über den Flugzeugrumpf aus wie die Wellen, die ein Stein in stillem Wasser erzeugt.

Was dann geschah, hatte Sam noch nie zuvor erlebt. Die Welt wurde immer langsamer, bis er das Gefühl hatte, sie käme ganz zum Stillstand. Das Flugzeug bewegte sich nicht mehr. Sam schaute aus dem Fenster und sah, dass die Erde unter ihm ebenfalls stillstand. Doch dann begann sie sich urplötzlich schnell zu drehen. Sehr schnell. Wind und Wolken stoben mit beängstigender Geschwindigkeit am Fenster vorbei, aber Sam hätte schwören können, dass das Flugzeug in der Luft immer noch fest am selben Platz stand.

»Was passiert da gerade?«, fragte er. Kein Propellergeräusch war mehr zu hören. »Bewegen wir uns noch?«

»Die Erde bewegt sich, wir nicht«, antwortete der Doktor. »Die Ngen sind nicht ganz von dieser Welt. Sie sind so eine Art Geister und brauchen sich deswegen nicht um die physikalischen Gesetze zu kümmern. Sie beherrschen eine Magie, die es diesem Flugzeug erlaubt, in der Luft stehen zu bleiben.«

»Dann schweben wir also an einem fixen Punkt in der Luft und die Erde dreht sich unter uns weiter?«

Vance nickte. »Die Erde und die Atmosphäre bewegen sich immer noch mit ungefähr 1000 Meilen pro Stunde weiter, aber dank Antinanco können wir einfach hier sitzen und sie unter uns vorbeiziehen lassen.«

»Wir sind schnell, weil wir langsam sind?«

»Wir sind schnell, weil wir stillstehen«, korrigierte Vance.

»Das ist eindeutig meine liebste Art zu reisen«, erklärte Sam. Vance lächelte, zog dann seinen Hut über die Augen und versuchte etwas zu schlafen.

SL002-130-60

Quelle: BD

Datum: [redacted]

Der Taylor-Gletscher liegt eingebettet in einem Tal in der Antarktis und ist eine sich eigenständig bewegende Eismasse, die in den Bonneysee fließt, einen eisbedeckten Salzwassersee. Dort, wo See und Gletscher aufeinandertreffen, liegen die Blut-Wasserfälle. Sie wurden 1911 entdeckt und sehen genauso aus, wie ihr Name vermuten lässt, aber natürlich fließt hier Wasser und kein Blut. Die rote Farbe ist ein wissenschaftliches Phänomen, das von dem See unter dem Gletscher herrührt. Er enthält eine hohe Konzentration an Eisen und Salz, wobei das Salz dafür verantwortlich ist, dass das Wasser fast nie gefriert. Sobald das eisenhaltige Salzwasser an die Oberfläche tritt und mit dem Sauerstoff der Luft in Berührung kommt, oxidiert es und bildet rote Partikel, sodass es aussieht wie Blut. Durch das weiße Eis der Umgebung wirkt das Phänomen noch beeindruckender und geheimnisvoller.

Antinanco berührte die Cockpitdecke erneut mit der Hand, und Vance Vantana spürte, wie der »Drache« sich mit einem Ruck wieder der Erdrotation anpasste. Die Propeller röhrten wieder und das Flugzeug ruckelte und schaukelte. Der Doktor blickte aus dem kleinen Fenster auf die fremdartige Eislandschaft unter ihnen. Es war ein kalter, unwirtlicher Ort und Vance hoffte, dass ihr Besuch hier sowohl erfolgreich als auch kurz werden würde. *Tashi hatte recht*, dachte er.

Sie kann Sam nicht wirklich beschützen, ohne zu wissen, was auf sie zukommt. Das Problem war nur, dass Vantana selbst keine Ahnung hatte, womit sie hier rechnen mussten. Er war nervös und unsicher – ein Gefühl, wie wenn man über Eis geht –, und genau das würde er jetzt tun müssen.

Antinanco landete das Flugzeug mithilfe von Skiern auf dem Taylor-Gletscher. Nachdem alle ausgestiegen waren, öffnete der Ngen einen Seesack und verteilte schwere Winteranoraks mit Kapuzen an die Gruppe, um die extreme Kälte abzuhalten. Iaira protestierte gegen den Stil und die Farbe, überlegte es sich jedoch schnell anders, als die erste eisige Windböe ihr ins Gesicht blies. Tashi war die Einzige, die an dieses Klima gewöhnt zu sein schien, aber sie war ja schließlich auch im Himalajagebiet aufgewachsen. Das Wetter war ruhig, auch wenn die Temperaturen weit unter dem Gefrierpunkt lagen. *Ein gutes Zeichen*, dachte Vance.

Antinanco zog ihn diskret zur Seite. »Ich habe gehört, dass es hinter dem Wasserfall eine Höhle gibt. Die Dvergen haben sie damals aus dem Eis gehauen, als sie hier eine U-Bahn-Station bauen wollten. Kurz nach Beginn der Bauarbeiten wurde das Projekt allerdings wieder aufgegeben.«

»Wieso das?«, fragte Vantana leise.

»Wir sind hier in Antarktika«, antwortete Antinanco in einem Ton, der nichts Gutes verhieß.

Der Doktor nickte. Er wusste, was der Ngen damit sagen wollte. Es kursierten Geschichten über Antarktika, Geschichten über mythische Wesen, denen Vance lieber niemals begegnen wollte. Die japanischen Mythen erzählten von furchterregenden Meeresungeheuern, genannt Ningen, die sich hier angesiedelt hatten. Das IMW hatte sie katalogisiert und ihre Existenz anerkannt, doch kein Magic Guardian war je mit den Kreaturen in Berührung gekommen, aus dem einfachen Grund, weil es für das IMW bis jetzt noch keinen Anlass gegeben hatte, jemanden nach Antarktika zu schicken. Das war also ein weiterer Unsicherheitsfaktor, den Vance auf diesem Teil ihrer Mission einkalkulieren musste.

»Bis bald«, verabschiedete er sich von Antinanco. Dieser nickte und stieg wieder ins Flugzeug, um dort auf sie zu warten. »Lasst uns in die Höhle gehen und nach dem Hinweis auf den nächsten heiligen Punkt suchen. Sobald wir ihn gefunden haben, verschwinden wir wieder aus dieser überdimensionalen Eisbude, und zwar zackig«, bestimmte Vance. »Wir bleiben dicht beieinander und berühren nichts, das nicht unbedingt berührt werden muss. Verstanden?«

Sam, Iaira und Tashi nickten.

Hand in Hand gingen sie langsam und vorsichtig auf den Wasserfall zu. Gletscher waren trügerisch glatt, und oft gab es große Spalten, in die unvorsichtige Wanderer hineinfallen konnten. Der Taylor-Gletscher war aufgrund seines geologischen Ursprungs relativ eben, doch Vance wusste, dass seine gläserne, blau schimmernde Oberfläche deshalb besonders rutschig war. Alle außer Tashi fielen auf dem Weg mindestens einmal hin.

Ein paar eiskalte Minuten später erreichte die Gruppe den Wasserfall und Vance stand vor einem neuen Dilemma. Normalerweise lagen die U-Bahn-Stationen der Dvergen *hinter* einem Wasserfall. Selbstverständlich gab es Ausnahmen, doch die Frage war: Wo hatten die Dvergen hier wohl den Eingang hin gebaut? Die Blut-Wasserfälle waren schließlich alles andere als fließende Wasserfälle. Es war viel mehr eine dickflüssige, mit Eis durchsetzte Masse Salzwasser, die die Gletscherwand herunterquoll. Nicht gerade einladend zum Hindurchgehen. Da entdeckte Vance rechts vom Wasserfall eine Spalte, die die richtige Größe für eine Tür zu haben schien. Langsam näherte er sich der eisigen Wand und sprach die Worte der Dvergen. Die Tür öffnete sich mit einem Klicken – nur war sie leider nicht in der Spalte, sondern genau in der Mitte des Wasserfalls.

Rotes Salzwasser tropfte vom Sims über der schmalen Öffnung, und als sie einer hinter dem anderen durchgingen, waren ihre Kapuzen und Jacken sofort voller Flecken von der rostigen Flüssigkeit. Iaira bekam das meiste ab, als eine Ladung halb gefrorener Matsch genau in dem Moment von oben herunterkam, als sie über die Schwelle trat. Es schob ihr die Kapuze vom Kopf und ein Schwall rotes Eiswasser floss über ihr Gesicht. Sie kreischte und Vance zog sie schnell weiter. Sie zitterte, und das nicht vor Kälte. Die Vision, die sie im Atlasturm gehabt und beschrieben hatte, war schließlich gerade Wirklichkeit geworden.

Vance sah ihr fest in die Augen und versuchte sie zu beruhigen. »Es ist kein Blut, vergiss das nicht. Nur gefärbtes Wasser.«

Sie nickte und ging weiter.

Zum Glück war es drinnen etwas wärmer, wenn auch nicht viel. Lichter gingen flackernd an, und Vance war froh, dass die Dvergen mit dem Bau wenigstens bis zu den Lampen gekommen waren. Er führte die anderen durch einen schmalen Gang zu einer Treppe. Am Fuß der Treppe war eine große Höhle, wo wohl normalerweise der eigentliche Bahnhof gewesen wäre. Eine Art Bahnsteig gab es zwar, aber keine Bahn. Der unfertige Tunnel war mit sandigem Brackwasser gefüllt, das fast so hoch stand wie der Bahnsteig und wahrscheinlich vor Mineralien und Mikroorganismen nur so wimmelte.

Sam sah sich um. »Und was jetzt?«

»Vielleicht hat das da etwas damit zu tun.« Iaira wies auf eine Höhlenwand, die aus Eisen zu bestehen schien. In der Wand waren mehrere kleine, runde Löcher. Tashi gab allen ein Zeichen zurückzubleiben, während sie näher herantrat. Sie betrachtete die Löcher, griff dann in eines hinein und zog einen kleinen braunen Gegenstand heraus.

»Was ist das?«, fragte Vantana. Von da, wo er stand, konnte er es nicht erkennen.

Tashi roch daran und hob die Augenbrauen. »Ich glaube, es ist eine Haselnuss.«

»Das ist seltsam«, bemerkte Sam. »Wachsen Haselnüsse denn in Antarktika?«

»In Antarktika wächst überhaupt nichts«, antwortete der Doktor. Er betrachtete die Löcher und trat dann noch einen Schritt weiter zurück, um sich einen besseren Überblick zu verschaffen. »Sieht das für euch auch wie ein Fisch aus?«, fragte er die anderen. Tatsächlich schienen alle Löcher zusammen die Umrisse eines Fisches zu bilden.

»Ja«, bestätigte Iaira. »Das *ist* ein Fisch.«

»Ist in jedem Loch eine Haselnuss?«, fragte Sam Tashi.

Die Wächterin nickte. »Es sieht so aus.«

In Vantanas Kopf nahm eine Idee Gestalt an. »Moment mal … wie viele Haselnüsse sind es denn?«

Alle begannen zu zählen, doch Tashi hatte die Antwort als Erste.

»Neun. Diese Zeichnung besteht aus neun Punkten oder Löchern mit insgesamt neun Haselnüssen. Ist das von Bedeutung, Dr. Vantana?«

»Und ob es das ist. In der irischen Mythologie gibt es ein altes Volksmärchen von einem Wesen, das neun Haselnüsse aß und dadurch klug wurde. Richtig klug.«

»Was für ein Wesen denn?«, wollte Sam wissen.

»Die Zeichnung sagt es uns doch.« Vance wies auf die Wand.

»Ein Fisch?«, fragte Iaira.

»Ein Fisch«, bestätigte Vance. »Ein Lachs, um genau zu sein. Der allwissende Lachs. Es gibt nur eines, das schlimmer ist als jemand, der glaubt, alles zu wissen, und das ist ein Lachs, der tatsächlich alles weiß.«

»Dann ist der Lachs der dritte heilige Punkt auf unserer Reise?«, fragte Sam.

Der Doktor zuckte mit den Schultern. »Entweder das, oder er weiß, wo der Punkt ist. So oder so, lasst uns hier schnellstens wieder verschwinden.« Er hatte das Gefühl, beobachtet zu werden.

Sie gingen zur Treppe zurück, doch auf halbem Weg stellte sich Tashi mit einem Satz vor sie. Sie ließ ihren Shekchen herumwirbeln und fing damit einen langen, spitzen Speer aus der Luft. Das laute Scheppern, mit dem er auf den Boden fiel, hallte durch die ganze Höhle. Mit einem Satz war Tashi an der Stelle, von wo der Speer abgefeuert worden sein musste, lud ihren Shekchen auf und machte sich kampfbereit, doch da war nichts.

Vantana betrachtete den Speer und stellte fest, dass er goldfarben war. *Na super*, dachte er. Er hatte gehofft, dass die Botschaft im Atlasturm mehr Legende war als tatsächliche Warnung, besonders was den goldenen Wolf betraf. Doch jetzt war klar, dass dem nicht so war, und das bedeutete, dass die Sache mächtig kompliziert wurde … und gefährlich. So viel zu einem schnellen Abgang.

»Lass uns erst mal darüber reden, Millalobo«, rief der Doktor. Er erhielt keine Antwort.

»Wer ist Millalobo?«, wollte Sam wissen.

Vantana bedeutete ihm mit einer Geste, still zu sein. Dann versuchte der Doktor es erneut, dieses Mal in leicht abgeändertem Wortlaut: »König Millalobo, bitte gewähre uns eine Audienz.« Vantana hatte es eigentlich nicht so mit Pomp und Titeln, aber Millalobo war nun mal König einer Herrscherfamilie mythischer Wesen aus der Chilote-Mythologie. Und tatsächlich, mit der höflichen Ansprache klappte es. Das Wasser in der Höhle begann sich zu kräuseln und langsam tauchte das Wesen auf.

Seine untere Hälfte war die eines Seelöwen, die obere die eines Menschen. Doch sein Gesicht hatte lange Barthaare, schwarze Knopfaugen und silbrig graue Haut. Der Rest seines Körpers war von golden schimmernden Haaren bedeckt – daher sein Name: Millalobo oder »goldener Wolf«. Er sah sich als Herr der Meere und Beschützer aller Wasserwesen. Doch im Gegensatz zu Cernunnos tat Millalobos das nicht aus Selbstgefälligkeit oder Arroganz. Er entstammte einer Herrscherfamilie und glaubte deshalb, für den Schutz seines Reiches verantwortlich zu sein.

»Guardian Vantana.« Die Stimme des goldenen Wolfs klang ein wenig gurgelnd. Außerdem dehnte er die jeweils letzte Silbe seiner Worte einen Tick zu lang. »Es ist mir ein Vergnügen.«

»Ein Vergnügen? Nach Vergnügen sah es aber nicht aus, als du noch vor einer Sekunde einen Speer nach mir geworfen hast.«

»Der galt nicht *dir*, Guardian. Ihr könnt gehen, du, der Junge und die Wächterin.«

»Du hast Iaira vergessen«, entgegnete Vance. »Sie kommt mit uns.«

»Nein«, erwiderte Millalobo sachlich. »Sie hat ihr Volk verraten und muss dafür bestraft werden.« Vance stellte sich instinktiv zwischen Iaira und den goldenen Wolf und Tashi und Sam bauten sich neben ihm auf.

»Sie hatte einen Unfall … und wusste nicht mehr, wer sie ist«, erklärte Sam dem König. »Wir wollen sie nach Hause bringen.«

»Sie hat ihr Königreich im Stich gelassen und verdient es nicht zurückzukehren.«

»Jetzt warte mal eine Sekunde«, bat Vance. »Sie hat niemanden im Stich gelassen. Das ist alles nur ein riesengroßes Missverständnis.«

»Vielleicht auch nicht«, kam eine Stimme von hinten. Es war die von Iaira.

»Was meinst du damit?«, fragte Sam leise.

»Ich glaube, Millalobo hat recht. Ich erinnere mich … dass ich weggeschwommen bin.« Iaira wirkte verwirrt und nachdenklich. »Ich *habe* sie im Stich gelassen.«

»Sie hat ihre Stadt dem Chaos überlassen, als man sie dort am meisten brauchte«, erklärte Millalobo. »Es muss Gerechtigkeit hergestellt werden.«

»Aber doch nicht so«, widersprach Vance. »Wir sind auf einer Mission für …«

»Den Greifen. Ja, ich weiß. Aber er ist *hier* nicht zuständig. Sondern ich und ich befinde dich, Iaira, für schuldig in allen Anklagepunkten. Hochverrat gegen deine Art, Hochverrat gegen deine Stadt, Hochverrat gegen deine Königin, Brechen eines königlichen Schwurs …«

Während Millalobo Iairas Verbrechen auflistete, wurde Vance klar, dass sie diese Höhle nicht ohne einen Kampf verlassen würden – einen Kampf, den sie wahrscheinlich nicht gewinnen konnten. Doch da kam ihm eine Idee. Er hatte immer noch den atlantischen Kristall in der Tasche. Ganz langsam zog er ihn heraus und hielt ihn so, dass er Tashi möglichst nah war. Die Wächterin bemerkte es, erkannte sofort, was er vorhatte, und wechselte ihren Shekchen in die Hand, die näher beim Kristall war. Iaira war inzwischen nach vorn getreten, und Millalobo zählte emsig all die vielen Arten magischer Wesen auf, die die Prinzessin verraten hatte. Zum Glück war er davon so abgelenkt, dass er nicht merkte, wie die Energie Gaias durch den Shekchen fuhr und den Kristall auflud. Der goldene Wolf beendete gerade seine Anklagerede, als der Kristall seine volle Kapazität erreicht hatte.

»Iaira von Ta Cathair, für deine Verbrechen wird dir dein Titel aberkannt und du wirst zum Tode verurteilt!«, bellte das Wesen und hob seinen Speer.

»Ich glaube, wir legen Berufung ein«, erklärte Vance und zielte mit dem Kristall auf Millalobo. Der König hatte keine Zeit zu reagieren. Die Energie schoss aus dem Kristall und direkt in Millalobo hinein. Er wurde nach hinten geschleudert und krachte mit voller Wucht in die eiserne Wand. Dann tauchte er ins Wasser ein und verschwand unter der Oberfläche. Der Kristall schrumpfte, während er die Energie ausstieß, bis nichts mehr von ihm übrig war.

So viel dazu, dachte Vance. »Los, kommt!«, brüllte er. Tashi und Sam liefen die Treppe hinauf, doch Iaira zögerte. Vance ergriff ihre Hand. »Beweg dich, Prinzessin!«

»Warum bin ich weggeschwommen?« Die wiedergefundene Erinnerung machte ihr offenbar wirklich zu schaffen.

»Ich weiß es nicht, aber wenn du hierbleibst und stirbst, wirst du es nie herausfinden.« Sie nickte langsam und folgte ihm dann die Treppe hinauf.

Während sie zum Ausgang der U-Bahn-Station zurückliefen, hörte Vance, wie Millalobo unten wieder aus dem Wasser auftauchte und ein wütendes Gebrüll ausstieß. Dabei war die Lautstärke weniger beängstigend als das, was er rief.

»Ningen!«, brüllte er, und der Name hallte wie Glockengeläut in der Höhle wider.

Kapitel 11

Gegen den Strom schwimmen

Die Monster, die aus dem zugefrorenen See unterhalb der Blut-Wasserfälle auftauchten, gehörten zu den unheimlichsten, die Sam je gesehen hatte. Als er und die anderen zurück auf den Gletscher traten und, so schnell es das glitschige Eis erlaubte, zum Flugzeug liefen, erhaschte er einen Blick auf die mythischen Ningen. Sie waren schneeweiß, hatten schwarze Augen, keinen sichtbaren Mund, lange Beine und Arme mit schmalen, klauenartigen Fingern. Dutzendweise stiegen sie aus dem Eis, das den Wasserfall umgab, und hievten sich auf den Gletscher.

»Lass die Motoren an!«, brüllte Vance Antinanco zu. Dieser wartete wie versprochen immer noch im Flugzeug. Sam sah, wie die Propeller sich zu drehen begannen.

Die Ningen holten bereits auf. Sie sprangen und schlitterten über das Eis, als sie hungrig ihre Beute verfolgten. Tashi schoss mehrere Energiestrahlen auf die Bestien ab, was diese jedoch kaum bremste. Eine der Kreaturen setzte sich von den anderen ab, und es gelang ihr, gefährlich dicht an

Iaira heranzukommen. Sie wollte sich gerade auf sie stürzen, als Tashi sie mit einer Ladung aus ihrem Stab zurückwarf. Das Monster wurde in die Horde geschleudert und alle purzelten übereinander. Doch sie kamen rasch wieder auf die Beine und nahmen erneut die Verfolgung auf.

Vance erreichte das Flugzeug als Erster und riss die Kabinentür auf. »Los! Los! Los!«, brüllte er Antinanco zu.

Dieser drückte den Steuerknüppel nach vorn. Sam hatte kaum die Hand an der Kabinentür, als Vance ihn schon hineinschob. Iaira stolperte als Nächste herein, gefolgt von Tashi. Vantana hing noch außen am Flugzeug, als es schon abhob. Doch auch die Ningen hatten einen Zahn zugelegt und in der letzten Sekunde machte einer von ihnen einen Satz auf das Flugzeug zu. Der Doktor stieß einen kurzen Schrei aus, als das Monster seinen Fuß packte. Er versuchte, es abzuschütteln, doch in diesem Moment brach das mundlose Gesicht auf. Zum Vorschein kamen rasiermesserscharfe Zähne, die der Ningen mit aller Kraft in Vantanas Stiefel schlug.

Sam griff nach unten und erwischte einen von Vantanas Schnürsenkeln. In aller Eile löste er ihn, bis der Stiefel halb offen und so lose war, dass er vom Fuß rutschte, als Vantana sein Bein heftig schüttelte. Der Ningen plumpste mit dem Schneestiefel im Mund zurück auf die Erde.

»Danke, Kleiner«, keuchte der Doktor.

»Gerne«, erwiderte Sam stolz.

Antinanco setzte den »Drachen« auf Kurs zur nächstgelegenen Dvergen-U-Bahn-Station im Fiordland-Nationalpark in Neuseeland. Als sie sich alle wieder einigermaßen gefasst hatten und die Erde unter ihnen dahinwirbelte, erzählte ihnen Vance den Mythos vom allwissenden Lachs.

»Wie ihr ja schon wisst, hat der Lachs sein Wissen durch die Haselnüsse bekommen. Aber das ist nicht der bekannteste Teil der Geschichte. Einem Krieger namens Fionn Mac Cumhaill soll es nämlich gelungen sein, den Lachs zu fangen. Der Legende nach hat er den Fisch gekocht und gegessen, um sich sein Wissen anzueignen.«

»Aber das ist nicht das, was wirklich passiert ist?«, vermutete Sam, als Antinanco den Landeanflug einleitete.

Vance schüttelte den Kopf. »In Wirklichkeit hat der Lachs um sein Leben gefeilscht und Fionn angeboten, sein Wissen mit ihm zu teilen. Dem Lachs kräuseln sich heute immer noch alle Schuppen, weil er nicht mehr der einzige Allwissende auf der Welt ist, sondern diesen Titel jetzt mit einem Menschen teilen muss.«

Nach der Landung in Neuseeland dankten die vier Antinanco für seine Hilfe und bestiegen eine Dvergen-U-Bahn zum Killarney-Nationalpark in Irland, wo der Lachs jetzt leben sollte. Nachdem sie den dortigen Bahnhof hinter dem Torc-Wasserfall verlassen hatten, wanderten sie einen Fluss entlang, bis sie zu einem großen See kamen, den Vance als den Muckross-See identifizierte.

Sam war vollkommen erschöpft, als sie endlich das Ufer erreichten, und ließ sich auf einen Felsbrocken fallen. »Und jetzt?«, fragte er. »Wie finden wir diesen Lachs?«

»Das kommt darauf an. Iaira, kannst du mir sagen, wie hoch der Sauerstoffgehalt der Atmosphäre auf dem Mars ist?«

Sam blickte verdutzt zu ihm auf.

Auch Iaira war vollkommen verdattert. »Wie bitte?«

»Kannst du mir sagen, wie hoch der Sauerstoffgehalt der Atmosphäre auf dem Mars ist?«, wiederholte Vance mit fester Stimme. »Ja oder nein?«

»Nein. Aber was hat das mit …«, begann sie.

Vance unterbrach sie. »Tashi, wie hieß das Pferd, das das allererste Kentucky-Derby gewann?«

Tashi sah ihn verständnislos an. »Das Kentucky was?«

»Du kannst nicht erwarten, dass sie das weiß«, mischte Sam sich ein.

Vance wedelte mit der Hand, was so viel hieß wie *Halt dich da raus.* Dann wandte er sich wieder der Wächterin zu.

»Hast du eine Antwort darauf, Tashi?«

»Nein, habe ich nicht«, erwiderte sie trocken.

»Und Sam, hast du eine Ahnung, wie man eine Gruppe Schnabeltiere nennt?«

»Äh … nein.« Langsam wurde es Sam zu bunt. Nach allem, was sie durchgemacht hatten, vergeudete der Magic Guardian jetzt ihre Zeit mit bescheuerten Fragen. »Dr. Vantana, was soll das? Wieso stellst du uns Fragen, die wir überhaupt nicht …«

Vance legte schnell den Finger auf die Lippen. Das machte Sam nur noch wütender. Er wollte dem Doktor gerade gehörig die Meinung sagen, als ungefähr einen Meter vom Ufer entfernt ein Wesen aus dem Wasser auftauchte. Es war ein Lachs von einem knappen Meter Länge und mit silbernen Schuppen, der aufrecht im Wasser stand.

»Null Komma drei Prozent, Aristide und ein Verband,

obwohl Schnabeltiere Einzelgänger sind und der Begriff, wenn überhaupt, nur in der Theorie benutzt wird«, erklärte der Lachs gereizt. »Unwissenheit macht mich wahnsinnig.«

»Hey, Sal, wie geht's?«, grüßte Vance, kaum dass der Lachs den Mund zugemacht hatte.

»Ich hätte wissen müssen, dass es ein Mensch ist«, schnaubte der Fisch.

»Aber, aber, wer wird denn gleich so verbittert sein«, erwiderte Vance. »Nur weil Fionn dich ausgetrickst hat …«

»Er hat mich nicht ausgetrickst. Er hat mich benutzt. Das ist ein Unterschied.«

»Ich bin nicht hier, um schlechte Erinnerungen zu wecken. Ich habe gehört, dass du weißt, wo der dritte heilige Punkt auf dem Weg nach Ta Cathair ist.«

»Natürlich weiß ich das«, erwiderte der Lachs überheblich. »*Ich* bin der dritte Punkt. Ich bin der Einzige, der euch den Weg zum vierten Punkt zeigen kann.«

»Super, dann lass hören«, bat der Doktor erleichtert.

»So einfach ist das nicht.«

Vance seufzte. »So einfach ist es nie. Was müssen wir tun?«

»Du musst mir eine Frage stellen, die ich nicht beantworten kann«, erklärte der Lachs. »Und es darf dabei nicht um die Zukunft gehen.«

»Du meinst, wir spielen eine Runde *Überrasch den Lachs*?«, hakte Vance nach.

»Um es plump auszudrücken, ja. Stell mir eine Frage und ich muss sie beantworten. Kann ich das nicht, erfahrt ihr, wo sich der vierte heilige Punkt befindet.«

Vance überlegte einen Moment. »Wie viele Fragen haben wir?«

»Bis ich mich langweile, was bald der Fall sein wird. Ich habe eine Verabredung zum Essen und das hier ist eine sinnlose Übung.«

»Okay. Wie viele frittierte saure Gurken habe ich an meinem zehnten Geburtstag gegessen?«, fragte Vance rasch.

»37 …« Der Doktor wollte schon widersprechen, als der Fisch ergänzte: »Und eine halbe. Ekelhaft.«

Vantana gab sich geschlagen.

»Wer war der große Wächter und Krieger, der im Alleingang 28 Yetis besiegte?«, fragte Tashi.

»Tricks sind einer Wächterin wohl kaum würdig. Es war der heilige Naljor und er hat 29 besiegt«, erwiderte der Lachs, ohne zu zögern. »Das sieht nicht gut aus für euch.«

Vance verlegte sich aufs Betteln. »Du willst uns wirklich nicht helfen?«

»Es gibt Regeln, Dr. Vantana. Und das hier ist leider ein unüberwindbares Hindernis für euch.«

»Aber es muss sich überwinden lassen«, meinte Sam. »Es ergibt doch keinen Sinn, uns hierherzulotsen, nur damit wir hier scheitern.«

»Vielleicht soll einfach niemand Ta Cathair finden«, vermutete der Fisch. Sam dachte darüber nach, glaubte es aber nicht. Es musste eine Möglichkeit geben. Er überlegte, was die schwerste Frage war, die er stellen konnte, doch bevor er sich für eine entschieden hatte, fragte Iaira: »Wieso bin ich gegangen? Warum habe ich meine Heimat verlassen?«

Der Lachs wandte sich der Prinzessin zu. »Ah, eine interessante Frage, die sich jedoch leicht beantworten lässt. Du wolltest die Rolle, die du zukünftig in deinem Königreich spielen solltest, nicht akzeptieren, auch und gerade in der Stunde der Not nicht. Du warst egoistisch, arrogant und dickköpfig. Keine erfreuliche Kombination bei einer königlichen Meerjungfrau, das muss ich schon sagen.«

»Diese Rolle … ging es da um meine arrangierte Hochzeit?«

»Das war ein Teil davon. Ein Teil, den du als altmodisch und unfair angesehen hast.«

»Das war es und ist es immer noch«, bekräftigte sie.

»Du hast recht, aber das entsprechende Gesetz wurde lange vor deiner Geburt erlassen und zwar, um den Frieden zu sichern. Jetzt steht der Friede auf so wackligen Beinen wie seit dem großen Krieg nicht mehr.«

»Der große Krieg?«, hakte Sam nach.

»Der Krieg zwischen den Selkies, dem Meervolk und den Dunkelflossen«, erklärte der Lachs. »Das Meervolk war eine friedliebende, matriarchalische Gesellschaft. Die Selkies dagegen hatten eine patriarchalische, eher militärische Kultur und stritten sich mit dem Meervolk darüber, wer die Kontrolle über Ta Cathair haben sollte. Die Dunkelflossen sahen in diesem Konflikt ihre Chance.«

»Die Dunkelflossen?«, hakte Sam nach.

»Das ist eine Gattung gestaltwechselnder, humanoider Fische, die dunkle Magie anwenden«, erklärte Vance.

»Wieso haben sie sich denn bei den Selkies und dem Meervolk eingemischt?«, überlegte Sam laut.

»Weil ihre eigene Heimatstadt, Dunkelflossenheim, in einem Bürgerkrieg zerstört wurde. Sie sahen in Ta Cathair eine Möglichkeit, ihr einst großes Königreich wieder auferstehen zu lassen«, erzählte der Lachs emotionslos.

»Sie sind in Ta Cathair eingefallen …«, begann Iaira. »Sie sind eingefallen, und da unsere Streitkräfte gespalten waren, hätten wir die Stadt fast verloren. Ich erinnere mich wieder, zumindest an Bruchstücke …«

»Schließlich taten sich die Selkies und das Meervolk zusammen und besiegten die Dunkelflossen. Das Meervolk durfte die Herrschaft über Ta Cathair behalten.«

»Bis jetzt«, bemerkte Iaira.

Der Lachs nickte. »Im Lauf der Jahre kam es immer wieder zu Spannungen zwischen den Selkies und dem Meervolk, und es wurde eine Vereinbarung getroffen, um den Frieden aufrechtzuerhalten.«

»Ich vermute mal, dass diese Vereinbarung deine Hochzeit mit Maris beinhaltete«, schlussfolgerte Vance.

Iaira nickte. »Als ich gehört habe, dass meine Mutter diese Entscheidung für mich getroffen hatte, bin ich wütend geworden und davongeschwommen. Ich habe geschworen, nie mehr zurückzukehren. Danach erinnere ich mich an nicht mehr viel, nur noch dass ich auf Liefs Fischerboot wieder aufgewacht bin.«

»Jetzt verstehe ich auch, warum Maris dich unbedingt nach Hause bringen wollte«, meinte Sam.

»Wo du es gerade ansprichst – wir müssen wieder zur Sache kommen. Die Uhr tickt«, erinnerte Vance sie.

Sam hatte sich noch nicht auf eine Frage festgelegt, aber

die persönlichen Fragen, die Iaira gestellt hatte, hatten ihn auf eine Idee gebracht. Was immer er fragte, der Fisch musste ihm antworten.

»Wenn du wirklich alles weißt …«, begann er an den Lachs gewandt.

»Das tue ich.«

Sam zog das gerahmte Foto aus seinem Rucksack und zeigte auf das männliche Model. »Ist das mein Vater?«

»Sam, das ist jetzt nicht der richtige Augenblick, um …«, begann Vance.

»Nein«, antwortete der Lachs.

»Dann hat meine Mutter mich also belogen?«

Wieder antwortete der Lachs mit Nein, fügte dann jedoch hinzu: »Eine Lüge ist *absichtliche* Unehrlichkeit.«

»Dann dachte sie also …«

»Deshalb sind wir nicht hier«, erinnerte Vance ihn. »Es braut sich gerade ein Krieg zusammen. Dein Stammbaum muss warten.«

Doch Sam ignorierte ihn. »Wer ist mein Vater?«, fragte er den Lachs rundheraus. Vantana seufzte.

»Diese Frage darf ich dir nicht beantworten«, erwiderte der Lachs.

Vantanas Ärger über Sams Ablenkung verrauchte sofort. Den Doktor interessierte plötzlich sehr, was der Lachs gerade gesagt hatte. »Wer hat es dir verboten?«, fragte er.

»Es ist mir verboten zu sagen, wer es mir verboten hat.«

»Ich glaube eher, du weißt die Antwort einfach nicht«, meinte Sam. »Hey, das ist doch nichts, wofür du dich schämen musst.«

Vance fing Sams Blick auf – er wusste genau, was der Junge vorhatte.

»Ich kenne die Antwort«, entgegnete der Lachs ärgerlich.

»Dann sag sie uns«, verlangte Vantana. »Los, Sal, du bist der allwissende Lachs. So schwer ist die Frage doch nicht.«

»Ich kann euch die Antwort nicht sagen.«

»Warte! Willst du damit sagen, dass das eine Frage ist, die du nicht beantworten kannst?«, hakte Vance nach.

»Nicht, weil ich die Antwort nicht kenne«, konterte der Lachs.

»Das spielt keine Rolle. Es gibt Regeln, Sal.«

Der Lachs stieß genervt die Luft aus. »Dann soll es eben so sein. Mein Leben ist mir mehr wert als mein Stolz. Der vierte heilige Punkt auf dem Weg nach Ta Cathair liegt ironischerweise bei deinem Vater, Prinzessin.«

»Bei meinem Vater?«

»Bildlich gesprochen. Falls er dich für würdig befindet, wird er dir den Weg nach Hause zeigen.« Damit tauchte der allwissende Lachs wieder ins Wasser ein und verschwand.

»Super gemacht, Sam!« Vantana strahlte ihn an. Sam freute sich über das Lob, doch er war immer noch erschüttert über die Worte des Fischs. »Ich weiß, Kleiner. Du hast mehr Fragen als Antworten bekommen. Ich habe den guten Sal noch nie so zugeknöpft erlebt. Er ist eine ehrliche Haut. Besserwisserisch, klar, aber ehrlich. Wenn er sagt, dass er es weiß, weiß er es auch. Und wenn er sagt, dass es ihm verboten wurde …«

»Aber wer könnte ihm denn verboten haben, uns so etwas zu sagen?«, fragte Sam.

»Es gibt nur wenige, die Sal einschüchtern können, so viel steht fest.«

»Wie sieht es mit Phylassos aus?«

»Er respektiert den Greif und würde vermutlich auf so ein Verbot von ihm hören. Aber was sollte Phylassos mit deinem Vater zu tun haben? Sieh die Sache doch mal positiv – zumindest weißt du jetzt, dass deine Mom dich nicht belogen hat.«

»Stimmt.« Sam musste zugeben, dass es eine große Erleichterung war, zu wissen, dass seine Mutter ihn nicht die ganze Zeit belogen hatte. Aber es gab jetzt noch viel mehr offene Fragen. Sams Gehirn arbeitete auf Hochtouren.

»Wir müssen gehen«, drängte Vance.

»Zu meinem Vater?«, fragte Iaira.

»Zu Ika-Tere, dem Vater aller Meereswesen.«

Kapitel 12

Der Schatz im Meer

Prinzessin Iaira kannte jetzt zwar ihre wahre Identität, doch sie sehnte sich nach ihrer falschen zurück. Als Pearl Eklund war alles so viel einfacher. Nicht nur einfacher, auch lustiger, unbeschwerter und bequemer. Seit sie auf der Insel Boca Chita Key den atlantischen Kristall berührt hatte, war ihre Welt völlig aus den Fugen geraten, und sie war nicht gerade begeistert von der neuen Richtung, die ihr Leben genommen hatte. Und wer konnte ihr das schon übelnehmen? Sie war fast gestorben – mehr als nur einmal und sie rechnete nicht damit, dass sich die Lage bald bessern würde. Der allwissende sprechende Lachs hatte ihr gesagt, sie sei egoistisch, der goldene Wolf hatte ihr vorgeworfen, sie sei eine Verräterin … und wenn ihre Erinnerungen sie nicht trogen, hatten beide recht.

Wie konnte sie ihrem Volk mit diesem Wissen je wieder gegenübertreten? Würden sie ihr überhaupt verzeihen? Und wenn die Warnungen berechtigt waren und das Königreich tatsächlich kurz vor dem Ausbruch eines Krieges stand, konnte sie dann überhaupt noch etwas tun? Als die

Dvergen-U-Bahn sie und ihre Gefährten zum vierten heiligen Punkt brachte, blieb sie, in Gedanken versunken, für sich. Die Tatsache, dass sie – zusätzlich zu all dem – auf dem Weg zu ihrem »metaphorischen« Vater war, ließ ihr Nervositätslevel durch die Decke schießen und stürzte sie in eine düstere Gedankenspirale. Doch wenn es einen Ort auf dieser Welt gab, der ihr Unbehagen jetzt lindern konnte, war es zum Glück das angesteuerte Ziel.

»Willkommen im Nationalpark von Amerikanisch-Samoa«, rief Dr. Vantana, als sie den Dvergen-U-Bahnhof verließen. Das klare Wasser des Wasserfalls, der ihn verbarg, stürzte über mehrere Stufen von einer Klippe mit gezackten schwarzen Felsen in einen dichten tropischen Dschungel hinunter. Die unglaubliche Schönheit dieses Ortes ließ alle reflexartig lächeln. Es war wahrhaftig ein Paradies.

»Das hier ist das Amalau-Tal. Und die U-Bahn-Station ist eine der wenigen, die hinter einem Wasserfall liegen, den es nur zu bestimmten Zeiten gibt«, erklärte Vance, während er die Gruppe über einen schmalen Pfad entlang der steilen Klippe nach unten führte. »Den Wasserfall gibt es nur, wenn es häufig und viel regnet, doch die Dvergen fanden, dass das oft genug der Fall war und sie den Bahnhof getrost hierhin bauen konnten. Außerdem ist er ja ziemlich abgelegen. Sie haben hier einen und einen im Nationalpark O Le Pupu-Pue im Inselstaat Samoa. Das ist zwar ein anderes Land, hat aber dieselbe Kultur.«

»Und das hier ist Amerikanisch-Samoa?«, hakte Sam nach.

Der Doktor nickte. »Richtig. Dieser Park ist der einzige amerikanische Nationalpark südlich des Äquators. Samoa bedeutet ›heilige Erde‹, was dafür spricht, dass hier tatsächlich ein heiliger Punkt ist. Die samoanische Kultur hat einen großen Sagen- und Legendenschatz, und das Wesen, zu dem wir unterwegs sind, gilt als der Vater aller Fische. Ich bin ihm noch nie begegnet und kenne auch niemanden, der ihn schon mal gesehen hätte. Er zeigt sich nur Wasserwesen. Man munkelt, dass er in der Vai'ava-Meerenge lebt.«

Es folgte ein halbstündiger Fußmarsch entlang der Küste mit Sandstränden und azurblauem Wasser, die an die Vatia Bay angrenzte. Die Vai'va-Meerenge trennt die samoanische Insel Tutuila von der Inselgruppe Pola, die aus saftig grünen Vulkaninseln mit 300 Meter hohen Klippen besteht. Als die Gruppe den Strand überquerte, der an der Spitze der Insel Tutuila lag, wandte Dr. Vantana sich an Iaira.

»Weiter können wir dich leider nicht begleiten. Den Rest des Wegs musst du schwimmen.«

»Sie muss allein gehen?«, fragte Sam. Iaira hatte gerade dasselbe fragen wollen und war dankbar für Sams offensichtliche Sorge um sie. Der Gedanke, diesem Ika-Tere ganz allein gegenüberzutreten, war alles andere als verlockend. Sie war, seit sie ihre wahre Identität kannte, nicht einen Moment von ihren neuen Freunden getrennt gewesen. Und was war, wenn sich herausstellte, dass Ika-Tere so wütend auf sie war wie dieser Seelöwenmensch in Antarktika? Sie kannte Sam, den Doktor und Tashi zwar noch nicht lange, aber sie vertraute ihnen. Die Wächterin hatte ihr sogar schon zweimal das Leben gerettet.

»Es geht nur so«, erwiderte Dr. Vantana. »Ich wünschte, es gäbe einen anderen Weg.«

»Und was ist mit diesen Injektionen?«, fragte Sam.

»Welche Injektionen?«, wollte Iaira wissen.

»Uns wurde etwas gespritzt, damit uns Kiemen wachsen und wir uns unter Wasser bewegen können, falls nötig«, erklärte Sam. »Das ist eine lange Geschichte und sie hat mit Magie und Blut zu tun. Klingt krass und ist es irgendwie auch, aber …«

Vantana unterbrach Sam mit einem strengen Blick. »Die Tatsache, dass wir vorübergehend Kiemen haben können, macht uns noch lange nicht zu Wasserwesen. Ich will ihn auf keinen Fall verärgern, schon gar nicht, wenn wir Informationen von ihm brauchen. Iaira geht allein.«

»Und wer sagt uns, dass er ihr nichts antut?«, fragte Tashi.

»Alles, was ich über diesen Kerl weiß, spricht dagegen«, erwiderte der Doktor. »Und er wäre nicht in diesem Park, wenn er den Greif und das Gesetz des Greifen nicht respektieren würde. Ich kann dich nicht zwingen zu gehen, Iaira, aber es steht verdammt viel auf dem Spiel, und ich bitte dich – nein, ich flehe dich an, da hineinzugehen und herauszufinden, wo der letzte heilige Punkt ist, damit wir dich nach Hause bringen und einen Krieg verhindern können.«

»Ich will nicht nach Hause«, sagte Iaira.

»Wie bitte?«

»Ich werde für euch herausfinden, wo der letzte Punkt ist, aber ich komme nicht mit«, informierte Iaira die anderen. »Ich glaube, das würde alles nur noch schlimmer machen.« Die Prinzessin hatte schon vor ihrer Ankunft in Amerikanisch-Samoa darüber nachgedacht, die Sache abzubrechen. Sie hatte in Irland sogar mit dem Gedanken gespielt abzuhauen, aber das wäre nicht die feine Art gewesen, vor allem angesichts der Tatsache, wie viel diese drei Fremden – und jetzt Freunde – für sie geopfert hatten. Doch nun schien der perfekte Zeitpunkt gekommen zu sein, sich von der Reisegruppe zu trennen.

»Iaira, Maris hat doch deutlich …«, begann der Doktor.

»Das ist mein letztes Wort«, erklärte sie mit fester Stimme. »Wenn ich da reingehe und herausfinde, wo der fünfte heilige Punkt ist, lasst ihr mich danach zurück nach Miami gehen. Haben wir einen Deal?«

Vantana seufzte und nickte dann. »Wenn das dein Wunsch ist.«

»Aber Iaira …«, begann Sam, doch sie hob die Hand.

»Wir haben ein ziemliches Abenteuer erlebt, seit wir zusammen in dieser Limousine gesessen haben, Sam London. Und ich werde euch alle vermissen. Aber ich habe mein Volk verraten. Millalobo hatte recht – ich bin keine Prinzessin. Ich verdiene diesen Titel nicht.« Damit ging Iaira in das kristallblaue Wasser und tauchte hinab.

Wenig später war sie umringt von leuchtend bunten Korallen und Fischschwärmen. Ihre Beine wurden zu einer Schwanzflosse und sie schwamm entschlossen auf die Insel Pola zu. Sie hätte nie gedacht, dass sie sich jemals so richtig an diese Fähigkeit gewöhnen würde, doch mit jeder Verwandlung wurde es einfacher und fühlte sich natürlicher an. Früher hatte sie Angst vor dem Wasser gehabt, doch jetzt war es ihr Lebensraum. Bevor Iaira ihre wahre Gestalt kannte, hatte sie sich oft gefragt, wie es wohl wäre, wenn sie fliegen könnte wie ein Vogel. Sie hatte es sich befreiend und gleichzeitig aufregend vorgestellt … und genau dieses Gefühl hatte sie, wenn sie schwamm. Auf, ab, seitwärts, Überschlag, abtauchen und drehen. Innerhalb von Sekunden konnte sie all das tun, und sie genoss die Art und Weise, wie das Wasser über ihre Haut strich, als würde es sie streicheln. Sie fragte sich, wie sie wohl zu Hause damit umgehen würde. Sie musste einen anderen Weg finden, um so schwimmen zu können. Eine Badewanne würde dafür wirklich nicht reichen.

Doch dann dachte sie an die vielen wunderschönen Tauchgebiete vor der Küste Floridas und dass sie dazu noch die Vorzüge eines ausgefüllten und lohnendes Lebens an Land haben würde. Tatsache war, dass sie sich als Pearl Eklund viel mehr wie eine Prinzessin fühlte als bisher als Iaira. Ihr Penthouse ganz oben in einem Wolkenkratzer glich einem modernen Schloss aus Glas und Stahl und sie hatte in ihren »Juwelen« Millionen treuer Untertanen.

Als sie so an ihr Leben in Miami zurückdachte, fiel ihr plötzlich auf, dass sie inzwischen auf beiden Seiten von Fischschwärmen begleitet wurde. Sie hielt einen Moment an, um die Fische vorbeiziehen zu lassen, doch diese hielten ebenfalls inne. Noch merkwürdiger war, dass beide Schwärme die Form eines nach vorn gerichteten Pfeils zu bilden schienen.

Ihr war klar, dass das bestimmt kein seltsamer Zufall war, und sie schwamm in die Richtung, die die Fische vorgaben. Sie führten sie bis zum Ende der Insel. Dort schoben sie sich vor sie und bildeten einen Pfeil, der nach links zeigte. Sie folgte ihm, und die Fische schwammen wieder vor ihr her und bildeten bald einen nach unten weisenden Pfeil. Iaira schaute hinunter und sah eine Öffnung unten in der Klippenwand, da, wo der Fels auf den Meeresboden traf. Es war eine Art Torbogen, vor dem beide Fischschwärme warteten. Sie zuckten hin und her, was ein Schimmern erzeugte und die Pfeile wie Neonreklame aufblitzen ließ. Iaira wappnete sich und schwamm in die Dunkelheit hinein.

Sie befand sich in einem langen schmalen Gang, in dem es kein Licht gab. Blind tastete sie sich mit den Händen an den Tunnelwänden entlang und schwamm immer weiter. Endlich sah sie in der Ferne ein fahles Licht. Es wurde heller und größer, bis sie schließlich eine Unterwasserhöhle voll unzähliger Meereswesen erreichte, die Biolumineszenz erzeugten. Leuchtende Quallen, Tintenfische und Seewürmer erhellten das Wasser. Iaira hielt inne und bewunderte diesen herrlichen Anblick. Plötzlich kam Bewegung ins Wasser, als die Fischschwärme, die sie bis hierher geführt hatten, rasch an ihr vorbeizogen. Sie drängten sich alle zusammen und formten mithilfe einiger anderer Tiere ein Gesicht. Zwei leuchtende, aalähnliche Würmer bildeten die Lippen, zwei Quallen die Augen, und ein Tintenfisch fungierte als Nase. Iaira war sprachlos und plötzlich so nervös wie noch nie zuvor. Das Gesicht zu sehen, war schon außergewöhnlich, doch es reden zu hören, war noch faszinierender.

»Ich grüße dich, Prinzessin Iaira.« Die Stimme war uralt und ließ das Wasser kleine Wellen schlagen. Iaira konnte sie hören und einen Augenblick später auch spüren, wie sie auf ihren Körper traf. Sollte sie etwas erwidern? Konnte sie unter Wasser überhaupt reden? »Du musst deine Stimme hier unten erst noch finden, habe ich recht?«, fragte das Gesicht. Iaira nickte. »Sprich, wie du es oben tun würdest.«

Iaira versuchte es. »H-hallo«, begann sie stockend und in einem gurgelnden Flüsterton.

»Weißt du, wer ich bin?«, fragte das Gesicht.

Iaira nickte. »Du bist der Vater aller Fische, den sie Ika-Tere nennen.« Ihre Stimme wurde fester.

Das Gesicht bestätigte dies mit einem Nicken. »Ich habe deine Reise von Anfang an verfolgt. Ich war von dem Moment deiner Geburt an bei dir, so wie ich überall bin, wo Wasserwesen sind.«

»Dann weißt du auch, weshalb ich gekommen bin.«

»Ja. Doch du möchtest deine Reise nicht zu Ende bringen.«

»Ich glaube, ich gehöre nicht mehr dorthin«, gab sie zu.

»Ist das wirklich der Grund?«, fragte Ika-Tere skeptisch.

»Ich habe mich von ihnen abgewandt. Sie werden mich nicht mehr akzeptieren, mir nicht mehr vertrauen. Und damit haben sie recht. Ich habe sie im Stich gelassen und das kann ich nicht wieder gutmachen. Aber jetzt sag mir bitte, wo Ta Cathair liegt, damit meine Freunde meinem Volk helfen können.«

»Das kann ich nicht«, entgegnete Ika-Tere. »Du wirst dich erst erinnern, wo dein Zuhause ist, wenn du dorthin zurückkehren möchtest. Erst wenn du denkst und handelst wie die Prinzessin, als die du geboren wurdest, wirst du auch eine Prinzessin sein.«

»Aber das bin ich nicht!«

Das Gesicht betrachtete Iaira eine ganze Weile eingehend. »Du erinnerst mich an deine Namensvetterin«, stellte es dann fest.

»Es gab schon einmal eine Iaira?« Bevor Ika-Tere der Prinzessin antworten konnte, kam ein Erinnerungsfetzen zurück. »Natürlich, die erste Prinzessin Iaira, meine Vorfahrin.«

Ika-Tere nickte. »Sie war eine junge Frau wie du. Stolz. Eigenwillig. Sie lebte ein Leben in Luxus, jeder Wunsch wurde ihr erfüllt. Doch dann kam der Krieg in ihr Land und ihre Art zu leben war plötzlich bedroht.«

»Durch die Dunkelflossen. Und was hat sie dann getan?«, fragte Iaira. Ihre Erinnerung war noch verschwommen.

»Sie schickte ihre Soldaten in den Kampf und sie erlitten große Verluste. Ihr Volk sah zum Palast auf und sah dort nicht Herrschermut, sondern Angst. Angst davor, die Macht zu verlieren. Aber wer Angst hat, seine Macht zu verlieren, hat sie nicht verdient«, erklärte Ika-Tere. »Weißt du, wie die Dunkelflossen besiegt wurden?«

»Das Meervolk hat sich mit den Selkies verbündet.«

»Ja, aber weißt du auch, weshalb diese beiden Feinde sich letztendlich verbündeten?«

Ein weiterer Erinnerungsfetzen kehrte zurück. »Der … Leviathan?«

»Genau. Der Leviathan ist ein abscheuliches Ungeheuer, das Tausende Meerleute und Selkies getötet hat. Die Dunkelflossen haben ihn freigelassen, als ihnen ihre Fortschritte im Krieg nicht schnell genug gingen. Aber die Bestie war nicht der einzige Grund, weshalb die beiden Todfeinde sich zusammengetan, die Dunkelflossen besiegt und einen dauerhaften Frieden geschlossen haben.«

»Der andere Grund war Iaira«, erinnerte sie sich.

»Die Dunkelflossen boten ihr ein Leben in Luxus, wenn sie kapitulierte und ihnen half, die Selkies zu besiegen«, erklärte Ika-Tere. »Sie war drauf und dran die Bedingungen zu akzeptieren, um sich und ihr Volk zu retten. Doch dann sah sie von ihrem Fenster aus etwas, das alles veränderte. Einen Meerjungen, der an der Seite seines Vaters kämpfte. Der Vater versuchte, seinen Sohn und seine Familie zu schützen, bis der Leviathan ihm eine tödliche Wunde zufügte. Unerschrocken ergriff der Junge die Waffe seines Vaters und kämpfte mit Tränen in den Augen weiter gegen ein Wesen, das er unmöglich besiegen konnte. Gerührt vom Opfer des Vaters und dem Mut des Jungen schlug Iaira das Angebot der Dunkelflossen aus. Sie setzte sich auf den Rücken ihres preisgekrönten Seepferds und lockte den Leviathan in eine Höhle ganz in der Nähe der Stadt. Dann befahl sie ihren Soldaten, den Eingang der Höhle einstürzen zu lassen. Sie taten wie befohlen und die Bestie war bis in alle Ewigkeit gefangen ... Doch Iaira schaffte es nicht, rechtzeitig aus der Höhle zu entkommen. Angespornt und überwältigt vom Opfer der Prinzessin vergaßen die Selkies ihre Differenzen mit dem Meervolk und verbündeten sich mit ihnen gegen den gemeinsamen Feind. Ohne den Leviathan an ihrer Seite wurden die Dunkelflossen bald vernichtend geschlagen. Sie mussten sich zurückziehen und gerieten in Vergessenheit. Seither hat man nie mehr etwas von ihnen gehört.«

»Diese Legende erzählen sie den Kindern in der Schule«,

erinnerte sich Iaira. »Um ihnen Stolz für ihr Volk beizubringen.«

»Es ist keine Legende, Iaira. Es ist die Wahrheit. Ich war dabei.«

»Das mag ja sein, aber es ändert nichts an dem, was ich getan habe.«

»Du warst noch ein Kind, als du gegangen bist. Jetzt hast du eine Chance, zurückzukehren und deinem Volk als die Frau gegenüberzutreten, die du geworden bist. Du kannst ihm beweisen, dass tatsächlich Iairas Blut in deinen Adern fließt und dass du einem höheren Zweck dienst, der über deine bloße Person hinausreicht.«

»Und wenn ich es nicht tue?«

»Dann tust du es nicht. Nur du selbst kannst deine Berufung akzeptieren«, erwiderte Ika-Tere. »Aber ich frage mich … Was hält dich davon ab, sie zu akzeptieren?«

»Wie ich schon sagte: Ich habe mein Volk betrogen, und jetzt versuche ich, ihm die bittere Wahrheit zu ersparen, dass seine Prinzessin nicht die ist, die es verdient hat.«

»Ich bin viel zu alt, um mich so leicht täuschen zu lassen. Du willst nicht zurückkehren, um dir selbst die Wahrheit zu ersparen und den Schmerz der Vergangenheit. Deine Weigerung ist nicht selbstlos, sondern egoistisch. Und war nicht dein Egoismus schuld daran, dass du dein Volk schon einmal im Stich gelassen hast?«

Iaira hatte den Spruch »Die Wahrheit schmerzt« schon oft gehört. Jetzt verstand sie, was er wirklich bedeutete. Ika-Tere hatte die Wahrheit hinter ihrer Argumentation erkannt, und sie fühlte die Scham, die damit einherging.

»Es ist besser für sie. Bitte sag mir einfach, wo …«

»Nein. Dein Volk wird einfach weiter glauben müssen, dass du es im Stich gelassen hast. Es wird keine Chance zur Wiedergutmachung geben, keinen feigen Ausweg für dich.«

»Und was ist, wenn wirklich ein Krieg ausbricht?«, fragte sie. »Du bist der Vater aller Fische. Ist dir das egal?«

»Natürlich nicht, aber selbst ich kann den Lauf des Wassers nicht ändern und auch nicht diejenigen, die gegen den Strom schwimmen. Ich hatte gehofft, du hättest dich geändert, aber ich sehe hier immer noch das verängstigte Kind, das vor seiner Verantwortung davongeschwommen ist. Und vielleicht hast du recht und dein Volk ist besser dran ohne diese Iaira. Lebe wohl.«

Bevor die Prinzessin etwas erwidern konnte, stob der Fischschwarm auseinander, und die anderen Tiere, die Ika-Teres Gesicht gebildet hatten, zogen sich in die Dunkelheit der Höhle zurück. Der Vater aller Fische war fort.

Iaira schwamm durch den Tunnel zurück. Ihr Versagen lastete schwer auf ihr. Sie hatte Sam, Dr. Vantana und Tashi den ganzen weiten Weg hierher gebracht, hatte das Leben ihrer Freunde aufs Spiel gesetzt – und wozu das alles?

Ika-Tere hatte ihr gesagt, dass sie sich nur an den Ort des letzten heiligen Punktes erinnern würde, wenn sie nach Hause zurückkehren wollte. Aber das wollte sie nicht. Sie konnte auch nicht einfach so tun, als ob, wenn der Wunsch nicht in ihrem Herzen war. Sie hatte Angst vor der Begegnung mit ihrem Volk und fürchtete sich entsetzlich vor ihrer Verantwortung. Wie konnte sie an einen Ort zurückkehren wollen, der ihr vollkommen fremd war, wenn das Leben, das sie kannte, so viel leichter, angenehmer und befriedigender war? Sie brauchte die Anerkennung der Meerleute, die sie im Stich gelassen hatte, nicht. Wie sollte ihre Anwesenheit ihnen schon helfen? Oder gar einen Krieg verhindern? Das war unmöglich, stellte sie voller Überzeugung fest. Es war Zeit für sie, nach Miami zurückzukehren und sich für immer von Iaira zu verabschieden.

Als sie das Ufer erreichte und aus dem Wasser stieg, um ihren Freunden die schlechte Nachricht zu überbringen, konnte sie diese nicht gleich entdecken. Aus ihrer Schwanzflosse wurden wieder Beine, und sie lief über den Sand und suchte dabei den Strand ab. Endlich entdeckte sie Sam London. Er wedelte wild mit den Händen, aber es sah nicht so aus, als wollte er sie begrüßen, sondern eher warnen. Seine Lippen bewegten sich, doch Iaira verstand nicht, was er rief. Dann spürte sie plötzlich einen schrecklichen Schmerz im Oberkörper. Sie blickte an sich hinunter und sah eine blutende Wunde. Im nächsten Moment spürte sie ein ähnliches Brennen im Rücken. Sie wirbelte herum und sah unzählige fliegende Fische, die sie umschwärmten. Sie griffen gnadenlos an und bissen immer wieder zu. Hilflos fiel Iaira zurück ins Wasser.

Sie hörte ein lautes Platschen neben sich, dann wurde sie aus dem Wasser gezogen und auf den Sand getragen. Verschwommen erkannte sie Dr. Vantana und Sam, die sie stützten. Tashi war bei ihnen und schoss mit ihrem Shekchen auf die Fische. Ein Schatten fiel über ihr Gesicht und sie spürte wieder Boden unter den Füßen. Sie befanden sich jetzt hinter einer Felsgruppe, die sie auf drei Seiten vor den Angriffen schützte.

Iaira krümmte sich vor Schmerzen, und Vance versuchte vergeblich, sie auf den Beinen zu halten. Sie hatte das Gefühl, als würde ihr Blut brennen und Feuer sich in ihrem ganzen Körper bis in die Zehenspitzen ausbreiten. Ihr Kopf pochte. *Gift*, vermutete sie. Als ihr Herz zu flattern begann und die Welt um sie herum immer dunkler wurde, wusste Iaira, dass es nur noch eine Frage der Zeit war, bis sie diesen Kampf verlor – und damit ihr Leben.

Als sie den Kristall im Biscayne-Nationalpark berührt hatte, war ihr vergessenes Leben vor ihren Augen vorbeigezogen; jetzt war es das Leben, das sie kannte. Das Leben, zu dem sie zurückkehren wollte. Das faszinierende Leben der Pearl Eklund. Und als es an ihr vorbeizog, sah sie es als das, was es wirklich war: vergänglich und hohl. Im selben Augenblick begriff Iaira, was ihre Namensvetterin erkannt hatte, als sie vor so vielen Jahren den Jungen und seinen Vater beobachtet hatte. Die Macht ihrer Vorfahrin war eine Illusion gewesen, genau wie Pearl Eklunds Ruhm und Status. Falls Iaira hier an diesem Strand starb, würde die Welt sich weiterdrehen, als hätte es sie nie gegeben. Sie hatte in dieser Welt nicht wirklich etwas bewirkt und man würde sie mit der Zeit einfach vergessen. All der Ruhm, den Pearl genoss, die vielen Fans, die vielen Vorteile, die ganze Pracht hatten nichts bewirkt in der Welt und würden ganz gewiss keinen Krieg verhindern. Ihr Leben in Miami war unbedeutend und oberflächlich und es würde hier am abgelegenen Strand einer Insel sein Ende finden … völlig umsonst. In diesem Moment wünschte sich Iaira mehr als alles auf der Welt, in ihr wahres Zuhause zurückzukehren und ihre Bestimmung zu erfüllen. Aber auch wenn es für sie zu spät war, konnten wenigstens Sam, Vance und Tashi in ihrem Namen etwas bewirken.

Genau wie Ika-Tere es versprochen hatte, erinnerte sich Prinzessin Iaira in dem Moment, in dem sie sich von ganzem Herzen nach Hause sehnte, daran, wo der letzte heilige Punkt sich befand. All ihre Erinnerungen kehrten zurück, als sie im Sand mit dem Tod kämpfte, und in ihrem Schmerz erkannte sie, dass die Antwort, nach der sie gesucht hatte, die ganze Zeit direkt vor ihr gelegen hatte.

Sie packte Vantanas Arm, und es fühlte sich an wie ihr letzter Atemzug, als sie sagte: »Ta Cathair liegt in Ratnakara, dem Schatz im Meer.«

Kapitel 13

TA CATHAIR

Nach all den Jahren war es ausgerechnet ein hochnäsiger sprechender Lachs, der Sam London den väterlichen Boden unter den Füßen wegzog. Während Sam darauf wartete, dass Iaira wieder aus dem Wasser vor der Küste von Amerikanisch-Samoa auftauchte, grübelte er über das nach, was ihm der allwissende Lachs über seinen Vater verraten hatte – so wenig das auch war. Falls der Greif dem Lachs verboten hatte, dessen Identität preiszugeben, hieß das dann, dass dieses Wissen in irgendeiner Hinsicht gefährlich war? Aber wie konnte ihm eine so grundlegende Information zu seinem Leben schaden? Und wann hatte der Greif dem Lachs überhaupt verboten, darüber zu reden? Bevor Sam Phylassos im Death Valley begegnet war oder danach? Sam versuchte vergeblich, einen Sinn hinter all dem zu erkennen, als er plötzlich einen Regenbogen entdeckte. Und zufällig liebte Sam London Regenbögen. An regnerischen Tagen suchte er immer den Himmel über Benicia nach einem ab. Er hatte sogar schon versucht, seine Mom dazu zu bringen, dass sie den Regenbögen nachjagte, was sie manchmal auch tat. Sam war fasziniert von ihnen, vor allem wenn mehr als einer gleichzeitig zu sehen war. Sein persönlicher Rekord war ein dreifacher Regenbogen, auch wenn seine Mom behauptete, er hätte den zweiten Regenbogen doppelt gezählt.

Der Regenbogen in Amerikanisch-Samoa schien nur wenige hundert Meter vor der Küste zu enden und war der leuchtendste und bunteste, den Sam je zu Gesicht bekommen hatte. Das Seltsame war nur, dass keine einzige Wolke am Himmel war und Regenbögen doch nur entstehen, wenn Regentropfen das Sonnenlicht brechen, also nur bei Regen.

»Schaut euch mal diesen supercoolen Regenbogen an!«, rief Sam Vance und Tashi zu. Vantana blickte auf, doch anstatt zu staunen, war er sofort höchst alarmiert.

»Runter!«, brüllte er, warf sich auf Sam und drückte ihn auf den Boden. Sam hatte den Mund voller Sand und wollte schon wütend protestieren, als er sah, dass Tashi in Abwehrstellung gegangen war und ihren aufgeladenen Shekchen bereithielt.

»Was ist denn? Was ist los?«, fragte er.

»Das da.« Der Doktor wies aufs Wasser. Sam folgte mit den Augen seinem ausgestreckten Arm und sah eine Kreatur über den Regenbogen auf sie zugleiten, als würde sie auf dem bunten Lichtband surfen. Sie platschte in den Ozean und sprang wieder auf. Der Regenbogen verschwand, und die Kreatur, die jetzt auf der Wasseroberfläche stand, war einfach scheußlich. Es handelte sich um einen humanoiden Fisch mit dunklen, graugrünen Schuppen, einer Flosse wie die Rückenflosse eines Hais auf dem Kopf und einem langen, gezahnten Schnabel anstelle einer Nase, ähnlich dem verlängerten Oberkiefer eines Schwertfischs. Was immer es für ein Wesen war, es musste über zwei Meter groß sein und hatte auch Flossen entlang der Beine. Und es war nicht allein. Dunkle Fische schnellten dutzendfach hinter ihm aus dem Wasser und platschten wieder hinein. Das Wesen hob die Hand, als wollte es ein Signal geben.

»Los, versteckt euch, und zwar zackig!«, befahl Vance.

»Du glaubst, es will uns angreifen?«, fragte Sam. Er klang enttäuscht. Sollte der Regenbogensurfer tatsächlich gefährlich sein? Vantana schaute ihn ungläubig an. »Na ja, ich meine ja nur, vielleicht sollten wir mit ihm reden und ihm sagen, dass wir auf einer Mission für Phylassos sind«, schlug Sam vor.

»Dieses ›es‹ da draußen ist ein Adaro von den Salomoninseln«, erklärte ihm der Doktor. Sam wusste immer noch nicht, was das bedeutete. »Er hat bestimmt nicht den ganzen Weg hierher auf sich genommen, um Kekse zu backen und Freundschaftsbändchen zu flechten. Er ist Geschäftsmann, und sein Geschäft ist der Tod, was schlecht für uns ist.«

»Ich halte ihn auf Abstand«, bot Tashi an. »Bring Sam in Sicherheit.«

»Ich weiß das zu schätzen, aber siehst du die Fische hinter ihm? Das sind giftige Fliegende Fische, die er wie eine Armee kommandieren kann. Dein Shekchen kann gar nicht genug Gaia-Energie aufnehmen, dass es für die ganzen Viecher reicht.«

»Giftige Fliegende Fische?«, wiederholte Sam ungläubig. »So wie giftige Schlangen?«

»Schlimmer«, antwortete Vance. »Ihr Gift hat magische Wirkung. Es ist absolut tödlich und wir kennen kein Gegengift.«

»War ja klar.« Sam runzelte die Stirn. »Was sollen wir tun, wenn Iaira zurückkommt?«

»Sie ist schon da.« Tashi zeigte mit dem Finger zum Wasser. Sam blickte hinüber und sah, dass Iaira tatsächlich gerade aus dem Ozean auftauchte – nichtsahnend von der Gefahr, die wenige Meter hinter ihr lauerte.

»Oh, verdammt!«, rief Vance.

»Sie sieht ihn nicht!« Sam begann hektisch mit den Armen zu rudern. »Geh zurück ins Wasser!«, rief er immer wieder, doch es war zu spät. Das Wesen ließ seine Hand nach vorn schnellen, und der Schwarm Fliegender Fische katapultierte sich aus dem Wasser und griff das Meermädchen gnadenlos an. Das Ganze glich einer Szene aus einem Horrorfilm.

»Tashi, gib uns Deckung!«, befahl Vantana der Wächterin. »Lenk das Monster ab! Und du kommst mit, Sam …«

Tashi richtete sich auf und feuerte einen Energiestoß nach dem anderen auf die Kreatur ab. Sam folgte dem Doktor zum Wasser. Sie wateten schnell hinein, packten Iaira und zogen sie ans Ufer. Sam sah, dass ihr Gesicht und ihr Körper voller Bisswunden waren. Doch die Wunden bluteten nicht, sie glühten rot und schwarz. Gezackte Linien gingen von ihnen aus und krochen über Iairas Haut. Vance führte sie zu einer Reihe Felsen, hinter die sie sich alle kauerten. Iaira griff nach Vantanas Arm und sagte etwas, das Sam nicht verstand. Sie atmete schwer und konnte nur noch flüstern. Vance nickte, als hätte er verstanden.

»Danke«, sagte er.

»Was hat sie gesagt?«, fragte Sam.

»Dass der letzte heilige Punkt im Indischen Ozean liegt. Der Name in Sanskrit lautet Ratnakara, was ›Der Schatz im Meer‹ bedeutet.«

»Wird sie …?«, begann Sam, doch er hatte nicht das Herz, den Satz zu beenden. Vance bestätigte Iairas Schicksal mit einem Nicken. »Tashi könnte doch versuchen, sie zu heilen«, rief Sam. Die Wächterin konnte tatsächlich heilen. Dank dieser Fähigkeit hatte sie Sam bei seiner ersten Mission in Kustos das Leben gerettet. Sie übertrug seine Wunden auf sich und als Wächterin der Greifenklaue konnte sie sich dann selbst heilen. Sam hoffte, dass diese Magie auch bei Iaira angewandt werden konnte.

»Ich weiß nicht, ob das funktionieren würde«, erwiderte Vance. »Aber wir können es leider nicht einmal versuchen. Tashi muss diese Fische erledigen, sonst sind wir alle tot.«

Vance hatte recht. Tashi hatte ohnehin schon Mühe, die Horden von Fischen auf Abstand zu halten. Falls sie versuchte, Iaira zu heilen – ganz abgesehen davon, ob es ihr gelänge oder nicht –, würde es ihnen in dieser gefährlichen Lage kein bisschen helfen. Sie würden alle wie Iaira enden. Ihre Situation war hoffnungslos. Während Sam sich noch fragte, wie das wohl für sie ausgehen würde, hörte er, wie Iaira stockend immer wieder etwas flüsterte. Er beugte sich zu ihr hinunter.

»Ika-Tere … Vater der Meere … ich bitte dich … hilf uns«, wisperte sie kaum hörbar. Sie wiederholte den Satz noch ein paarmal und hörte dann abrupt auf. Ein kleines

Lächeln huschte über ihr mit Bisswunden übersätes Gesicht. »Danke«, murmelte sie.

Halluzinierte sie etwa? Vielleicht griff das Gift jetzt ihr Gehirn an. Aber weshalb dankte sie Ika-Tere? Ihre Situation war doch noch genauso ausweglos wie vorher.

»Was zum …«, begann Vance überrascht, als etwas über sie hinwegflog und einen Schatten auf den Strand warf.

Sam spähte über die Felsen. »Was ist das?«

»Du meinst wohl: *Wer* ist das?«, korrigierte Vance ihn.

Tashi lächelte breit. Ein so strahlendes Lächeln hatte Sam noch nie auf dem Gesicht der Wächterin gesehen – das Lächeln des Tanuki, der sich in der Schulbibliothek in sie verwandelt hatte, zählte natürlich nicht.

»Nafuana!«, rief Tashi aufgeregt.

Am Strand stand jetzt eine Frau. Sie hatte langes, dunkles Haar und war in ein waldfarbenes Tuch mit Fransen am Saum gewickelt. Sie war tätowiert und die Tattoos setzten sich aus geometrischen Formen und geschwungenen Linien zusammen. In der Hand hielt sie eine axtähnliche Waffe mit einem Haken an einem Ende. Kaum, dass sie aufgetaucht war, brachen die Fliegenden Fische ihren Angriff sofort ab, flogen zum Adaro zurück und flatterten über ihm in der Luft herum. Zweifellos warteten sie auf seinen nächsten Befehl.

»Und sie ist …?«, fragte Sam.

»Eine Wächterin«, antwortete Tashi strahlend. »Aber keine wie ich. Sie ist eine Wächterin ihres Volkes, eine Kriegerprinzessin, über die ich während meiner Ausbildung in Kustos viel gelernt habe. Ihre Axt heißt Tafesilafa'i und sie hat sie selbst angefertigt.« Stolz wies Tashi auf die Waffe.

»Sie ist eine bekannte Gestalt aus der samoanischen Mythologie«, ergänzte Vance. »Und zu unserem Glück ist sie auch eine mächtige Kriegerin.«

»Aber der Typ da draußen hat eine ganze Armee«, erinnerte Sam seine Freunde.

»Sie *ist* eine Armee«, behauptete Tashi.

Nafuana starrte den Adaro unerschrocken nieder. Dann blickte sie zu den Felsen zurück, hinter denen sich Sam und die anderen versteckten.

»Wächterin«, rief Nafuana.

Sam blickte Tashi an, die wie angenagelt dastand. Er stieß sie an. »Ich glaube, sie meint dich.«

Seine Freundin schüttelte ihre Benommenheit ab und verneigte sich. »Ja, Nafuana. Wie kann ich dir helfen?«

»Du hast Bemerkenswertes geleistet und deine Freunde am Leben erhalten, aber jetzt bin ich hier. Ich helfe euch, diese abscheuliche Kreatur zu besiegen, damit du alles Nötige tun kannst, um Iairas Leben zu retten.«

Tashi verneigte sich erneut und bedankte sich, bevor sie sich Iaira zuwandte. »Ich werde versuchen, deine Wunden zu heilen«, versprach sie der Prinzessin.

Tashi legte ihre Hände auf Iairas Schultern. Einen Augenblick später ging ein Ruck durch ihren Körper. Sie umfasste die Meerjungfrau fester und schloss die Augen. Sam sah, dass einige der Bisswunden auf Iairas Körper sich langsam schlossen und die gezackten schwarzen Linien verschwanden. Dafür erschienen die Wunden nun auf Tashis Körper, und zwar an genau denselben Stellen wie zuvor bei Iaira. Sam beobachtete alles mit großen Augen, bis die Wunden auf Tashis Körper ebenfalls wieder verschwanden. Es funktionierte! Er war unendlich erleichtert – zumindest bis er wieder zum Wasser schaute.

Der Adaro hatte einen noch größeren Schwarm Fliegender Fische um sich versammelt. Auf ein Zeichen von ihm schoss die giftige Meute in Richtung Strand, doch Nafuana blieb völlig gelassen. Sie hob nicht einmal ihre Waffe. Wie wollte sie sich denn gegen so viele Angreifer verteidigen?

»Pa'a vao!«, rief die samoanische Kriegerin. Die Bäume im nahen Dschungel begannen zu rascheln und man hörte das Knacken von Ästen. Mehrere Schatten fielen über den Sand und Sam blickte auf. Die Schatten waren riesig und sie bewegten sich. Gewaltige Wesen mit schwarzen Flügeln hoben von den Bäumen ab und schossen auf den Strand zu.

»Sind das Fledermäuse?«, fragte Sam.

»Genau. Sie werden samoanische Flughunde genannt«, erklärte Vance.

Diese Fledermäuse hatten eine Flügelspannweite von mindestens einem Meter. Sie stürzten sich auf die Fliegenden Fische und rissen sie in Stücke.

»Wow!«, rief Sam.

Nafuana drehte sich kurz grinsend zu ihm um und wandte ihre Aufmerksamkeit dann wieder dem Adaro zu, der sich auf seinen nächsten Angriff vorbereitete. Dieses Mal hielten sich sogar noch mehr Fische bereit und er kam selbst auf die Gruppe zu. Nafuana ging in Verteidigungsstellung. Der Adaro griff mit seinen Bestien im Schlepptau an. Die Fledermäuse stürzten sich erneut auf die Fliegenden Fische und trieben sie zurück, während Nafuana dem Adaro einen Hieb mit ihrer Waffe versetzte und ihm dann mit dem Stiefel in die schuppenbesetzte Brust trat. Er wurde rückwärts durch die Luft gewirbelt, so kräftig war der Stoß, und griff sich an die offene Wunde in seinem Oberkörper. Er fauchte, eindeutig nicht glücklich über diesen Verlauf, und blickte hinauf zum Himmel. Er stieß eine Reihe unheilvoller Klicklaute und Pfiffe aus, die klangen wie eine Mischung aus Delfinsprache und dem Klappern einer Klapperschlange. Eine Sekunde später entdeckte Sam einen weiteren Regenbogen … und noch einen … und noch einen. Zu jeder anderen Zeit in Sams Leben hätte er sich beim Anblick mehrerer Regenbögen gleichzeitig überschlagen vor Begeisterung. Vollkommen Fremden gegenüber hätte er damit angegeben und noch Jahre, nachdem der letzte verblasst war, über das Wunder gestaunt. Doch jetzt riefen die außergewöhnlichen Farbbänder am Himmel kein Lächeln und keine glücklichen Gedanken hervor, sondern blanke Panik. Denn über jeden Regenbogen glitt ein Adaro heran und brachte seine eigene kleine Armee Fliegender Fische mit.

»Das wird ja immer besser.« Vance stöhnte. »Millalobo hat versucht, Iaira von der Rückkehr nach Hause abzuhalten, weil er der Meinung war, sie müsse für ihren Verrat bestraft werden. Ich war in diesem Punkt nicht seiner Meinung, aber ich konnte zumindest seine Logik verstehen. Diese Monster dagegen kennen keine Moral. Sie müssen einen anderen Grund dafür haben, solche Geschütze aufzufahren.«

»Und was zum Beispiel?«

Vance zuckte mit den Schultern. »Vielleicht wollen sie Krieg. Wir werden der Sache auf den Grund gehen, aber zuerst einmal müssen wir an ihnen vorbeikommen.«

»Es sind so viele!«, rief Sam.

Vantana wies auf Nafuana. »Na ja, sie wirkt nicht allzu besorgt«, meinte er, und er hatte recht. Überrascht stellte Sam fest, dass die eben eingetroffene Verstärkung Nafuana völlig unbeeindruckt ließ.

Bei einem Blick zurück zu Tashi und Iaira sah Sam, dass Tashi schwer gegen den Schmerz ankämpfte, den Iairas Wunden ihr bereiteten, während das Meermädchen vollkommen geheilt zu sein schien, auch wenn sie noch immer bewusstlos war.

»Es gibt ein Problem«, rief Tashi.

»Was für ein Problem?«, fragte der Doktor.

»Schaut her.« Als Tashi ihre Hände von Iairas Körper nahm, erschienen die Wunden wieder. Sam beobachtete, wie eine Bisswunde an ihrem Bein plötzlich wieder da war.

»Die Wunden heilen nicht?«

Tashi schüttelte den Kopf. »Ich kann sie heilen, aber die Heilung ist nicht von Dauer. Sobald ich meine Hände wegnehme, kommen die Wunden wieder. Wir müssen einen anderen Weg finden, um sie zu retten.«

»Ich hatte es befürchtet«, bekannte Vance. »Es ist die Magie des Gifts – sie ist einfach zu stark.«

»Ta Cathair«, flüsterte Iaira. Sie war kaum bei Bewusstsein, aber sie sprach. »Die Heiler in meiner Stadt … sie können mir helfen …«

»Was bedeutet, dass wir dich schnellstens hier wegbringen

müssen«, schlussfolgerte Vance. Er wandte sich wieder Nafuana zu, die inzwischen eine regelrechte Schlacht gegen die Adaros führte. Sie wirbelte herum, wich Hieben von einem Adaro aus, um dann einem anderen selbst einen Schlag zu verpassen, bevor sie einem dritten einen heftigen Tritt versetzte. Sam konnte verstehen, weshalb Tashi sie so verehrte – sie war einfach nicht zu stoppen. Das Problem war nur, dass die Adaros anscheinend genauso wenig zu stoppen waren. Der Kampf konnte Stunden dauern, vielleicht sogar Tage, und so stark Tashi auch war, war es doch sehr unwahrscheinlich, dass sie Iaira so lang am Leben halten konnte.

»Nafuana!«, rief Vance. Es gelang ihr, einen Blick zurückzuwerfen und dabei weiterzukämpfen. »Wir müssen die Prinzessin nach Hause bringen. Meinst du, wir schaffen es zum Wasserfall, wenn wir uns dicht an den Klippen halten?«

»Diesen Weg würden nicht alle überleben«, erwiderte sie, um gleich darauf weiteren Hieben auszuweichen. »Aber vielleicht gibt es eine andere Möglichkeit. Kriegerin?«, rief sie Tashi zu. »Halte Iaira gut fest.« Tashi nickte und schlang von hinten die Arme um Iaira, als Nafuana »*Pe'a vao!*« rief.

Drei der Flughunde, die gegen die giftigen Fliegenden Fische kämpften, änderten sofort die Richtung und flogen zum Ufer. Sie ließen sich herabsinken und blieben über der Gruppe in der Luft stehen. »Los! *Tofa Soifua*«, rief Nafuana und wandte sich wieder den Adoros zu.

Die Flughunde packten Sam, Vance und Tashi hinten an ihren Hemden. Tashi hielt Iaira fest an sich gepresst, als sie in die Luft gehoben wurden. Sams Flughund hatte ihn fest im Griff, aber Sam hielt sich sicherheitshalber selbst noch an den kurzen Beinen des Tiers fest.

Die Adaros bemerkten den Fluchtversuch und hetzten ihre Fische auf die Gruppe. Als die Flughunde vom Boden aufstiegen, fehlten nur wenige Zentimeter, und einige der Fliegenden Fische hätten Sam und Vance gebissen, doch ein paar der übrigen Flughunde machten schnell kurzen Prozess mit ihnen. Als die Adaros daraufhin ihren Fliegenden Fischen neue Befehle geben mussten, machten sie sich für den Moment selbst angreifbar, und Sam beobachtete hocherfreut, wie Nafuana die Monster ins Wasser zurücktrieb.

Kurz darauf flog die Gruppe über den Nationalpark von Amerikanisch-Samoa auf den Wasserfall und die Dvergen-U-Bahn-Station zu. Sam warf einen Blick auf Tashi und sah, dass die Wächterin vor Schmerz das Gesicht verzog, die anhaltende Heilung von Iairas Wunden machte ihr offensichtlich sehr zu schaffen. Solange Iaira verletzt war, würde Tashi die Gruppe nicht vor potenziellen Gefahren schützen können. In Anbetracht all der Gefahren, mit denen sie in letzter Zeit konfrontiert waren, konnte Sam nicht verhindern, dass Angst in ihm aufstieg.

* * *

Tashi von Kustos war beunruhigt. Sie hatte eine ungute Vorahnung, ein Gefühl, das die Wächterin bisher nicht kannte. Und es lag nicht an ihrer Sorge wegen der gefährlichen Wesen, die versuchten, ihre Mission zu sabotieren. Es hatte auch nichts mit dem Tribut zu tun, den das Heilen von ihr forderte. Tashi machte sich Sorgen um Sam London. Sie musste unbedingt mit Dr. Vantana unter vier Augen über dieses ungute Gefühl sprechen, doch die Gelegenheit dazu hatte sich noch nicht ergeben. Als sie mit der Dvergen-U-Bahn im Nationalpark Sri Venkateswara in Andhra Pradesh in Indien ankamen, waren Iairas Bisswunden fast vollständig wieder zurückgekommen. Tashi heilte sie erneut im Bahnhof hinter dem Talakona-Wasserfall, bevor sie nach draußen gingen. Während Tashi sich kurz erholte, halfen Dr. Vantana und Sam Iaira auf einen Elefanten, der ihnen von Dandak, dem Forstbeamten des Parks und Magic Guardian, zur Verfügung gestellt wurde.

»Kannst du uns zur Küste bringen?«, fragte Iaira ihn. Dandak nickte. »Dort kann ich Hilfe rufen, die uns dann das letzte Stück bis nach Ta Cathair bringt.«

Als Sam mit Dandak und Iaira vorausging, hatte Tashi endlich Gelegenheit, allein mit Vance zu sprechen.

»Dr. Vantana?«, begann sie leise.

»Ich weiß, was du sagen willst, Tashi«, erwiderte er.

»Wirklich?«, fragte sie verdutzt.

»Natürlich, und du hast recht.«

»Ach ja?« Sie folgte dem Doktor, immer noch überrascht von seiner Antwort.

»Natürlich. Wir haben uns verdammt vielen Gefahren ausgesetzt und …«

»Das versteht sich von selbst, aber darüber wollte ich nicht mit dir reden«, unterbrach Tashi ihn. Er hatte versucht, zu erahnen, was sie bedrückte, und voll danebengegriffen. »Etwas beschäftigt mich schon länger, und je näher wir der Küste kommen, desto unruhiger werde ich.«

»Etwas, das sogar dich beunruhigt, muss ja verflixt beunruhigend sein«, bemerkte Vance. »Was ist denn los?«

»Wir werden mithilfe der Seren, die Rangerin Naughton uns gespritzt hat, unter Wasser atmen können, richtig?«

»Ja, das ist richtig. Unser Körper wird auf das Fehlen der Atemluft reagieren, die Wirkung des Serums setzt ein und verschafft uns die Fähigkeit, zu atmen wie ein Wasserlebewesen. Ich mache das nicht zum ersten Mal. Es wachsen einem einfach für eine Weile Kiemen – keine große Sache. Zugegeben, am Anfang ist es schon etwas komisch, wenn …«

»Du verstehst nicht, wieso ich das Thema zur Sprache bringe«, unterbrach sie ihn. »Ich mache mir keine Sorgen wegen der Kiemen. Ich mache mir Sorgen um Sam …«

»Der schafft das schon«, versuchte Vance sie zu beruhigen.

Langsam verlor Tashi die Geduld. Warum versuchten die Menschen ständig, ihre Gedanken vorauszuahnen? »Da bin ich mir sicher, aber er hat nicht dasselbe Serum bekommen wie du.«

Vance betrachtete die Wächterin ernst. »Was meinst du damit?«

»Ich meine, dass ich Rangerin Naughton beobachtet habe, als sie dir die Injektion gegeben hat. Sie war hellblau. Das Serum, das sie Sam verabreicht hat, als er noch bewusstlos war, war dunkelblau, fast schwarz.«

»Na ja, das Bigfoot-Serum hat bei ihm ja nicht so gut gewirkt. Vielleicht war die Dosis deshalb einfach stärker«, vermutete Vance.

»So stark wie meine?«, fragte Tashi. Vance blickte sie von

der Seite her an. Er wusste nicht, was sie damit sagen wollte. Sie fuhr fort: »Er hat dieselbe Dosis bekommen wie ich. Und wie du weißt, ist mein Blut ziemlich einzigartig.«

»Ja, ich weiß. Aber auch wenn ich Rangerin Naughtons Methoden nicht im Detail verstehe, kann ich dir versichern, dass sie funktionieren. Penelope würde nichts tun, das Sam schadet. Außerdem werden wir es sofort wissen, wenn das Serum nicht funktioniert, und dann können wir die entsprechenden Entscheidungen treffen.« Er zwinkerte Tashi zu und ging weiter, doch die Wächterin blieb noch einen Moment stehen. Sie zweifelte nicht daran, dass Rangerin Naughton wusste, was sie tat. Ganz im Gegenteil. Tashi war überzeugt, dass Penelope eine Expertin auf ihrem Gebiet war, und genau deshalb war Tashi so irritiert. Verheimlichte ihnen die Rangerin etwas? Gab es etwas, das nur sie über Sam London wusste und sonst niemand?

»Tashi!«, brüllte Sam und wedelte mit den Armen. Offenbar waren Iairas Wunden wieder aufgebrochen. Tashi rannte über den Strand, um das Meermädchen erneut zu heilen.

Bis sie die Küste endlich erreichten, musste Tashi Iaira noch zwei Mal heilen. Die Prozedur zeigte immer weniger Wirkung, und Tashi wusste, dass sie bald ganz ausbleiben würde.

Auf Iairas Bitte hin trugen sie sie zum Wasser. Sie tauchte ihre Hand in den Ozean und flüsterte: »Makara.« Wenige Augenblicke später stiegen Luftbläschen an die Wasseroberfläche und ein Wesen tauchte auf. Dandak verneigte sich sofort ehrfurchtsvoll.

»Wer ist das?«, fragte Sam.

»Das, mein Freund, ist der Makara. Ein uraltes Wesen, dessen Name von dem Sanskritwort für ›Seeungeheuer‹ abgeleitet ist«, erklärte Dandak. »Er wird in Verbindung gebracht mit Ganga und Varuna, zwei legendären Wesen aus der Mythologie meiner Kultur.«

Tashi fand die äußere Erscheinung des Wesens, kurz gesagt, ziemlich verwirrend. Es war so groß wie ein Elefant und hatte auch einen Rüssel wie ein Elefant, doch sein Unterkiefer stand vor und war voller spitzer Zähne wie der eines Krokodils. Auch die beiden Vorderbeine sahen aus wie die eines Krokodils. Statt der Hinterbeine hatte es allerdings Schwimmflossen und eine Schwanzflosse wie ein Walross. Es stand im Wasser und wartete geduldig, bis Dandak und Dr. Vantana Iaira auf seinen Rücken gelegt hatten.

»Er gehört zu den Beschützern von Ta Cathair«, erklärte Iaira leise. »Er kann uns zur Stadtgrenze bringen. Steigt alle auf.«

Nacheinander kletterten Tashi, Sam und Dr. Vantana auf den Rücken der Kreatur. Tashi setzte sich hinter Iaira und vor Sam, sodass sie die eine heilen und gleichzeitig nah beim anderen sein konnte.

»Bitte sag dem Makara, dass wir uns erst an das Wasser gewöhnen müssen«, bat Vance. »Es kann einige Augenblicke dauern, bis uns Kiemen gewachsen sind und wir unter Wasser atmen können.«

»Er weiß Bescheid«, erwiderte die Prinzessin. »Haltet euch fest.«

Der Makara tauchte unter und Tashi hielt instinktiv die Luft an. Vantana stieß sie und Sam an. Er zeigte auf seinen geschlossenen Mund und schüttelte den Kopf. Dann öffnete er den Mund und atmete die in seiner Lunge verbliebene Luft aus. Sie stieg in Bläschen an die Oberfläche. Der Doktor schloss die Augen und nahm einen großen Schluck Wasser. Sofort verkrampfte sich sein Körper, da ihm die Atemluft fehlte. Sam schien entsetzt bei dem Anblick, weshalb Tashi seine Hand nahm und sie beruhigend drückte. Sie wies auf Vantanas Hals, direkt unterhalb seiner Ohren – wo jetzt die Haut aufbrach. Auf beiden Seiten erschienen drei Schlitze, die sich öffneten und schlossen und dabei Wasser aufnahmen. Einen Moment später öffnete Vance die Augen und gab ihnen zu verstehen, dass alles in Ordnung war.

»Ihr solltet mich jetzt hören können«, sagte der Doktor. Es sah aus, als redete er ganz normal, doch seine Stimme klang anders, vibrierend. Tashi wusste zwar, dass sie die Luft viel länger anhalten konnte als Sam, dennoch beschloss sie, die Verwandlung vor ihm durchzumachen, damit sie sich ganz auf seine Reaktion auf das Serum konzentrieren konnte. Sie stieß die Luft aus, die noch in ihrer Lunge war, und ihr Köper verlangte sofort nach Sauerstoff. Die Wächterin atmete Meerwasser ein, ihr Körper krampfte und versuchte das Wasser in der Lunge loszuwerden. Eine warme Welle überflutete ihre Haut, dann spürte sie einen stechenden Schmerz unterhalb ihrer Ohren. Ihre Haut brach auf und es bildeten sich Kiemen. Im nächsten Moment hatte Tashi wieder die Kontrolle über ihren Körper. Sie war froh, diese unangenehme Erfahrung hinter sich zu haben. Sie wandte sich Sam zu und wartete auf seine Verwandlung. Er hatte die Augen weit aufgerissen und Vance legte ihm eine Hand auf die Schulter.

»Gleich ist es vorbei«, versicherte der Doktor ihm. »Du schaffst das.«

Sam atmete aus und das Meerwasser strömte in seinen Körper. Genau wie Tashi und Vance begann er zu krampfen. Seine Miene drückte schiere Panik aus und sein Körper entspannte sich nicht.

Tashis Sorge wuchs. »Vielleicht sollten wir ihn an die Oberfläche zurückbringen«, sagte sie.

»Gib ihm noch einen Augenblick«, bat Vance. Sam hatte den Kopf auf die Brust sinken lassen. Er zitterte.

Die Wächterin schaute den Doktor an. »Etwas stimmt nicht. Ich bringe ihn zurück …«

»Alles in Ordnung!«, hörte sie da hinter sich. Sie wandte sich wieder Sam zu und sah, dass tatsächlich alles in Ordnung war. Unterhalb seiner Ohren bildeten sich Kiemen, und als die Verwandlung abgeschlossen war, fiel ihr ein Glitzern in seinen Augen auf, das sie bei Vantana nicht gesehen hatte. Sie fing den Blick des Doktors auf, und er zuckte mit den Schultern, als wollte er sagen *Na also, hat doch funktioniert.*

»Das ist das Coolste, was ich je erlebt habe!«, rief Sam. Das Wasser kräuselte sich von den Schallwellen, die er dabei erzeugte.

Vielleicht war ich einfach unnötig besorgt, dachte die Wächterin.

Nachdem alle zur Wasseratmung übergegangen waren, tauchte der Makara tiefer hinab. Das letzte Fünkchen Licht von der Oberfläche verlosch und Dunkelheit hüllte sie ein.

Zum Glück für Tashi waren ihre Augen gut genug, um auch bei Dunkelheit sehen zu können, und sie vermutete, dass die Injektion von Rangerin Naughton diese Fähigkeit auch bei den anderen verstärk hatte. Viel war in dieser Tiefe allerdings nicht zu erkennen. Gelegentlich schwammen ein oder zwei Fische vorbei, doch ansonsten waren sie allein. Jedes Mal, wenn sie den Meeresboden erreicht zu haben schienen, fand der Makara eine Spalte oder ein Tal, durch das es noch weiter nach unten ging. Nachdem sie ein paar Minuten immer weiter abgetaucht waren, sah Tashi ein schwaches Licht in der Ferne, das immer heller wurde und auf das Ende ihrer Reise hindeutete. Beim Näherkommen erkannte die Wächterin, dass es sich um einen Ring aus schimmernden Korallen am Eingang eines Tunnels handelte. Der Tunnel selbst war ebenfalls mit leuchtenden Korallen ausgekleidet.

»Der Eingang zur Stadt«, erklärte Iaira den anderen. Ihre Stimme klang angestrengt. Tashi sah, dass die Wunden der Prinzessin erneut am ganzen Körper aufgebrochen waren. Mit den Bissen in ihrem Gesicht war sie kaum wiederzuerkennen. Doch das Schlimmste war, dass die Wächterin die ganze Zeit die Hände auf der Prinzessin gehabt hatte. Wie Tashi vermutet hatte, konnte sie sie nicht mehr schnell genug heilen.

Sie hatte miterlebt, wie die junge Frau sich vor ihren Augen verwandelt hatte – und damit meinte sie nicht, dass ihr eine Schwanzflosse gewachsen war. Noch vor wenigen Tagen hatte die Prinzessin sich in ihrem Reichtum und Ruhm gesonnt. Eitelkeit und materialistische Ziele hatten ihr Leben bestimmt und sie war besessen von ihrer Popularität. Sie hatte immer nur die Anerkennung völlig fremder Menschen gesucht, ihrer Juwelen, und sich nur um sich selbst gedreht. Doch die Wächterin hatte beobachtet, wie im Lauf der Reise auch die letzten Reste von Pearl Eklund verschwunden waren. Jetzt hoffte sie nur, dass sie die Stadt rechtzeitig erreichten, um Prinzessin Iaira zu retten.

Der Makara schwamm in den Korallentunnel, und die bunten, blinkenden Lichter zogen so schnell an ihnen vorbei, dass die Farben ineinander übergingen und verschmolzen. Die Gruppe schoss durch ein Portal, folgte dem Tunnel durch Windungen und Biegungen immer weiter hinunter.

»Du brauchst keine Angst mehr zu haben, Prinzessin«, versicherte ihr Sam. »Bald wirst du geheilt.«

Wie eine Rakete schossen sie aus dem Tunnel und in eine riesige Höhle. Tashi nahm zumindest an, dass es sich um eine Höhle handelte, auch wenn sie in keiner Richtung Wände sah, außer an der Seite, an der sie hereingekommen waren. Vor ihnen lag eine Stadt, wie Tashi noch keine gesehen hatte – ein unter dem Meeresboden liegendes Königreich, gegen das Atlantis langweilig und leblos erschien. Die Stadt war umgeben von Farmen, auf denen buntes Seegras, leuchtende Wasserpflanzen und Blume wuchsen. Es gab Wasserlebewesen, die Tashi noch nie gesehen hatte, darunter eines, das einer ausgewachsenen Kuh mit Flossen ähnelte, und vogelähnliche Fische mit bunten Flossen, die an Flügel erinnerten. Hinter den Feldern lag die Stadt – eine Metropole aus Korallen und Kristall, die in dem bläulichen biolumineszenten Licht, das von den Straßen und Gebäuden ausging, glitzerte und funkelte. In der Ferne hörte man vielstimmiges Geschrei und Iaira spitzte die Ohren.

»Natürlich«, murmelte sie. »Bring uns hin, Makara …«

Der Makara änderte die Richtung und steuerte auf den Lärm zu. Er kam von dem am hellsten erleuchteten Platz der Stadt – einer Unterwasserarena, die Tashi an das antike Kolosseum in Rom erinnerte.

Der Makara ließ sie auf einem Seegrasfeld am Stadtrand absteigen. Tashi sah große Gruppen von Meerleuten und Selkies in die Arena strömen. Kleine Streitereien brachen unter den verschiedenen Gruppen aus, und Sicherheitsleute eilten herbei und trennten die beiden Arten.

»Was ist denn hier los?«, fragte Sam.

»Das Seepferd 5000 wird ausgetragen«, erklärte Iaira, »ein Rennen, das jedes Jahr stattfindet. Die Sportart ist unser liebstes Hobby.«

»Sieht so aus, als könnten die Fans ganz schön ungemütlich werden«, bemerkte Vance.

»Ich kann mich nicht daran erinnern, dass es früher auch so war«, erwiderte Iaira.

Plötzlich stand ein Sicherheitsbeamter, ein großer, männlicher Selkie, vor ihnen. »Wer seid ihr und was tut ihr hier in dieser Zone?«, fragte er barsch.

»In was für einer Zone?« Iaira war verwirrt.

»In dieser Zone dürfen sich nur Selkies aufhalten. Ich könnte euch alle festnehmen, weil ihr ohne den vorgeschriebenen Erlaubnisschein hier eingedrungen seid.«

»Ich bin Dr. Vantana vom Institut für magische Wesen. Wir sind auf einer Mission für Phylassos.«

»Ist der Greif nicht von der Obererde?«

»Genau«, erwiderte Vance. »Und das hier ist Prinzessin Iaira. Wir haben sie nach Hause zurückgebracht.« Der Sicherheitsbeamte warf einen Blick auf Iairas blasses, zerbissenes Gesicht und zog eine Grimasse.

»Das soll die verschollene Prinzessin von Ta Cathair sein?«, fragte er ungläubig.

»Sie ist es ganz bestimmt«, versicherte Sam. Der Ton des Selkies ärgerte ihn. »Und wir können es auch beweisen. Wir müssen nur zur Königin.«

»Bringt euren Beweis in den für Meerleute reservierten Teil der Stadt und stellt euch ans Ende der Schlange all der anderen Möchtegern-Iairas. Jeden Tag kommt mindestens eine neue dazu, die behauptet, sie sei die Erbin. Und jetzt geht weiter zur neutralen Zone.« Er wies auf die Arena. Tashi zog Iaira zu dem angegebenen Bereich und Sam und Vance folgten.

»Das ist ja wie bei Anastasia«, meinte Vance. »Sie war vor etlicher Zeit eine russische Prinzessin, die man für tot gehalten hat, aber als man ihre Leiche nicht finden konnte, sind plötzlich mehrere Frauen aufgetaucht, die sich für die Prinzessin ausgegeben haben. Leider haben wir keine Zeit, einen Haufen Bürokraten zu überzeugen.«

»Dem stimme ich zu«, sagte Tashi. »Ich kann Iaira nicht mehr heilen. Die Magie des Gifts ist zu stark.«

»Es gibt noch eine andere Möglichkeit, zur Königin zu gelangen«, flüsterte Iaira. Sie schloss die Augen und rief mit schwacher Stimme »Rosi«.

»Wer ist Rosi?«, fragte Sam. Bevor er eine Antwort auf

seine Frage bekam, brach vor der Arena ein Tumult aus. Meermenschen und Selkies stoben in alle Richtungen und machten Platz für ein riesiges Seepferd, das auf die Gruppe zugaloppierte. Die Wächterin stellte sich sofort schützend vor die anderen.

»Es ist okay«, flüsterte Iaira. »Sie ist mein Freund.«

Das Wesen kam direkt auf die Prinzessin zu. Es war ein majestätisches Tier, hatte ungefähr die Größe eines Pferds der Oberwelt, aber blau schimmernde Haut, Vorderbeine mit Flossen anstelle von Hufen und einen langen, gebogenen Schwanz. Es beugte sich zu Iaira hinunter und liebkoste ihren Hals.

»Du erinnerst dich an mich«, sagte die Prinzessin und tätschelte ihm den Kopf. Das Seepferd nickte. »Bevor ich weggegangen bin, war ich die amtierende Meisterin des Rennens«, erklärte Iaira den anderen. »Niemand war schneller als Iaira und Rosi.« Sie lächelte schwach und fuhr fort: »Ich fand es immer ironisch, dass der begehrte Siegerpreis eine Audienz bei meiner Mutter war, der ich ja immer nur aus dem Weg gehen wollte.«

»Du meinst, wenn man das Rennen gewinnt …«, begann Sam.

»Wird man zur Königin vorgelassen«, ergänzte Iaira.

»Du bist wirklich nicht in der Verfassung, ein Rennen zu bestreiten, Prinzessin. Ausgeschlossen«, widersprach Vance.

»Das werde ich auch nicht. Sam wird es für mich tun.«

Kapitel 14

DAS SEEPFERD 5000

Von allen ungewöhnlichen Erfahrungen, die Sam London in seiner Zeit beim IMW gemacht hatte, war das hier eine der seltsamsten. Er saß in einem beeindruckenden Unterwasser-Königreich auf einem Seepferd mit Düsenantrieb und würde in wenigen Minuten beim »Seepferd 5000« starten. Als Iaira vorgeschlagen hatte, Sam bei einem Rennen antreten zu lassen, das wohl so etwas wie ein NASCAR-Rennen unter Wasser war, hatten sowohl Tashi als auch Dr. Vantana sofort widersprochen. Das war zwar ein Weg, um die Königin zu treffen, aber Sam hatte schließlich keinerlei Erfahrung im Reiten eines Seepferds, und schon gar nicht bei halsbrecherischer Geschwindigkeit. Es war eindeutig viel zu gefährlich. Doch Iaira bestand darauf. Sie machte ihnen klar, dass es keine andere Möglichkeit gab und ihr die Zeit davonlief.

Die Wächterin konnte nicht reiten, da sie die Prinzessin am Leben halten musste, bis Hilfe kam, und Dr. Vantana war zu groß und zu schwer. Professionelle Seepferdreiter waren eher klein und leicht, damit die Last für das Seepferd nicht zu schwer war und Pferd und Reiter stromlinienförmiger waren. Eine kürzere Flosse war ebenfalls ideal beim Reiten mit den Düsentriebwerken, die die Tiere trugen; einer der Gründe, weshalb Iaira als Kind so erfolgreich war.

Sam hatte zwar die richtige Größe, war aber die falsche Spezies. Seepferd-Sättel waren für Reiter mit einer Schwanzflosse gemacht, nicht für solche mit Beinen. Er musste sich also breitbeinig auf das Seepferd setzen und die Knie anwinkeln, als würde er in die Hocke gehen. Das war nicht besonders bequem, aber es war nötig, um der Luft möglichst wenig Widerstand zu bieten und zu verhindern, dass die Düsentriebwerke seine Beine verbrannten.

Allein der Gedanke an die Triebwerke machte Sam nervös. Sein Daumen schwebte über dem speziellen Knopf an den Zügeln, der den Düsenantrieb startete und die gewaltige Schubkraft erzeugte, für die das Rennen berühmt war. Der Knackpunkt lag darin, zu wissen, wann man den Knopf drücken musste, da einem der Treibstoff ausging, wenn man zu früh zu viel davon verbrauchte. Drückte man den Knopf jedoch nicht lang genug, hatte man praktisch schon verloren. Das richtige Maß zu finden, war gar nicht so einfach, doch Iaira hatte Sam beruhigt: Rosi würde ihm helfen, indem sie jedes Mal den Kopf senkte, wenn Sam auf den Knopf drücken sollte. Iaira hatte auch vorgeschlagen, gleich nach dem Startschuss gute fünf Sekunden Stoff zu geben, damit Sam sich von der Menge absetzen konnte und nicht das ganze Rennen lang Konkurrenten überholen musste. Wie Sam außerdem erfahren hatte, fand das Rennen nicht nur in der Arena statt. Ein Großteil der Strecke verlief durch die Stadt, zweifellos um das Ereignis in die Länge zu ziehen und den vielen Fans mehr Gelegenheit zum Zuschauen zu bieten.

Während Sam nervös auf den Klang des Korallenhorns wartete, die Unterwasserversion einer Startpistole, betrachtete er verstohlen die anderen Teilnehmer. Die Seepferde und ihre Reiter sahen alle sehr unterschiedlich aus, doch sie hatten eines gemeinsam: einen stählernen, entschlossenen Blick. Es traten sowohl Meermenschen als auch Selkies an und die Unterschiede zwischen den beiden Gruppen waren deutlich erkennbar. Die Selkie-Reiter wirkten sehr viel aggressiver. Mit ihren schwarzen Tuniken und dem gepanzerten Arm- und Beinschutz sahen sie aus wie Krieger, die in die Schlacht ziehen. Jeder trug einen silbernen Brustpanzer mit Schulterschutz, der aerodynamisch nach hinten gebogen war. Ihre Seepferde schnaubten wütend, und die Selkie-Reiter rissen an den Zügeln, damit sie nicht vor dem Signal lospreschten.

Die Meermänner und -frauen wirkten genau wie ihre Reittiere deutlich ruhiger. Sie trugen eng anliegende Outfits in dezenten Farben und schmiegten sich reglos an den Hals ihres Seepferds.

Während der Start unaufhaltsam näher rückte, spürte Sam immer mehr Blicke auf sich gerichtet. Immer häufiger starrte jemand neugierig zu ihm herüber. Dann entdeckte er einen Selkie, der wohl das Rennen beaufsichtigte, in der Nähe der Startlinie im Gespräch mit einem Meermann, offenbar einem Reiter. Dieser gestikulierte wild und zeigte auf Rosi. Sam war sofort klar, dass es sich um Rosis eigentlichen Reiter handeln musste, den sie abgeworfen hatte, um zu Iaira zu laufen. Zum Glück kam er nicht mehr dazu, sein Seepferd zurückzufordern, denn in diesem Moment ertönte das Korallenhorn und das Rennen begann.

Sam drückte sofort auf den Knopf an den Zügeln, wie Iaira ihn angewiesen hatte. Bläulich rote Flammen schossen aus den Düsen und Sam spürte die Hitze an seinen Beinen. Rosi legte einen schnelleren Start hin als eine Dvergen-U-Bahn, was angesichts der Tatsache, dass sie sich unter Wasser befanden, ganz und gar außergewöhnlich war.

Sam setzte sich sofort an die Spitze des Feldes, musste aber schnell erkennen, dass er viel zu stark beschleunigt hatte, als er auf dem Weg aus dem Stadion hinaus die erste Kurve nahm. Während die Jockeys aus der Arena schossen und in Richtung Stadt preschten, entglitten Sam die Zügel, er rutschte von Rosi herunter und landete in einem Seetangfeld. Er rappelte sich hoch und entdeckte Rosi, die zurückkam, um ihn wieder aufsitzen zu lassen. Aus dem Augenwinkel sah Sam die anderen Reiter vorbeipreschen. Für den Rest des Rennens würde er wohl versuchen müssen aufzuholen.

»Tut mir leid«, entschuldigte er sich bei Rosi, als er wieder aufstieg. Sie schnaubte und schoss auf die Strecke zurück. Sie waren jetzt im Mittelfeld, hielten aber gut mit. Die Reiter um sie herum traten nach ihren Konkurrenten und lenkten ihre Pferde in sie hinein, als seien sie auf einem Demolition Derby, bei dem sich die Fahrzeuge gegenseitig rammen. Zum Glück beachteten sie Sam nicht. Wahrscheinlich war er einfach kein ernst zu nehmender Konkurrent für sie.

Auf dem Weg ins Stadtzentrum schlängelte sich die Rennstrecke durch ein Tal, das in Sams Augen der Grand Canyon des Meeresbodens sein musste. Es war eine tiefe Schlucht mit buntem Seetang und glitzernden Korallenriffen. Hier und da brachen Löcher in der Talsohle auf und kochend heißes Wasser sprudelte heraus, was auf einen Unterwasservulkan hindeutete. Zum Glück schien Rosi genau zu wissen, wo diese Stellen waren, und machte einen Bogen darum.

Das Feld wurde immer dichter und Sam war bald von allen Seiten, sogar oben und unten, von Reitern umgeben. Der feurige Strom aus den Düsen der Seepferde vor ihm heizte das Wasser auf. Sam hatte deswegen nicht nur Probleme, den Weg zu erkennen, er spürte auch, wie das Wasser, das über seine Haut strich, ihn fast verbrannte. Die Canyon-Strecke endete kurz vor der Stadt und weiter ging es über Seetang-Weiden. Auch wenn Sam ziemlich rasant dahinpreschte, konnte er, als er sich der Stadt näherte, trotzdem die Pracht bewundern, die in diesem Königreich herrschte. Er sah Kristalltürme, Gebäude aus leuchtend bunten Korallen, Straßen aus Perlmutt und blühende Seetanggärten.

Am anderen Ende der Stadt war der Palast zu erkennen; Regierungsgebäude säumten den Weg dorthin. Die Strecke machte direkt vor dem Palast eine scharfe Kurve, und Sam sah, dass er aus glänzendem, saphirgrünem Glas gebaut war und geschmückt mit Tausenden kostbarer Edelsteine. Sam entdeckte riesige Perlen, Türkise, Opale und Smaragde sowie lila und rote Steine, deren Namen er nicht kannte. Aber ihm fielen auch die vielen bewaffneten Soldaten in diesem

Bereich der Stadt auf. Auf einer Seite der Straße standen Meermänner mit langen Waffen, die wie Gewehre geformt waren, während auf der anderen Seite Selkies Posten bezogen hatten. Beide Gruppen hatten panzerähnliche Fahrzeuge mit Düsentriebwerken, die denen der Seepferde glichen. Die beiden Armeen schienen sich beim Anfeuern gegenseitig übertrumpfen zu wollen, als die Seepferde an ihnen vorbeipreschten. An der Tatsache, dass die Soldaten so offensichtlich getrennt aufgestellt waren, erkannte Sam, wie groß die Gefahr für einen Krieg schon war. Es hing so viel vom Ausgang des Rennens ab und davon, welcher Reiter gewann – Sam spürte praktisch das ganze Gewicht dieser Unterwasserwelt auf seinen Schultern.

Als sie wieder auf ein gerades Streckenstück kamen, gab Rosi Sam das Zeichen, auf den Knopf zu drücken, was er sofort tat. Er war vorsichtig und entschlossen und vermied hässliche Auseinandersetzungen mit seinen Konkurrenten. Schließlich wusste er, dass er das Rennen gewinnen musste, um zur Königin zu gelangen. Er musste es gewinnen, um das Leben von Prinzessin Iaira zu retten. Er musste gewinnen, damit kein Krieg ausbrach. Leider gewann Sam London nicht. Nicht mal im Entferntesten.

Sam versuchte vergeblich, sich mithilfe des Düsenantriebs einen Weg durch die dichte Masse der Reiter zu bahnen. Doch jeder seiner Versuche wurde abgeblockt. Als Rosi schließlich über die Ziellinie schoss, war nur noch ein anderer Reiter hinter ihr. Sam tätschelte dem offensichtlich geknickten Seepferd den Kopf. Iaira hatte an ihn geglaubt, und das wusste er zu schätzen, doch umso enttäuschter war er, weil er es nicht geschafft hatte. Sam London wäre es wohl lieber gewesen, wenn seine Fähigkeiten als Jockey beim Seepferdrennen in der Fallakte später etwas besser dargestellt worden wären, Tatsache war aber, dass er zwölf Jahre alt war und keinerlei Erfahrung als Reiter eines Seepferds mit Düsenantrieb hatte. Zudem war er gegen erfahrene Profis angetreten. Sam hakte die Sportart also als eine von den vielen ab, für die er keine besondere Begabung hatte. Doch auch wenn Sam kein Meister im Seepferdreiten war, war er doch ziemlich clever … und hatte schon einen Plan B.

ENDE

Sam entdeckte Königin Muiria hoch über der Arena in einer luxuriösen Loge, die einen 360-Grad-Blick bot und es ihr erlaubte, das Rennen sowohl innerhalb als auch außerhalb des Stadions zu verfolgen. Muiria, das schwarzhaarige Ebenbild ihrer Tochter, stand in einer schimmernden Robe an der Brüstung und applaudierte, als auf der Leinwand noch einmal der atemberaubende Zieleinlauf gezeigt wurde.

Unten in der Arena schmückten zwei Helfer das Siegerpferd mit Kränzen aus buntem Seegras. Die Stimme des Moderators schallte durch die Arena und verkündete den Sieger: ein Selkie namens Niallas. Sam erkannte ihn wieder; er war einer der aggressivsten Reiter auf der Strecke gewesen.

Die Menge applaudierte, als die Königin, umgeben von Bodyguards, aus ihrer Loge ins Stadion herunterschwebte, um Niallas beim Siegerpodium zu treffen. Die Bodyguards erlaubten ihm, sich ihr zu nähern, doch der Selkie weigerte sich, vor der Königin niederzuknien. Die Bodyguards versuchten, ihn dazu zu zwingen, doch Muiria gebot ihnen gelassen Einhalt und überreichte ihm die wertvolle glitzernde Trophäe, die mit unzähligen kostbaren Edelsteinen geschmückt war. Er hob sie hoch über seinen Kopf.

»Das ist für die Selkies!«, rief er. »Und für General Searus, den wahren Herrscher von Ta Cathair!« Die Hälfte der Menge applaudierte wie verrückt, während die andere Hälfte in Protestgeheul ausbrach. Die Wachen traten vor, um Niallas zu bestrafen, und darin erkannte Sam seine Chance.

Er hatte noch nicht seinen gesamten Treibstoff verbraucht. Als absehbar war, dass er das Rennen nicht gewinnen würde, hatte Sam es für besser gehalten, noch etwas in den Tanks zu lassen, falls er einen schnellen Abgang machen musste. Schließlich waren mehrere Schiedsrichter da, die wussten, dass er nicht dazugehörte, und die womöglich an der Ziellinie auf ihn warteten, um ihn zur Rede zu stellen. Sam wusste, wie riskant sein Vorhaben war, aber er wusste auch, dass es seine einzige Chance war. Und es war das Mindeste, das er tun konnte, um Iaira vor einem schrecklichen Schicksal zu bewahren. Er lenkte Rosi so, dass ihr Kopf zu der Stelle zeigte, an der die Siegerehrung stattfand, und drückte auf den Knopf. Der restliche Treibstoff zündete die Düsen und das Duo preschte auf die Königin zu. Die überraschte Rosi bäumte sich auf, doch sie konnte wenig gegen den Schub der Düsen tun. Im nächsten Moment stand Sam vor Königin Muiria, umringt von Soldaten, die ihre Waffen auf ihn und Rosi gerichtet hatten. Die Menge keuchte und Sam hob rasch die Hände.

»Bitte nicht schießen!«, rief er. »Ich bin ein Mensch und

muss nur mit der Königin sprechen.« Sams Stimme hallte durch die Arena, und ihm wurde bewusst, dass alle im Stadion den Vorfall live auf den riesigen Leinwänden mitverfolgen konnten. Die Soldaten zerrten ihn von Rosi herunter und warfen ihn auf den Meeresboden.

»Wenn du ein Mensch bist, wie kannst du dann durch Kiemen atmen?«, fragte einer wütend. »Bringt die Königin in Sicherheit«, wies er zwei andere Soldaten an. »Wir kümmern uns um diesen Attentäter.« Sie zogen Sam auf die Füße, und er sah, wie die Bodyguards der Königin versuchten, sie rasch in Sicherheit zu bringen.

»Bitte! Ich bin mit Prinzessin Iaira gekommen. Der richtigen Iaira«, rief Sam. »Maris, der Selkie, hat mich geschickt, damit ich sie heimbringe. Ich gehöre zum Institut für Magische Wesen. Wir arbeiten für Phylassos …«

»Wie kannst du es wagen, die Königin mit deinen Behauptungen zu beleidigen«, rief ein Soldat. Er hob seine Waffe und wollte sich auf Sam stürzen.

»Stopp«, befahl Königin Muiria. Sie blieb mit ihren Bodyguards stehen und drehte sich um. Der Soldat hielt wie befohlen inne. »Erkläre mir, wieso du Kiemen hast«, befahl sie.

»Das ist ein bisschen kompliziert, aber ich habe ein Serum bekommen, das dafür sorgt, dass ich unter Wasser atmen kann«, erklärte Sam.

»Und weshalb sollte ich dir glauben, dass du Iaira gefunden hast? Weißt du, wie viele andere schon mit derselben Behauptung hierhergekommen sind und mit Lügen falsche Hoffnungen in mir geweckt haben, um sich auf diese gemeine Weise Zugang zum Thron zu verschaffen? Was unterscheidet dich von diesen Piranhas?«

»Wie gesagt, ich bin ein Mensch«, wiederholte Sam. »Bitte kommt mit und schaut sie Euch an, dann wisst Ihr, dass ich die Wahrheit sage.«

»Es könnte eine Falle sein, Eure Majestät«, warnte einer ihrer Berater.

»Es ist keine Falle. Wir müssen uns beeilen. Sie liegt im Sterben. Wenn sie keine Hilfe bekommt, wird sie nicht mehr lange überleben«, erklärte Sam.

Die Königin kam näher. »Warum liegt sie im Sterben?«

»Ein Adaro – seine Fliegenden Fische haben sie vergiftet.«

»Und was hatte sie mit einem Adaro zu schaffen?«

»Wir sind den fünf heiligen Punkten gefolgt, nachdem Maris uns einen Kristall gegeben hat. Wir waren zuerst in Atlantis und sind dann schließlich bei Ika-Tere in Samoa gelandet, wo der Adaro uns angegriffen hat. Ich würde Euch gern alles genau erklären, Eure Majestät, aber uns – ihr läuft die Zeit davon.«

Die Königin überlegte kurz, dann nickte sie.

Aller Augen waren auf Sam gerichtet, als er die Königin von Ta Cathair und ihr schwer bewaffnetes Gefolge aus der Arena und zu der Stelle führte, wo er Vance, Tashi und Iaira zurückgelassen hatte. In der Arena war es totenstill, da immer noch alles auf Riesenleinwänden übertragen wurde und somit für alle sichtbar war. Selbst die Selkies schauten und hörten aufmerksam zu. Sam schwamm voraus. Er entdeckte seine Freunde und sah, dass Iaira mit geschlossenen

Augen auf dem Boden lag. Tashis Hände waren noch immer auf den Schultern der Prinzessin, doch anscheinend zeigte dies keinerlei Wirkung mehr.

Vantana lächelte, als Sam näher kam. »Du hast dich wacker geschlagen, Kleiner. Wir haben alles gesehen.« Er wies auf einen großen Bildschirm außerhalb der Arena, auf dem das Rennen übertragen worden war und wo jetzt die Szene mit Muiria live zu sehen war.

Die Königin erstarrte, als sie Iaira in den Armen der Wächterin sah. »Ist sie das?«, fragte sie zaghaft.

Sam nickte. »Ja, Eure Majestät. Wir haben einen langen Weg hinter uns. Tashi ist eine Wächterin der Greifenklaue. Sie konnte Iaira gerade so weit heilen, dass sie am Leben blieb, aber die Magie des Gifts ist zu stark.«

»Darf ich …« Die Königin gab mit einer Geste zu verstehen, dass sie näher herankommen wollte.

»Aber selbstverständlich«, antwortete Dr. Vantana.

Königin Muiria schwamm zu Iaira. Die Wachen blieben immer dicht bei ihr.

Tashi nahm ihre Hände von der Prinzessin, die kaum noch zu atmen schien.

»Ich kann nichts mehr für sie tun«, sagte Tashi. »Jetzt können ihr nur noch Eure Heiler helfen.«

Muiria nickte und hob Iaira in ihre Arme. Sie strich ihr die Haare aus dem mit Bisswunden übersäten Gesicht.

Die Prinzessin öffnete die Augen einen winzigen Spalt. »Mutter? Verzeih mir …«, bat sie leise und begann zu weinen. Dunkelblaue Tränen schwebten aus ihren Augen nach oben. Muiria drückte ihre Tochter fest an sich.

»Bringt meine Ärzte her«, befahl sie den Wachen.

»Aber, Eure Majestät, wie können wir sicher sein, dass …«, begann einer ihrer Ratgeber.

»Ich weiß, wie es sich anfühlt, wenn ich mein Kind in den Armen halte«, erwiderte die Königin bewegt. Und mit fester Stimme fügte sie hinzu: »Bringt meine Ärzte her. Sofort! Ich habe sie schon ein Mal verloren. Ich werde sie kein zweites Mal verlieren.«

* * *

Während Dr. Vantana mit Tashi und Iaira vor der Arena das Ende des Seepferd-5000-Rennens abwartete, versuchte er, möglichst viele Informationen zur aktuellen politischen Situation in Ta Cathair zu sammeln. Er ergatterte zwei Zeitungen, die anscheinend auf einem dünnen organischen Material gedruckt waren, das im Wasser fest blieb, ansonsten aber wie Papier wirkte. Die Zeitungen erzählten zwei ganz unterschiedliche Geschichten über den Zustand der Stadt. Eine war eindeutig aus Selkie-Perspektive geschrieben, die andere aus der Sicht der Meerleute. Die beiden Schlagzeilen lauteten: »Extremisten drängen zum Krieg!« und »Freiheit der Selkies in Gefahr!« Angesichts der angriffslustigen Sprache war es nicht überraschend, dass die Stadt in einer Krise steckte und Maris unbedingt wollte, dass Iaira nach Hause zurückkehrte. Er musste ihre Heirat als letzten, verzweifelten Versuch gesehen haben, einen Bürgerkrieg zu verhindern.

Die Zeitungen von diesem Tag konzentrierten sich hauptsächlich auf die Entscheidung der Königin, das Seepferd-

5000-Rennen wie geplant stattfinden zu lassen. Wie Vance aus den Artikeln erfuhr, hatte das Rennen im Jahr zuvor katastrophal geendet. Einer der führenden Reiter aus dem Lager der Meerleute wurde nach einem Zusammenstoß mit einem Selkie-Konkurrenten, der für seine illegalen Taktiken bekannt war, getötet. Der Meermann fiel in einen Vulkanschlot und war sofort tot. Der Selkie-Jockey, der für den Zusammenstoß verantwortlich war, wurde auf Lebenszeit von der Teilnahme am Rennen ausgeschlossen.

Angesichts dieser Spannungen in der Stadt war Vantanas Erleichterung darüber, dass Sam das Rennen unverletzt überstanden hatte, um ein Vielfaches größer als die Enttäuschung über das schlechte Abschneiden, vor allem nach seiner riskanten Aktion bei der Siegerehrung. Sams Versuch, die Königin zu erreichen, hätte auch als Angriff gesehen werden können, doch überraschenderweise hatte sich alles zum Besten gefügt. Die Szene, die sich danach zwischen Iaira und der Königin abspielte, wurde von Millionen Bürgern von Ta Cathair verfolgt. Das Schweigen sowohl der Selkies als auch der Meerleute in der Arena und auf den umliegenden Plätzen bewies, wie bewegend das Wiedersehen von Mutter und Tochter war.

Etwas mehr als eine Stunde später saßen Vance, Sam und Tashi an einem Tisch in einem herrlichen Speisesaal im Palast von Ta Cathair. Auch wenn die Vorstellung, unter Wasser auf einem Stuhl zu sitzen, ungewöhnlich war, stellte Vantana fest, dass das Meerwasser sich in dieser Tiefe dünn und leicht anfühlte – wie flüssige Luft. War das normal, oder war Rangerin Naughtons Injektion dafür verantwortlich, dass er es so empfand? Eben war auf silbernen Tellern eine Auswahl essbarer Meerespflanzen serviert worden, und dem Doktor fiel auf, dass er sich nicht erinnern konnte, wann er das letzte Mal etwas gegessen hatte. Er spießte eine der lila Pflanzen mit der Gabel auf und steckte sie in den Mund. Sie war weich und schmeckte nach Lakritz. Unter Wasser zu essen, war ein seltsames Gefühl, doch Vance war so hungrig, dass er sich schnell daran gewöhnte. Er schluckte zwar mit jedem Bissen Wasser, aber irgendwie verließ dieses überschüssige Wasser seinen Körper durch die Kiemen wieder. Auch Tashi und Sam griffen zu, vor allem die Wächterin, die beim Heilen von Iaira eine Menge Energie verbraucht hatte. Die Prinzessin hatten sie das letzte Mal außerhalb der Arena gesehen, als das Ärzteteam der Königin gekommen war und sie ins beste Krankenhaus der Stadt gebracht hatte.

Vance berichtete Sam und Tashi gerade, was er aus den Zeitungen über die Lage in der Stadt erfahren hatte, als die Tür zum Speisesaal aufging und Königin Muiria hereinschwamm. Alle erhoben sich ehrerbietig.

»Bitte setzt euch«, sagte sie, und sie nahmen ihre Plätze wieder ein.

»Wie geht es Iaira?«, fragte Sam besorgt.

Die Königin lächelte. »Die Ärzte glauben, dass sie überleben wird, und dafür muss ich euch allen danken.« Sie schaute Vantana an. »Sam sagte, Sie arbeiten für Phylassos?«

Vance nickte. »Stimmt. Ich gehöre einer Organisation an, die dafür sorgt, dass Phylassos' Gesetz eingehalten wird.

Dieser Fall ist insofern ungewöhnlich, weil die Zuständigkeit nicht ganz klar ist. Unsere Mission hat an Land begonnen, uns dann aber hierher geführt.«

Die Königin nickte. »Ich hätte nie gedacht, dass ich meine Tochter noch einmal wiedersehe«, gestand sie. »Ich dachte, sie sei tot, hatte aber immer noch ein wenig Hoffnung, dass sie eines Tages zurückkehren würde. Als Maris mit dem Foto einer jungen Frau in einer Menschen-Zeitschrift zu mir kam, sagte ich ihm, dass das nicht Iaira sei. Es sei ausgeschlossen. Doch er blieb hartnäckig.«

»Er war sehr energisch, das kann ich bestätigen«, erwiderte Vance. »Zum Glück hat er uns einen atlantischen Kristall gegeben, der Iaira geholfen hat, sich zu verwandeln, und uns zum ersten heiligen Punkt geführt hat. Die Prinzessin hatte überhaupt keine Erinnerung an ihr Leben hier. Sie wusste nicht mehr, wer sie ist.«

»Sie dachte, ihr Name wäre Pearl Eklund«, ergänzte Sam. »Und da, wo ich herkomme, war sie ziemlich berühmt. In gewisser Weise hat sie auch dort wie ein Prinzessin gelebt.«

»Iaira hatte nie ein Problem mit ihrer Rolle als Prinzessin«, erwiderte Muiria lächelnd. »Es waren die Pflichten, die mit dem Titel einhergehen, die sie nicht mochte.«

»Ich weiß, dass Eure Stadt im Moment im Umbruch ist«, begann Vance.

»Das ist milde ausgedrückt«, gab Muiria trocken zu. »Die Selkies sehen Iairas Verschwinden als Zurückweisung ihrer gesamten Gattung. Was sie getan hat, sei lediglich ein weiterer Beweis, dass wir Meerleute uns für etwas Besseres halten. In den Jahren seit ihrem Verschwinden sind gewalttätige

Auseinandersetzungen zur Regel geworden und eine politische Lösung schien unerreichbar. Also habe ich die Stadt in getrennte Bereiche unterteilt, um Spannungen abzubauen.«

»Aber danach wurde alles nur schlimmer?«, vermutete der Doktor.

»Viel schlimmer. Es hat uns noch weiter auseinandergebracht. Hat Urinstinkte wie Angst und Misstrauen ans Tageslicht befördert. Die Selkies bestehen seither auf ihrer eigenen Regierung. Sie sind der Meinung, Ta Cathair sei ihre Stadt, und drohen, sie sich mit Gewalt zurückzuholen. Für mich ist es nur eine Frage der Zeit, bis der Krieg ausbricht.«

»Wer ist General Searus?«, fragte Sam. »Ich habe gehört, wie Niallas bei der Siegerehrung seinen Namen gerufen hat.«

»Er ist ein Heerführer der Selkies und königlicher Abstammung. Die Selkies sehen ihn als ihren König, und er hat meinen Rücktritt gefordert, mit der Begründung, dass Iaira den Friedensvertrag gebrochen habe.«

»Die Hochzeit«, schlussfolgerte Sam.

Muiria nickte. »Ja. Die war Teil der Vereinbarungen. Eine gemeinsame Regierungsform wäre möglich, wenn Vertreter beider Gattungen einen heiligen Bund schließen.«

»Na, dann hoffen wir mal, dass Iairas Rückkehr dazu beiträgt, dass sich die Lage etwas beruhigt«, meinte Vance. »Aber es gibt da noch etwas, das Ihr wissen solltet. Ich glaube, es gibt Kräfte, die auf unserer Reise aktiv versucht haben, Iairas Rückkehr zu verhindern.«

»Ich verstehe«, erwiderte Muiria nachdenklich.

»Vielleicht sind die Selkies …«

»Die Selkies sind meine geringste Sorge«, unterbrach Muiria. »Bitte kommt mit.«

Muiria und ihre Bodyguards führten das Trio aus dem Palast und in einen Bezirk am Stadtrand. Vantana sah Hunderte Meerleute und Selkies aus einer Öffnung in der Höhlendecke über ihnen strömen. Regierungsbeamte nahmen ihre Personalien auf, während sie von Soldaten bewacht wurden.

»Flüchtlinge«, erklärte Muiria. »Sie kommen aus unseren vielen Kolonien überall auf der Welt.«

»Dann war es das, was wir in den Videos von den Überwachungsbojen gesehen haben«, sagte Sam leise zu Vance.

»Garantiert«, bestätigte der Doktor. Dann wandte er sich wieder an Muiria. »Wieso fliehen sie aus ihrer Heimat?«

»Euretwegen!«, bellte eine tiefe Stimme. Als sie sich umdrehten, sahen sie einen von Bodyguards umringten Selkie mit silbrigem Haar näher kommen. Er war älter als Maris, aber genauso kräftig gebaut.

»General Searus«, grüßte Muiria ihn. »Ich wusste nicht, dass Ihr uns mit Eurer Anwesenheit beehren würdet.«

»Diese Angelegenheit geht die Selkies genauso an wie Eure Leute«, bemerkte er gereizt.

»Moment mal«, mischte Vance sich ein. »Weshalb ist das *unseretwegen*?«

»Genau wie Ta Cathair wurden auch die Kolonien Syrenis, Gorgonas und Vannari über Energiequellen erbaut«, erklärte die Königin. »Sie versorgen unsere Zivilisation mit Energie. Wir nennen es das silberne Feuer. Und anscheinend hat die Menschheit es jetzt entdeckt und damit begonnen, die Quellen für ihre eigenen Zwecke anzuzapfen.«

»Silbernes Feuer?«, wiederholte Sam. »Das klingt irgendwie wie …«

»Brennbares Eis«, ergänzte Vantana.

Tashi beugte sich vor. »Vielleicht weiß Lief Eklund mehr, als er zugibt«, vermutete sie.

»Wir werden der Sache auf den Grund gehen, das verspreche ich«, versicherte der Doktor Muiria und Searus.

»Wo ist eigentlich Maris?«, fragte Sam. »In der Arena habe ich ihn nicht gesehen. Ich will, dass er weiß, dass ich mein Versprechen gehalten habe.«

»Wir hatten gehofft, ihr könntet uns sagen, wo der Sohn des Generals ist«, erwiderte die Königin.

»Der Sohn des …« Plötzlich begriff Vance, dass Maris Searus' Sohn war. Nun ergab alles einen Sinn. »Wieso sollten wir wissen, wo er ist?«, fragte er.

»Weil er nie aus der Oberwelt zurückgekehrt ist«, antwortete Searus anklagend.

Kapitel 15

BRENNBARES EIS

SL002-130-70

Betreff: Metanhydrat

Quelle: BD

Datum: [redacted]

Um die Zusammenhänge im Fall SL002-130 verstehen zu können, ist es wichtig zu wissen, worum es sich bei der als »brennbares Eis« bezeichneten Energiequelle handelt. Die Substanz, auch bekannt als Methanhydrat, besteht aus Methangas, das in zu Kristall erstarrtem Wasser eingelagert ist. Methanhydrat entsteht auf mikrobiellem oder geologischem Weg und findet sich unter dem Meeresboden oder in arktischen Permafrost-Gebieten. Wenn man die Kristalle abbaut, können sie verbrannt werden, wobei beträchtliche Mengen an Energie entstehen. So entspricht ein Kubikmeter Methanhydrat 164 Kubikmeter natürlichem Gas. Die bekannten Methanhydratvorkommen könnten theoretisch mehr Energie liefern, als alle fossilen Brennstoffe der Welt zusammengenommen. Beim Entzünden von Methanhydrat scheinen die Kristalle in Flammen zu stehen und vermitteln so die Illusion von brennbarem Eis.

Iairas Rückkehr und das Wiedersehen mit Muiria, das in der Arena und auf Videogeräten in der ganzen Stadt verbreitet worden war, hatten zwar geholfen, die Spannungen zwischen Selkies und dem Meervolk etwas zu lockern, doch ganz ausräumen konnten die Ereignisse diese Spannungen nicht. Ein großer Teil der Selkies nahm das Verschwinden von Maris – dem beliebten Sohn von General Searus – mit Skepsis und Argwohn auf. Sam wusste, dass das IMW unbedingt alles in seiner Macht Stehende tun musste, um einen Krieg zu verhindern. Das schloss auch die Überprüfung einer möglichen Verbindung zwischen Lief Eklund und den Bohrungen nach Methanhydrat unter den Kolonien des Meervolks und der Selkies mit ein; genauso wie Ermittlungen zum Verschwinden von Maris. Dr. Vantana, Sam und Tashi bereiteten sich auf ihre Abreise vor – diesmal würde sie ein von den Selkies gebautes Unterwasserfahrzeug transportieren. Muiria und der General begleiteten sie zur Anlegestelle, als eine vertraute Stimme sie alle an der Zustiegsrampe innehalten ließ.

»Ihr geht nirgendwo hin ohne mich«, rief Iaira hinter ihnen. Sam drehte sich um und erkannte sofort, dass das Meermädchen immer noch nicht ganz geheilt war – sie bewegte sich sehr viel langsamer als in Atlantis. Dennoch war ihr Zustand Grund zum Feiern.

»Du schwimmst schon wieder?«, fragte er grinsend.

»Unsere Ärzte konnten die Magie des Gifts umkehren«, erklärte sie. »Ich bin noch nicht wieder hundert Prozent die Alte, aber auf dem besten Weg dorthin.«

Ein aufgeregter Meermann in einer blauen Uniform schwamm rasch auf die Prinzessin zu. »Ich habe versucht, sie aufzuhalten, Eure Majestät«, keuchte er.

»Es ist alles in Ordnung, Doktor. Sie kann ziemlich stur sein«, erwiderte die Königin, die neben dem Unterwasserfahrzeug stand. »Sie können gehen.« Der Arzt nickte erleichtert und schwamm davon. »Was tust du hier?«, fragte Muiria ihre Tochter. »Du solltest dich wirklich ausruhen.«

»Zum Ausruhen ist keine Zeit. Ich muss mitkommen«, drängte Iaira.

»Jetzt aber mal langsam, Prinzessin«, mischte Vance sich ein. »Wir haben dich gerade erst mit Mühe und Not nach Hause gebracht und sind dabei alle fast gestorben. An erster Stelle du. Bleib lieber hier bei deinen Leuten.«

»Ich bin ganz Ihrer Meinung«, sagte die Königin mit fester Stimme.

»Ich auch«, meldete sich Sam. Tashi nickte ebenfalls.

»Maris hat so viel riskiert, um mich und unser Königreich zu retten. Und jetzt möchte ich *ihm* helfen«, erklärte Iaira. »Mein Vater – ich meine, mein Möchtegern-Vater – hat alles darangesetzt, ihn nach dem Vorfall mit der Limousine zu finden. Wer weiß, was passiert ist, falls es ihm wirklich gelungen ist. Außerdem muss ich herausfinden, ob Lief hinter diesen Vorfällen in unseren Kolonien steckt und warum er mir nie die Wahrheit über meine Herkunft gesagt hat.« Sie schwamm zu dem Unterwasserfahrzeug, hielt aber inne, als sie merkte, dass ihr niemand folgte. »Versteht denn keiner von euch, weshalb ich mitkommen muss? General Searus, Ihr habt Euch noch nicht dazu geäußert. Maris ist schließlich Euer Sohn.«

»Ich glaube, ich spreche für alle Selkies, wenn ich sage, dass wir diese Geste sehr zu schätzen wüssten, Prinzessin. Sie würde sehr positiv aufgenommen werden. Und, was vielleicht noch wichtiger ist, sie ist ausgesprochen mutig.«

Iaira grinste. »Dann ist ja alles klar.«

Vance und Königin Muiria versuchten noch mehrmals, sie umzustimmen, mussten sich aber schließlich geschlagen geben. Also bestieg das wiedervereinte Quartett das Unterwasserfahrzeug und stieg zur Wasseroberfläche auf.

Wieder an Land, war der Übergang zur normalen Atmung, gelinde ausgedrückt, unangenehm. Es war schon eine beängstigende Erfahrung gewesen, die Kiemen wachsen zu spüren, doch die Rückkehr zur rein menschlichen Atmungsweise war regelrecht schmerzhaft und eklig. Die Kiemen verschwanden schnell, worauf die Lunge das ganze Wasser loswerden musste. In anderen Worten: Sam, Tashi und Vance übergaben sich wieder und wieder. Obwohl sie den größten Teil der Flüssigkeit schon in Indien wieder loswurden, hustete Sam, bis sie Miami erreichten, immer wieder Ozeanwasser aus. Wenn Sam dem Ganzen irgendetwas Positives abgewinnen konnte, war es die Tatsache, dass er sich noch nie so leicht gefühlt hatte. Sein Körper hatte sich an den ständigen Widerstand des Wassers gewöhnt und jetzt hatte er praktisch das Gefühl zu schweben. Er fand es aufregend, dass die Injektion von Rangerin Naughton tatsächlich funktioniert hatte, und war gespannt, ob er noch andere Fähigkeiten entwickeln würde, die er vielleicht bei zukünftigen Fällen ausprobieren konnte.

Bevor sie die Dvergen-U-Bahn zurück nach Florida bestiegen, versuchte Vance, Ranger Woodruff Sprite zu erreichen, um ihn über ihre Rückkehr zu informieren. Er tippte auf seine Dienstmarke und rief Woodruffs Namen, erhielt jedoch keine Antwort. Beim zweiten Versuch meldete sich eine fremde Stimme.

»Ranger Woodruff ist im Moment nicht verfügbar. Kann ich Ihnen vielleicht helfen, Dr. Vantana?«, fragte eine näselnde, etwas höhere Männerstimme.

»Mit wem spreche ich denn?«, fragte der Doktor mit gerunzelter Stirn zurück.

»Ich bin Bob.«

»Welcher Bob?«

»Ferguson. Bob Ferguson. Wir haben uns letztes Jahr bei der Weihnachtsfeier im Büro in Washington kennengelernt. Ich dachte, Sie erinnern sich vielleicht nur an meinen Vornamen, aber wahrscheinlich ist es schon zu lang her und …«

»Wo ist Ranger Sprite?«, unterbrach Vance, um Bob davon abzuhalten, ihn zuzutexten.

»Er ist auf einer speziellen Mission für Phylassos und befindet sich außerhalb des Senderbereichs.«

Vantanas Ungeduld wuchs von Sekunde zu Sekunde. »Was für eine spezielle Mission?«, wollte er wissen.

»Das darf ich nicht sagen.«

»Ach, kommen Sie, Bob«, versuchte es der Doktor in einem freundlicheren Tonfall. »Ich dachte, wir sind Freunde. Wir haben uns auf dieser Weihnachtsfeier gut unterhalten, oder etwa nicht?«

»Wir haben nur Hallo zueinander gesagt. Ich stand am Tisch mit den Namensschildern und habe Sie erkannt, und …«

»Aber es war ein echt freundliches Hallo. Wie unter Kumpels, die sich lang nicht gesehen haben. Sie müssen mir helfen, Kollege. Ich bin selbst auf einer total wichtigen Mission.«

Sam musste lächeln über den Versuch des Doktors, Bob Ferguson zu manipulieren. Unwillkürlich kam ihm der Gedanke, dass er, was das anging, ein wenig auf Vantana abgefärbt hatte.

»Dr. Vantana …«, begann Ferguson.

»Nennen Sie mich Vance«, unterbrach ihn Vantana.

»Vance …« Ferguson hielt einen Moment inne, bevor er fortfuhr: »Ich weiß ehrlich nicht, auf welcher Mission Ranger Sprite und Rangerin Naughton sind, aber …«

»Moment mal, Bob. Rangerin Naughton ist auf derselben speziellen Mission?«

Es entstand eine lange Pause. Dann antwortete Ferguson nervös: »Ich habe keine Befugnis, Ihnen das zu sagen, Vance.«

»Ist schon okay. Ich verstehe. Aber jetzt brauche ich doch Ihre Hilfe, wenn es nicht zu viel Mühe macht.«

»Klar, Vance. Dafür bin ich doch hier. Brauchen Sie da

draußen noch Unterstützung? Ich soll das Büro eigentlich nicht verlassen, aber wenn es ein Notfall …«

»Nicht nötig, Kumpel«, unterbrach ihn der Doktor. »Ich brauche nur einen fahrbaren Untersatz, der bei den Falling Waters auf mich wartet. Bekommen Sie das hin?«

»Selbstverständlich.« Ferguson konnte seine Enttäuschung darüber, dass nicht mehr von ihm verlangt wurde, nicht ganz verbergen.

»Danke. Wir sehen uns dann auf der nächsten Institutsfeier.« Damit legte Vantana auf und winkte den anderen, damit sie ihm in die U-Bahn folgten.

Nach der Unterhaltung mit Ferguson war der Doktor tief in Gedanken versunken. Sam vermutete, dass er darüber nachgrübelte, in welcher speziellen Mission Sprite und Naughton unterwegs sein könnten.

»Hast du nicht gesagt, dass du schon eine ganze Weile vergeblich versuchst, Phylassos zu erreichen?«, fragte er Vantana.

»Habe ich«, bestätigte dieser. »Bei allem, was hier los ist, wundert es mich, dass er mir überhaupt keine Informationen zu dieser Mission weitergegeben hat.« Er war offensichtlich sauer darüber und Sam konnte ihn gut verstehen. Dieser ganze Fall und die Ereignisse drum herum wurden von Minute zu Minute rätselhafter.

* * *

Pearl Eklund war bei ihrer Rückkehr nach Miami ein vollkommen anderer Mensch als beim Verlassen der Stadt, genau wie Iaira bei ihrer Rückkehr nach Ta Cathair eine völlig andere war als bei ihrer Flucht vor etlichen Jahren. Es war ewig her, seit die Prinzessin sich das letzte Mal in ihre Social-Media-Accounts eingeloggt hatte, und es schien sie nicht sonderlich zu interessieren, wie ihre Fans auf ihr plötzliches Verschwinden reagiert hatten. Viel wichtiger war es Iaira jetzt, Maris zu finden und Antworten auf ihre vielen drängenden Fragen zu Lief und den Bohrungen nach brennbarem Eis zu bekommen.

Unter all den zurückgekommenen Erinnerungen an ihr früheres Leben in Ta Cathair waren auch einige Erinnerungen an Maris selbst. Er und sie waren keine Fremden. Sie waren Klassenkameraden in einer Privatschule für die Kinder von Regierungsbeamten gewesen. Anfangs hatte Iaira ein wenig für ihn geschwärmt – er war schließlich der Selkiejunge, der von allen am besten aussah –, doch er hatte sie immer gnadenlos gehänselt. Er zog sie oft an ihrer Flosse und nannte sie »Fischgesicht«. Muiria behauptete damals, das sei ein Zeichen dafür, dass er sie auch mochte, und im Rückblick musste Iaira zugeben, dass ihre Mutter wahrscheinlich recht gehabt hatte. Doch als Zehnjährige hatte sie das vollkommen anders gesehen. An dem Tag, als sie erfuhr, dass er derjenige war, den sie einmal heiraten sollte, fühlte sie sich einfach nur gedemütigt. Maris kam zu ihr, nachdem er dieselbe Nachricht von seinem Vater erhalten hatte, entschuldigte sich für sein bisheriges Verhalten und versprach, sich zu ändern. Er bat sie um Verzeihung, doch Iaira hörte ihm überhaupt nicht zu. Sie flehte ihre Mutter an, das Gesetz zu ändern, um die Hochzeit zu verhindern, doch das konnte Muiria nicht. Zu viel stand auf dem Spiel.

Aber sie erinnerte Iaira daran, dass die Hochzeit erst in einigen Jahren stattfinden sollte. Vielleicht änderten sich ihre Gefühle bis dahin ja, oder das politische Klima wandelte sich, und der Friedensvertrag konnte neu verhandelt werden. Für Iaira war das alles jedoch kein Trost.

Die Prinzessin schloss sich in ihrem Zimmer ein. Nicht nur, dass sie als Königin ihr ganzes Leben ihrem Volk widmen musste und deswegen nie die Chance haben würde, in die Oberwelt zu reisen (ein Wunsch, den sie schon als kleines Mädchen hatte, der ihr aber aus Sicherheitsgründen nie gewährt wurde), sie musste das alles auch noch als Ehefrau von Maris tun. Das war einfach zu viel für sie, und so packte sie ein paar Sachen zusammen und floh aus der Stadt. Indem sie weglief, so dachte sie, würde sie allen zeigen, dass sie es ernst meinte, und vielleicht würde es dazu führen, dass das Gesetz geändert wurde. Wenn ihr Volk sich nicht um ihre Wünsche scherte, warum sollte sie sich dann um dessen Wünsche scheren? Doch ihr Verschwinden verschlimmerte die Situation natürlich nur noch und fast wäre sie für immer verloren gewesen. Inzwischen waren die Einzelheiten ihrer Rettung aus dem Meer das Einzige, was in ihrer Erinnerung noch nicht ganz klar war. Und das warf Fragen zu Lief und seinen wahren Absichten auf.

Aus ihrer Unterhaltung mit Murphy in dem Seniorenheim wusste Iaira, dass sie in ihrer Meermädchengestalt gerettet worden war. Das bedeutete, dass Lief wusste, was sie wirklich war, und es ihr nie gesagt hatte. Wieso? Stattdessen hatte er sogar die Geschichte über ihre angeblichen Eltern erfunden, die bei einem Bootsunfall ums Leben gekommen sein sollten. Er hatte einfach alles dafür getan, dass sie die Wahrheit nicht erfuhr. Das ergab aber doch eigentlich keinen Sinn, vor allem da er sie wirklich zu lieben schien. War das alles nur Show? Oder gab es eine andere, nettere Erklärung für sein Handeln? Vielleicht hatte er ihr die Geschichte von ihren Eltern erzählt und ihre wahre Identität verheimlicht, um sie irgendwie zu schützen? Ihm musste schließlich klar gewesen sein, dass die Entdeckung einer echten Meerjungfrau die Welt verändern würde. Hätte die Öffentlichkeit davon erfahren, wäre Iaira wahrscheinlich ausgenutzt worden oder hätte als Studienobjekt für die Wissenschaft herhalten müssen. Lief hätte spielend ein Vermögen verdienen können, wenn er sie auf diese Weise vermarktet hätte. Doch er hatte es vorgezogen, diese Information für sich zu behalten, und sie stattdessen wie seine Tochter behandelt. Sie hatte sich von ihm immer geliebt gefühlt und das irritierte sie jetzt. Was das brennbare Eis betraf – konnte es wirklich Zufall sein, dass ausgerechnet *Eklund Energy* hinter den Bohrungen in den Kolonien steckte? Das schien ziemlich unwahrscheinlich, was wiederum alles andere, das sie über Lief wusste, in Zweifel zog. Bei all diesen möglichen Szenarien ging es in ihrem Kopf drunter und drüber. Es tobte ein regelrechter Sturm an Gedanken und Gefühlen in ihr und ihr fiel nur ein Weg ein, Klarheit zu bekommen.

»Ich finde, wir sollten direkt zum *Eklund-Energy*-Gebäude gehen«, verkündete sie bei ihrer Ankunft in Florida. »Ich rede mit Lief und gehe dieser ganzen Sache auf den Grund.«

»Viel zu riskant«, widersprach Vance. »Es gibt zu viele

offene Fragen, wir brauchen mehr Informationen, bevor wir etwas unternehmen. Ich schlage vor, wir quartieren uns irgendwo ein, versuchen, etwas über Maris' Verschwinden herauszufinden, und machen einen Plan.«

Iaira nickte widerwillig. Der Sturm in ihrem Kopf tobte weiter.

Sie landeten schließlich in einer Holzhütte im Everglades-Nationalpark, wo sie sich um den Computer versammelten und mit ihrer Suche begannen. Laut Online-Nachrichten wurde Pearl Eklund nicht vermisst. Lief hatte eine Presseerklärung herausgegeben, in der er behauptete, sie sei auf einer Hilfsmission in einem weit entfernten Land, dessen Name zum Schutz ihrer Privatsphäre nicht genannt würde. Allerdings war diese Erklärung nach Berichten über Iairas Ausraster auf der Party gekommen und nach zahlreichen Berichten über den Vorfall mit der Limousine. Inzwischen gab es auf Fan-Seiten wilde Spekulationen ihrer Juwelen zu diesen beiden Ereignissen. Einige glaubten, sie sei wegen einer Angststörung in einem Rehabilitationszentrum, während für andere alles nur Teil eines Presse-Gags war, um einen Vertrag für eine Realityshow im Fernsehen zu ergattern. Überrascht stellte Iaira fest, dass die Zahl ihrer Follower in den letzten Tagen sogar noch gestiegen war. Anscheinend war sie beliebter, wenn man sie vermisste.

Sie klickten sich nicht nur durch die Spekulationen, die sich um Pearl rankten, sondern durchforsteten die Nachrichten auch nach irgendwelchen Hinweisen auf Maris. Leider wurde der geheimnisvolle, an dem Unfall beteiligte Mann nirgendwo erwähnt. Iaira rief ihren Fan bei der Polizei an, in der Hoffnung, Informationen von ihm zu bekommen, die nicht an die Öffentlichkeit gelangt waren.

»Pearl, bist du es wirklich?«, fragte der Fan skeptisch.

»Natürlich bin ich es! Wer soll es denn sonst sein, Quatschkopf?«, flötete Iaira ganz in der Rolle von Pearl.

»Das ist einfach pearltastisch! Ich habe mir solche Sorgen gemacht. Ist alles in Ordnung?«, fragte der Beamte, ohne Luft zu holen.

»Na klar. Du kennst doch den Spruch: Die Liebe wächst mit der Entfernung. Ich versuche nur, die Spannung auf diese neue Fernsehshow zu steigern, an der ich arbeite. Aber das ist geheim, also bitte nicht weitersagen!«

»Das würde mir im Traum nicht einfallen«, versicherte er ihr leise.

»Oh, du bist wirklich einer meiner strahlendsten Juwelen!«, rief sie und hörte, wie er kicherte. »Übrigens, hast du noch etwas über den Mann gehört, der mich gekidnappt hat? Das war ganz schön abgefahren, was?«

»Und wie! Aber es tut mir leid, wir haben nichts mehr über ihn herausgefunden. Die Spur hat sich im Sand verloren. Ich habe noch versucht, meine Vorgesetzten dazu zu bringen, zusätzliche Ermittler einzusetzen, aber sie meinten, sie hätten nicht genügend Leute.«

»Und mein Vater? Er war ja richtig besessen von dem Gedanken, diesen Mann zu finden.«

»Ja, das dachte ich auch. Deshalb habe ich sein Büro angerufen und gebeten, dass er ein wenig Druck auf meinen Chef ausübt, doch er hat nie zurückgerufen.«

»Verstehe.« Wenn das mal keine merkwürdige Entwicklung war. Weshalb sollte Lief die Suche nach Maris plötzlich aufgeben? »Und er wurde nie mehr gesehen? Gibt es denn irgendwelche Gerüchte?«

»Nein, gar nichts.«

»Trotzdem danke, du hast einen pearltastischen Job gemacht«, lobte Iaira den Beamten, der am anderen Ende der Leitung aufgedreht kicherte.

Nachdem Iaira das Gespräch beendet hatte, wiederholte sie für die anderen, was der Polizist gesagt hatte. Keiner konnte sich erklären, weshalb Lief das Interesse an der Suche nach dem Selkie verloren hatte, vor allem nach Iairas Verschwinden.

»Ich hätte gedacht, Lief würde noch intensiver nach ihm suchen, nachdem du plötzlich nicht mehr da warst.«

»Ich auch«, versicherte Iaira.

»Es sei denn, Lief hat ihn direkt nach deinem Verschwinden gefunden«, meinte Tashi.

»Bevor die Polizei eine Chance hatte«, spekulierte Vance. »Vielleicht hält er ihn irgendwo versteckt und überlegt, wie er am meisten Kapital aus ihm schlagen kann. Außerdem wissen wir ja, dass es da draußen Wesen gibt, die deine Rückkehr verhindern wollten. Vielleicht wollen sie auch nicht, dass Maris zurückkehrt.«

»Und was machen wir jetzt?«, fragte Iaira.

»Wir müssen ins *Eklund-Energy*-Gebäude und uns im Büro deines Vaters umsehen. Vielleicht fällt uns ja irgendetwas Brauchbares in die Hände«, antwortete Vance.

»Und wann kann ich endlich mit ihm reden?«, wollte sie wissen.

»Wenn wir mehr Anhaltspunkte haben. Eine Begegnung mit ihm macht die Dinge nur komplizierter. Falls er weiß, dass du ein Meermädchen bist, könnte er versuchen, dich öffentlich zu entlarven, jetzt, da du für ihn ganz offensichtlich verloren bist.«

Iaira nickte.

»Wie kommen wir denn in sein Büro?«, fragte Tashi. »Bei unserem letzten Besuch in dem Gebäude habe ich mir die Sicherheitsmaßnahmen genau angesehen. Sie sind ziemlich perfekt. Allein in der Lobby sind mehr als ein Dutzend Wachleute. Jetzt sind es womöglich noch mehr, falls Mr Eklund tatsächlich böse Absichten hat. Wir sollten auch davon ausgehen, dass seine Leute Anweisung haben, ihm sofort Bescheid zu geben, wenn sie dich sehen, Vance.«

»Gutes Argument. Wir könnten durch den Mitarbeitereingang in der Tiefgarage«, schlug Iaira vor. »Ich … ich meine, Pearl hat sich so immer rein- und rausgeschlichen, wenn der Wachmann gerade nicht aufgepasst hat.«

»Ich bin mir sicher, jetzt passt er immer auf«, meinte Vance.

»Wir könnten versuchen, uns Liefs eigene Geschichte zunutze zu machen«, schlug Sam vor. »Wenn er die Presse belogen hat, hat er wahrscheinlich auch seine eigenen Leute belogen. Richtig? Dann gehen sie davon aus, dass Iaira auf irgendeiner Hilfsmission ist. Dr. Vantana könnte sich als Fahrer ausgeben oder so … und behaupten, dass er Pearl gerade vom Flughafen abgeholt hat. Und wenn die Wachleute zu neugierig werden, kann Tashi von hinten kommen und sie mit dem Shekchen außer Gefecht setzen.

»Von hinten?«, wiederholte Tashi. »Das klingt nicht besonders ehrenhaft.«

»Wir haben keine Zeit für ehrenhaft«, erklärte Sam. »Wir müssen ein Königreich retten.«

* * *

Vance Vantana trug seine komplette Park-Ranger-Uniform, als er Prinzessin Iaira in die Tiefgarage unter dem *Eklund-Energy*-Gebäude begleitete. Er war der Meinung, dass er glaubwürdiger wirkte, wenn er sich als jemand ausgab, der für den Staat arbeitete, und nicht als Fahrer, wie Sam ursprünglich vorgeschlagen hatte. Der Doktor hatte beschützend den Arm um Iaira gelegt. Sie ging mit gesenktem Kopf, das Gesicht unter einem Schal verborgen, als versuchte sie, den Kameras der neugierigen Paparazzi zu entgehen. Als sie sich dem Personalaufzug näherten, der sich in einer Ecke gegenüber den anderen Aufzügen befand, entdeckte Vance nicht nur einen, sondern gleich zwei Sicherheitsmänner.

»Ich schätze, Tashi hatte recht«, flüsterte er. »Sieht so aus, als hätte Lief die Sicherheitsmaßnahmen noch aufgestockt.« Das war eindeutig eine rote Flagge für den Doktor und eine potenzielle Katastrophe für das Institut für Magische Wesen. Sie liefen direkt in die Arme einer sehr reichen und mächtigen Person, die Iairas wahre Identität kannte und sie womöglich für ihre Zwecke ausgenutzt hatte. Sie erreichten den Personalaufzug und Vantana konnte nur hoffen, dass es noch nicht zu spät war, um Lief davon abzuhalten, Iaira und das Meervolk zu verraten.

»Dies ist kein öffentlicher Zugang«, erklärte der größere

der beiden Wachen. »Die Besucheraufzüge sind hinter Ihnen.«

»Die würden wir ja gern benutzen«, sagte Vantana, »können aber nicht riskieren, dass man sie erkennt.« Bei diesen Worten nahm Iaira den Schal vom Gesicht. Die Wachmänner waren völlig von den Socken.

»Miss … Miss Eklund«, stammelte der andere Wachmann.

»Ich bin früher als geplant von meiner Mission zurückgekommen«, erklärte sie, »und habe gehofft, meinen Vater überraschen zu können. Zum Glück hat dieser wundervolle Park Ranger mir geholfen, ein paar Reportern zu entkommen, die mir am Flughafen aufgelauert haben. Jemand muss ihnen einen Tipp gegeben haben.«

»Schön, dass Sie wieder da sind«, sagte der große Wachmann zögernd. »Gib oben Bescheid«, bat er seinen Partner. Dann wandte er sich wieder an Iaira. »Wir haben Anweisung, es Ihrem Vater sofort zu melden, wenn Sie zurückkommen.«

»Hm, das ist jetzt aber seltsam. Er weiß doch, dass ich auf einer Mission bin … Es sei denn, er hat herausgefunden, dass ich zurückkomme, und hat etwas geplant. Eine Party zum Beispiel.« Sie tat, als sei sie ganz begeistert von der Idee.

Die Wachmänner blickten sie verständnislos an.

»Mr Eklund ist nicht da«, informierte sie der Kleinere. »Er ist auf einer Expedition an Bord des neuen Bohrschiffs.«

»Ach, ja natürlich!«, erwiderte Iaira, als sei es ihr gerade wieder eingefallen.

»Moment mal. Sind Sie nicht der Kerl aus San Francisco?«

Der Große schaute sich den Ranger genauer an. *Oh-oh*, dachte Vance. Die Körperhaltung des Wachmanns änderte sich sofort und er griff nach seinem Walkie-Talkie.

»Ich melde das«, verkündete er.

»Genug geplaudert«, befand Vance. »Tashi?«

»Wer ist Tashi?«, fragte der andere Wachmann.

»Das bin ich«, meldete sich die Wächterin. Die Wachmänner wirbelten herum, als Tashi sich verbeugte. Dann sprang sie hoch und versetzte dem Großen einen Tritt ins Gesicht. Kaum wieder auf dem Boden gelandet, drehte sie rasch ihren Shekchen um und berührte mit der Spitze den kleineren Wachmann. Sein ganzer Körper krampfte, dann fiel er um wie ein Stein. »Sam?«, rief sie. Sam tauchte hinter einem geparkten Wagen auf und die vier verschwanden schnellstens im Personalaufzug.

»Ich halte es für das Beste, wenn wir uns aufteilen und uns getrennt umschauen, bevor die Wachmänner aufwachen oder jemand feststellt, dass sie während der Arbeit schlafen«, erklärte Vance. Die anderen nickten, während der Aufzug sich dem Penthouse näherte. »Wenn ihr etwas findet, ruft ihr.«

Die Türen öffneten sich und sie eilten in verschiedene Richtungen davon. Das Penthouse, das Pearl ihr Zuhause genannt hatte, war mit Abstand die luxuriöseste Wohnung, die Vance je gesehen hatte. 750 perfekt eingerichtete Quadratmeter voll kostbarer Möbel und Kunst in einem von Miamis höchsten Gebäuden.

Vance ging nach rechts durch einen großen Flur, der als Verbindung zu den verschiedenen Räumen am hinteren

Ende des Penthouses diente. In diesem Flur stand ein so großes Aquarium, dass es locker als Tauchbecken hätte dienen können. Er ging rasch daran vorbei und durch eine Tür, die, wie sich herausstellte, in ein Arbeitszimmer führte.

Wie der Rest des Penthouses war auch dieser Raum wunderschön möbliert mit einer Couch, zwei Stühlen, einem großen Mahagoni-Schreibtisch und einem dazu passenden Schrank mit geschlossenen Fächern und Schubladen sowie Regalen voller Bücher und gerahmter Fotos. Vance begann seine Suche nach Hinweisen in den Schubladen hinter dem Schreibtisch. Die erste, die er aufzog, enthielt nur Briefbögen und Umschläge, doch in der zweiten waren ein digitales Aufzeichnungsgerät, stapelweise handgeschriebene Notizen und einige Speicherkarten. Die Speicherkarten steckten in Plastikhüllen und waren mit den Worten »Syrenis«, »Gorgonas« und »Vannari« beschriftet. Das waren, wie Vance sofort erkannte, die Namen der Kolonien des Meervolks, die durch die Bohrungen nach Methanhydrat in Gefahr waren. Es erschien immer wahrscheinlicher, dass ein Zusammenhang bestand zwischen Lief und der problematischen Lage der Meerleute und Selkies. Er schob eine der Speicherkarten in den Rekorder und drückte auf »Play«. Doch statt der Stimme von Lief hörte Vantana eine Frauenstimme.

»Pearl? Kannst du mich hören?«, fragte die Frau. Das musste diese Dr. Hawkins sein, von der Iaira gesprochen hatte.

»Ja.« Die Stimme der Prinzessin klang wie die eines Roboters, monoton, als sei sie in Trance.

»Gut. Ich möchte, dass du dich zurückerinnerst an die

Zeit vor deinem Bootsunfall«, sagte Hawkins. »Kannst du das für mich tun?«

»Ja.«

»Dein wahres Zuhause … Erinnerst du dich daran?«

»Ta Cathair …«, antwortete Iaira sehnsüchtig.

»Du musst mir sagen, wo es liegt … Ich muss dich dorthin zurückbringen. Wo ist es, Iaira?«

»Ich weiß es nicht.«

»Ich habe dich schon unzählige Male danach gefragt, Iaira. Dein Vater wird wütend sein, wenn du dich wieder weigerst, es mir zu verraten.«

»Ich weiß es nicht«, erwiderte das Mädchen noch einmal. Ihre Stimme klang gequält.

»Sag es mir jetzt!«, verlangte Hawkins mit tiefer Stimme und in einem drohenden Tonfall. Vantana hörte Iaira aus dem Lautsprecher leise weinen.

»Ich weiß es nicht«, wiederholte sie unter Tränen.

»Gut«, erwiderte die Frau plötzlich wieder ruhig und freundlich. »Ich frage dich später noch einmal und sage deinem Vater nicht, dass du dich geweigert hast, zu antworten. Aber du willst ihn doch glücklich machen, oder?«

»Ja.«

»Gut. Denn zum Glück weiß ich noch etwas, womit du ihm eine Freude machen kannst. Er möchte wissen, wo er einen Ort namens Syrenis finden kann.« Es entstand eine lange Pause, dann fügte Hawkins hinzu: »Es ist nur eine Kolonie. Du kannst mir doch sicher sagen, wo sie liegt.«

»Syrenis … liegt im Mittelmeer im Calypsotief …«

Vance schaltete den Rekorder aus. Er hatte mehr als

genug gehört. Ihm war regelrecht übel. Iaira hatte Dr. Hawkins verraten, wo die Kolonien waren. Die Psychiaterin musste für Lief arbeiten. Sie war überhaupt nicht dafür da, Iaira zu helfen, über den erfundenen Verlust ihrer Eltern hinwegzukommen, sondern versuchte, durch Hypnose Informationen aus ihr herauszukitzeln. Aber etwas kam Vance dennoch merkwürdig vor. Woher kannte die Psychiaterin Iairas richtigen Namen und woher wusste sie von der Existenz von Ta Cathair und den Kolonien? Möglich, dass Iaira sie in früheren Hypnose-Sitzungen erwähnt und von dem hohen Methanhydrat-Vorkommen gesprochen hatte. Vance strich nachdenklich mit dem Finger am Rand der Speicherkarten entlang. Was immer der Fall war, diese Menschen benutzten die Prinzessin, um sich persönlich zu bereichern, das stand jetzt absolut fest.

Der Doktor nahm die Speicherkarten, die Notizen und den Rekorder und verließ das Arbeitszimmer. Wieder im Flur schaute er sich das riesige Aquarium genauer an. Es stand dicht an der Wand und nahm den größten Teil des Raums ein. Dieses Mal fiel ihm die fürchterliche Qualität des Wassers auf. Wie es aussah, war das Aquarium seit einiger Zeit nicht mehr gereinigt worden. War der Filter kaputt? Lief liebte Fische, daran bestand kein Zweifel, doch in diesem Aquarium lebten offenbar keine. Das Wasser war trüb und nichts Lebendiges schien sich darin zu bewegen.

»Dr. Vantana?«, hörte er Tashi rufen. Er schaute auf und sah sie aus einem der anderen Zimmer kommen.

»Was gibt es?«

»Ich glaube, ich habe in der Bibliothek hinter den Bücherregalen ein Geheimzimmer entdeckt«, berichtete sie. »Allerdings weiß ich noch nicht, wie man hineinkommt.«

»Interessant. Ich habe auch etwas gefunden«, sagte Vantana. »Sieht so aus, als sei Dr. Hawkins nicht ganz ehrlich. Wir sollten mit Iaira reden«, fügte er hinzu. Dann fiel sein Blick wieder auf das Aquarium. »Tashi, kommt es dir nicht auch merkwürdig vor, dass hier dieser riesige Kasten von Aquarium steht ohne einen einzigen Fisch darin?«

»Wie kannst du sehen, dass keine Fische darin sind?«, fragte sie. Der Einwand war angesichts des trüben Wassers berechtigt, doch Vance hatte während der ganzen Zeit, in der er das Aquarium betrachtet hatte, noch keinen Fisch an die Scheibe schwimmen sehen. Einen oder zwei hätte er doch sehen müssen, wenn welche drin gewesen wären. »Was mir allerdings merkwürdig vorkommt, ist die Stehleiter da hinten, die bis zum oberen Rand des Aquariums reicht«, meinte Tashi.

Vance hob eine Augenbraue und trat an die Rückseite des Aquariums. Tashi hatte recht. Jemand hatte eine steile Holzleiter an die hintere Scheibe geschoben.

»Vielleicht übt Lief hier das Tauchen«, vermutete Vance. Er stieg die Leiter hinauf und blickte in das waldgrüne Wasser hinunter. Grüne Algen schienen darauf zu schwimmen. Vance ging in die Knie, um besser sehen zu können, beugte sich dann über den Rand und schnupperte. Es roch intensiv nach fauligem Fisch. Er verzog das Gesicht, als der Gestank ihm in die Nase stieg. Dann glaubte er, eine Bewegung im Wasser wahrzunehmen. Ein Fisch? In dieser Brühe? Mit zusammengekniffenen Augen wartete er auf ein weiteres

Zeichen. Ohne Vorwarnung schoss eine Hand mit langen, schmalen Fingern und Schwimmhäuten dazwischen aus dem Wasser, krallte sich um Vance Vantanas Gesicht und zog ihn hinein.

Kapitel 16

DIE DUNKELFLOSSE

Überraschungen waren nicht Sam Londons Ding. Noch nicht einmal den Gedanken an eine Geburtstags-Überraschungsparty fand er verlockend. Er hatte seiner Mutter sogar das Versprechen abgenommen, ihn nie mit einer solchen Party zu überraschen. Die Vorstellung, dass ein Haufen Leute hinter irgendetwas hervorspringen und das Geburtstagskind zu Tode erschrecken, fand er überhaupt nicht lustig. Geburtstagspartys waren etwas, auf das man sich freute, und nichts, wegen dem man angelogen werden sollte. Natürlich gab es Ausnahmen, was Sams Abneigung gegen Überraschungen anging: Überraschungsgeschenke, Süßigkeiten und Ausflüge in den Freizeitpark. Doch auf Überraschungen mit dem Ziel, jemanden zu erschrecken oder ihm einen Schock zu versetzen, konnte er verzichten. Ein typisches Beispiel dafür erlebte er an dem Tag, an dem er das *Eklund-Energy*-Gebäude erneut betrat.

Sam London hatte auf der Suche nach Hinweisen bereits Liefs Schlafzimmer durchsucht. Es musste doch Beweise dafür geben, dass der Energie-Magnat etwas mit Maris'

Verschwinden oder den Bohrungen unter den Ta-Cathair-Kolonien zu tun hatte. Leider hatte er weder für das eine noch für das andere welche gefunden und beschloss deshalb nachzusehen, wie Tashi und Vance vorankamen. Als er zur Nordseite des Apartments hinüberging, sah er weiter vorn im Foyer eine Pfütze neben einem riesigen Aquarium. *War die Pfütze da vorher auch schon?*, überlegte er. Als er sich die Sache genauer ansehen wollte, hörte er zwei Frauenstimmen aus einem anderen Zimmer – eine kannte er nicht, doch die andere war definitiv die von Iaira. Er drehte sich um und steuerte das Wohnzimmer an, aus dem die Stimmen kamen. Als er um die Ecke bog, sah er die Prinzessin auf einer Couch sitzen. Sie blickte starr geradeaus und neben ihr stand eine Frau.

»Sam London, nicht wahr?«, fragte die Frau, wartete aber gar nicht erst auf eine Antwort, sondern fuhr gleich fort: »Ich bin Dr. Hawkins. Freut mich, dich kennenzulernen.« Sie streckte Sam die Hand hin, doch er wandte sich Iaira zu. Sie schien in Trance zu sein.

»Was ist los mit ihr?«

»Iaira und ich haben nur ein wenig miteinander geplaudert«, erklärte Dr. Hawkins.

Sams Herz setzte einen Schlag aus. »Haben Sie gerade Iaira gesagt?« Woher kannte Hawkins Pearls richtigen Namen?

Die Frau stieß ein leises, böses Lachen aus. Im selben Moment fiel Sam die Tropfenspur auf, die von der Pfütze neben dem Aquarium bis zu den Füßen der Frau führte. Als er sich wieder zu ihr umdrehte, sah er, dass ihr Gesicht regelrecht pulsierte, während sie lachte. Ihre Haut warf Blasen und schien in ihren Körper hineingezogen zu werden. Zurück blieb eine schuppige, schleimige Oberfläche. Sam beobachtete entsetzt, wie ihre Augen sich weiter auseinanderschoben, größer wurden und die Form liegender Ovale annahmen.

»Überraschung!«, rief Dr. Hawkins mit einem hässlichen Lächeln. »Sam London, ich möchte dir für deine große Hilfe danken. Ich werde dich natürlich töten müssen, aber vorher wollte ich dir noch meine Wertschätzung ausdrücken.«

Sam hatte keine Waffe, um das Wesen abzuwehren, aber er hatte Reflexe, und zwar ziemlich schnelle. Vor ihm stand ein großer runder Glastisch mit einer wahrscheinlich wahnsinnig teuren Vase darauf. Er stieß den Tisch mit aller Kraft auf das Monster zu, das einen Sprung nach hinten machte, um einen Zusammenstoß zu vermeiden. Die Vase und der Tisch zersplitterten auf dem Boden, und der Krach reichte aus, um Iaira aus ihrer Trance zu reißen.

Sie sah das Monster und schrie: »Dunkelflosse!«

Sam ergriff ihre Hand und zog sie von der Couch. »Los, komm!« Sie rannten in Richtung Arbeitszimmer. »Wir müssen Vance und Tashi warnen.«

»Ihr kommt hier nicht weg«, fauchte das Monster boshaft und nahm die Verfolgung auf.

Als Sam und Iaira das Arbeitszimmer erreichten, fanden sie dort Vance und Tashi, die völlig durchnässt und bewusstlos auf dem Boden lagen. Ihre Hände und Füße waren mit Seetang gefesselt. Sam hörte das Monster näher kommen. Seine nassen Füße mit den Schwimmhäuten klatschten wie Saugnäpfe auf dem Marmorboden.

»Aufwachen!«, brüllte Sam und schüttelte Vance, doch er bekam keine Reaktion.

»Sie können euch jetzt nicht mehr helfen«, höhnte das Monster. Es hatte sich im Eingangsbereich in der Nähe des Aquariums aufgebaut. Sam und Iaira liefen den anderen Flur hinunter. Das Wesen folgte ihnen über einen parallel verlaufenden Gang und blockierte den Weg zum Ausgang. Als die beiden das südliche Ende des Apartments erreichten, war die Dunkelflosse plötzlich mit einem Satz vor ihnen. Iaira schrie, und Sam zog sie ins nächste Zimmer und warf die Tür zu. Es war Iairas Zimmer, und die beiden begannen sofort, Möbel vor die Tür zu schieben. Ein Nachtschränkchen, den Tisch, Stühle, alles, was sie von der Stelle rücken konnten.

»Damit können wir das Ding nicht aufhalten«, rief Iaira, als vom Flur her ein Fauchen zu hören war. »Die Dunkelflossen sind sehr stark … und verfügen über Magie. Wir haben keine Chance gegen sie.«

»Ich weiß«, erwiderte Sam. »Wir brauchen einen Plan.«

»Können wir nicht die Polizei rufen?«

»Und was sollen wir denen erzählen? Dass ein mythisches Seeungeheuer hinter uns her ist? Und selbst wenn sie kämen, wer weiß denn, wozu diese Kreatur fähig ist? Sie könnte wieder ihre Gestalt verändern und ihnen alles Mögliche erzählen.«

Bumm! Bumm! Bumm! Das Ungeheuer hämmerte gegen die Tür.

»Kommt raus und ich lasse einen von euch am Leben«, rief es. »Wobei, wenn ich es mir recht überlege …« Erneut wurde an die Tür gehämmert und dieses Mal bog sie sich nach innen und das Holz splitterte. Sie hatten noch eine Minute, vielleicht weniger, bevor ihr Ende sie erwartete. Sam schaute sich rasch noch einmal im Zimmer um. Als er den Laptop auf dem Schreibtisch sah, hatte er plötzlich eine Idee.

»Wir brauchen Verstärkung. Und ich weiß auch schon, woher wir die bekommen.«

* * *

Als junger Mann hatte Vance Vantana ein paarmal gegen Alligatoren gekämpft, doch das war sowohl buchstäblich als auch im übertragenen Sinn ein Kinderspiel gewesen im Vergleich zu dem Wesen, das ihn im Eklund-Penthouse in das Aquarium zog. Der Angriff kam natürlich vollkommen überraschend, und Vance hatte keine Chance, tief Atem zu holen. Und wenn er innegehalten hätte, um Kiemen zu bilden, hätte er sich überhaupt nicht mehr wehren können, deshalb hielt er das bisschen Luft an, das er noch in der Lunge hatte, und kämpfte gegen das Monster im Wasser – ein Monster, das er nicht sehen konnte. Das Wasser war so voller Algen und anderem Zeug, dass er keine Chance hatte, seinen Gegner zu erkennen. Aber spüren konnte er ihn. Und wie! Schuppige Hände hielten ihn fest und drückten ihn nach unten, zweifellos in der Absicht, ihn zu ertränken. Der Doktor spürte neben sich eine schnelle Bewegung im Wasser – Tashi kam ihm zu Hilfe. Doch die Bestie blieb unbeeindruckt von dem Angriff der Wächterin. Sie packte Tashi und Vance am Hals und sprang mit ihnen aus dem Aquarium. Das Monster landete direkt davor und ließ die beiden wie Kartoffelsäcke auf den Boden fallen. Dann hob es die Hände und bog die Finger, als wollte es etwas zerkratzen. Vantana spürte, wie sein Körper vollkommen starr wurde, doch es war ein ganz anderes Gefühl als die Starre, die bei ihm einmal nach dem Ruf einer Todesfee eingetreten war. Damals war es ein neurologisch verursachtes Erstarren gewesen – sein Gehirn hatte ihm vorgemacht, er könne sich nicht mehr bewegen –, doch jetzt fühlte es sich an, als würde eine unsichtbare Kraft ihn mit riesigen Händen nach unten drücken.

Vance erkannte das vor ihm stehende Wesen sofort. Es handelte sich um eine Dunkelflosse. Die Dunkelflossen waren eine legendäre Rasse magischer, gestaltwandlerischer Seewesen aus der Mythologie der Orkney-Inseln. Bis zu diesem Moment war er davon ausgegangen, dass die Rasse ausgestorben war. Seit Jahrhunderten war keine Dunkelflosse mehr gesehen worden. In der Geschichte des Meervolks und der Selkies hieß es, dass die Wesen verschwanden, nachdem sie bei der Schlacht um Ta Cathair geschlagen wurden. Doch jetzt stand eines vor ihm. Der Doktor versuchte vergeblich, den Zauber zu brechen, der ihn bewegungsunfähig machte. Auch Tashi versuchte sich zu befreien, ebenfalls ohne Erfolg.

»Mensch … so schwach wie alle anderen deiner Art«, sagte die Kreatur zu Vance. Dann wandte sie sich Tashi zu. Der vergebliche Versuch der Wächterin, den Zauber zu brechen, schien sie zu amüsieren. »Von dir habe ich mehr erwartet. Aber anscheinend hat der Greif dich nicht mit besonders viel magischem Schutz ausgestattet. Er hat dich beeindruckend gemacht, keine Frage. Stark und unsterblich, falls die Gerüchte stimmen. Aber du kannst ziemlich einfach außer Gefecht gesetzt werden.«

Vantana hatte sofort erkannt, dass es dieselbe Stimme war wie die auf der Tonaufnahme. Diese Kreatur musste ihre Gestalt verändert und sich die ganze Zeit als Iairas Therapeutin ausgegeben haben, um ihr Informationen zu entlocken. Bevor Vance auch nur ein Wort sagen konnte, schloss die Dunkelflosse ihre Hände plötzlich zu Fäusten und zischte. Vantanas Augen schlossen sich gegen seinen Willen und er verlor das Bewusstsein.

Vance konnte nicht sagen, wie lang er bewusstlos war, doch als er wieder zu sich kam, hatte sich die Lage verändert – allerdings nicht zum Besseren. Er saß mit dem Rücken an die Wand gelehnt im Arbeitszimmer auf dem Boden. Seine Hände und Füße waren mit Seetang gefesselt und die Dunkelflosse stand vor ihm.

»Oh gut, du bist wach«, stellte sie spöttisch fest. »Ich habe dir ein paar Freunde mitgebracht.«

Vance blickte nach rechts und sah Sam und Iaira neben sich sitzen, ebenfalls gefesselt und bei Bewusstsein. Auf seiner anderen Seite saß Tashi. Auch sie war wach. »Alles in Ordnung bei euch?«, fragte er.

»Nicht wirklich«, antwortete Sam.

»Es tut mir so leid«, entschuldigte sich Iaira. »Es ist meine Schuld. Alles.«

»Sie hat dunkle Magie angewandt«, erinnerte Vance sie. »Du konntest absolut nichts dagegen tun.«

»Ich habe mein Volk einmal betrogen, weil ich es im Stich gelassen habe, und dann noch einmal, als ich seine Existenz verraten habe«, erklärte Iaira.

»Du hast ihr Schicksal besiegelt und deines dazu«, bemerkte das Monster mit einem schleimigen Grinsen.

»Dann arbeitest du also mit Lief zusammen? Du hilfst einem Menschen, die du doch so verachtest?«, fragte Vance.

»Er arbeitet für *mich*. Tanzt nach meiner Pfeife. Willensschwacher Idiot«, schnaubte die Dunkelflosse. »Als meine Verbündeten in den Ozeanen mir von deiner Flucht aus Ta Cathair berichtet haben, Iaira, habe ich sofort deine Fährte aufgenommen. Ich stand ganz kurz davor dich zu schnappen, als du dich in diesem Netz verfangen hast und diese Primitivlinge dich an Bord gezogen haben.«

»Jetzt erinnere ich mich wieder«, rief Iaira. »Irgendetwas hat mich verfolgt, ich wusste nicht, was es war. Ich bin so schnell wie möglich in die Bucht geschwommen, habe mich aber in dem Fischernetz verfangen und mir bei dem Versuch, mich zu befreien, den Kopf an Liefs Boot angeschlagen. Dann bin ich an Deck des Schiffs wieder zu mir gekommen. Und ich wusste, wer ich war. Ich habe es Lief erzählt, und er hat versprochen, mich nach Hause zurückzubringen und niemandem von mir zu erzählen. Aber dann …«

»Habe ich den Plan geändert«, unterbrach sie die Dunkelflosse. »Und ich habe erkannt, dass der Mensch nützlich sein konnte. Du warst zum Glück sehr entgegenkommend, was die Lage der Kolonien betraf. Das hat mir geholfen, Lief zu einem sehr reichen Mann zu machen.«

»Aber du wolltest alles über Ta Cathair wissen … und

davon habe ich dir nie erzählt«, erinnerte sich Iaira. »Egal, was du auch versucht hast, deine Magie hat es nicht aus mir herausgebracht.«

»Damals nicht, das stimmt. Aber irgendwann ist es mir doch gelungen.«

»Was meinst du damit?«, fragte Iaira plötzlich nervös.

Die Kreatur beugte sich zu ihr hinunter und riss ihr den Korallenanhänger vom Hals. »Das einzige Erinnerungsstück an den Schiffbruch deiner Eltern. Deiner vorgegaukelten Eltern natürlich. Und an den vorgegaukelten Schiffbruch. Du warst so sentimental, dass du ihn nie abgenommen hast.«

»Er war verzaubert«, erkannte Iaira mit einem tiefen Seufzer.

Das Monster nickte grinsend. »Ich konnte alles hören und sehen, was du in den letzten Tagen erlebt hast.«

»Dann waren das deine Schiffe vor Atlantis«, schlussfolgerte Vance.

Die Dunkelflosse nickte. »Ich habe Lief angewiesen, euch dorthin zu folgen, aber es war ja nur der erste heilige Punkt. Also sind wir euch weiter gefolgt, bis ihr uns direkt nach Ta Cathair geführt habt.«

»Was hast du vor, Dunkelflosse?«, fragte Tashi. »Willst du die Stadt im Alleingang angreifen? Selbst wenn du noch Brüder und Schwestern hast – deine Art wurde schon einmal besiegt, und ihr werdet wieder verlieren.«

»Das glaube ich nicht«, entgegnete die Dunkelflosse. »Lief befindet sich nämlich in diesem Moment direkt über Ta Cathair, und zwar an Bord der *Pearl.* Mit dem Schiff, das nach dir benannt ist, Prinzessin, wird dein Königreich vernichtet werden. Ich habe es selbst entworfen. Herrlich ironisch, findest du nicht auch?«

»Der Bohrer«, entfuhr es Sam. »Deshalb hast du Lief reich gemacht. Du hast ihn gebraucht, damit er ein Bohrschiff bauen lässt, das stark genug ist, um …«

»Den Leviathan zu befreien.« Iaira sprach aus, was Sam vermutete.

»Während wir miteinander reden, arbeitet sich der Bohrer immer weiter in den Meeresboden unter Ta Cathair«, informierte die Dunkelflosse sie. »Der Leviathan wird aufsteigen und deine Leute töten. Alle.«

»So wie du Maris getötet hast?«, fragte Vance und warf der Kreatur damit einen Köder hin.

»Noch habe ich ihn nicht getötet. Ich habe ihn am Leben gelassen, für den Fall, dass er mir noch nützlich sein kann. Doch jetzt, da ihr hier seid und Ta Cathair angegriffen wird, kann ich ihn endlich ausschalten. Nachdem ich euch alle ausgeschaltet habe, versteht sich.«

»Aber der Leviathan lässt sich nicht bändigen«, erinnerte Iaira sie. »Du verdammst damit die ganze Welt zum Untergang.«

»Ich verdamme die *Menschheit* zum Untergang, und sie hat es verdient«, entgegnete die Dunkelflosse zornig. »Sie verschmutzen unseren Lebenssaft, und wir sollen uns verstecken und den Kopf einziehen? Sie haben ihren Untergang verdient. Und mit diesen beiden fangen wir an.« Das Monster ging auf Sam und Vance zu.

Jetzt sitzen wir ganz schön in der Patsche, dachte Vance. Er hatte keinen Plan B. Und da Sprite und Penelope auf irgendeiner Mission für Phylassos waren, konnten sie auch nicht auf Hilfe hoffen. Er zermarterte sich den Kopf nach einem Ausweg, doch ihm fiel keiner ein. Die Dunkelflosse stand vor ihm und machte ein paar Handbewegungen. Vance wusste, wann ein Zauber gewirkt wurde, und nach dem, was die Kreatur eben gesagt hatte, würde dieser ihn bestimmt nicht schöner machen. Und tatsächlich strömte im nächsten Moment alle Luft mit einem Schlag aus seiner Lunge. Er spürte seine Brust eng werden, als würde eine Boa Constrictor ihn langsam zerquetschen. Sein Körper verkrampfte sich und bald würde der Sauerstoffmangel sein Gehirn in Wackelpudding verwandeln. Er fühlte den Tod näher kommen, als Sam plötzlich rief: »Warte!«

Das Monster hielt inne. Vantana atmete so viel Luft ein, wie er konnte.

»Töte mich zuerst«, verlangte der Junge.

»Sam!«, protestierten Vance, Tashi und Iaira gleichzeitig.

»Ich meine es ernst. Wenn wir sowieso alle sterben, wie die Fischfrau hier sagt …«

»Dunkelflosse«, korrigierte ihn die Frau ärgerlich.

»Ist doch egal. Ich will jedenfalls als Erster sterben. Ich bin bei allem am liebsten der Erste. Ich sitze in der Achterbahn am liebsten vorn und auch bei der Wildwasserbahn. Du weißt schon, da wo der, der vorn sitzt, klatschnass wird. Ich mag sogar den ersten Schultag und den ersten Tag nach den Ferien. Ich mag es, wenn der Lehrer mich als Ersten aufruft. Und ich versuche, bei jeder Party der erste Gast zu sein.«

Vantana kannte Sam inzwischen gut genug, um zu wissen, dass er Zeit schinden wollte. Aber weshalb? Worauf wartete er? Versuchte er nur, das Unvermeidliche hinauszuzögern, oder wusste Sam etwas, das er nicht wusste? Was auch immer es war, der Doktor wusste, wann es Zeit war, noch eine Schippe draufzulegen.

»Moment noch«, meldete sich Vance, als die Dunkelflosse auf Sam zuging. »Habe ich denn hier gar nichts zu sagen? Ich habe mein Leben lang an allen möglichen Wettbewerben teilgenommen, vom Apfelkuchenwettessen bis zum Sumpfschnorcheln, und bin nie Zweiter geworden. Ich habe nicht vor, jetzt damit anzufangen.«

»Wie wäre es, wenn ich euch beide gleichzeitig umbringe?«, fragte das Monster ärgerlich. Es hob wieder die Hände, doch Sam unterbrach es erneut.

»Kann ich aussuchen?«

»Was denn?« Die Dunkelflosse verlor langsam die Geduld.

»Die Art und Weise, wie du mich umbringst. Die Methode oder den Zauber.«

»Nein.«

»Echt nicht? Also, ich finde ehrlich gesagt nicht, dass das zu viel verlangt ist. Ich würde mir einfach gern aussuchen können, wie ich ins Gras beiße.«

»So läuft das nicht«, erwiderte das Monster genervt.

»Oh, verstehe. Du kennst nur den einen Todeszauber.«

»Ich glaube, du hast den Nagel auf den Kopf getroffen, Sam«, bekräftigte Vance. »Wenn diese Dunkelflosse hier eine Eisdiele wäre, gäbe es anstelle der 31 verschiedenen

Sorten, die draußen auf dem Schild angeboten werden, drinnen nur eine einzige.«

»Genau.« Sam kicherte. »Eine einzige Sorte, die ›geschmacklos‹ heißt.« Beide lachten, was das Monster richtig auf die Palme brachte.

»Haltet den Mund und sterbt!«, fauchte es und hob die Hände, um seine Magie zu wirken.

»Ich habe auch eine Frage, Dunkelflosse«, meldete sich Tashi. Das Monster beäugte die Wächterin. »Wie genau willst du mich denn töten?« Vance vermutete, dass Tashi Sams Strategie ebenfalls durchschaut und beschlossen hatte mitzumischen.

»Das weiß ich noch nicht«, antwortete das Monster.

»Aber du hast eine Idee?«

»Welche Rolle spielt das?«

»Es ist sehr schwer, mich zu töten. Vielleicht sogar unmöglich«, antwortete Tashi. »Deshalb frage ich mich, wie du es anstellen willst. Wenn ich dir von vornherein sagen könnte, dass es nicht funktioniert, könnten wir eine Menge Zeit sparen.«

»Vielleicht behalte ich dich einfach als Haustier«, meinte die Dunkelflosse.

»Sie würde ein fürchterliches Haustier abgeben«, behauptete Sam.

Tashi spielte die Beleidigte. »Ich wäre ein super Haustier.«

»Stimmt überhaupt nicht«, versicherte Sam dem Monster in übertriebener Lippensprache. Laut sagte er: »Ich würde gern die Haustier-Option wählen. Sie ist nicht ideal, aber wenn ich die Wahl habe …«

»Genau. Ich nehme auch die Haustier-Option«, meinte Vance.

»Ich hätte ebenfalls nichts gegen die Haustier-Option«, meldete sich Iaira.

»Es reicht!« Das Monster war jetzt stinksauer. »Es gibt keine Haustier-Option!« Alle begannen laut zu protestieren, aber die Dunkelflosse hatte genug. Sie hob wieder die Hände und bläuliches Feuer begann über ihren Fingerspitzen zu tänzeln.

Das war's dann, dachte Vance.

Im selben Moment schallte eine männliche Stimme durchs Penthouse. »Hallo?«

»Ist sie da? Siehst du sie?«, fragte eine Mädchenstimme.

Das Monster erstarrte und kniff die großen Fischaugen zusammen.

»Wer ist das?«, fragte es argwöhnisch und wütend zugleich.

»Klingt so, als hätten wir Besuch«, bemerkte Sam grinsend.

Kapitel 17

Hinein in die Höhle

SL002-130-80

Betreff: Gomez, Francis

Quelle: ZA, HR

Datum: [redacted]

Als Francis Gomez den neuen Eintrag auf Pearl Eklunds Social-Media-Seite sah, begann sein Herz zu rasen. Sein Lieblings-Star hatte schon seit einer gefühlten Ewigkeit (in Wirklichkeit waren es nur wenige Tage) nichts Neues mehr gepostet. Francis stand nach seiner völlig überraschenden Begegnung mit Pearl immer noch mit einem Bein auf Wolke sieben. Die Begegnung hatte vor einigen Tagen in dem Seniorenheim stattgefunden, in dem er als Pflegekraft arbeitete beziehungsweise gearbeitet hatte. Er war gefeuert worden, weil er Pearl erlaubt hatte, mit einem der Patienten zu reden, einem Mann, den alle nur den »verrückten

Murphy« nannten. Anscheinend kannte Murphy Pearl. Er hatte behauptet, sie hätte eine Schwanzflosse wie eine Meerjungfrau.
Obwohl er gefeuert worden war, war dieser Tag der beste, den Francis je erlebt hatte. Pearl war im richtigen Leben genauso perfekt, wie er sie sich vorgestellt hatte. Doch ihr Verschwinden hatte ihn ins Schleudern gebracht. Die Arbeitslosigkeit hatte ihm viel Freizeit beschert, Freizeit, die er normalerweise damit verbracht hätte, sich auf Pearls neueste Posts zu stürzen oder auf diversen Fan-Seiten Berichte über sie zu lesen. Doch die Geschichten waren immer weniger geworden, und die Leute hatten das Interesse verloren, nachdem ihr Vater bekannt gegeben hatte, dass Pearl auf einer wohltätigen Mission sei. Die heutige neue Nachricht von Miamis It-Girl hätte also zu keinem besseren Zeitpunkt kommen können.
Er hatte mitten in den Vorbereitungen für ein Bewerbungsgespräch gesteckt, als sein Handy diese spezielle Melodie hören ließ, die er für Pearl Eklunds Social-Media-Seite programmiert hatte. Fast hätte er das Telefon fallen lassen, als er mit fahrigen Fingern versuchte, die Nachricht zu öffnen. Der neue Post war völlig anders als alle vorherigen. Es war ein Video und Francis konnte gar nicht schnell genug auf das Zeichen zum Abspielen tippen. Pearl schien nicht ganz so perfekt zurechtgemacht wie sonst, aber vielleicht

war das ja ihr neuer, natürlicher Look. Es spielte keine Rolle, denn sie sah immer noch pearltastisch aus. Er stellte die Lautstärke auf maximal und lauschte intensiv.
»Hallo, meine strahlenden Juwelen. Lange nichts gehört. Ich hatte wahnsinnig viel mit einer neuen Reality-Show fürs Fernsehen zu tun… Juhu! In der Episode, die wir gerade drehen, werde ich von einem hässlichen Seeungeheuer gekidnappt. Krass! Aber jetzt kommt das Beste: Wer immer zu mir ins Penthouse kommt und mich rettet, darf mit meiner Wenigkeit abhängen und Party machen! Wie pearltastisch ist das denn? Mein Code für die Eingangstür ist 4-2-4-7-2. Kümmert euch nicht um die Sicherheitsleute. Sie müssen so tun, als wüssten sie von nichts. Das gehört alles zur Show. Überall sind versteckte Kameras installiert, die alles aufnehmen. Ihr habt also die einmalige Chance, ein Star zu sein, genau wie ich! Aber ihr müsst euch beeilen, wenn ihr den Wahnsinnspreis gewinnen wollt. Viel Glück, meine Juwelen. Ich verlasse mich auf euch!«
Francis schaute sich das Video noch ein paarmal an, während er rasch sein Haus verließ und zum Eklund-Gebäude in der Innenstadt lief. Das Vorstellungsgespräch musste warten.

SL002-130-81

Betreff: Bradley, Wanda

Quelle: ZA, HR

Datum: [redacted]

Wanda Bradley hatte Pearl Eklunds Aufstieg zum Ruhm von Anfang an mitverfolgt. Sie war bei Pearls erster Modenschau in einem örtlichen Einkaufszentrum gewesen und war sofort zu einem ihrer Fans geworden. Seither hatte sie das Model schon bei verschiedenen Auftritten gesehen, die der Star überall in der Stadt hatte. Wanda gehörte dem Fanclub »Kostbare Juwelen« an, einer Elitegruppe von Pearl-Eklund-Fans, die ausgesprochen aktiv war und oft Antworten von Pearl persönlich bekam - woraus man schließen konnte, dass der Star ihre Posts tatsächlich las. Wanda war deshalb in ihrer Highschool zu einer kleinen Berühmtheit geworden. Sie bekam zu Weihnachten sogar ein persönliches Geschenk von Pearl: ein Foto des Stars mit Autogramm sowie Bettwäsche, in der Wanda jede Nacht schlief.

Wanda stylte ihr Haar immer so, wie Pearl es trug, was keine leichte Aufgabe war, da der Star seine Frisur wöchentlich änderte. Wanda schminkte sich auch wie Pearl. Stundenlang quälte sie sich im Internet durch Videos, um sicherzustellen, dass auch alles haargenau übereinstimmte. Als sie versuchte, sich auch wie das Model zu kleiden, schoben ihre Eltern einen Riegel vor. Das konnten sie sich nicht leisten. Doch Wanda ließ sich, wenn es um ihr Idol ging, nicht so leicht entmutigen. Sie kaufte Stoffe, lernte nähen und kopierte die Outfits zu einem Viertel des Preises. Sie war besessen von allem, was mit Pearl Eklund zu tun hatte, und deshalb am Boden zerstört über das Verschwinden des Stars. Seit Tagen hatte keiner aus der Fangemeinde etwas von Pearl gesehen oder gehört, obwohl ihr Dad behauptete, dass sie auf einer Hilfsmission für die Armen sei. *Typisch Pearl*, dachte Wanda. *Immer so großzügig und selbstlos*. Wandas Eltern stimmten dieser rosaroten Einschätzung ihrer Tochter generell nicht zu, was am Esstisch zu etlichen Auseinandersetzungen über Eitelkeit und Arroganz führte. Wanda schloss daraus, dass ihre Eltern einfach nur neidisch waren. Seit Pearl nichts mehr von sich hören ließ, hatte Wanda das Gefühl, ihre beste Freundin verloren zu haben. Immer wieder checkte sie die Webseiten, die normalerweise über Pearl berichteten, und die eigene Social-Media-Seite des Stars, um immer auf dem Laufenden zu sein. Und dann passierte es. Ein Video von Pearl tauchte auf. Sie war wieder da und sie war in Schwierigkeiten.

Natürlich nicht in echten Schwierigkeiten, sondern in Schwierigkeiten, die sich der Drehbuchschreiber einer Fernsehshow ausgedacht hatte. Und jetzt lud sie ihre Fans ein, bei ihrer gespielten Rettungsaktion zu helfen. Das war der Augenblick, auf den Wanda gewartet hatte. Nicht nur, dass sie ihrem Idol wieder einmal gegenüberstehen würde. Sie wäre auch selbst im Fernsehen! Vielleicht würde sie so genauso berühmt werden wie Pearl. Ihre Tagträume wurden im Sekundentakt lebhafter, bis sie schließlich wieder in die Gegenwart zurückfand, sich aus dem Haus schlich und auf den Weg nach Downtown-Miami machte. Sie verzichtete darauf, ihre Freundinnen anzurufen. Falls sie es nicht sowieso bereits wussten, bedeutete es weniger Konkurrenz, wenn sie nicht auftauchten. Sie war entschlossen, die Heldin zu werden und ihren absoluten Lieblingsstar zu retten.

Sam London wusste, dass sein Plan aufgegangen war, als Francis Gomez in der Tür zum Arbeitszimmer auftauchte. Direkt hinter ihm kam Wanda Bradley herein. Sam lächelte in sich hinein und beglückwünschte sich stumm.

»Oh mein Gott! He, Leute, sie ist hier drin! Sie ist es wirklich!«, rief Francis.

»Pearl!«, kreischte Wanda verzückt. Weitere Stimmen schallten durch den Flur, und einen Moment später drängten sich noch ein halbes Dutzend Jugendliche ins Zimmer, die sofort auf Iaira zusteuerten. Die aufgeregten Fans stießen die Dunkelflosse einfach zur Seite, als sei das Monster nur eine Plastikrequisite am Set, und umringten den Star.

»Was ist hier los? Wer seid ihr?«, fauchte das Monster.

»Das sind meine Juwelen«, antwortete Iaira schadenfroh. »Die Fans, die ich nur deswegen habe, weil du dafür gesorgt hast, damit sie mich von meiner wahren Bestimmung und den Erinnerungen an meine Herkunft ablenken.«

Innerhalb weniger Minuten war das ganze Apartment voller Leute. Francis und Wanda bestanden darauf, Iaira gemeinsam loszubinden, da sie als Erste dagewesen waren. Iaira bat sie, auch ihre Freunde von ihren Fesseln zu befreien, was sie gern taten. Sobald Tashi frei war, holte sie ihren Shekchen und machte sich auf die Suche nach der Dunkelflosse. Doch diese schien von der Menge, die sich um Iaira scharte, Fotos machte und sich Autogramme holte, verschluckt worden zu sein.

»Wo ist das Monster hin?«, fragte Tashi.

»Vermutlich hat sie ihre Gestalt gewechselt und konnte so unerkannt verschwinden«, meinte Vance und fügte an Sam gewandt ein »Gut gemacht, Kleiner!« hinzu.

»Danke!« Sam wusste, wie riskant sein Plan war. Was wäre gewesen, wenn niemand gekommen wäre oder nur ein paar aufgetaucht wären und die Dunkelflosse trotzdem angegriffen hätte? Er hatte auf eine große Welle der Hilfsbereitschaft gehofft, um das Monster zu überwältigen. Am Ende war die Hilfsbereitschaft der Fans sogar viel größer, als er sich vorgestellt hatte. Das Penthouse war zum Bersten voll.

»Wir müssen die Leute hier wieder rausschaffen«, rief Vantana Iaira zu. Diese nickte – zwischen Blitzlichtgewitter, persönlichen Fragen und allgemeiner Bewunderung, während ihre Juwelen das Mobiliar in Pearls Penthouse bestaunten.

Eine Stunde später hatten die vier es mithilfe des Eklund-Sicherheitsdiensts geschafft, die meisten Fans im Wohnzimmer zu versammeln. Die, die nicht hineinpassten, wurden in die Lobby verfrachtet. Sam fiel auf, dass die Wächterin ihren Shekchen fest umklammert hielt und Pearls Juwelen genau beobachtete. Zweifellos fürchtete sie, die Dunkelflosse könnte in menschlicher Gestalt immer noch irgendwo lauern. Sam winkte Tashi, Vance und Iaira ins Arbeitszimmer.

»Ich werde irgendwann noch mal nach Miami zurückkommen müssen, um die versprochene Belohnung einzulösen, Sam«, begann Iaira, als alle da waren.

Sam zuckte mit den Schultern. »Tut mir leid.« So weit hatte er nicht vorausgedacht.

»Kein Problem«, erwiderte Iaira lächelnd. »Das tue ich gern. Sie haben uns schließlich das Leben gerettet. Das Problem ist nur, dass wir nicht herausgefunden haben, wo die Dunkelflosse Maris gefangen hält.«

»Das stimmt zwar, aber ich glaube, ich weiß es trotzdem«, sagte Tashi. »Bevor das Monster uns angegriffen hat, habe ich hinter einem Bücherregal in der Bibliothek ein Geheimzimmer entdeckt. Wie man hineinkommt, weiß ich allerdings nicht.«

»Schauen wir uns die Sache doch einmal an«, meinte Vance und gab Tashi ein Zeichen, in die Bibliothek vorauszugehen. In dem Raum waren mehrere deckenhohe Regale mit Hunderten von Büchern. Tashi steuerte auf das Regal in der Mitte zu und schob einen Finger zwischen zwei Regalteile.

»Ich glaube, hier ist die Tür. Irgendwo muss ein Hebel sein.«

Sie begannen an Büchern zu ziehen und probierten es sogar an den Lichtschaltern an den Wänden, als seien sie mitten in einem alten Spukhaus-Film. Irgendwann fiel Sams Blick auf eines der Bücher und er wusste sofort: Das war der Schalter. »Die kleine Meerjungfrau« von Hans Christian Andersen. Er zog daran und hörte ein Klicken.

»Du hast ihn gefunden!«, rief Iaira.

Tashi öffnete die Tür und alle stürmten hinein. Das Zimmer hatte Wände aus Stahl und in der Mitte stand ein Stuhl. Er ähnelte einem Zahnarztstuhl, hatte jedoch Eisenklammern zum Fixieren von Handgelenken und Fußknöcheln. Maris war auf den Stuhl gefesselt und er sah entsetzlich aus, blass und abgemagert. Und er war bewusstlos.

»Maris!«, rief Iaira und lief zu ihm. »Maris?«, wiederholte sie leiser und stupste ihn an. Er öffnete die Augen einen Spalt breit. »Ich bin gekommen, um dich nach Hause zu bringen. Unser Königreich braucht dich.«

»Unser Königreich?«, fragte er. Er schloss die Augen, dann öffnete er sie wieder. »Wer bist du?«

»Ich bin's, das Fischgesicht. Weißt du nicht mehr?«, antwortete sie lächelnd.

Er betrachtete sie immer noch unsicher.

»Er war zu lang nicht mehr im Wasser«, vermutete Vance. »Er beginnt sein Gedächtnis zu verlieren.«

»Vielleicht hilft das.« Iaira beugte sich vor und küsste Maris sanft auf die Stirn. Der Kuss hatte etwas Magisches. Es war nicht romantische Magie, sondern echte. Ein blauer Funke blitzte auf, als Iaira seine Stirn berührte, und Sam konnte beobachten, wie sich die Energie im ganzen Körper des Selkies ausbreitete. Sie belebte ihn gerade so weit, dass er wieder einigermaßen zu sich kam. Vance löste die Eisenklammern und half dem Selkie auf die Beine.

Maris stützte sich schwer auf ihn. »Dunkelflosse«, krächzte er.

»Wir wissen Bescheid. Und sie greift Ta Cathair an«, informierte Iaira ihn. »Sie will den Leviathan befreien.«

»Wir müssen sie aufhalten!«, rief Maris mit grimmiger Miene.

»Und das werden wir auch, sofort nachdem wir einen anderen Gefangenen dieser abscheulichen Kreatur befreit haben«, sagte Iaira.

* * *

Tashi wollte nicht, dass Sam London nach Ta Cathair zurückkehrte. Schließlich würde, nach Aussage der Dunkelflosse, bald ein legendäres Ungeheuer über die Stadt herfallen, das die gesamte Menschheit vernichten konnte. Es gab keinen Grund, weshalb Sam sich mit Tashi und den anderen in eine so gefährliche Situation begeben sollte. Doch alles Bitten und Flehen ihrerseits nützte nichts. Er ließ sich nicht davon abhalten. Zu allem Überfluss bestand Iaira auch noch darauf, einen weiteren Menschen mitzunehmen – nämlich Murphy. Sie hielt es für möglich, dass er hilfreiches Wissen über die Bohrtechnologie besaß, das Schiff damit aufhalten und den Plan der Dunkelflosse durchkreuzen konnte.

Beim Verlassen des Penthouses fragte Iaira Francis Gomez, ob er ihr helfen würde, Murphy aus dem Heim zu holen. Gomez willigte ein. Er dachte natürlich, er würde immer noch in einer Reality-Fernsehshow mitspielen. Und dank der geringen Sicherheitsvorkehrungen im Seniorenheim war es für Francis kein Problem, Murphy in einem Wäschewagen aus dem Gebäude zu schmuggeln.

Auf dem Weg zum Falling-Waters-Staatspark in einem vom IMW bereitgestellten Wagen informierte Vance den alten Fischer über die Existenz und aktuelle Situation mythischer Wesen in der Welt, und Murphy war bereit mitzuhelfen, die Befreiung des Leviathans zu verhindern. Er verstand nicht in vollem Umfang, was das bedeutete, aber er verstand, dass es wichtig für Iaira war, und das reichte ihm. Tashi war der Meinung, dass es ein unorthodoxes Vorgehen war, Murphy die Wahrheit zu sagen, doch Vance hielt es angesichts der wenigen Zeit, die ihnen blieb, für nötig. Er hoffte, dass Murphy ihnen in den nächsten Stunden von Nutzen sein konnte. Kurz bevor sie die Dvergen-U-Bahn bestiegen, traf Vantana noch eine Entscheidung in letzter Minute und nahm Kontakt mit Bob Ferguson im Washingtoner Büro des IMW auf.

»Lassen Sie Protokoll zwei anlaufen«, befahl er.

»Bitte?« Der Befehl schien Bob zu überraschen.

»Sie haben richtig verstanden, Bob. Protokoll zwei.«

»Aber … aber Protokoll zwei ist nur für Notfälle, Dr. Vantana«, wandte Ferguson nervös ein. »Es kann nur angeordnet werden, wenn die Gefahr des Entdecktwerdens unmittelbar bevorsteht.«

»Sie steht bevor. Sie müssen sämtliche Regierungsspitzen der Welt informieren, dass sie die Schifffahrt, militärische Einsätze sowie Überwachungsmaßnahmen im Indischen Ozean und den umliegenden Gebieten einstellen müssen.«

»Ich kann doch nicht einfach die Regierungschefs der Welt anrufen. Dazu ist die Zustimmung von Dr. Knox erforderlich.«

»Knox ist nicht zu erreichen, und dies ist eine drohende Krise mit Katastrophenpotenzial«, erklärte Vance mit fester Stimme. »Sie müssen es tun, Bob, wenn Sie nicht für den bisher schlimmsten Verstoß gegen das Gesetz des Greifen verantwortlich sein wollen.«

Ein paar Sekunden verstrichen, bevor Bob sich wieder über die Dienstmarke meldete. »Wissen Sie, gegen wie viele Vorschriften ich verstoße, wenn ich das tue?«, fragte er leise.

Vance lächelte. Er hatte ihn. »Sehen Sie es nicht als Verstoß an, Bobby. Wir biegen die Vorschriften nur ziemlich stark, aber wir brechen sie nicht. So wie eine alte Karotte, die kann man auch lang biegen, bevor sie bricht.«

Während es im Washingtoner Büro jetzt zweifellos rundging, stieg die Gruppe in die U-Bahn und erreichte kurze Zeit später den Sri-Venkatsewara-Nationalpark in Indien. Die fünf steuerten sofort die Küste an, wo Iaira den Makara rief.

Wieder bestiegen sie das Wesen und wurden von ihm aufs offene Meer hinausgetragen. Es dauerte nicht lange, bis sie Liefs Bohrschiff, die *Pearl*, in der Ferne aufragen sahen. Das 200 Meter lange Schiff besaß einen Hubschrauberlandeplatz, mehrere Kräne und einen 30 Meter hohen Bohrturm. Obwohl die Gruppe auf dem Makara noch ein gutes Stück von dem Schiff entfernt war, konnte Tashi erkennen, dass die Crew an Bord etwas über 30 Mann stark war.

»Dieses Schiff ist eine schwimmende Bohrinsel«, erklärte Murphy. »Der Bohrer kann sich mehrere hundert Meter tief in den Meeresboden arbeiten und so Methanhydrat-Lager freilegen. Dabei entsteht ein Schacht, durch den das brennbare Eis in gasförmigem Zustand heraufgepumpt wird. Aber es kann Probleme geben. Bei dem Prozess kann das umliegende Gestein gelockert werden, was wiederum zu Erdrutschen und Tsunamis führen kann …«

»Und zur Befreiung von Leviathanen«, ergänzte Tashi.

Murphy zuckte mit den Schultern. »Wahrscheinlich.«

»Dann haben wir es jetzt also mit *zwei* möglichen Katastrophen zu tun«, schlussfolgerte Tashi.

»Wo wäre sonst auch der Spaß?«, meinte Vance.

»Ich glaube nicht, dass es ihnen bereits gelungen ist, das Monster zu befreien«, sagte Tashi. »Die Folgen würden wir sonst zweifellos schon sehen.«

»Stimmt. Also haben wir etwas Zeit und können noch versuchen, das Ganze aufzuhalten«, erklärte Vance. »Mr Murphy, glauben Sie, Sie könnten den Bohrer abschalten, wenn wir Sie an Bord schmuggeln können?«

»Ich weiß, wie man ihn abschaltet, klar, aber ich glaube nicht, dass die Besatzung das einfach zulassen wird«, erwiderte Murphy.

»Das können Sie ruhig mir und Tashi überlassen«, versicherte ihm Vance. »Ich habe da eine Idee.«

»Ich bleibe bei Sam London«, stellte Tashi klar.

»Sam kommt am besten mit uns«, sagte Iaira. »Er kann helfen, meine Leute in Sicherheit zu bringen. Ich verspreche dir, dass ich sein Leben mit meinem beschützen werde.«

»Wenn es uns wirklich gelingt, das Ding abzuschalten, wäre die Stadt vermutlich der sicherste Ort für ihn«, meinte Vance. Die Wächterin dachte über seine Worte nach. Falls sie die Bedrohung auf dem Schiff ausschalten konnten, hatte Vantana recht. Und Sam mit aufs Schiff zu nehmen, würde sich garantiert als gefährlich erweisen.

Sam unterbrach die Gedanken der Wächterin. »Ich gehe mit Iaira«, verkündete er.

Tashi betrachtete ihn eine Weile, bevor sie nickte. »Pass gut auf, was um dich herum passiert«, schärfte sie ihm ein.

»Das tue ich doch immer«, behauptete er, doch Tashi warf ihm einen Blick zu, der darauf schließen ließ, dass sie anderer Meinung war.

Der Makara näherte sich dem Bohrschiff vorsichtig und Tashi, Vance und Murphy stiegen ab. Das Wesen tauchte daraufhin mit Iaira, Maris und Sam auf dem Rücken wieder ins Wasser ein. Vance schwamm Tashi und Murphy voraus zu einer Leiter am Heck des Schiffs.

»Ich kenne mich mit so was ja nicht aus, aber haben wir irgendeinen Plan?«, erkundigte sich Murphy.

»Aber sicher doch«, antwortete Vance. »Wir müssen zu Lief.«

»Das ist eine Mission, kein Plan«, stellte Tashi fest.

»Wir wissen, dass Lief unter dem Einfluss der dunklen Magie der Dunkelflosse steht. Richtig?« Tashi nickte und Vance fuhr fort: »Wir können die Crew nur dazu bringen, dass sie uns hilft, das Ding abzuschalten, wenn wir Lief auf unserer Seite haben. Also müssen wir zuerst den Zauber brechen.«

»Und wie soll das gehen?«, fragte die Wächterin.

»Nichts leichter als das. Du schießt mit deinem Shekchen auf ihn«, antwortete Vance.

Natürlich, dachte Tashi. Der Shekchen konnte Magie durchbrechen. Deshalb war Dr. Knox auch bei Sams erstem Fall in Hérault gezwungen gewesen, sich in Phylassos zu verwandeln.

»Ausgezeichnete Idee, Dr. Vantana«, lobte Tashi. »Jetzt muss ich Mr Eklund nur noch finden.«

»Er ist wahrscheinlich auf der Brücke«, vermutete Murphy. »Mir nach.«

Vance und Tashi stiegen hinter Murphy die Leiter hinauf und schlüpften unentdeckt an Bord. Der Bohrer klang, als würde er Überstunden machen. Er gab ein lautes, anhaltendes Kreischen von sich und brachte die Deckplanken zum Vibrieren wie klappernde Zähne. Das Trio schlich sich an der Reling entlang und versteckte sich immer wieder hinter allen möglichen Geräten, um nicht entdeckt zu werden. Sie stiegen eine Metalltreppe hinauf, und als sie in Richtung der Brücke einen Gang entlangschlichen, öffnete sich plötzlich vor ihnen eine Klappe und Lief Eklund erschien. Sie blieben auf der Stelle stehen und folgten ihm dann vorsichtig zur Brücke. Drei Crewmitglieder arbeiteten am Kontrolltisch, doch sie schienen ihre Gäste nicht zu bemerken. Lief ging auf den Kapitänsstuhl zu, und Vance stieß Tashi an, damit sie loslegte.

»Entschuldigen Sie, Mr Eklund«, flüsterte sie – sie weigerte sich, jemanden von hinten anzugreifen. Sobald er sich umdrehte, zielte sie mit ihrem Shekchen und schoss eine Ladung Energie auf ihn ab. Lief krümmte sich, als er getroffen wurde, dann sank er zu Boden. Vance fing ihn auf und die Wächterin legte ihm rasch eine Hand auf die Schulter. Sie schloss die Augen und half ihm, wieder zu Bewusstsein zu kommen.

»Wer bist du?«, fragte Lief benommen. Als er sich umschaute, weiteten sich seine Augen. »Murphy?«

»Hallo, Kumpel«, erwiderte der Fischer. »Ist dein Kopf wieder einigermaßen klar?«

Lief fasste sich reflexartig an die Stirn. »Wo ist Pearl?«, fragte er. Die Crewmitglieder hatten sich an ihrem Arbeitsplatz umgedreht und blickten hektisch zwischen sich und den Besuchern hin und her.

»Wir bleiben jetzt alle schön ruhig. Ich bin von der amerikanischen Regierung. Wir sind hier, um eine Katastrophe zu verhindern«, erklärte Vance hastig und zeigte dabei seine Dienstmarke. Dann wandte er sich an Tashi. »Erinnert er sich daran, was passiert ist?«

»Sind Sie sich der Ereignisse bewusst, die sich seit der Nacht zugetragen haben, als Sie die Meerjungfrau in der Biscayne Bay gefunden haben?«, fragte die Wächterin Lief sachlich.

»Ja … aber es ist alles wie ein Traum«, antwortete Lief.

Und dann sprudelte es plötzlich aus ihm heraus. »Oh nein! Hawkins … sie ist kein Mensch. Sie will … wir müssen den Bohrer abschalten!« Lief rappelte sich auf und lief zu den Steuerelementen. Hektisch gab er auf einem Touchscreen Befehle ein.

Murphy wies auf einen Bildschirm, der von der Decke hing. »Ich fürchte, wir kommen zu spät.« Auf dem Monitor war ein Infrarotbild von der Stelle zu sehen, an der der Bohrer in den Meeresboden eingedrungen war. Der Boden wies einen breiten Riss auf und ein Monster schwamm gerade daraus hervor. Es war die unter dem Namen Hawkins bekannte Dunkelflosse. Und sie war nicht allein. Ihr folgte etwas, das so groß war, dass die Kameralinse komplett schwarz wurde.

»Der Leviathan ist frei!«, rief Tashi.

»Und wie es aussieht, haben wir es nicht nur mit ihm zu tun.« Vance wies auf die Crewmitglieder. Sie näherten sich langsam … und verwandelten sich dabei in Dunkelflossen!

Tashi zielte und feuerte auf jeden einen blauen Energiestoß ab. Sie krampften und sackten in sich zusammen.

»Wie viele Crewmitglieder sind auf dem Schiff?«, fragte Vance.

»35 … das heißt, 32«, antwortete Lief, nachdem er die bewusstlosen Männer auf der Brücke abgezogen hatte.

»Die wichtige Frage ist doch: Wie viele von ihnen sind Dunkelflossen?«, meinte Tashi.

»Alle.« Murphy wies aus dem Brückenfenster auf die Mannschaft, die sich unten versammelte und auf die Brücke zukam. Die Männer verwandelten sich alle gleichzeitig.

»Wie viel Ladung ist noch in dem Ding?«, fragte Vance mit Blick auf Tashis Shekchen.

»Keine mehr.«

Vance seufzte. »Na, super. Wir müssen schauen, dass wir von diesem Schiff kommen, und zwar pronto. Ich gehe davon aus, dass ihr Rettungsboote auf dem Kahn habt?«

»Ja, natürlich«, erwiderte Lief. »Kommt mit.«

Lief eilte voraus in den Gang, doch als sie sich dem Heck näherten, entdeckten sie mehrere Dunkelflossen, die von dort direkt auf sie zukamen. Sie wirbelten herum und wollten in die andere Richtung laufen, doch die Kreaturen näherten sich auch von dieser Seite. Bei zwei blockierten Fluchtwegen blieb ihnen nur eine Möglichkeit – nach oben. Die vier stiegen die Metalltreppe zum Hubschrauberlandeplatz hinauf, doch leider wartete dort kein Hubschrauber auf sie, um sie wegzubringen, sondern fauchende Dunkelflossen.

»Es gibt wirklich keine Möglichkeit, deinen Shekchen hier wieder aufzuladen?«, vergewisserte sich Vance, während er sein Messer zog und sich auf einen Kampf einstellte.

»Ich muss Verbindung zu Gaia haben. Wasser funktioniert nicht«, antwortete Tashi. »Aber ich kann auch ohne ihn gegen diese Wesen kämpfen.«

»Vielleicht kannst du das und vielleicht kann ich das, aber die beiden können es nicht«, meinte Vance mit Blick auf Murphy und Lief.

»Was ist Gaia?«, wollte Murphy wissen.

»Sie ist die Mutter Erde«, antwortete Tashi. »Ich muss direkt mit ihr verbunden sein, um ihre Energie aufnehmen zu können.«

»Aber du bist doch mit ihr verbunden«, meinte Murphy. »Der Bohrer ist mit dem Schiff verbunden und er arbeitet sich direkt in die Erde unter dem Meer.«

Tashi und Vance tauschten einen Blick. Sie hatten verstanden. Ohne ein weiteres Wort stellte die Wächterin den Shekchen auf den Landeplatz und wartete.

»Es kann einen Moment dauern«, teilte sie den anderen mit.

»Momente sind gerade Mangelware«, bemerkte Vance.

Die Dunkelflossen rückten näher. Vantana griff sie mit seinem Messer an. Murphy und Lief standen mit erhobenen Fäusten Rücken an Rücken. Selbst ein Blinder hätte gesehen, dass das nicht gut ausgehen konnte. Zum Glück wurden die Kreaturen durch die blaue Gaia-Energie abgelenkt, die in diesem Moment über das Deck und den Landeplatz züngelte. Mit den Augen verfolgten sie die Spur, die zu Tashis Shekchen führte, doch bis sie begriffen, was da gerade passierte, war es schon zu spät.

»Auf den Boden!«, befahl Tashi. Vance drückte die beiden Männer auf das Deck und ließ sich auf den Bauch fallen. Tashi wirbelte wie ein Kreisel herum und feuerte aus ihrem Shekchen Energieströme wie aus einem Maschinengewehr. Die Dunkelflossen wurden eine nach der anderen getroffen. Sie gingen zu Boden, krampften und verloren das Bewusstsein. Innerhalb weniger Sekunden war die gesamte Crew ausgeschaltet, doch es blieb keine Zeit den Sieg zu feiern. Eine riesige Welle, ausgelöst von einem noch riesigeren Wesen, brachte das Schiff heftig zum Schaukeln. Das Monster brach durch die Wasseroberfläche und gewährte

Tashi und den anderen den ersten vollen Blick auf den legendären Leviathan.

Das Ungeheuer war eine grässliche Mischung aus Drache und Wal – eine hässliche Bestie mit flossenähnlichen Anhängseln dort, wo Drachen ihre Flügel haben, und auf dem Rücken eine Mähne aus scharfkantigen, spitzen Flossen, die über den ganzen langgestreckten Körper liefen. Sie hatte zwei Reihen gezackter Zähne und schmale Schlitzaugen. Allein ihre Schwanzflosse, die der eines Wals glich, war so groß wie Cletus, das Loch-Ness-Taxi. Die Kreatur brüllte, als sie aus dem Wasser schoss, und die Wächterin lief an der Reling entlang zum Bug.

»Tashi!«, brüllte Vance, doch sie ließ sich nicht aufhalten. Sie wusste, was zu tun war. Sie sprang in dem Moment über die Reling, als der Leviathan wieder im Wasser verschwand.

Kaum war die Wächterin unter Wasser, bildeten sich ihre Kiemen. Sie schwamm auf das Ungeheuer zu und packte eine der spitzen Rückenflossen, während es sich umdrehte. Sie kletterte auf seinen Rücken und sah, dass die als Hawkins bekannte Dunkelflosse auf dem Nacken der Bestie ritt und sie wahrscheinlich mithilfe ihrer dunklen Magie lenkte. Der Leviathan schoss durch den Tunnel, der nach Ta Cathair führte, und Tashi wusste, dass nicht mehr viel Zeit blieb. Sie musste Hawkins aufhalten, bevor das Monster das Königreich unter dem Meer vollkommen verwüstete. Die Wächterin hangelte sich am Rücken des Monsters entlang nach vorn bis zu der Dunkelflosse. Als sie vor der Stadt aus dem Tunnel schossen, sah Tashi, dass die Evakuierung noch nicht abgeschlossen war. Tausende Selkies und Meerleute schwammen auf die Arena zu. Die gesamte Armee des Königreichs war direkt unterhalb der Tunnelöffnung in Stellung gegangen und wartete auf den Leviathan. Die Soldaten eröffneten das Feuer mit Spezialwaffen, die zielgenau einen starken Energiestrom aussandten, der das Wasser mit zerstörerischer Geschwindigkeit vor sich her trieb. Doch all ihre Bemühungen waren umsonst. Die Bestie schwamm einfach mitten durch sie hindurch und direkt auf die Stadt zu.

Die Dunkelflosse lenkte die Bestie durch die Hauptstraße, wo sie gewaltigen Schaden anrichtete. Die spitzen Schwimmflossen des Leviathans rissen die Straße auf, sodass dicke Brocken des Belags durchs Wasser flogen. Seine Schwanzflosse pflügte durch Gebäude, die wie Sandburgen in sich zusammenfielen. Tashi war inzwischen direkt hinter der Dunkelflosse und wollte sich gerade auf sie stürzen, als sie das Unvorstellbare sah: Sam London ritt auf Rosi, dem Seepferd, direkt vor dem Leviathan her! Die Wächterin war wie vom Donner gerührt. Sie hatte keine Ahnung, was der Junge vorhatte, bis sie in einiger Entfernung auf einem Hügel eine große Gruppe Soldaten von Ta Cathair sah. Sie waren mit größeren Versionen der Wellenwaffen ausgestatten, die alle auf eine Höhle am Ende einer Schlucht gerichtet waren. Daraus schloss Tashi, dass Sam versuchte, den Leviathan in die Höhle zu locken. Die Soldaten würden die Höhle dann zum Einsturz bringen und die Bestie wäre gefangen. Aber wie wollte Sam sich rechtzeitig in Sicherheit bringen, damit er nicht ebenfalls eingesperrt wurde? Er befand sich eindeutig auf einer Selbstmordmission und sie musste die Bestie stoppen und ihn retten. Was hatte ihn nur dazu gebracht, diesen gefährlichen Alleingang zu wagen? Sie hätte ihm nie erlauben dürfen, von ihrer Seite zu weichen.

Da keine Zeit zu verlieren war, drückte Tashi dem Leviathan ihren Shekchen in den Rücken und ließ die verbliebene Energie in ihn hineinströmen. Ein ohrenbetäubendes Gebrüll schallte durch das Königreich, als die Bestie auf den Meeresboden krachte und über die mit Perlen gepflasterten Straßen schlitterte. Die Energie des Shekchen floss auch in die Dunkelflosse. Sie krümmte sich, doch dann schlug sie der Wächterin ihre Waffe aus der Hand. Sofort hörte der Energiestrom auf zu fließen. Die Dunkelflosse war im Wasser in ihrem Element und dadurch im Vorteil, es war schließlich ihr natürlicher Lebensraum. Sie gestikulierte in Tashis Richtung, wollte offenbar Magie wirken, doch nichts geschah. Sie versuchte es erneut, wieder ohne Erfolg. Die Wächterin grinste. Die Energie des Shekchen hatte der Dunkelflosse immerhin ihre Magie genommen. Auch wenn dies wahrscheinlich nur ein vorübergehendes Phänomen war, verschaffte es Tashi hoffentlich die Chance, die Kreatur aufzuhalten und den Tag zu retten.

Sobald die Energie des Shekchen nicht mehr durch seinen Körper pulsierte, ließ der Leviathan ein markerschütterndes Kreischen hören und setzte seinen Weg der Zerstörung fort. Er schnappte nach Rosis Schwanz, als er Sam in die Schlucht folgte – dieselbe Schlucht, durch die auch das Seepferd 5000 geführt hatte. Die plötzliche Bewegung brachte sowohl die Wächterin als auch die Dunkelflosse aus dem Gleichgewicht.

Sie fielen vom Rücken des Leviathans, erwischten jedoch beide eine seitliche Flosse und konnten sich festhalten. Die Dunkelflosse katapultierte sich mit Schwung wieder auf den Rücken des Ungeheuers und Tashi tat es ihr nach. Die beiden beäugten sich kurz, bevor die Dunkelflosse als Erste angriff. Ihre Geschwindigkeit und Geschicklichkeit im Wasser setzten die Wächterin deutlich in Nachteil. Die Kreatur sprang vor und drückte Tashi auf den Rücken des Leviathans. Sie packte die Wächterin mit ihren Klauenfingern am Hals und versuchte, ihren Kopf auf einer der spitzen Rückenflossen aufzuspießen. Tashi wehrte sich, doch mit immer weniger Erfolg. Ihr Gesicht streifte die Spitze der Flosse und Blut tropfte aus der Wunde. Dann sah sie, wie die Augen der Dunkelflosse zu leuchten begannen – ihre Magie kam zurück. Die Kreatur lächelte und hob den Arm, um einen Zauber zu wirken, kam jedoch nicht dazu.

Eine Schwanzflosse – die Schwanzflosse einer Meerjungfrau – schlug nach der Dunkelflosse und brachte sie aus dem Gleichgewicht. Plötzlich war Iaira auf einem Seepferd neben ihnen. Sie schlug ein zweites und drittes Mal nach der Kreatur, bis die Dunkelflosse sich nicht mehr auf dem Leviathan halten konnte. Sie fiel hinunter und direkt in einen Vulkankrater hinein. Innerhalb weniger Sekunden war sie zu nichts zusammengeschmolzen.

Doch der Verlust seiner Meisterin hielt den Leviathan nicht auf. Er schoss in eine scharfe Kurve und schleuderte sich gegen die Wand der Schlucht, was eine kleine Steinlawine auslöste. Tashi wurde abgeworfen. Doch Iaira tauchte nach unten und fing sie auf, bevor sie dasselbe Schicksal erlitt wie die Dunkelflosse. Der Leviathan hetzte weiter hinter Sam her und ließ Tashi und Iaira weit hinter sich zurück.

»Wir müssen den Soldaten sagen, dass sie nicht schießen dürfen!«, rief die Wächterin. Doch dazu war es bereits zu spät. Der Leviathan schwamm hinter Sam in die Höhle und die Soldaten schossen sofort auf den Eingang. Ein erdbebenartiges Grollen ertönte. Iaira und Tashi wurden durch die Druckwelle nach hinten geworfen, als die Höhle einzustürzen begann.

»Ich gehe hinein!«, rief Iaira, zündete die Düsen ihres Seepferds und preschte davon. Die Prinzessin hatte schon den halben Weg zur Höhle hinter sich, als der Fels um den Eingang herum vollends einbrach. Ein entsetzliches Geräusch hallte durch die Schlucht und eine gewaltige Sandwolke stieg auf. Tashi sah nichts mehr und Iaira wurde zurückkatapultiert.

»Nein!«, schrie sie.

Der Staub legte sich, und das Gebrüll des Leviathans wurde schwächer, als Tausende Tonnen Fels die Bestie für immer einschlossen. Tashis Hoffnung sank. Nirgendwo ein Zeichen von Sam … Ausgeschlossen, dass er den Erdrutsch überlebt hatte. Ein plötzliches und mächtiges Gefühl überkam sie, das ihr vollkommen fremd war: das Gefühl, das Sam Trauer nannte. Für Wächter war der Tod eine feierliche Sache. Aufgrund ihrer Unsterblichkeit war der Tod immer eine Entscheidung, die sie selbst trafen. Aber das hier hatte Sam nicht gewählt – das hier war eine entsetzliche Tragödie.

Dr. Vance Vantana erschien mit General Searus und

Königin Muiria neben Tashi und sah sofort die eingestürzte Höhle und Tashis Gesichtsausdruck.

»Wo ist er?«, fragte der Doktor, als ahnte er die Antwort bereits. Iaira wies kraftlos auf die verschüttete Höhle.

»Sam London hat sich geopfert, um unser Volk zu retten«, sagte sie.

»Tashi?« Vance wandte sich an die Wächterin in der Hoffnung, von ihr eine andere Antwort zu hören. Doch den Gefallen konnte sie ihm nicht tun. Dieses Mal nicht. Sie wollte gerade nicken, als sie in der Ferne zwischen den Felsbrocken etwas schimmern sah. Etwas – oder eher jemand – tauchte aus den Trümmern auf.

»Wer ist das?«, fragte Iaira.

Tashi erkannte das Seepferd Rosi. Sam lag auf seinem Rücken und ein anderes Wesen führte es an den Zügeln. Ein Wasserwesen, so wie es aussah, aber eines, das weder dem Meervolk angehörte noch den Selkies und auch nicht dem Volk der Dunkelflossen. Es hatte Schwimmhäute zwischen den Fingern, Flossen anstelle von Füßen und spitze, flossenähnliche Ohren. Tashi vermutete, dass es sich um eine Meernymphe handelte, eine Nereide. Als das Wesen näher kam, erkannte Tashi schnell, dass es sich nicht um eine x-beliebige Meernymphe handelte, die Sam gerettet hatte. Zur großen Überraschung der Wächterin stellte sie fest, dass sie diese Meernymphe kannte … und Sam London kannte sie ebenfalls.

Kapitel 18

Der Rat der Maiden

Als Sam, dicht gefolgt von dem Leviathan, endlich durch den Höhleneingang schoss, hatte er immer noch keinen Fluchtplan. So weit hatte er nicht vorausgedacht. Er konnte es nicht fassen, dass er mit dem Monster auf den Fersen überhaupt so weit gekommen war. Es war nicht einmal seine Idee gewesen, den Leviathan in die Höhle am Ende der Atargatis-Schlucht zu locken und ihn dort einzusperren, indem die Höhle zum Einsturz gebracht wurde. Das war Prinzessin Iaira gewesen und sie hatte darauf bestanden, diesen verrückten Plan trotz aller Einwände selbst in die Tat umzusetzen. Sam sollte lediglich Rosi aus ihrem Stall holen. Doch als er mit dem Seepferd zurückkam, war der Leviathan bereits in der Stadt und die Zerstörungswut der Bestie ließ Trümmer regnen. Ta Cathair war von einem Moment auf den anderen zum Kriegsgebiet geworden und Sam klingelten die Ohren von den Schreien der Verwundeten und den unzähligen Hilferufen. Als er sah, wie die Prinzessin ihren Soldaten Befehle erteilte und den Verletzten zu Hilfe eilte, war Sam klar, dass ihre Leute sie nicht noch einmal verlieren durften. Nicht jetzt, da ihre gesamte Welt um sie herum zu zerbrechen drohte. Er teilte Rosi die Planänderung mit, das Seepferd schnaubte Zustimmung, und sie preschten los in Richtung Leviathan.

Es war ganz einfach gewesen, diese Entscheidung zu treffen, doch jetzt war Sam mit der Aussicht konfrontiert, mit der Bestie lebendig begraben zu werden. Er wusste, dass Iaira vorgehabt hatte, sich mithilfe der Düsen ihres Seepferds aus der Höhle zu katapultieren, und Rosi hatte auch noch etwas Treibstoff in den Tanks, doch er musste das Monster immer noch so weit in die Höhle hineinlocken, dass es auch sicher darin gefangen war. Zum Glück entdeckte er ziemlich am Ende der Höhle eine schmale Nische und lenkte Rosi dorthin. Die Ausbuchtung lag hinter einem Wald aus Stalaktiten und Stalagmiten, und Sam hoffte, dass der Leviathan zwischen der Höhlenwand und den eiszapfenartigen Tropfsteinen stecken blieb.

Alles lief nach seinem hastig aufgestellten Plan. Der Leviathan blieb in der Höhle stecken, allerdings nur sein Oberkörper. Sam hörte, dass die Soldaten draußen das Feuer eröffneten, und wusste, dass er nur noch wenige Sekunden Zeit hatte. Er zündete die Düsen, und das Seepferd preschte auf den Ausgang zu, als die Höhlendecke schon Risse bekam.

Doch der Leviathan gab sich nicht so schnell geschlagen. Er versuchte, sich zu befreien, und seine gewaltige Schwanzflosse schnitt durchs Wasser, vor und zurück, vor und zurück. Sam lenkte Rosi scharf nach rechts, um der Flosse auszuweichen, doch die Spitze traf ihn in die Brust. Er wurde von Rosis Rücken gefegt, krachte gegen die Höhlenwand und rutschte daran hinunter auf einen schmalen Sims. Er war kaum noch bei Bewusstsein und seine heftigen Schmerzen kamen höchstwahrscheinlich von mehreren gebrochenen Knochen einschließlich einer oder zwei angeknackster Rippen. Rosi eilte zu ihm und stupste ihn mit der Nase an, doch er konnte sich nicht rühren. Seine Verletzungen hatten ihn bewegungsunfähig gemacht. Noch schlimmer war, dass er die Bewegungen des Leviathans sah. Dieser hatte es fast geschafft, sich zu befreien. Die Höhle brach ein; Sams Zeit war abgelaufen.

»Lauf!«, sagte er zu dem Seepferd. Rosi wieherte und versuchte erneut, ihm auf ihren Rücken zu helfen, doch es hatte keinen Zweck. »Es ist okay …«

Als Sam Londons Welt immer dunkler wurde, hätte er schwören können, dass ein Engel auf ihn zukam. Aber er war sich nicht sicher, ob er seinen Augen noch trauen konnte, sie pulsierten vor Schmerz. Alles schien einen Heiligenschein zu haben, und vielleicht war diese engelsgleiche Gestalt ja nur eine Halluzination – etwas, das ihm helfen sollte, auf die andere Seite zu kommen. Die Gestalt kam näher und streckte Hände mit Schwimmhäuten nach ihm aus. Sams Augen wanderten von den Händen zum Gesicht, und da wusste er, dass es eine Halluzination sein musste. Wie sonst ließ es sich erklären, dass dieses engelsgleiche Wesen aussah wie eine Schülerin der Mittelschule von Benicia? Und nicht nur wie irgendeine Schülerin, sondern wie das Mädchen, das sein Schließfach direkt neben Sams hatte. Das freitags, wenn es in der Cafeteria Fisch gab, nie zum Essen ging.

»Es wird Zeit, dass du hier rauskommst, Sam London«, sagte Nerida Nyx. »Morgen ist wieder Schule.«

Sam erwachte keuchend und hustend am Strand. Reflexartig rutschte er ein Stück nach hinten, da er nicht wusste, wo er sich befand und was passiert war. Tashi kniete mit ausgestreckten Händen vor ihm, woraus er schloss, dass sie ihn geheilt hatte.

»Schön zu sehen, dass du wieder okay bist, Kumpel«, sagte Vance. Dr. Vantana stand ganz in der Nähe und neben ihm eine andere Person – der Engel aus der Höhle. Der ihn offenbar vor dem sicheren Tod gerettet hatte.

»Nerida?« Sam verstand die Welt nicht mehr. Konnte es wirklich sein? Das Mädchen, das er jeden Tag sah … für das er geschwärmt hatte, so lang er denken konnte?

»Hi, Sam.« Sie lächelte ihn schüchtern an. »Tut mir leid, dass ich dir nicht sagen konnte, wer ich wirklich bin, aber …«

»Du bist eine Meerjungfrau?«

»Nein … ich bin eine Nereide, eine Meernymphe.«

Sam grinste, dann fiel ihm plötzlich etwas ein. »Was ist mit dem …«, begann er und rieb sich den Kopf.

»Leviathan? Er ist unter einem ganzen Berg von Felsbrocken gefangen und das hoffentlich für immer«, informierte Vance ihn. »Du hast alle gerettet und dich dabei fast selbst umgebracht. Ich möchte, dass du mir versprichst, nie wieder etwas so Dämliches zu tun – aber wahrscheinlich tust du es ja doch.«

Sam zuckte verlegen mit den Schultern und wandte sich

wieder Nerida zu. »Woher wusstest du, dass ich hier bin?«, fragte er verwirrt.

»Ich habe eine dringende Nachricht von den Guardians Sprite und Naughton bekommen.«

»Und sie haben dich hergeschickt, damit du mir hilfst?« Viel Sinn ergab das nicht, fand Sam. Woher hatten sie denn überhaupt gewusst, dass er Hilfe brauchte? Waren sie nicht auf irgendeiner geheimen Mission? Und wieso schickten sie ausgerechnet Nerida?

»Nein, Sam«, antwortete sie, »das war nur gutes Timing. Sie haben mich hergeschickt, damit ich dir eine Nachricht überbringe, die deine Mutter betrifft.«

»Meine Mutter? Ist sie okay?« Er setzte sich aufrechter hin.

»Sie steckt in Schwierigkeiten, und zwar in ziemlich massiven Schwierigkeiten«, berichtete Nerida ernst. Dann wurde sie nachdenklich. »Wir hätten aufmerksamer sein müssen, das war schließlich unsere Mission. Es tut mir so leid.«

»Welche Mission? Welche Schwierigkeiten?« Neridas Tonfall machte Sam wirklich nervös.

»Meine Mom und ich hatten den Auftrag, in Benicia ein Auge auf Odette zu haben …«

»Wer hat euch diesen Auftrag gegeben?«

»Phylassos.«

Sam blickte kurz hinüber zu Vance, doch der zuckte mit den Schultern.

»Ich höre das zum ersten Mal, Kleiner«, beteuerte er.

»An dem Tag, als der Selkie in San Francisco aufgetaucht

ist, wurden wir in unsere Heimat gerufen, um darüber zu beraten, wie stark sein Handeln sich auf die mythische Bevölkerung der Meere auswirkt. Deshalb waren wir nicht da, als es passiert ist.«

»Als was passiert ist?«

»Als deine Mom ihre Federn gefunden hat.«

»Wie bitte?« Sam verstand überhaupt nichts.

»Federn?« Vantanas Interesse war geweckt. »Willst du damit sagen …« Nerida schaute den Ranger an und nickte. Vance entglitten die Gesichtszüge.

»Würde mir bitte endlich jemand sagen, was hier los ist?«, rief Sam.

»Es gibt da etwas in Zusammenhang mit deiner Mutter, das du nicht weißt«, begann Nerida. »Etwas, das du nie erfahren solltest, aber jetzt musst du es wissen. Sie ist kein Mensch, Sam. Sie ist eine Schwanenmaid.«

»Das soll wohl ein Witz sein!« Was für eine lächerliche Behauptung! Sam kannte seine Mutter besser als alle anderen und sie war keine Schwanenmaid. Ettie war ganz einfach eine Mutter, eine manchmal alberne und peinliche, weil übermäßig zärtliche Mom.

»Leider nicht«, erwiderte Nerida. So ernst hatte Sam seine langjährige Freundin noch nie reden hören. »Ich weiß, wie unwahrscheinlich das klingt. Ohne ihre Federn sieht sie aus und benimmt sich wie ein Mensch. Aber als sie sie gefunden hat …«

»Wurde sie nach Hause zurückgerufen«, ergänzte Vance, und Nerida bestätigte es mit einem ersten Nicken. »Oh, Mist!«

»Warum ›Oh, Mist‹?«, fragte Sam sofort. »Wo ist sie?«

»Am Baikalsee?«, fragte Vance Nerida.

»Ja. Und sie erwartet ihr Urteil vor dem Rat der Maiden.«

»Urteil?«, wiederholte Sam nervös.

»Sie wird für ihre Vergehen bestraft werden.« Neridas Stimme brach. »Ich verstoße gegen die Gesetze, indem ich dir das sage, aber du bist mein bester Freund. Und du musst versuchen, sie zu retten, bevor es zu spät ist.«

* * *

Als Lynnae vom Baikalsee Gerüchte hörte, dass der Rat sich erneut mit Fremden traf, brachte ihre unstillbare Neugier sie dazu, wieder zum Strand zu laufen und ein weiteres Mal eine Strafe zu riskieren. Aber sie musste einfach mit eigenen Augen sehen, was da vor sich ging. Seit der grüne Riese das geschützte Areal der Maiden besucht hatte, fragte sich Lynnae, weshalb der Rat offenbar so besorgt war über die Nachricht, die er gebracht hatte. In jener Nacht hatte Caer sie erwischt, ihr aber nur ernsthaft ins Gewissen geredet. Caer legte normalerweise größten Wert auf Disziplin, weshalb es Lynnae überraschte, dass sie keine härtere Strafe bekam. Nach dem Besuch des Grünen war Lynnae allerdings bei allen Mitgliedern des Rats eine Veränderung aufgefallen. Sie schienen nachdenklich und besorgt zu sein, waren aber auch freundlicher zu ihr und den anderen Maiden. Ihnen wurden mehr Freiheiten gelassen. Sie mussten weniger arbeiten und hatten mehr Zeit zum Herumtollen und Schwimmen. Sie war überzeugt davon, dass das alles mit dem zusammenhing, was der Grüne über diesen Menschenjungen namens Sam London gesagt hatte, doch warum, verstand sie nicht. Was hatte der Junge an sich, das den Rat so sehr beunruhigte?

Als sie den Versammlungsplatz des Rats erreichte, ging sie wieder hinter ein paar Büschen in Deckung. Von ihrem Versteck aus sah sie zwei Besucher: einen Waldkobold und eine Menschenfrau. Sie warteten am Rand des Sees, während der Rat der Maiden sich über das Wasser näherte.

Melusine sprach als Erste.

»Ihr seid nicht Phylassos«, stellte sie ohne Umschweife fest.

Der Waldkobold lächelte schief. »Ich bin Guardian Woodruff Sprite und das ist Guardian Penelope Naughton vom amerikanischen Institut für Magische Wesen. Wir sind Botschafter von Phylassos.«

»Wo ist er?«, fragte Faye ungeduldig.

»Er ist auf dem Weg hierher«, antwortete Sprite. »Und wo ist Ettie London?«

»Diesen Namen kennen wir hier nicht«, erwiderte Melior, die Lehrerin der jungen Maiden, in ihrem Gelehrten-Tonfall.

»Oh, richtig, Entschuldigung«, erwiderte Sprite. »Könnten wir bitte die Maid Odette sehen?«

Palatina nickte, und eine Schwanenmaid, die Lynnae noch nie gesehen hatte, trat zwischen den Bäumen hervor. Sie trug ein weißes Kleid und hatte zwei wunderschöne weiße Flügel, die sich auf ihrem Rücken auffächerten. Lynnae hatte Gerüchte von einer Maid gehört, die vom See geflohen war, doch niemand hatte wirklich geglaubt, dass an diesen Gerüchten etwas dran war. Der Rat hatte unmissverständlich klargemacht, dass so etwas unmöglich war, da ja die Baba Yaga das Areal bewachte. Und trotzdem … war das vielleicht die Schwanenmaid, um die sich diese Gerüchte rankten?

»Können wir mit Odette sprechen?«, fragte die Menschenfrau namens Penelope.

»Nein.« Manto, die Maid, die Aufgaben verteilte und das Leben ihrer Schwestern organisierte, lehnte ab.

»Wir haben euch Zutritt in unser geschütztes Areal gewährt, weil ihr uns versichert habt, dass der Greif persönlich kommen würde. Aber wir sehen ihn nicht«, stellte Palatina fest.

»Das Urteil wird auch in seiner Abwesenheit gesprochen«, verkündete Sibyl.

»Können wir bitte noch mal über alles reden, bevor ihr eure Entscheidung fällt?«, flehte Penelope.

»Die Zeit zu reden ist vorbei«, beschied Caer. »Sie hat ihre Federn. Sie gehört nicht mehr zu eurer Welt. Ihr habt hier an diesem Ort keine Rechtsbefugnis. Es wird Zeit, dass ihr geht …«

Plötzlich frischte der Wind auf, Sand wurde in die Luft gewirbelt, und kleine Wellen türmten sich auf. Doch nicht das Wetter war die Ursache. Als Lynnae nach oben schaute, bot sich ihr ein großartiger Anblick: ein Greif. Der legendäre Phylassos war gekommen. Was hatte Caer gerade über Rechtsbefugnisse gesagt? Lynnae wusste über den Fluch und Phylassos' Gesetz Bescheid, doch Schwanenmaiden bildeten eine Ausnahme; für sie galt das Gesetz des Greifen nicht. Obwohl sie auf oder am Wasser lebten, waren sie keine Wasserwesen. Außerdem hatten sie mit dem Rat der Maiden ihre eigene Regierung und unterlagen deswegen nicht dem Gesetz und Fluch des Greifen. Ihre Fähigkeit, die Gestalt zu verändern, war ein weiterer Grund, weshalb die Magie des Fluchs bei ihnen nicht wirkte. Lynnae war schockiert, den Greif hier in ihrem geschützten Areal zu sehen, so schockiert, dass sie hörbar die Luft einsog und sich damit verriet.

»Lynnae, geh sofort zurück in dein Nest oder du wirst bestraft«, rief Caer. Ihr Blick war direkt auf die Büsche gerichtet, hinter denen Lynnae sich versteckte. »Und ich kann dir versichern, dass deine Strafe heute weitaus schlimmer ausfallen wird als die letzte.«

Augenblicklich verließ Lynnae ihr Versteck und rannte davon, so schnell sie konnte. Sie war so erschrocken darüber, dass sie erwischt worden war, dass sie einfach immer weiterrannte und, ohne es zu wollen, an ihrem Nest vorbeilief. Zum Glück konnte sie gerade noch anhalten, bevor sie die Grenze des geschützten Gebiets überquerte. Hätte sie das schmale, glitzernde Band aus leuchtendem Holz, das ihr Zuhause umgab, übertreten, hätte die Baba Yaga sie vor den Rat geschleift und dieser hätte sie verurteilt. Die Ratsmitglieder wären natürlich davon ausgegangen, dass es ein Fluchtversuch war, und das wäre ein unverzeihlicher Verstoß gegen die Regeln, die das Leben der Maiden bestimmten. Dabei hatte Lynnae ganz bestimmt nicht vor, jemals gegen diese spezielle Regel zu verstoßen. Sie kehrte zu ihrem Nest zurück und wollte sich gerade hineinlegen, als sie ein Rascheln im Wald hörte, gefolgt von Stimmen.

»Wir können da nicht einfach so hineinmarschieren«, warnte eine männliche Stimme.

»Warum nicht?«, fragte eine jüngere, ebenfalls männliche Stimme.

»Ich hab's dir doch gesagt – mit der Baba Yaga ist nicht zu spaßen. Glaub mir.«

»Tashi kann ihr doch einfach einen Energiestoß versetzen«, schlug die jüngere Stimme vor.

Jetzt meldete sich eine dritte Stimme. Sie klang ebenfalls jung, war aber höher. »Ich greife kein Wesen an, nur weil es seine Pflicht erfüllt«, erklärte die Stimme. »Das ist schließlich ihr gutes Recht. Habe ich recht, Doktor Vantana?«

»Ja, schon … Der Greif erlaubt es, weil die Existenz der Maiden sonst gefährdet wäre.«

»Und wie kommen wir dann da rein?«, fragte eine vierte Stimme. »Wir müssen sie finden.«

»Hallo?«, rief Lynnae.

»Habt ihr das gehört?«, fragte der Junge.

»Ich bin hier drüben.« Lynnae winkte. »Aber tretet nicht über die Grenze, sonst sind wir alle dran.«

Vier Gestalten traten aus dem Wald auf eine kleine Lichtung auf der anderen Seite der Grenze.

»Bist du eine Schwanenmaid?«, fragte der große Mann.

»Ja. Seid ihr Menschen?«

Der Mann nickte. »Mein Name ist Vance. Das sind Tashi, Nerida und Sam …«

»Sam? Sam London?«, fragte Lynnae aufgeregt.

»Ja.« Ihre Reaktion überraschte den Jungen offensichtlich. »Kennst du mich?«

»Ich habe von dir gehört.«

»Hast du hier noch einen Menschen gesehen? Eine Frau?«, wollte Sam wissen.

»Er meint eine Schwanenmaid namens Odette«, erklärte Nerida.

»Sie ist meine Mutter«, fügte der Junge hoffnungsvoll hinzu.

»Deine Mutter?«, wiederholte Lynnae langsam. Deshalb hatte der Rat also von Sam gewusst. Die Maid, über die das Urteil gesprochen werden sollte, hatte ein Kind! Das war alles so unglaublich, Lynnae konnte es kaum fassen.

»Dann bist du der Sohn dieser Maid. Der Maid, die geflohen ist.«

Sam nickte. »Kannst du uns zu ihr bringen?«

»Ich würde es gern tun, aber wenn ihr die Grenze überschreitet, greift die Baba Yaga garantiert an.«

»Dann müssen wir einen anderen Weg finden«, meinte Vance. »Das können wir nicht riskieren.«

»Wir haben keine Zeit, um einen anderen Weg zu suchen«, stellte Sam klar. »Wir müssen meiner Mom *jetzt* helfen!«

Im selben Moment überschritt das junge Mädchen namens Tashi die Grenze. Der ganze Wald verstummte. Jeder Vogel und jedes Tier, das bis zu diesem Moment Lärm gemacht hatte, verstummte augenblicklich. Eine gespenstische, unheilverkündende Stille trat ein.

»Tashi!«, rief Sam. »Was tust du da?«

»Ich verstoße gegen die Regeln«, antwortete sie. »Geh und suche deine Mutter, Sam.«

Ein Windstoß brauste durch den Wald und auf die

Lichtung zu. Ein entsetzlicher Schrei schien sich einen Weg zwischen den Bäumen hindurchzubahnen. Blätter wurden von den Zweigen gerissen und flogen durch die Luft.

»Sie kommt!«, rief Lynnae.

Aber die Baba Yaga war bereits da. Das Wesen stürzte auf die Wächterin herab und alle duckten sich. Der Schlag traf Tashi mit voller Wucht und ließ sie durch die Luft fliegen. Sie krachte so heftig gegen einen Baum, dass der Stamm gespalten wurde. Dann rutschte sie auf den Boden und der Baum fiel auf sie.

Sam keuchte. »Nein!«

Mit seinem Schrei zog er sofort die Aufmerksamkeit des Wesens auf sich. Lynnae hatte die Baba Yaga noch nie gesehen – man bekam sie schließlich nur zu Gesicht, wenn man die Gesetze brach. Jetzt sah sie, dass das Wesen sogar noch hässlicher war, als die Geschichten behaupteten. Die Baba Yaga war unwahrscheinlich dünn und ihre Haut bedeckte kaum die Knochen. Sie hatte eine lange Nase, eingesunkene Augen und eiserne Zähne, die mit einem Geräusch wie rasselnde Ketten aufeinanderschlugen. Ihr strähniges weißes Haar stand in alle Richtungen ab.

»Die Grenze des Schutzgebiets wurde unerlaubt überschritten«, fauchte sie mit tiefer, kehliger Stimme. Mit einem knochigen Finger, der aus ihrem zerlumpten Ärmel herausschaute, zeigte sie auf Lynnae. »Geh ins geschützte Areal zurück, Maid, sonst wirst du …«

Bevor sie den Satz zu Ende sprechen konnte, wurde sie von einem blauen Energiestrahl getroffen und in den Wald geschleudert. Tashi war es gelungen, unter dem Baum hervorzukriechen und ihren Shekchen auf das Wesen zu richten.

»Geht, schnell!«, drängte sie. »Ich kümmere mich um dieses Wesen.«

»Danke!«, rief Sam und wandte sich rasch an Lynnae. »Zeigst du uns bitte den Weg?«

Die Maid nickte und lief voraus zum Versammlungsort des Rats am Seeufer. Vance, Sam und Nerida folgten ihr dicht auf den Fersen. Bei ihrem Lieblingsversteck hinter den Büschen blieb sie stehen und bedeutete den anderen, weiterzugehen. Sie hörte den Greif reden, doch er verstummte sofort, als das Trio den Strand betrat. Sie zählte darauf, dass das Auftauchen der Fremden den Rat so ablenkte, dass man sie nicht entdecken würde. Sie wollte dieses historische Ereignis auf keinen Fall verpassen.

Die Rats-Maiden waren nicht erfreut über die Ankunft weiterer Fremder. »Diese Wesen hatten keine Erlaubnis, das Schutzgebiet zu betreten«, erklärte Faye zornig. »Du hast unser Vertrauen missbraucht, Greif, unsere Gesetze gebrochen …«

»Das habe ich nicht!«, widersprach Phylassos.

»Jetzt aber mal langsam!«, meldete sich Vance. »Wir sind allein hergekommen. Der Greif hatte nichts damit zu tun, ich schwöre es.«

»Und die Baba Yaga?«, fragte Sibyl.

»Sie hat angegriffen, wie es ihre Pflicht ist«, antwortete Vance. »Aber im Moment hat eine Wächterin der Greifenklaue ihren Spaß mit ihr, deswegen ist sie gerade etwas beschäftigt.«

Erst jetzt entdeckte Sam seine Mutter, die neben ein paar Bäumen stand.

»Mom!«, rief er und wollte zu ihr laufen, doch der Sand, der den Boden bedeckte, legte sich um seine Füße, und er kam nicht mehr von der Stelle. Lynnae kannte den Trick mit dem Sand von früher. Der Rat hatte ihn schon bei Maiden angewandt, die die Regeln verletzt hatten oder sich weigerten, sie zu befolgen.

»Sie ist nicht länger deine Mutter«, erklärte Caer ihm. »Sie ist eine Schwanenmaid, die in ihre Heimat zurückgekehrt ist. Und sie wird für ihre Vergehen bestraft werden.«

»Für welche Vergehen?«, fragte Sam verwirrt. »Lasst mich los!« Er kämpfte gegen den fest gewordenen Sand an.

»Odette hat ihr Zuhause verlassen, sie hat sich verliebt, und sie hat ein Kind geboren«, antwortete Manto.

»Und das sind Verbrechen?«

»In unserer Welt, ja«, erklärte Melusine dem Jungen.

»Als sie mit deinem Vater floh, hat sie gegen unseren heiligsten Schwur verstoßen«, fügte Palatina hinzu.

»Mein Vater …«, flüsterte Sam. Er hörte auf, gegen den Sand zu kämpfen, und spürte, wie er um seine Füße herum wieder weicher wurde. Er wandte sich dem Rat zu. »Ich weiß, dass der Mann auf dem Foto, das mir meine Mutter gegeben hat, nicht mein Vater ist. Der allwissende Lachs hat mir das gesagt, aber er hat auch gesagt, dass er mir die Identität meines Vaters nicht verraten dürfe. Weil du es ihm verboten hast«, fügte er mit Blick auf Phylassos hinzu.

»Es war notwendig, Sam«, antwortete Phylassos. »Zum Schutz aller.«

»Ich verstehe das nicht … Wenn der Mann auf dem Foto nicht mein Vater ist, wer ist es dann?«

»Er verschwendet unsere Zeit mit diesen Fragen«, schnaubte Faye.

»Er versucht uns abzulenken«, vermutete Caer.

»Wir mögen es gar nicht, wenn man sich über uns lustig macht«, schimpfte Palatina streng.

»Ich mache mich über niemanden lustig und lenke auch nicht ab«, verteidigte sich Sam. »Ich möchte nur die Wahrheit wissen. Wer ist mein Dad? Lebt er noch? Ist er überhaupt ein Mensch?«

Die Maiden schienen verwirrt zu sein und schauten den Greif fragend an.

»Odettes Gedächtnis wurde manipuliert, so wie wir es beschlossen hatten, und auch das des Menschen«, erklärte Phylassos dem Rat.

»*Welches* Menschen?«, fragte Sam genervt.

»Okay. Ich habe keine Ahnung, worum es hier eigentlich geht, aber könnten wir die nervigen Ausreden einfach mal sein lassen und dem Kind endlich sagen, wer sein Vater ist?«, verlangte Vance. »Er hat es *verdient*, das zu wissen.«

»Das habt ihr beide«, entgegnete der Greif.

»Was?«, fragte der Doktor verwirrt.

»Du bist es, Vance«, antwortete Phylassos. »Du bist Sams Vater.«

Kapitel 19

SAG NIE LEBEWOHL

Vance Vantana war Anfang zwanzig, als er in einer Blockhütte im Crater-Lake-Nationalpark seine Doktorarbeit schrieb. Er setzte sich direkt vor das einzige Fenster, weil es einen atemberaubenden Blick über den See bot, der dem Park seinen Namen gab. Er liegt im südlichen Oregon, ist der tiefste See in den Vereinigten Staaten und ist nach dem Einbruch eines Vulkans entstanden. Natürlich hätte Vance viel lieber draußen irgendeinen Fall gelöst, aber es war ruhig hier und man konnte sich wunderbar entspannen, weshalb es sein absoluter Lieblingsplatz zum Arbeiten war. An einem späten Frühlingstag machte er gerade eine Pause und blickte hinaus auf den See, als das Telefon läutete.

»Ranger Vantana?«, fragte eine vertraute, grimmige Stimme am anderen Ende der Leitung. Vance erkannte Orry Avskogen, seinen alten Freund und Park Ranger im Great-Smoky-Mountains-Nationalpark.

»Orry? Du klingst ungefähr so fröhlich wie ein Beerdigungsmarsch. Was ist denn los?«

»Es geht um Rupert. Er liegt im Sterben.«

Vance stieß die Luft aus. Durch den Bigfoot Rupert hatte Vance die Wahrheit über magische Wesen herausgefunden, über das IMW und Dr. Knox. Er bedeutete ihm sehr viel, und Vance war zutiefst erschüttert, als er diese Nachricht hörte.

»Er möchte Henry sehen, Vance«, fügte Orry hinzu. »Er sagt, es sei sehr wichtig, er hätte Informationen für Phylassos. Er will mir nicht sagen, worum es geht. Ich habe sofort versucht, Dr. Knox zu erreichen, aber …«

»Er ist in Russland«, informierte Vantana den Ranger. Erst vor zwei Tagen hatte Dr. Henry Knox verkündet, dass er nach Russland an den Baikalsee reisen würde. Er wollte sich dort mit dem Rat der Maiden treffen, deren geschütztes Areal von immenser Bedeutung für die Aufrechterhaltung des Gleichgewichts der Natur war. Man hatte die Theorie aufgestellt – die jedoch nie bestätigt worden war –, dass das Schutzgebiet der Maiden das magische Lebenselixier aller Schönheit Gaias war. Die Schwanenmaiden widmeten ihr ganzes Leben der Pflege des Areals und durften es nie verlassen. Der Rat hatte das Treffen mit Dr. Knox einberufen, weil es immer wieder Übergriffe von Menschen auf ihren Lebensraum gegeben hatte. Die Schwanenmaiden fürchteten, dass die Umweltgifte der Menschen das Schutzgebiet zerstören könnten.

»Kannst du ihm eine Nachricht zukommen lassen?«, fragte Orry.

»Das ist leider nicht möglich.« Der Rat der Maiden legte größten Wert auf den Schutz seines Areals. Ohne ausdrückliche Erlaubnis durfte kein Wesen sich innerhalb seiner

Grenzen aufhalten, besonders keine männlichen Menschen. Knox hatte die Erlaubnis nur aufgrund seiner besonderen Beziehung zu Phylassos erhalten, doch es war ihm verboten worden, noch jemanden mitzubringen.

»Verstehe«, erwiderte Orry enttäuscht. »Ich richte es Rupert aus und hoffe, dass der Doktor die Sache erledigen kann, bevor …« Orry beendete den Satz nicht, aber das war auch nicht nötig. Vance verstand die Andeutung.

Nachdem der junge Ranger das Gespräch beendet hatte, dachte er lange über diese neue, nicht vorherzusehende Situation nach. Aufgrund der langjährigen Freundschaft zwischen Knox und Rupert fühlte er sich verpflichtet, den letzten Wunsch des Bigfoots zu erfüllen. Allerdings würde er damit eindeutig gegen die Vereinbarung verstoßen, die Dr. Knox mit dem Rat der Maiden getroffen hatte. Vance hatte immer versucht, sein Leben nach einem alten Spruch eines seiner Vorfahren, der amerikanischen Legende Davy Crockett, auszurichten, der lautete: »Sei immer erst sicher, dass du recht hast – dann geh die Sache an!« In dieser Situation war sich Vantana fast sicher, dass er *nicht* recht hatte, aber er ging die Sache trotzdem an. Er stieg in eine Dvergen-U-Bahn nach Russland, um den Doktor zurückzuholen, bevor es zu spät war.

Etliche Stunden später erreichte Vance den Baikalsee und näherte sich vorsichtig dem Schutzgebiet. Durch seine Studien wusste er von der Baba Yaga, dem Wesen, das verpflichtet worden war, die Maiden und ihren Lebensraum vor Eindringlingen zu schützen. Obwohl die Existenz der Baba Yaga nie bestätigt worden war, hatte Vantana bei seiner

Arbeit schnell gelernt, immer erst einmal davon auszugehen, dass alle Mythen der Wahrheit entsprachen. Deshalb blieb er an der Grenze stehen und überlegte, welche Möglichkeiten er hatte. Wenn er, so schnell er konnte, durch das Maiden-Gebiet rannte und Knox fand, bevor das Wesen *ihn* fand, konnte er den Rat vielleicht dazu bringen, die Baba Yaga rechtzeitig zurückzurufen. Dann könnte er seine Nachricht einfach überbringen. Doch der Plan war riskant und konnte die Verhandlungen zwischen Knox und dem Rat gefährden. Vance musste Knox die Botschaft überbringen, ohne die Grenze zu überschreiten. Er sah nur eine Möglichkeit, wie er das bewerkstelligen konnte: Er musste eine Schwanenmaid finden, die ihm half. Sich einer Maid zu zeigen, konnte natürlich dazu führen, dass sie davonrannte und den Rat alarmierte. Oder – was noch schlimmer wäre – dazu, dass sie die Baba Yaga auf ihn aufmerksam machte. Auch diese Strategie war also riskant, aber seiner Ansicht nach deutlich weniger als die andere Option.

Als Jugendlicher hatte er die meiste Zeit in der Wildnis verbracht, deswegen war es für ihn völlig normal, hier draußen vor dem Schutzgebiet ein Lager aufzuschlagen. Von dort aus beobachtete und wartete er und verhielt sich mucksmäuschenstill, um nicht entdeckt zu werden. Nach einigen Tagen wusste er über die Gewohnheiten der verschiedenen Maiden Bescheid. Eine Gruppe von ihnen verließ regelmäßig den Nest-Bereich und ging zu einem kleinen Teich nahe der Grenze – näher kamen sie an den Rand ihres geschützten Areals nicht heran. Sie kamen täglich zu diesem Teich und Vance stellte fest, dass sie tatsächlich so schön waren, wie in den Legenden behauptet wurde, doch eine bestimmte Maid zog immer wieder seine Blicke auf sich. Vantana wusste zwar, dass er seinen Plan weiterverfolgen musste, aber wenn diese Maid mit dem kastanienbraunen Haar sich am Teich zu ihren Schwestern gesellte, war er jedes Mal sofort abgelenkt. Sie hatte etwas Besonderes an sich, etwas, das sie von den anderen unterschied, etwas, das über ihre Schönheit hinausging. Diese Maid strahlte eine Sanftheit und Energie aus, die ihm einfach immer ein Lächeln entlockte, wenn er sie sah.

Vantanas Plan, um die Aufmerksamkeit einer Schwanenmaid auf sich zu ziehen, war einfach: Er warf von seinem Versteck aus einen kleinen Stein über die Grenze. Das tat er jedes Mal, wenn die Maiden zum Teich kamen. Die meisten erschraken bei dem Geräusch und liefen davon. Doch eine blieb immer zurück – die Maid mit dem kastanienbraunen Haar. Interessiert blickte sie zu der Stelle, von der das Geräusch gekommen war, bis ihre Schwestern sie wegzogen. Und dann kam sie eines Tages allein an den Teich. Vantana warf wie jeden Tag einen Stein über die Grenze und die Maid schaute wieder in die Richtung, aus der er gekommen war. Und statt wegzulaufen, ging sie langsam auf die Stelle zu.

»Hallo?«, rief sie leise und furchtlos. »Du kannst herauskommen und dich zeigen. Ich beiße nicht.«

Vance spähte hinter einem Baum hervor. »Und du hast keine Angst, dass ich es tue?«

Die Maid musste lachen. »Ich stehe auf der anderen Seite der Grenze. Du würdest den Versuch nicht überleben.«

»Richtig. Die Baba Yaga. Dann stimmen dic Geschichten über sie also?«, fragte Vance.

»Willst du es herausfinden?«, fragte sie grinsend zurück.

»Nö.«

»Eine kluge Entscheidung. Aber wer bist du? Außer jemand, der gern Steine wirft und Schwanenmaiden erschreckt, natürlich.«

»Ich heiße Vance. Und wie nennen sie dich?«

»Odette.«

»Ein hübscher Name.«

»Geht so«, erwiderte sie ohne Begeisterung.

Vance grinste. »Du bist kein Fan davon, was?«

Sie zuckte mit den Schultern.

»Okay. Wie wäre es dann, wenn ich dich … Ettie nenne? Besser?«

Sie nickte lächelnd. »Der Name gefällt mir.«

PERSÖNLICHE NOTIZ

Aufgrund der speziellen Art der Begegnung zwischen der Schwanenmaid Odette und Vance Vantana sind in den IMW-Archiven nur wenige Details zu ihrer Interaktion zu finden. Aus diesem Grund bat ich Dr. Vantana um eine persönliche Beschreibung der Ereignisse, so wie sie ihm in Erinnerung geblieben sind. Das Folgende wird deswegen in seinen eigenen Worten wiedergegeben.

T.C.G.

Nachdem Ettie etwas Vertrauen zu mir gefasst hatte, erklärte ich ihr, was mich zu ihrem geschützten Areal geführt hatte. Ich fragte sie, ob sie bereit wäre, Dr. Knox auszurichten, dass ich da sei und dringend mit ihm reden müsse. Sie bejahte, doch als sie ein paar Stunden später zurückkam, berichtete sie, dass es ihr nicht gelungen sei, nah genug an den Versammlungsplatz des Rats heranzukommen. Die Verhandlungen waren offenbar geheim und der Platz war durch eine Art magische Barriere abgeriegelt. Ich beschloss, noch ein paar Tage zu warten, bis die Verhandlungen entweder abgeschlossen waren oder es eine Pause gab, in der Ettie Knox die Nachricht überbringen konnte. Allerdings muss ich zugeben, dass ich die ganze Sache wohl aufgegeben hätte, wäre da nicht Ettie gewesen.

Ich verbrachte fast jede Minute meiner Wartezeit mit ihr. Die Ratsmitglieder hatten nur noch das Treffen im Kopf, und so merkten sie nicht, dass sie sich immer wieder aus ihrem Nest schlich. Und bevor ich richtig begriff, was mit mir geschah, hatte ich immer weniger Interesse daran, Knox zu sehen und ihm die Nachricht von Rupert zu überbringen. Es war mir plötzlich nicht mehr wichtig… Wichtig war nur noch, Ettie zu sehen. Es dauerte nicht lang, bis ich sie gar nicht mehr nach dem Rat und Knox fragte, und Ettie mir nicht mehr erzählte, was sie von ihren Schwestern sah oder hörte. Wir waren beide viel zu sehr damit beschäftigt, alles über uns herauszufinden. Ich wollte alles über ihr Leben im Schutzgebiet wissen und Ettie wollte alles über mein Leben außerhalb ihrer engen Grenzen erfahren.

Ettie und ich verbrachten unsere Tage mit Erzählen und Lachen. Es gab kein peinliches Schweigen, da uns die Gesprächsthemen nie ausgingen. Nachts lagen wir so nah wie möglich, ohne die Grenze zu überschreiten, nebeneinander auf dem Boden. Nur Zentimeter voneinander entfernt, und doch lagen ganze Welten zwischen uns. Getrennt von einer unsichtbaren Wand blickten wir hinauf zu den Sternen und erzählten uns unsere Träume. Etties Traum war ziemlich einfach. Sie zeigte mir ein Plakat, das am Strand angespült worden war und das für eine Aufführung von *Schwanensee* in London warb. Sie wollte in die Stadt reisen und dieses Ballett sehen, bei dem es eindeutig um ihresgleichen gehen musste. Ich fühlte mich ein wenig schlecht, weil ich ihr erklären musste, dass die Aufführung dem Datum nach schon vor langer Zeit stattgefunden hatte und sie sie nicht mehr sehen

konnte. Aber ich sagte ihr auch, dass es bestimmt eine andere Version davon gab, die wir uns zusammen anschauen könnten. Ettie gefiel diese Idee sehr gut.
Bisher hatte ich mich einzig und allein auf mein Studium und meine Arbeit beim IMW mit Henry Knox als Mentor konzentriert, sodass ich kaum Freizeit gehabt und nie an eine Beziehung gedacht hatte. Die Arbeit hatte für mich Vorrang, alles andere musste warten. Doch jetzt war etwas Neues wichtig geworden, nämlich Zeit mit Ettie zu verbringen. Ich glaube, wir wussten beide, dass unsere gemeinsame Zeit bald vorbei sein würde, und deswegen war unser Beisammensein so intensiv. Jede Sekunde, die verging, war eine Sekunde weniger verbleibende Zeit. Und dann eines Tages passierte es.
Ettie zeigte mir einige der seltenen Blumen, die entlang der Grenze im Schutzgebiet wuchsen. Nie zuvor hatte ich solche Blumen gesehen oder gerochen. Eine duftete nach Schokolade – ehrlich! –, eine andere nach Malzbonbons, und die Rosen blühten in allen Schattierungen des Farbspektrums. Eine Rose mochte Ettie besonders. Sie schien die Farbe zu wechseln, je nachdem, in welchem Winkel das Sonnenlicht auf die Blütenblätter fiel. Als sie gar nicht aufhören konnte, die Schönheit der Blume zu beschreiben, schlug ich vor, sie solle sich eine davon ins Haar stecken. Sie errötete

und schüttelte den Kopf, doch ich bestand darauf. Schließlich gab sie nach und wollte eine Rose pflücken, stach sich dabei jedoch an einem Dorn. Mein Beschützerinstinkt meldete sich sofort, und ich ergriff ihre Hand, doch in dem Moment, in dem wir uns berührten, änderte sich alles. Urplötzlich war ich mir über meine Gefühle für Ettie im Klaren: Ich liebte sie. Und aus der Art, wie sie mich anschaute, schloss ich, dass das Gefühl auf Gegenseitigkeit beruhte. Leider war das Glück, das wir empfanden, nur von sehr kurzer Dauer. Der Wind heulte auf und die Bäume schwankten. Die Baba Yaga hatte gespürt, dass die Grenze überschritten worden war, und kam kampfeslustig angerauscht. Ich stellte mich schützend vor Ettie, doch die Baba Yaga wollte gar nichts von ihr. Sie hatte nur Augen für meine Wenigkeit. Sie warf mich herum wie eine Stoffpuppe, während Ettie sie anflehte aufzuhören. Mir tat alles weh, und ich war kaum noch bei Bewusstsein, aber ich hörte, wie die Baba Yaga von Ettie verlangte, dass sie zu ihrem Nest zurückging. Ettie weigerte sich. Aus fast komplett zugeschwollenen Augen sah ich, dass sie zwischen der Baba Yaga und mir stand und dem Wesen klarmachte, dass es durch sie hindurchgehen müsste, um mich zu erledigen. Das Monster stieß sie einfach beiseite und wollte sich wieder auf mich stürzen.

Ich schaute Ettie noch einmal an, fest davon

überzeugt, dass es das letzte Mal war. Ich lächelte ihr zu, so gut es ging. Zum Glück für mich war sie noch nicht bereit, Lebewohl zu sagen. Sie stand auf, breitete ihre Flügel aus und flog direkt auf mich zu. Vor der Baba Yaga stieß sie herab, nahm mich in die Arme und hob wieder ab. Die Baba Yaga verfolgte uns eine ganze Weile, doch Ettie wurde nicht langsamer und machte keinen Augenblick Pause. Wir müssen stunden-, vielleicht sogar tagelang geflogen sein, bis die Baba Yaga endlich aufgab. Völlig erschöpft landeten wir irgendwo in den Great Smoky Mountains. Ettie kümmerte sich um meine Wunden und päppelte mich wieder auf.

In dieser Zeit redeten wir lang und breit über unsere ungewöhnliche Situation. Mir war klar, dass das weit über »verboten« hinausging und mich meine Karriere beim IMW kosten würde. Die arme Ettie hatte zu große Angst, um über die Konsequenzen ihres Handelns auch nur nachzudenken. Das Einzige, was wir mit Sicherheit wussten, war, dass wir zusammenbleiben wollten, auch wenn eigentlich alles dagegensprach. Doch dazu mussten wir verschwinden… irgendwo hingehen, wo uns niemand finden würde. Das allerdings schien unmöglich.

Wir brauchten Hilfe und so wandte ich mich an den Bigfoot Rupert. Wir besuchten ihn – und das gerade rechtzeitig, denn es schienen ihm nur noch wenige Stunden Zeit zu bleiben.

Der alte Rupert flehte uns an, ins geschützte Areal der Maiden zurückzukehren, uns zu entschuldigen und um Gnade zu bitten, erkannte jedoch ziemlich schnell, dass wir davon nichts wissen wollten. Deswegen schlug Rupert schließlich eine andere Möglichkeit vor. Atlantis. Die Stadt unterstand schließlich nicht dem Gesetz des Greifen und fiel auch nicht unter die Zuständigkeit des Rats der Maiden. Es war ein neutraler Ort und Zuflucht für zahlreiche heimatlose mythische Wesen. Der Bigfoot glaubte, dass die Stadt uns beide vor unserer Strafe bewahren konnte. Ich stimmte zu und überzeugte Ettie, dass Atlantis unsere einzige Hoffnung war. Rupert nahm Kontakt zu einem Guardian aus dem Everglades-Nationalpark auf, den ich damals noch nicht kannte. Er hieß Woodruff Sprite, und er stimmte zu, uns nach Atlantis zu schmuggeln und uns neue Identitäten zu verschaffen. Sprite war seit über hundert Jahren ein treuer Freund von Rupert. Auch wenn ihn die Bitte überraschte, erkannte auch er bald, dass das, was Ettie und ich füreinander empfanden, wahre Liebe war. Deswegen versprach er, uns trotz der Gefahr zu helfen.
Über seine Beziehung zu einer Nuppeppo-Barsängerin namens Squishy arrangierte er die Reise zu der geheimnisvollen Insel. Dort trafen wir Squishy, und der Sängerin gelang es, eine Bleibe für uns zu finden und in der Parkverwaltung der

Insel sogar einen Job für mich. Ettie und ich nahmen neue Namen an und heirateten. Obwohl eigentlich alles gut lief, machte Squishy sich Sorgen. Sie ging davon aus, dass wir als Fremde auf der Insel unweigerlich irgendwann auffallen würden und dies unerwünschte Nachforschungen nach sich ziehen würde. Doch Sprite wollte, dass wir in Atlantis abwarteten, während er Kontakt zu Knox aufnahm und mit ihm besprach, wie das alles in Ordnung gebracht werden könnte. Leider sollten Squishys Instinkte recht behalten und wir bekamen nie eine Chance.

Gilgamesch, der damals die Sicherheitskräfte von Atlantis anführte, erfuhr von unserem Aufenthalt in der Stadt und benutzte uns, um seine Macht auszubauen und sich einen Sitz im Rat von Atlantis zu sichern. Das Ergebnis war, dass Ettie und ich festgenommen und zum Baikalsee zurückgebracht wurden, wo man uns vor den Rat der Maiden stellte.

Etties Strafe sollte die Rückkehr zu Gaia sein. Doch da gab es ein kleines Problem: Ettie war schwanger. Der Rat der Maiden stand vor einer schwierigen Situation. Sie konnten Gaia kein unschuldiges Kind zurückgeben, deswegen konnten sie das Urteil nicht vollstrecken.

In diesem Moment tauchte Phylassos auf. Ich hatte den Greif vorher noch nie gesehen und war überrascht, dass er sich in diesem Fall einmischte.

Es gelang dem Greifen, eine Vereinbarung auszuhandeln, die den Rat zufriedenstellte und durch die niemand zu Gaia zurückkehren musste. Phylassos wollte mithilfe seiner besonderen Kräfte sicherstellen, dass Ettie und ich keine Erinnerung an die letzten Wochen mehr hatten, beziehungsweise dass unsere Erinnerungen mit der Wirklichkeit absolut nichts mehr zu tun hatten. Er würde Ettie irgendwo hinbringen, weit weg vom geschützten Areal der Maiden, und ich würde keinen Kontakt mehr zu ihr haben. Man würde ihr erlauben, ihr Kind zur Welt zu bringen und es aufzuziehen, doch weder sie noch das Kind würden je die Wahrheit über mich erfahren. Der Rat konnte den anderen Maiden sagen, dass Odette für ihre Verbrechen zu Gaia zurückgeschickt worden war, und niemand würde je erfahren, dass es nicht stimmte. Das Leben würde weitergehen und die unglückselige Episode würde bald vergessen sein. Der Rat der Maiden stimmte dem Vorschlag des Greifen zu, stellte jedoch eine Bedingung, die nicht verhandelbar war: Etties Federn mussten irgendwo in ihrer Nähe versteckt werden, damit sie sie finden und nach Hause zurückkehren konnte. Phylassos war nicht begeistert von dieser Bedingung, doch er musste den Rat der Maiden respektieren, und dies war damals die einzige Möglichkeit, mich und Ettie vor dem Tod zu bewahren. Natürlich sah ich das vollkommen anders. Ich protestierte heftig und hielt Ettie fest, so lang ich konnte, bevor uns dieser schreckliche magische Sand schließlich trennte. Dann weiß ich nur noch, dass ich im Wald außerhalb des Maidenareals wieder aufgewacht bin und keine Erinnerung an das Geschehene mehr hatte.

V.V.

Sam London stand am Ufer des Sees vor dem Rat der Maiden. Er sah, dass seine Mutter Flügel hatte, und hatte gerade erfahren, wer sein Vater war: Dr. Vance Vantana – der Mann, der seit Sams erstem Fall für das Institut für Magische Wesen sein bester Freund geworden war. Derselbe Mann, von dem er sich manchmal vorgestellt hatte, er könnte mit seiner Mutter ausgehen und vielleicht sein Stiefvater werden. Und genau dieser Mann war die ganze Zeit sein Vater. Es schien völlig verrückt. Aber Squishy wusste Bescheid. Sie hatte es in Atlantis angedeutet, es praktisch sogar ausgesprochen.

Als Phylassos mit der Wahrheit herausrückte, weiteten sich Vantanas Augen. Er sah Sam an, dann Ettie und nickte bedächtig, als würde ihm plötzlich etwas klar werden.

»Jetzt erinnere ich mich … Ich war schon einmal hier, vor diesem Rat.«

»Das ist richtig«, bestätigte Phylassos.

»Du hast uns damals geholfen, Sprite«, sagte Vance zu dem Guardian, der mit Rangerin Naughton etwas abseits stand.

»Ich habe es versucht … und bin gescheitert«, entgegnete Sprite verlegen.

»Aber wie kann das denn sein?«, fragte Sam. »Du hast meine Mom doch erst in Benicia kennengelernt, als wir aus Hérault zurückgekommen sind.«

»Das war nicht das erste Mal, Sam. Das erste Mal habe ich sie getroffen, als du noch nicht geboren warst, gleich hinter der Grenze zu diesem Schutzgebiet.« Dann wandte Vance sich an Phylassos. Wütend kniff er die Augen zusammen. »Ich war nicht einverstanden mit deinem Plan. Du hast das ohne meine Erlaubnis getan.«

»Ich hatte kaum eine andere Wahl«, erwiderte Phylassos.

»Ich habe zwölf Jahre verloren … zwölf Jahre, in denen ich meinen Sohn hätte kennenlernen können. Ihn aufwachsen sehen. Teil seines Lebens sein. So viele Momente, die ich nicht erleben – nicht genießen konnte. Nur deinetwegen.«

»Er hätte überhaupt kein Leben gehabt, wenn ich den Bedingungen des Rats nicht zugestimmt hätte«, erinnerte der Greif ihn.

Vantana wandte sich zornig dem Rat zu. »Ihr solltet euch alle schämen für das, was ihr getan habt.«

»Du wirst diese Unverschämtheiten sofort unterlassen«, verlangte Faye.

»Sonst passiert was? Bestraft ihr mich? Oder sie? Habt ihr das nicht schon mehr als genug getan?«

»Nein, das haben wir nicht«, erwiderte Caer sachlich. Sie wandte sich Phylassos zu. »Die Vereinbarung ist null und nichtig. Ein neues Urteil wird gefällt. Sind die Maiden des Rats bereit dazu?« Die Maiden nickten.

»Schuldig«, urteilten sie der Reihe nach. Sam verlor allen Mut, während eine nach der anderen das Wort wiederholte, bis alle neun es ausgesprochen hatten. Er wollte nicht darüber nachdenken, was das bedeutete – wie man sie bestrafen würde.

»Das Urteil ist einstimmig«, erklärte Caer. »Alle drei Beschuldigten werden für ihre Vergehen bestraft.«

»Nein, das werden sie nicht!«, widersprach Phylassos entschieden.

»Die Zeit zu verhandeln ist vorbei«, entgegnete Palatina.

»Ich verhandle nicht, ich stelle nur das Offensichtliche fest. Wenn wir unsere Vereinbarung für null und nichtig erklären, wie Caer verlangt hat, müssen wir dort weitermachen, wo wir vor der Vereinbarung aufgehört haben«, konterte Phylassos.

»Was soll das heißen?«, fragte Sam. Phylassos erwiderte nichts darauf.

Die Maiden besprachen sich kurz und wandten sich dann wieder den anderen zu. Palatina sprach für die Gruppe. »Wir stimmen diesen Bedingungen aus Respekt vor dir zu, mächtiger Phylassos.«

Der Greif nickte einmal kurz.

»Was hast du getan? Was ist da gerade passiert?«, rief Sam. Er war schnell zu dem Schluss gekommen, dass diese ominösen Bedingungen nicht gut waren, und hatte Angst vor dem Ergebnis.

»Das Kind und der Mensch werden verschont«, verkündete Melusine. »Die als Odette bekannte Maid wird unverzüglich zu Gaia zurückgeschickt.«

»Was? Nein!«, brüllte Vance.

»Das könnt ihr nicht machen! Sie ist meine Mom. Sie hat nichts Unrechtes getan! Phylassos, bitte tu etwas!«

»Der Greif hat diesem Urteil zugestimmt. Es gibt nichts mehr zu bereden«, erwiderte Caer. »Odette? Deine Zeit ist gekommen. Dein Leben am See ist abgeschlossen. Du wirst zurückkehren in das Wasser, aus dem du gekommen bist.«

Sam rannte auf seine Mutter zu, doch Caer hob eine Hand, und der Sand schloss sich um seine Füße und stoppte ihn mitten im Lauf. Als Vance es ebenfalls versuchte, hob sie die andere Hand, und auch er blieb wie festgewachsen stehen. Sam musste alles hilflos mit ansehen. Die als Odette und für ihn als seine Mom bekannte Schwanenmaid stieg ins Wasser.

»Mom!«

Odette blickte kurz mit ausdruckslosem Gesicht in seine Richtung, wandte sich dann wieder dem See zu und ging weiter.

In dem Moment, als das stille Wasser des Baikalsees über der Schwanenmaid zusammenschlug, kam die Sonne über den Horizont. Alle – Menschen wie auch andere Wesen – schützten ihre Augen vor dem grellen Licht. Vance legte Sam die Hände auf die Schultern. Tränen liefen ihm übers Gesicht.

»Es tut mir so leid, mein Junge. Es tut mir so leid.« Er umarmte Sam und wiederholte diese Worte wieder und wieder, als sei alles seine Schuld. Sam verstand überhaupt nichts. Er konnte nicht – wollte nicht glauben, dass sie nicht mehr da war.

»Das Urteil wurde dem Gesetz entsprechend vollstreckt«, verkündete Manto. »Wir verlangen, dass ihr unser Schutzgebiet nun verlasst und nie mehr wiederkommt.«

Sam London brach am Seeufer zusammen. Die Tränen flossen in Strömen, der Schmerz war kaum auszuhalten. Er hörte, wie alle – Nerida und Penelope, Sprite und Tashi – versuchten, ihn zu trösten. Und er hörte seinen Vater, der ihn in den Armen hielt und fest an sich drückte, flüstern: »Es wird alles gut, Sam … Ich bin da … Es wird alles gut …«

Doch Sam London wusste, dass es nie wieder gut werden würde.

Kapitel 20

FALL ABGESCHLOSSEN?

SL002-130

Abschließende Notizen zu dem Fall

Datum: [redacted]

In den Tagen nach dem Abschluss des IMW-Falls SL002-130 bzw. »Krieg der Meere« fand in der Stadt Ta Cathair ein großer sozialer und politischer Umbruch statt. Der Leviathan hatte schweren Schaden angerichtet. Viele Einwohner, zu denen inzwischen auch die zugezogenen Flüchtlinge aus den evakuierten Kolonien zählten, waren dadurch obdachlos geworden. Da die Bestie jetzt sicher unter dem Meeresboden begraben war – dank des selbstlosen Einsatzes des IMW-Mitarbeiters Sam London, der fast tödlich ausgegangen wäre – und die überlebenden Dunkelflossen im Gefängnis saßen, konnten Bevölkerung und Regierung von Ta Cathair sich an die Herkulesaufgabe des Wiederaufbaus machen. Nicht nur die meisten Gebäude

der Stadt mussten neu gebaut werden, sondern auch die Grundlagen des Zusammenlebens der verschiedenen Völker.
Vier Tage nach dem Angriff des Leviathans gab Königin Muiria ihre Abdankung bekannt, damit ihre Tochter Iaira den Thron besteigen konnte. Dem IMW gegenüber erklärte Muiria, sie sei der Meinung, dass die Zeit für einen Generationswechsel in der Regierung gekommen war. Außerdem wollte sie die überwältigende Popularität ihrer Tochter anerkennen, die sich nach deren dramatischer Rückkehr und ihrem mutigen Vorgehen bei der Rettung ihres Volkes rasend schnell im Reich verbreitet hatte. Auf Maris' Drängen hin wurde der Vertrag, der verlangte, dass Iaira einen Selkie heiratete, für nichtig erklärt. Maris' Vater, General Searus, der die treibende Kraft hinter diesem Gesetz gewesen war, unterstützte seinen Sohn darin.
In ihrer ersten Amtshandlung als Königin überzeugte Iaira das Meervolk davon, eine Koalitionsregierung zu bilden, in der Selkies und Meerleute gleich stark vertreten waren. Außerdem lud sie Maris ein, gemeinsam mit ihr zu regieren und die Stadt zu ihrem früheren Glanz zurückzuführen. Angesichts dieser Veränderungen trat General Searus von seinem Posten zurück. Die neu gebildete Regierung bestimmte einen Nachfolger, der das Vertrauen sowohl der Selkies als auch des Meervolks genoss.

Trotz der Einwände ihrer Berater unternahm Königin Iaira ein paar Tage nach ihrem Regierungsantritt eine geheime Reise nach Miami. Sie wollte noch ein paar Dinge aus ihrem Leben als Pearl zu Ende bringen und ihren Juwelen helfen, mit ihrem Verschwinden abzuschließen. Außerdem schuldete sie Francis Gomez und Wanda Bradley noch ein Dankeschön dafür, dass sie ihre Freunde und sie selbst vor der Dunkelflosse gerettet hatten.
Maris unterstützte Iaira in ihrem Wunsch, der Oberwelt einen kurzen und - wie er hoffte - letzten Besuch abzustatten, bestand aber darauf, sie aus Sicherheitsgründen zu begleiten.
In der Lobby des Hauptsitzes der neu benannten *Eklund Environmental* fand eine Party für die treuesten Juwelen statt. Aufgrund seiner Erfahrungen mit Iaira, den Dunkelflossen und Ta Cathair verzichtete der Milliardär Lief Eklund von nun an auf die Ausbeutung von Energiequellen und konzentrierte die Bemühungen seines Unternehmens auf das Säubern der Ozeane sowie auf die Erforschung umweltfreundlicher, erneuerbarer Energien - natürlich auf eine Art und Weise, die mythischen Seewesen nicht schaden würde. (Er schwor auch, die Existenz solcher Wesen geheim zu halten.)
Mit Liefs Hilfe überzeugte Iaira ihre Juwelen, dass sie in Zukunft ihren Vater unterstützen und ihr Leben der Umweltarbeit widmen würde. Ihre neue Arbeit würde es ihr zeitlich nicht erlauben,

weiter in den sozialen Medien aktiv zu sein oder Film- und Fernsehrollen anzunehmen. Sie ermunterte ihre Juwelen, ihrem Beispiel zu folgen, sich zu engagieren und daran mitzuarbeiten, die Welt zu einem besseren Ort zu machen. Lief hatte sämtliche Bohrgeräte auf seinem Bohrschiff *Pearl* entfernen lassen und sie durch die neueste Technologie zum Entfernen von Ölteppichen und Müll aus den Meeren ersetzt. Nachdem die Arbeiten beendet waren, taufte er das Schiff in *Iaira* um.
Als Iaira und Maris nach Ta Cathair zurückkehren wollten, wartete vor dem *Eklund-Environmental-*Gebäude die Nachrichtenreporterin Cynthia Salazar auf sie und stellte Fragen über den Tag, als Maris Iaira bei der Modenschau angegriffen hatte. Iaira fürchtete, die Reporterin könnte eins und eins zusammenzählen und bereits zu viel über die mythische Welt wissen. Als Miss Salazar dann auch noch wissen wollte, ob Iaira jemals einen Greif gesehen hätte oder einen Jungen namens Sam London kennen würde, beendete die Königin das Interview abrupt und stieg mit Maris in eine wartende Limousine. Miss Salazar versuchte, den beiden zu folgen, als sie zum Falling-Waters-Staatspark fuhren, doch dem Fahrer gelang es, sie unterwegs abzuschütteln.
Zurück in Ta Cathair festigte die enge Zusammenarbeit zwischen Iaira und Maris die Freundschaft, die die beiden nach den Ereignissen in San Fran-

cisco geknüpft hatten. Iaira war Maris sehr dankbar, dass er das Risiko eingegangen war, sie in der Oberwelt zu suchen. Es bewies echte Sorge um sie und alle Einwohner der Stadt. Sie lernte sein gutes Herz und seine charmante Art zu schätzen, und da sie merkte, dass er angesichts ihrer Vergangenheit zögerte, den ersten Schritt zu tun, lud Iaira Maris schließlich zum Essen ein. Sie wusste, wie groß das Interesse ihres Volkes an ihr und Maris war, und beschloss deshalb, etwas in der Unterwasserwelt noch nie Dagewesenes zu tun: Sie ließ ihre erste Verabredung live übertragen. In Zusammenarbeit mit den Technologen von Ta Cathair startete Iaira eine eigene Version einer Social-Media-Plattform als Möglichkeit für die Einwohner des Königreichs, mit den Regierenden und untereinander in Kontakt zu treten.
Diese neue Form der Kommunikation und die Tatsache, dass die Leute so miterleben konnten, wie die beiden sich näherkamen, trugen entscheidend dazu bei, die Differenzen zwischen den Rassen, die im Lauf der Jahrhunderte fast unüberwindlich geworden waren, beizulegen. Als dieser Bericht zu den Akten gelegt wurde, waren Iaira und Maris verlobt und wollten heiraten.
Murphy, der alte Fischer und Freund von Lief, bekam die Chance, in Ta Cathair ein neues Leben zu beginnen. Er erhielt eine Injektion mit dem synthetisch aufbereiteten Blut von Maris, und

eine Flossenprothese half ihm, sich schnell unter Wasser einzuleben. Er genoss das Leben in der Stadt, wurde fast so etwas wie eine Berühmtheit und pflegte eine wundervolle Freundschaft mit Muiria.
Auf den Tag genau ein Jahr nach dem Angriff des Leviathans weihte das Königreich Ta Cathair das neue Seepferd-5000-Stadion ein. Sie nannten es die »Sam-London-Arena« zu Ehren seiner Taten an diesem Tag und auf der neuen Gedenktafel mit einem Porträt von Sam am Eingang der Arena stand: »Gewidmet Sam London, dem Menschenjungen, der uns alle gerettet hat.«

Eine emotionale Flutwelle aus Wut, Trauer und Verzweiflung übermannte Sam London, als er reglos am Ufer des Baikalsees stand. Obwohl der magische Sand ihn nicht länger festhielt, konnte Sam sich einfach nicht von der Stelle wegbewegen, an der er beobachtet hatte, wie seine Mutter zu Gaia zurückgekehrt war. Er hatte das Gefühl, als hätte man ihm das Herz aus der Brust gerissen … Er spürte nicht einmal mehr, dass es schlug. Ihm war übel und er fühlte sich vollkommen leer. Zwar waren die Schwanenmaiden dafür verantwortlich, dass das Urteil vollstreckt worden war, doch Sam gab einem einzigen Wesen die Schuld für diese entsetzliche Wende der Ereignisse. Voller Verachtung blickte er den Greif an.

»Wie konntest du nur!«

»Es tut mir leid, Sam«, antwortete Phylassos. »Ich konnte nichts mehr tun.«

»Du hast mich belogen, und du hast zugelassen, dass sie das getan haben.« Sam wies auf den Rat der Maiden, die sich bereits wieder zurückzogen.

»Ich hoffe, du verstehst irgendwann, in was für einer schwierigen Situation ich mich befunden habe.«

»Garantiert nicht«, erwiderte Sam trotzig.

»Du brauchst Zeit.« Dann wandte Phylassos sich an die anderen. »Bringt ihn bitte sicher nach Hause.« Sie nickten, und Phylassos schwang sich in die Luft und verschwand hinter den Bergen.

Vance legte Sam eine Hand auf die Schulter. »Komm, Sam. Zeit zu gehen.«

Nerida ergriff seine Hand und hielt sie ganz fest, während sie ihn vom Ufer wegführte. Er war ihr dankbar für diese Geste. Wie sehr hätte er sich unter anderen Umständen darüber gefreut! Jetzt war sie nur ein kleiner Trost nach einem tragischen, schrecklichen Erlebnis. Halb erwartete er, dass Tashi ihm erzählen würde, wie wunderbar es sei, zu Gaia zurückzukehren, doch offenbar spürte die Wächterin, dass jetzt nicht der richtige Zeitpunkt war, um über mythischen Tod zu diskutieren.

Sie verließen das geschützte Areal der Maiden schweigend, zutiefst erschüttert von dem Geschehen, das sie eben miterlebt hatten. Mit einer Dvergen-U-Bahn reisten sie zurück in die Vereinigten Staaten. Trevor und Nuks erwarteten sie am Bahnhof in Castle Crags. Rangerin Naughton hatte ihnen wohl mitgeteilt, dass die Gruppe zurückkommen würde. Aus den ernsten Mienen der beiden konnte man schließen, dass Penelope sie auch über Etties Schicksal informiert hatte. Als die Gruppe die U-Bahn verließ, tippte Guardian Sprite Sam auf die Schulter. Sam drehte sich um, und Sprite kniete sich auf den Bahnsteig, damit er auf Augenhöhe mit Sam war.

»Ich muss zurück in die Everglades, aber ich möchte dir sagen, dass ich verstehe, wie schwer das für dich ist. Schwerer als alles, was du je erlebt hast. Und es gibt keine Worte dafür, Sam. Es gibt keine Worte, mit denen ich dir die Frage nach dem Warum beantworten oder den Schmerz in deinem Herzen lindern könnte. Nichts, was ich dir sagen könnte. Ich kann nur eines tun: ein Freund für dich sein. Ein Freund, der für dich da ist, wann immer du ihn brauchst.« Sprite umarmte Sam, dem jetzt wieder die Tränen kamen.

»Danke«, flüsterte der Junge.

Die Gruppe hielt an Penelopes Hütte an, um Trevor und die Rangerin aussteigen zu lassen. Die beiden verabschiedeten sich von Sam. Rangerin Naughton umarmte ihn und schien ihn nicht mehr loslassen zu wollen. Trevor verhielt sich erstaunlich zurückhaltend. Er drückte Sam nur immer wieder sein Mitgefühl aus, bis Rangerin Naughton ihn schließlich wegzog. Bevor sie weiterfuhren, nahm Vance Penelope beiseite und Sam belauschte ihre Unterhaltung.

»Ich werde eine Zeit lang nicht im Institut sein«, informierte er sie.

»Natürlich.«

»Ich habe einiges nachzuholen.«

»Hast du schon eine Ahnung, wann du wieder ...«

»Nicht die geringste. Und wenn ich ehrlich sein soll, Pen, bin ich mir nicht einmal sicher, ob ich überhaupt wieder zurückkomme.«

Rangerin Naughton schien überrascht, als sie das hörte, versuchte jedoch, sich nichts anmerken zu lassen.

»Verstehe«, erwiderte sie halbherzig. »Ich bin da, wenn du mich brauchst, Vance. Du oder Sam.« Er nickte und sie umarmten sich.

Anfangs verlief die Fahrt zurück nach Benicia schweigend. Sam saß auf dem Beifahrersitz und starrte aus dem Fenster. Ab und zu legte Vance ihm tröstend eine Hand auf den Oberschenkel. Da Sam nicht darauf reagierte, zog Vance seine Hand nach ein paar Sekunden jedes Mal wieder zurück. Sam wollte nicht unhöflich sein, doch er musste mit so vielem fertigwerden und wusste nicht, wo er anfangen sollte. In seinem Kopf überschlugen sich die Gedanken, Gedanken über die wahre Identität seiner Mutter, seines Vaters, Neridas und seiner selbst. Er wusste jetzt, dass er nicht durch und durch Mensch war. Das war eine entscheidende Offenbarung in Sam Londons Leben, und er hatte keine Ahnung, was sie bedeutete. Es gab so viele Fragen.

Doch eine spezielle Frage schob sich immer wieder durch das Gedankenchaos nach vorn. Eine Frage, auf die er dringender eine Antwort haben wollte als auf alle anderen Fragen zusammen. Zum Glück saß die einzige Person, die sie ihm beantworten konnte, direkt neben ihm.

»Vance?«

Der Doktor blickte kurz zu ihm hinüber. »Ja, Sam?«

»Wie hast du sie kennengelernt?«

Vantana lächelte. »Das ist eine lange Geschichte.«

»Wir haben eine lange Fahrt vor uns. Und ich möchte alles hören. Die *ganze* Geschichte«, verlangte Sam.

»Okay. Meine Erinnerung hat immer noch ein paar Lücken, aber ich werde mein Bestes tun.«

»Bitte«, sagte der Junge.

Während der restlichen Fahrt nach Hause erzählte Vance Sam, Tashi, Nuks und Nerida die Geschichte, die sie alle zu diesem schicksalhaften Moment bei den Schwanenmaiden geführt hatte. Sam lernte ganz neue Seiten seiner Mom kennen und er liebte diese Stellen in Vantanas Geschichte ganz besonders. Sie trösteten ihn. Genauso freute er sich darüber, gleichzeitig etwas mehr über seinen Vater zu erfahren. Diese Flucht in die Vergangenheit half ihm, die Gegenwart für einen Moment zu vergessen.

»Erzähle es noch einmal«, bat Sam, als Vance geendet hatte.

»Die ganze Geschichte?«

»Die ganze Geschichte.«

Vance tat ihm den Gefallen, und diese Ablenkung linderte für eine Weile den Schmerz, zumindest bis sie Sams Zuhause erreichten. Als Sam das Haus betrat, in dem er mit seiner Mutter gelebt hatte, brachte ihn das augenblicklich in die Gegenwart zurück und in das Leben, das ihn jetzt erwartete. Das Haus fühlte sich so leer an wie Sam selbst. Er ließ sofort seinen Rucksack fallen und verschwand in seinem Zimmer.

In den folgenden Tagen kam Nerida oft vorbei und versuchte, Sam zu überreden, nach draußen zu kommen und etwas mit ihr zu unternehmen. Tashi bot an, verschiedene Kampfsportarten mit ihm zu trainieren – Sam hatte ihr deshalb monatelang in den Ohren gelegen –, doch jetzt hatte er kein Interesse mehr daran. Die einzige Person, die seinen Schmerz verstehen konnte, war Vance, und er litt genauso.

»Wir sind vielleicht ein Paar, du und ich«, meinte er während eines Abendessens, das ihnen Mrs Bastifal vorbeigebracht hatte. »Wie sagt man so schön? Das Elend liebt Gesellschaft. Aber ich war schon vorher gern in deiner Gesellschaft, Kleiner, und jetzt sitzen wir zusammen auf einem riesengroßen Berg von Selbstmitleid.«

Nuks tat sich besonders schwer mit dem Verlust. Der Marderhund war überzeugt, dass alles seine Schuld war. Nur wegen ihm hatte Ettie den Dachboden putzen und ihre Federn finden können. Wäre er nicht gewesen, wäre sie noch am Leben, behauptete er. Sam konnte sagen, was er wollte, Nuks war voller Schuldgefühle. Irgendwann musste Sam ihm schließlich befehlen, sich zu verzeihen. »Wenn du mich glücklich machen willst, sprichst du nie wieder darüber«, sagte Sam, und Nuks gehorchte.

Der Marderhund ging auch weiterhin als Sam zur Schule. Tashi beklagte sich deswegen irgendwann direkt bei Vance, denn Sam ignorierte ihre Bitten, den Unterricht wieder zu besuchen.

»Wir müssen weiterleben«, meinte der Doktor eines Abends vor dem Zubettgehen nicht besonders überzeugend zu Sam. »Du kannst Nuks nicht immer an deiner Stelle zur Schule schicken. Du musst dein Leben selbst leben. Das hätte sie auch gewollt.« Sam nickte dumpf. »Ich habe Nuks gesagt, dass er sich nicht mehr als du ausgeben soll. Es wird Zeit, dass du wieder mal einen normalen Tag hast und zur Schule gehst.«

»Wahrscheinlich hast du recht«, entgegnete Sam widerstrebend und wandte sich der Treppe zu. Er wollte schon in sein Zimmer gehen, als ihm noch etwas einfiel, das er Vance fragen wollte. Etwas, das sich seltsam anfühlte. »Ich habe dich immer Dr. Vantana oder Vance genannt, aber jetzt ...«

»Ja, ich weiß. Wie würdest du mich denn gern nennen?«

»Dad«, antwortete Sam einfach.

Vance lächelte. »Das fände ich sehr schön, mein Junge. Sehr schön.«

Sam nahm seinen Rucksack und plötzlich fiel ihm noch etwas ein. »Warte, ich habe noch ein Geschenk für dich.«

Überrascht blickte Vantana ihn an. »Ein Geschenk?«

Sam holte das rechteckige Päckchen, das Squishy ihm gegeben hatte, heraus und reichte es ihm.

»Squishy hat gesagt, ich soll es dir geben, wenn unsere Reise zu Ende ist«, erklärte er.

Vance packte es aus und stolperte erschrocken einen Schritt zurück. Dann strahlte er und Tränen traten ihm in die Augen.

»Teufel noch eins«, flüsterte er. Sam beugte sich vor, um auch sehen zu können, was in dem Päckchen war, und verstand sofort, warum sein Dad jetzt grinste wie ein Honigkuchenpferd. Es war ein Foto von Vance und Ettie an ihrem Hochzeitstag. Sie standen zwischen Woodruff Sprite und Squishy. Alle sahen ein wenig jünger aus, mit Ausnahme von Sprite, der sich offenbar kein bisschen verändert hatte.

»Ich weiß auch schon, wo wir es hinstellen.« Sam nahm Vance das Foto aus der Hand und stellte es auf den Kaminsims, genau an die Stelle, an der das Foto von seinem falschen Dad und Ettie gestanden hatte.

Vance schnappte sich das falsche Bild und betrachtete es.

»Ich kenne dieses Foto – natürlich nicht den Typen. Er war nicht dabei, als ich es aufgenommen habe.«

»Du hast es aufgenommen?«, fragte Sam.

»Wenn ich mich recht erinnere … war das an dem Platz, wo wir uns nach unserer Flucht versteckt haben. Deine Mom war noch nie fotografiert worden, also habe ich es getan. Vielleicht können wir diesen anderen Kerl wegretuschieren lassen oder so.«

»Bestimmt.« Im nächsten Moment drang ein lautes Poltern von oben zu ihnen. Sam verdrehte die Augen. »Ich schaue besser nach, was Nuks jetzt wieder kaputt gemacht hat.«

»Morgen geht's zur Schule«, erinnerte Vance ihn. Sam nickte und Vance drückte ihn noch einmal fest an sich.

»Gute Nacht, mein Junge.«

»Gute Nacht, Dad.« Als Sam das sagte, musste er lächeln. Das geschah sehr selten in letzter Zeit.

In seinem Zimmer stellte Sam erstaunt fest, dass nicht Nuks für den Lärm verantwortlich war, sondern Dr. Henry Knox. Sam hatte nicht damit gerechnet, den Greif so bald nach den Ereignissen am Baikalsee in Menschengestalt wiederzusehen, doch jetzt saß er da auf dem Stuhl an Sams Schreibtisch. Er trug einen Pullover und eine Tweedjacke. Sein Hut lag auf dem Tisch.

»Hi, Sam.«

»Was machst du hier?«, herrschte Sam ihn an.

»Ich wollte sehen, wie es dir geht.«

»Was denkst du denn, wie es mir geht?«, fragte Sam barsch.

»Ich bin nicht hergekommen, um mit dir über das, was geschehen ist, zu streiten. Ich bin hier, weil ich mir vorstellen kann, dass du Fragen hast, die nur ich beantworten kann.«

Sam betrachtete ihn eine ganze Weile schweigend, dann fragte er: »Was bedeutet es, zur Hälfte Schwanenmaid zu sein?«

»Es bedeutet, dass du ein Hybridwesen bist.«

»Bedeutet es auch, dass ich besondere Kräfte habe?«

»Ja.«

»Welche?«

»Das weiß nur Gaia, aber ich würde vermuten, dass Gestaltwandeln dazugehört.«

Sam dachte darüber nach. Dann konzentrierte er sich auf seine Hand und versuchte, sie in eine Flosse zu verwandeln.

Knox grinste. »So einfach ist es nicht. Es lässt sich nicht voraussehen, wie Hybride sich entwickeln. Aber man kann davon ausgehen, dass sich die Kräfte, wie immer sie auch aussehen, erst im Erwachsenenalter zeigen.«

Sam ließ seine Hand sinken. Plötzlich kam er sich dumm vor.

»Wie geht es Vance?«, fragte Knox.

»Er hat zwei Mal die Liebe seines Lebens verloren und erfahren, dass er einen Sohn hat, von dem er nichts wusste.

Nicht gut, natürlich, aber wir haben jetzt ja uns, richtig?«, antwortete Sam sarkastisch.

»Ich hoffe wirklich, dass du irgendwann verstehst …«

»Dass du keine andere Wahl hattest, ich weiß«, unterbrach Sam ihn. »Aber *ich* hatte eine.«

»Was meinst du damit?«

»Ich meine, ich hätte zu Hause bleiben können … hätte nicht in den Bus ins Death Valley steigen müssen. Ich vermute mal, der Name war ein Wink mit dem Zaunpfahl, was? Tal des Todes …«

»Es war dein Schicksal, Sam. Und somit unvermeidlich.«

»Dann wünschte ich, ich wäre dir nie begegnet, hätte nie diesen Traum gehabt, hätte von all dem nie etwas erfahren … dann hätte ich meine Mom noch.« Sam trat ans Fenster und wandte Knox den Rücken zu.

»Sam … bitte.«

»Geh einfach. Ich will dich nie wiedersehen. Und hier.« Sam warf Knox seine IMW-Marke zu und drehte sich dann wieder zum Fenster um. Knox seufzte schwer. Als Sam aus dem Fenster schaute, kamen die Tränen wieder. Was würde jetzt nur aus seinem Leben werden? Wie sollte er weitermachen, ohne seine Mom? Das Wissen, dass Vance sein Vater war, war zwar super und alles, aber es war kein Ersatz – nicht einmal annähernd. Er wollte eine richtige Familie haben! So wie es sein sollte. So wie er es verdiente. In dem dauernden Kampf, der in Sams Kopf zwischen Wut und Trauer stattfand, hatte Wut eindeutig die Überhand.

Sam wollte etwas kaputt machen, schreien, um sich treten – irgendetwas, um die Wut aus sich herauszubekommen.

Er war stinksauer. Wütender, als er es je für möglich gehalten hätte. Er konnte kaum noch richtig sehen … Doch dann erregte etwas seine Aufmerksamkeit – eine Bewegung unten auf der Straße. Es war sein Nachbar von gegenüber, sein Lehrer Christopher Canis. Er holte nur seine Post rein, doch plötzlich sah Sam in ihm etwas, das er jetzt mehr denn je brauchte: Hoffnung. Sam wirbelte zu Knox herum, der gerade gehen wollte.

»Lebt sie noch?«, fragte er mit neu erwachter Entschlossenheit. Knox betrachtete ihn stumm. »Aber sie ist jetzt jemand anders, richtig? Sie erinnert sich nicht mehr, wer sie einmal war?« Mr Canis zu sehen, hatte Sam daran erinnert, dass sein neuer Lehrer einmal ein mythisches Wesen war: ein Kynokephalus namens Chriscanis, der nach einem Kampf mit der Bestie von Gevaudan zu Gaia zurückgekehrt war. Damals hatte Sam geglaubt, er würde seinen Freund nie wiedersehen, bis ein Mensch, der Chriscanis verblüffend ähnlich sah, in das Haus gegenüber eingezogen war. Der Lehrer erinnerte sich nicht an sein früheres Ich, aber Sam *wusste* ganz einfach, dass Gaia seinem Freund den Wunsch, ein Mensch zu sein, erfüllt hatte.

»Sam … Ich habe keine Macht über Gaia. Und schon allein darüber zu reden, bedeutet einen Verstoß …«

»Bitte«, flehte Sam, »sag mir nur, ob es möglich ist.«

»Es tut mir leid«, erwiderte Knox.

Die ganze Hoffnung, die kurz in Sam aufgeflammt war, erlosch wieder – bis Dr. Knox Sams Blick festhielt und etwas tat, das alles veränderte.

Er zwinkerte.

EPILOG

Das Diner von Wes Jenkins war äußerst beliebt. Es war bekannt für seine großen Portionen, sein billiges, aber leckeres Frühstück, Kaffee, der stark genug war, dass ein Farmer von morgens bis abends auf dem Feld arbeiten konnte, und Sonntagsessen wie bei der Mutter – nur besser. In Jenkins' Diner war immer viel los, wobei in einer kleinen Stadt wie dieser »viel los« relativ war. Wes' Frau Charlotte war fürs Backen zuständig und er fürs Kochen – außer sonntags. Da bestand Charlotte darauf, die Gerichte zuzubereiten. Es erinnerte sie an die Sonntage mit ihren Kindern, die alle weggezogen waren und gemeinsame Essen deswegen auf die Feiertage beschränkten.

Auch wenn Wes und seine Frau nicht im Traum daran dachten, sich zur Ruhe zu setzen, wurden sie immer älter und brauchten – auch wenn sie das Gegenteil behaupteten – langsam Hilfe im Restaurant. Deshalb war Wes so begeistert darüber, dass es mit seiner neuen Angestellten so gut klappte. Sie war fleißig, freundlich und gewissenhaft. Allerdings blieb sie immer etwas rätselhaft. Wes war beim Angeln gewesen, als er sie zufällig am Seeufer hatte sitzen und aufs Wasser starren sehen. Die Frau erzählte nicht viel über sich, außer dass sie Arbeit suchte und einen Platz zum Wohnen. Er spürte, dass sie ein guter Mensch war, wenn auch vielleicht vom Glück ein wenig vernachlässigt. Also bot er ihr das Gästezimmer in seinem Haus an und gab ihr einen Job als Bedienung in seinem Restaurant. Die Frau schien sofort in ihrem Element zu sein und die Gäste liebten sie. Sie war immer ausgesprochen fröhlich, doch Wes spürte, dass in ihrem Leben etwas fehlte. Oft ertappte er sie dabei, wie sie in den Pausen zwischen Frühstück und Mittagessen einfach nur ins Leere starrte. Sie redete nie über ihre Vergangenheit, sprach aber oft über ihren Wunsch zu reisen und London war ein häufig genanntes Ziel. Die Frau sagte nicht, warum, nur dass sie das Gefühl hatte, dort unbedingt einmal hinzumüssen.

Eine weitere Eigentümlichkeit – wenn man es überhaupt so nennen konnte – war ihre Freude an einem bestimmten Lied in Wes' antikem Musikautomaten. Wann immer es gespielt wurde, lächelte sie noch breiter und bewegte sich noch schwungvoller. Er vermutete, dass sie einen Teil ihres Trinkgelds in dem Automaten versenkte, um das Lied immer wieder hören zu können, aber er hatte nichts dagegen. Es war alt, aber gut und von einer Gruppe, die sich *The Turtles* nannte. Das Lied hieß »Happy Together«.

GLOSSAR MYTHISCHER WESEN

Memorandum
Datum: [redacted]
An: IMW-Guardians und Verwaltungspersonal
Von: Dr. Vance Vantana
Betreff: Wesen, die mit Fall SL002 in Verbindung stehen

Es folgt eine Liste mythischer Wesen, die in Sam Londons zweitem Fall eine Rolle spielen. Auf meine Bitte hin hat die Abteilung »Forensische Kunst« des Instituts zur Verdeutlichung Illustrationen zur Verfügung gestellt.

Adaro

Heimat: Die Salomoninseln

Bekannte Fähigkeiten: Kommandiert giftige Fische

Bevorzugte Speisen: Seelenfilet

Anmerkung: Adaros haben Regenbogen ruiniert.

Seebischof

Heimat: Unerfreuliche Orte

Bekannte Fähigkeiten: Unerfreulich sein

Bevorzugte Speisen: Unerfreuliches

Anmerkung: Siehe oben

Dunkelflossen

Heimat: Die Orkney-Inseln

Bekannte Fähigkeiten: Gestaltwandel, Zauberei

Bevorzugte Speisen: Seepferde

Anmerkung: Null Sinn für Humor

Das Ungeheuer von Loch Ness

Heimat: Schottland

Bekannte Fähigkeiten: Irre schnell

Bevorzugte Speisen: Fast Food

Anmerkung: Muss ums Überleben kämpfen

Lusca

Heimat: Die Bahamas

Bekannte Fähigkeiten: Tarnung

Bevorzugte Speisen: Krustentiere und/oder Menschen

Anmerkung: Hai + Tintenfisch = Nichts wie weg!

Makara

Heimat: Indien

Bekannte Fähigkeiten: Keine bekannt

Bevorzugte Speisen: Gulab Jamun (indische Milchbällchen)

Anmerkung: Sieht echt seltsam aus

Ningen

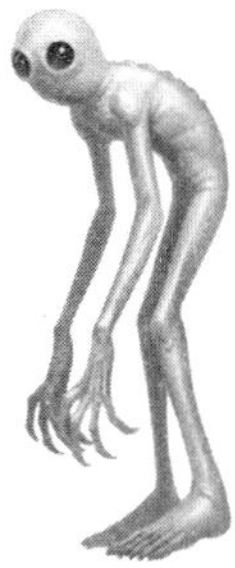

Heimat: Antarktika

Bekannte Fähigkeiten: Verwandlung

Bevorzugte Speisen: Wassereis mit Sirup

Anmerkung: Meide bitte den Kontinent Antarktika!

Makara

Heimat: Japan

Bekannte Fähigkeiten: Keine

Bevorzugte Speisen: Otoro (extra fetter Thunfisch)

Anmerkung: Nimm Parfüm mit

Skorpionmenschen

Heimat: Mesopotamien

Bekannte Fähigkeiten: Giftige Stiche

Bevorzugte Speisen: »Bevorzugt« gibt es bei ihnen nicht

Anmerkung: Altbekannte Sache

Affenstinktier

Heimat: Die Everglades in Florida

Bekannte Fähigkeiten: Kann Eigengeruch als Waffe einsetzen

Bevorzugte Speisen: Stinkwanzen

Anmerkung: Möglichst nicht übergeben

Weitere Wesen (Verifizierung steht noch aus)

-

-

ÜBERTRAGUNG UNVOLLSTÄNDIG

IMW-AKTEN-VERSCHLÜSSELUNG

IMW-Fallakten werden im folgenden Format erstellt: #XXXXX-XXX-XX.X. Dieser zehn- oder elfstellige Code besteht sowohl aus Buchstaben als auch aus Zahlen.

Die erste Buchstaben- und Zahlenfolge steht für den ermittelnden Magic Guardian und enthält außerdem die Nummer des Falls, an dem dieser arbeitet. Die hier abgedruckten Akten sind Sam London (SL) zugeordnet. Da dies Sam Londons zweiter Fall ist, sind die Akten mit 002 gekennzeichnet.

Die zweite, dreistellige Zahlenfolge ist der vom IMW festgelegte Code für das Vergehen, in diesem Fall 130. Dieser Code steht für Verbrechen, die unter dem Begriff »Vorfall mit nicht menschlichen Wesen« zusammengefasst sind. Auch wenn der vorliegende Fall verschiedene Arten von Verstößen gegen das Gesetz des Greifen beinhaltet, war der Auslöser für die weiteren Vergehen ein einzelner Vorfall mit einem nicht menschlichen Wesen.

Die letzte zweistellige Zahl steht bei Akten, die aus mehreren Teilen bestehen, für den entsprechenden Teil der Akte. Danach folgende und durch einen Punkt getrennte Zahlen bezeichnen die verschiedenen Abschnitte dieser Aktenteile.

Betreff: Gibt an, was Gegenstand des Aktenteils ist.

Quelle: Nennt die Quelle oder die Quellen der in einem bestimmten Aktenteil enthaltenen Information. Diese Quellen werden durch eine Abkürzung wiedergegeben. Es folgt eine Liste relevanter Abkürzungen:

SB: Sonderberater

MK: Mythische Kreaturen

AEB: Abschließender Einsatzbericht

KA: Krankenakte

OB: Observationsbericht

HR: Hintergrundrecherche

ZA: Zeugenaussage

BD: Behördendaten

Datum: Das Datum, an dem der Vorfall oder die Ermittlung stattfand.

Formulare: Gelegentlich enthalten Fallakten von IMW-Mitarbeitern ausgefüllte Formulare, um ermittlungsrelevante Zeugeninformationen oder Geheimdienstquellen festzuhalten. Das Formular FD-11 wird zum Beispiel bei der Überwachung von Personen, die im Zusammenhang mit einem Fall als wichtig eingestuft werden, für Tätigkeitsberichte verwendet, die sich auf Zeugen- und Informantenaussagen oder Observierung stützen.

Besondere Verschlüsselung: Verwaltungsbezogene Akten werden mit Zahlen ab 400 verschlüsselt. Der Code 470 zum Beispiel ist für Personalakten reserviert. Solche Akten wurden aus Datenschutzgründen hier nicht abgedruckt.

PARKS, DEREN BESUCH SICH LOHNT

Nationalpark von Amerikanisch-Samoa
Amerikanisch-Samoa
nps.gov/npsa/index.htm

Biscayne-Nationalpark
Florida
nps.gov/bisc/index.htm

Crater-Lake-Nationalpark
Oregon
nps.gov/crla/index.htm

Everglades-Nationalpark
Florida
nps.gov/ever/index.htm

Falling-Waters-Staatspark
Florida
Floridastateparks.org/park/Falling-Waters

Great-Smoky-Mountains-Nationalpark
North Carolina, Tennessee
nps.gov/grsm/index.htm

Redwood-Nationalpark
Kalifornien
nps.gov/redw/index.htm

Nationalpark Kap Hoorn
Chile
Chile.travel/en/intereses-destacados/national-parks-and-reserves/cabo-hornos-national-park

Fiordland-Nationalpark
Neuseeland
Doc.govt.nz/parks-and-recreation/places-to-go/fiordland/places/fiordland-national-park

Killarney-Nationalpark
Irland
Killarneynationalpark.ie

Sri-Venkateswara-Nationalpark
Indien
natureconservation.in/sri-venkateswara-national-park-complete-detail-updated

---

Unterstützt die Nationalparks Amerikas
National Park Foundation
Offizielle Stiftung amerikanischer Nationalparks
nationalparks.org

Danksagungen

Das ist diese Seite hinten in einem Buch, auf der ich allen danke, die mitgeholfen haben, dass dieses Buch möglich wurde. Aber es gibt nie genug Platz auf der Seite oder genügend Worte, um ihnen gebührend zu danken.

Dolores und Billy, die mir das Leben geschenkt haben

Tiffany, die mich ermutigt hat

Valentina, die über mich gelacht hat

Lacy Lalene Lynch und Dabney Rice von der Literaturagentur Dupree/Miller & Associates, die an mich geglaubt haben

Random House, Delacorte Press und Beverly Horowitz, die ihr Vertrauen in mich gesetzt haben

Monica Jean, die mich beraten hat

Bara MacNeill und Colleen Fellingham, die mich korrigiert haben

Sarah Hokanson, Kevin Keele, Chris McClary und Julius Camenzind, die ihre künstlerischen Fähigkeiten mit mir geteilt haben

Monkey Max, der mich immer angegrinst hat

Ich danke auch allen anderen (ihr wisst, wen ich meine), die sich jetzt fragen, wieso sie nicht namentlich genannt wurden, dafür, dass sie mich bei Laune gehalten, inspiriert und unterstützt haben.

© Privat

Todd Calgi Gallicano begann nach einem Studium in New York seine Karriere in der Filmindustrie, bevor er sich schließlich dem Schreiben widmete. Wenn er nicht gerade an einem neuen Roman arbeitet, verbringt er seine Zeit am liebsten mit seiner Frau und seiner Tochter. Heute lebt er mit seiner Familie in North Carolina, wo er ständig nach Gargylen, Chupacabras und anderen unheilvollen Wesen Ausschau hält.

Von Todd Calgi Gallicano ist bei cbj erschienen:
Magic Guardians – Der Fluch des Greifen (17575, Band 1)

Mehr zu cbj/cbt auf Instagram unter @hey_reader